장길산

황석영 대하소설

07

창비

●7 권

제
1
장

황 민
荒民

(계속)

4

홍복과 조카는 보안대로를 따라서 걸었다. 홍복의 잽싼 걸음을 좇느라고 아이는 숨을 헐떡였고, 홍복이 더 지체할 수가 없어서 아이를 냉큼 업어버렸다. 과연 박서방댁이 가르쳐준 대로 왕소나무 밑에 햇빛이나 달빛도 닿지 않을 음습한 곳에 봉곳한 봉분이 보였다. 위에는 잡초가 마음대로 자라났고 옆으로 물이 흘러내려 범람하면 산소 앞자리가 잠길 듯이 보였다. 자리고 뭐고 따지지 않고 아무 곳에나 파묻어버린 것이 분명하였다. 홍복은 보퉁이에서 술 한병과 어포를 내어 봉분 앞에 벌여놓았다.

"어서 뵈어라."

홍복은 아이를 끌어다 산소 앞에 세웠다. 아이는 보아오던 대로 두 손을 이마 위로 쳐들고 절하였다. 삼배를 하고 있는 아이의 뒷전에 서서 홍복은 그 초라한 농투성이의 평생이 무겁게 자기의 등을 내리누르는 것 같았다. 그의 어디에서 사창으로 눈을 부릅뜨고 달려가던 의기가 솟아났던 것일까. 그가 자기와 더불어 대룡산에서 먼 고장으로 달아나지 못하고 산을 내려가 관군에게 스스로 포박되었던 것은, 식솔들 때문일 것이었고 또한 처음에 분기하였던 것도 그들 때문이었으리라. 홍복은 아이가 옆으로 물러선 다음에 이 외로운 사내의 무덤에 삼배를 올렸다.

"좋은 때가 오면 다시 모시리다."

중얼거려보지만 그것이 빈말뿐임을 홍복은 잘 알았다. 그는 술을 붓고 나서 다시 아이와 더불어 삼배를 올렸다. 홍복이 박서방네로 돌아오니 선홍이와 아낙은 길 떠날 채비를 끝낸 뒤였다. 아낙은 밤참을 해두고 그들을 기다리고 있었다.

"든든히 자셔두어야 밤길을 걷지요."

아낙은 으레껏 제가 함께 떠나게 되는 줄로 여기고 있어서 홍복이는 가부를 말하지 못하였다. 홍복이는 아이와 마주앉아 밥을 먹고 나서도 얼른 일어나지 못하였다.

"안 갈 텐가?"

선홍이가 벌써 신을 신고 마루에 나가 앉았다가 재촉하였다.

"조금만 더 기다려보십시다."

"허허, 북두칠성을 보니 자정이 넘었겠네."

홍복은 아이가 자꾸만 어둠속으로 시선을 주는 양을 살피고 있었다. 제 어미를 기다리는 것이 분명하여 떨치고 일어날 수가 없었다. 그때 뒤꼍으로 돌아나갔던 박서방댁이 깜짝 놀라서 부르짖었다.

"에구…… 웬 횃불들일까. 저기 좀 보세요."

선홍이가 돌아가보더니 다급하게 말하였다.

"이쪽으로 오는군. 동네에서 뭔가 낌새를 알아챈 모양이지. 자, 빨리 빠져나가야 하네."

홍복이는 조카를 등에 업었다.

"내 목을 꼭 쥐어야 한다."

"엄마는 못 오시겠지요?"

홍복은 아이를 업고 나서면서 박서방댁에게 말하였다.

"함께 몰려가면 잡히기 쉬우니 새못으로 오시우."

"아니에요, 같이 따라가겠어요."

아낙이 울상으로 발을 굴렀다. 선홍이가 이리저리 찾아다니더니 굵직한 몽둥이를 주워들었다.

"새못이 우리 건너온 데가 아닌가. 내가 뒤에서 한바탕 장난치구 갈 터이니 그 사이에 모두 데리고 빠져나가게."

홍복이 내키지 않으면서도 밖으로 나서는데 아낙이 그의 소매를 잡아 이끌었다.

"이쪽으루 오셔요. 저기 동산에만 오르면 안전할 거예요."

아낙네는 등뒤에 아기를 업고 머리에는 보통이를 이고서도 제법 빠른 걸음으로 앞장을 섰다. 홍복이가 돌아보니 선홍이는 몽둥이를 어깨에다 걸치고 오히려 햇불이 일렁이는 곳을 향하여 어슬렁거리며 마주 다가가고 있었다.

"놓치지 마라. 최가놈과 한패다."

웅성거리는 가운데 드높은 목소리가 들리는데 마을의 약정인 듯하였다. 선홍이는 어디 잡아볼 테면 잡아보라는 듯이 몽둥이를 휘둘러 보이면서 밭고랑 사이에 우뚝 섰다. 햇불들이 한데 몰려서 천천히 다가들고 있었다.

"최가를 찾아야 한다."

"박가네 집에 숨어 있을 게다."

저희끼리 의논이 분분한데 어느 한놈 달려들지는 못하고 주춤대는 것 같았다.

"어서 잡지, 뭘 구경하구 섰느냐?"

선홍이 건드리느라고 퉁겨보니 사람들 틈에서 검은 더그레 자락이 나타난다. 군졸들이 끼여 있었다. 아마도 낮에 그들을 발견한 자가 적경을 알리고 데려온 모양이었다. 그때 앞으로 나선 두 군졸이 뭔가 검은 작대기를 앞으로 내밀었다. 부시를 치는지 번쩍이는 빛이 반디처럼 빛나자 선홍이는 그제야 겁이 더럭 나며 상투꼭지께가 서늘하였다.

"총포로구나!"

선홍이가 달마산 토벌대에 호되게 혼난 적이 있어서 얼결에 상반신을 숙이는데, 쾅 소리가 간장을 떨굴 듯이 터지며 바람 가르는 소리가 지나갔다. 예미랄…… 또 맞는가 부다. 선홍이는 겁이 나는 중에도 화승총에는 뛰는 게 상책이라 싶어서, 등을 돌리지는 못하고 그대로 횃불의 꽃밭 가운데로 달려들어갔다. 그의 갑작스런 돌입에 놀란 마을의 장정들이 이리저리 흩어졌고, 오른편에서 총을 겨누던 자가 채 쏘지 못하고 주저하는 틈을 타서 선홍이가 달려들었다.

"끼눔, 어서 쏘아봐라."

몽둥이로 후리니 허리를 얻어맞은 포수가 숨막히는 소리를 내지르며 넘어졌다. 몽둥이를 이리저리 휘두르는데, 마을 장정들이라야 모두가 춘궁에 푸성귀죽이나 마시고 양지쪽서 해바라기하던 사람들이라, 앞으로 내어보는 작대기며 괭이 쇠스랑에 힘이 들어가 있을 리 없었다. 선홍이가 휘두르는 몽둥이에 부딪치자마자 맥없이 퉁겨져나가거나 자루 중동이 꺾어져버린다. 맨손이 된 사람들은 이리저리 어지럽게 횃불도 던져두고 멀찍이 달아났다. 선홍이는 얼른 돌아서서 떨어진 화승총을 포개어 들고 반대 방향으로 뛰기 시작하였고, 그에 용기를 얻은 마을 장정들이 와와 소리를 지르며 따라붙었다. 선흥이는 동산을 바라고 한참 뛰다가 일각이라도 벌어두어야겠다고 생각했다.

그는 숲으로 들어서기 전에 휙 돌아섰다. 역시 저쪽에서도 소리만 지르며 멈추어 섰다. 선흥이는 두리번거리다가 한아름 되는 바위를 보자 성큼성큼 걸어가서 품에 안았다. 발꿈치와 허리에 힘을 주면서 들어올렸다. 그는 일단 바위를 품에 안았다가 두 손바닥에 올리고는 머리 위로 번쩍 쳐들었다. 놀라는 소리들이 군중 사이에서 요란하였다. 선흥이는 꼿꼿한 걸음걸이로 군중을 향하여 걸었다.

"어느 놈이 먼저 인절미가 되려느냐?"

장정들은 불 만난 개미처럼 흩어졌고, 선흥이가 휙 내던진 바위는 멀찍이 가서 육중한 소리를 내며 떨어졌다. 아마 이 바위는 두고두고 마을의 얘깃거리가 될 것이었다. 그는 사람이 아니라 도깨비로 아이들 입에 오르내리게 될지도 몰랐다. 느릅나무골 농군들이 남대천의 장사 강선흥을 알 리가 없었다. 선흥이는 후 하고 긴 한숨을 한번 토해내고는 돌아서서 숲으로 뛰어들었다. 아무도 캄캄한 숲속으로 따라 들어오는 자들은 없었다. 그들은 아마 이런 성의를 보임으로써 관에서 받은 역적의 동네라는 오명을 씻게 될지도 몰랐다. 여하튼 선흥이는 제가 홍복이와 동행하기를 잘했다고 여기면서 새못으로 뛰었다.

"최서방, 어디 있나?"

선흥이가 강변으로 달려가며 고함을 지르니 어둠속에서 응답하는 목소리가 들려왔다. 새못 위쪽에는 신연강(新淵江)과 소양강(昭陽江)의 지류가 합쳐지며 가운데에 섬이 생겨났는데, 물살이 빠르고 수심이 깊었다. 홍복은 새못나루를 미리 알고 있어서 박서방댁과 함께 강변에서 쓸 만한 배를 찾고 있었다. 선흥이가 소리나는 쪽으로 달려내려가니 홍복이 낙담하여 말하였다.

"나룻배는 한 척두 없구…… 주낙배 두 척뿐이우. 성님 노 저을 줄 알우?"

선홍이가 되물었다.

"내야 저을 리가 없지. 자네는 왜 못 젓나?"

"주낙배는 작아서 우리가 모두 타면 뒤집어지기 쉽습니다. 둘이 타면 꽉차는걸요."

곁에서 박서방댁이 나섰다.

"두 분이서 타구 가세요. 저두 노를 저을 줄 알거든요. 아이들은 내가 데리구 건널게요."

"그게 좋겠군……"

홍복이 배를 물 위로 밀어내는데 선홍이가 아낙네에게 물었다.

"정말 괜찮겠수?"

"어릴 적부터 탔어요. 강촌 사람이 배를 젓지 못한다면 말이 되나요?"

홍복이가 뱃전을 잡고 서서 아낙에게 재촉하였다.

"자, 어서 먼저 가슈."

"어떻게 하실라구요?"

"먼저 건너가라니까."

아낙네가 아이를 업은 채 고물간에 올라탔고, 홍복은 머뭇거리는 조카를 번쩍 들어다가 허릿간에 앉혀놓았다. 홍복은 배를 앞으로 밀어냈다.

"건너가서 기다리오."

배가 휘적이며 앞으로 나아갔다. 홍복은 다시 배를 밀어냈다.

"성님이 먼저 오르슈."

선흥이가 올라타고 나서 흥복이 고물간에 올라탔다. 그때 여러 사람들의 고함소리와 횃불빛이 언덕 위에 나타났다.

"빨리 건너야겠는걸. 혹시 포수가 늘어났을지두 모르잖나."

　선흥이는 역시 화승총이 가장 두려웠다. 그것 앞에는 재간이나 힘자랑도 아무 쓸데가 없었다. 흥복이 노를 젓는데, 주낙배의 뒤편 옆구리에 설밎이라는 넓적한 노를 달아 한손의 손목을 춤추듯 위아래로 힘을 주어 젓는 것이다. 흥복이 원래 강촌 사람이라 배가 뒤뚱거리며 강 가운데로 나아갔고, 강변에는 횃불들이 이리저리 몰려다니고 있었다.

"이놈들…… 게 섰거라!"

　드디어 그들을 발견했는지 호통치는 소리가 들려왔다. 흥복이 배를 저어 나가려니 얼마 안 떨어져서 박서방댁이 젓는 주낙배가 앞에 보였다.

"강심이 가장 위험한데, 거기만 벗어나면 될 거요."

　흥복이 말하였다. 요란한 폭음이 들리더니 바람을 가르는 날카로운 소리가 들려왔다.

"총을 빼앗았는데……"

　선흥이가 얼결에 허릿간으로 상반신을 숙이며 중얼거렸다. 연이어 두 방이 터졌다.

"어이쿠……"

　선흥이는 방포소리가 딱 질색인 모양이었다. 그러나 흥복은 침착하게 배를 저어 나갔다. 다시 잠잠해졌다. 사이가 생기자 흥복이 중얼거렸다.

"포수 셋이 불었군. 염려 말구 일어나슈."

　흥복이 선흥이의 어깨를 툭툭 두들겼다.

"셋이서 장약을 재는 사이에 우리는 강심을 넘어가겠수. 제아무리

천리안이라 할지라두 겨냥을 못허우."

선홍이가 엉거주춤 고개를 들었다.

"내가 탄환을 빼내느라구 고생한 걸 생각하면 끔찍하네."

그들의 배는 강의 한가운데를 지나 차차 저쪽 강안에 가까워지고 있었다. 다시 방포소리가 들렸으나 탄환 흐르는 소리는 그렇게 날카롭지가 않았다. 그들은 뭍에 닿았고 선홍이가 허둥지둥 자갈밭 위를 뛰어갔다. 먼저 당도했던 박서방댁과 조카가 그들을 반겼다. 홍복은 배를 다시 물 위로 밀어보냈다. 어디든 떠다니다가 엉뚱한 곳에 대어지거나 하류로 흘러가기를 바라는 것이다.

"자, 여기서 밤새 걸어서 춘천 계는 빠져나가야 합니다. 영평까지 가는 길은 질러가기는 하지만 경계가 너무 멀고, 일단 가평으로 내려갑시다."

"예서 가평까지가 몇리인가?"

"이십리를 나아가면 석파령(石破嶺)을 넘게 되는데, 그 뒤부터 가평 계가 되지요. 가평서 연천 삭녕을 지나 도계를 넘어 평산까지 가면 안전하게 되겠지요."

그들은 강변을 따라서 서남쪽으로 걸어내려갔다. 석파령에 당도했을 때 보슬비가 내리기 시작하여 모르는 결에 옷이 흠뻑 젖었고, 아낙은 헌옷가지를 내어 아이를 덮었다. 그들은 새벽녘에 가평 읍내로 들어가지 않고 막바로 한아비내를 따라 오르다가 연동의 주막에 들었다. 포천과 영평으로 갈리는 삼거리였다. 역시 춘궁은 어디엘 가나 심했고, 특히 내륙지방이 심하여 어떤 곳에는 온 마을에 사람의 자취가 끊긴 곳도 있었다.

그들이 오후에 연동서 떠나 운악산 줄기가 흘러내려온 굴치를 바라고 넘는데, 맞은편에서 식솔을 거느린 사내들이 내려오는 중이었다.

그들이 먼저 주춤하니 서버렸고 홍복과 선홍이는 의아하였으나 개의치 않고 내쳐서 걸어올라갔다. 부자인 듯한 중년 사내와 떠꺼머리 그리고 젊은 가장으로 여겨지는 사내가 셋이었는데, 그들 뒤로 남부여대하여 따라붙은 식솔들이 어린것들과 처녀들까지 도합 스물이 넘어 보였다. 보아하니 등에 솥이며 거적때기를 짊어지고 옷이 남루하고 상투가 흐트러져 오래 전에 마을을 떠나 유민이 되어버렸음이 분명하였다. 선홍이 일행은 어쩐지 그들 가운데를 비집고 지나가기가 꺼림칙하였다. 마주 가면서 보니, 뒤에 섰던 식구들이 길 아래로 비켜서는 것이었다. 그러고는 사내 장정들이 슬그머니 벌려서는데, 아니나다를까 호미며 낫이며 작대기 등속을 슬슬 꺼내들고 있었다.

　사흘 굶어 도둑이 된다더니, 춘궁에 유민이 변하여 폭도가 되어버린 것이다. 저들이 보기에도 홍복과 선홍이는 의복이 깨끗하고 패랭이나마 산뜻하여 보상으로 보여지기에 충분했고, 등뒤에 짊어진 봇짐 속에 값진 물건이 들었을 줄로 짐작한 모양이었다. 두어 놈이 일시에 내달으며 불문곡직하고 앞서가던 선홍이의 골통을 바라고 작대기와 호미를 휘두르며 달려들었다. 선홍이가 얼결에 한손으로 작대기를 받아쥐고 호미 휘두르는 자를 발길로 내질렀다. 그러고는 작대기 잡은 채로 앞으로 끌어당겨 그자의 멱살을 거머쥐었다. 보따리 끌러라, 어쩌고 하면서 위협조차 하지 않는 것으로 보아 그들은 몇번인가 저지른 일이 있어 대수롭지 않았던 모양이다. 굶주릴 대로 굶주린 유민들은 남대천의 장사인 선홍이의 적이 아니었다. 여기에다 홍복이까지 싸움터로 뛰어드니 유민들은 꽁무니를 빼고 달아나기 시작했다. 선홍은 멱살을 잡힌 총각에게 메고 있던 봇짐을 선뜻 끌러주었다. 총각이 얼결에 봇짐을 안고는 믿어지지 않는지 주춤거렸다.

　선홍이가 말해주었다.

"어른이 맞아 번 것이니, 아이들 떡이나 사먹여라."

총각은 몇번이나 허리를 굽신거려 보이면서 일행들의 뒤를 따라 뛰어내려갔다. 선흥이들은 고개를 넘어 영평을 지나갔는데 그러한 유민의 일행을 몇무리나 만났다. 도중에는 울타리가 모두 뜯겨버린 빈집도 많았다. 연천에 이르렀을 때 선흥이가 말하였다.

"허, 이거 노자가 다 떨어지겠는걸. 쌀독에서 인심이 난다는데 요즘 같아서는 어디 가서 과객질도 못하겠군."

"아무데서나 집털이를 합시다."

"굶은 놈이 많으면 배 터지는 놈두 있게 마련이라, 걸려들겠지."

제각기 봇짐을 내어 따져보니 무명이 반 필이요 돈은 서른 푼도 못되었다. 박서방댁이 말하였다.

"저어기 마을이 보이는데 무명을 주고 양식을 얻어 중화라두 지어 먹구 가지요."

"어디 하룻밤 유숙할 곳에 가서 아예 잠자리까지 얻지."

홍복의 말에 아낙네가 고개를 저었다.

"우리네야 배가 적어 괜찮지만, 두 분은 펄펄 뛰시는 장정인데 끼니를 놓치구 길을 어이 가신다구 그래요. 우선 중화는 자셔야지요. 그리구 저녁때엔 두 분 말씀처럼 어디 부잣집이라두 털든지……"

"어…… 이 사람이……"

선흥이는 어이가 없어 박서방댁을 바라보았으나 여자는 개의치 않고 종알거렸다.

"걱정 마셔요. 저두 망을 보든지 속이구 들어가서 빗장을 따든지 할 테니까요."

홍복이와 선흥이는 하는 수 없이 너털웃음으로 대꾸하였다. 강이 바라보이는 마을에 들어가니 임진강의 지류로 흘러들어가는 제법 너른 시내가 나왔다. 밝은 햇살을 받아 바닥에 깔린 자갈이 탐스럽게 비치는데 물 흘러내려가는 소리가 귓전을 말갛게 씻어주었다.

마을의 이름은 그대로 옥계(玉溪)였으니 물소리가 사방에 배어 있는 듯하였다. 그들이 마을로 들어가 잠깐 밥 지어 먹을 집을 찾으니 모두들 유민 패거리에 한두 번씩은 귀찮은 꼴을 당한 적이 있었는지 반응이 신통치 않았다. 겨우 동네의 끄트머리에 외떨어진 집에 가서 무명 반 필을 내어주니 전미(田米) 넉 되밖에 줄 수 없다는 것이었다.

"아무리 춘궁이라지만 무명 반 필에 쌀이 넉 되라면, 평년 쌀값의 네 배나 되는데 너무하오."

하였으나 집주인은 맥없이 웃으며 쌀자루를 거두었다.

"햇보리가 나올 때까지 대개가 초근을 섞어 죽을 쑤어 먹는 판인데, 옷은 벗어도 살 수 있으나 양식이 없으면 어찌 연명하겠소. 시세가 맞지 않으면 다른 집으로 가보시구려."

이제 옥계를 지나면 고내재까지 인가가 없으니 다른 방도가 없어서 그냥 쌀을 받아 밥을 짓기로 하였다. 주인이 그래도 경우는 있어서 건어와 나물 등속의 반찬을 내주어 중화를 들고 나서 그들은 오후 느지막하게 옥계마을을 나섰다. 북편의 고개를 넘고 나니 한눈에 너른 강변의 경치가 시원스레 전개되는데 들판에 희끗희끗한 것은 죽 쑤어 먹을 나물이나 다북쑥을 캐는 아녀자들이 분명하였다. 강 건너편에 장경석벽(長景石壁)이 병풍처럼 둘러섰고, 맑고 푸른 물이 도영암의 가파른 암벽 사이로 흘러가고 있었다. 강변의 이쪽은 너른 들판이요, 저쪽은 끊긴 산봉우리들이 그림처럼 서 있었다.

선홍이 일행이 이마에 와닿는 훈풍에 가슴을 펴고 즐거워하는데, 문득 어디선가 질탕한 삼현육각 소리와 계집들의 웃음소리가 들려오는 것이었다. 아래를 내려다보니 소슬한 바람에 푸른 연기가 솔솔 오르고 있는 게 보였다. 원래 풍류는 상것들의 것이 아니고 배부르고 할 일 없는 나리들의 것인지라, 봄볕이 따스해지고 푸른 싹이 돋아나니 놀기 좋은 철이 돌아왔던 것이다.

선홍이가 짐작을 하고서 홍복을 돌아보며 씩 웃었다.

"행로에 뜻 아니한 육것을 잡숫게 되었구먼."

홍복이도 싱글대며 중얼거렸다.

"잘하면 기생년들의 패물에다 화대까지 걷어 가겠구려."

"나두 구경할 테요."

박서방댁과 조카아이가 두 사내를 믿고서 겁도 없이 나섰다. 그들은 선홍이와 홍복이가 무슨 일을 벌이려는지 잘 알고 있었던 것이다.

"가만있자……"

홍복이가 머리를 기웃하고서 잠깐 생각하더니 무슨 안을 내어 세 사람에게 속닥거렸다. 선홍이와 홍복이는 놀이가 벌어진 곳이 내려다보이는 데까지 가서 한가하게 주저앉았고, 박서방댁이 아이를 업고 조카의 손을 잡아끌고는 아래로 내려갔다. 선비들의 답청(踏靑)놀이가 한창 흐드러졌는데 과연 자리는 좋은 데다 잡아놔서, 아래로 시욱진(時郁津)의 굽돌아나가는 강물과 석벽에서 떨어지는 쌍줄기 폭포가 내려다보였다. 악공과 기생 셋이 앉아서 해금을 켜고 거문고를 뜯으며 시조를 뽑았다.

좌중은 그래도 마전 연천서 밥술깨나 먹는다는 자들인데 시회(詩會)랍시고 호남 간지에, 강진향 벼룻집에, 백옥 연적, 팔신공묵 갖추어 눌러두고 운자를 부르고 야단이었다. 노구에서는 이밥이 익고 채반에는 쇠고기 닭고기 갖은 어포 등속이 그득하며 감홍로가 한 준(樽)이며 갓 나온 잔디 위에 화문석이 깔려 있고 기생들 뒷전에는 미리 받아두었는지 부담이 놓여 있었다. 박서방댁이 후줄근한 표정을 하고서 아이를 앞세워 그들 앞에 나아갔을 제 한창 시흥이 도도한 자가 수염을 쓰다듬으며 지껄이는 중이었다.

"난간 나무 빽빽하나 그래도 골짜기 감추고(樹密仍藏谷) 처마가 훤하여 산을 가리지 않네(簷虛不礙山). 물소리 베개 위에 들려오고(水聲來枕上) 구름 그림자 창 사이에 떨어지네(雲影落窓間)."

한잔 술에 노곤하여 목침 베고 누워서 한세상 사노라는 기분이니, 밭고랑에 어느 놈이 꾸부려 있건 웬년이 산야에서 쑥을 뜯건 상관할 바 아니라는 투였다. 역시 그 입으로 감홍로가 부어지고 닭다리 하나 들어갔다. 모두들 절귀라고 떠들고 기생년은 술을 치기 바쁜데, 악공의 뒤에 와서 섰는 것은 무명옷 입고 아이들을 데리고 섰는 촌부였다. 박서방댁은 아무 말 없이 서 있기만 하였고, 드디어 그들에게는 어울리지 않는 일행이라 모두들 음식 집어먹기를 멈추었다. 또한 웃음과 말도 멈추게 되어 그래도 속이 있는 자는 어흠, 큰기침하면서 돌아앉고 한 사람이 불쾌한 얼굴로 물었다.

"뭔가…… 여기는 아녀자 올 자리가 아닌데?"

그래도 박서방댁은 썰렁한 시선으로 음식이 벌여진 다담상을 내려다보았다.

"허허, 거기 뭣들 하느냐?"

선비 하나가 놀이터 아래편에서 저희끼리 몰려앉았던 구종배들에게 한마디 하자 그들은 무료하던 참이고 각각 제 주인이 바라보는 판이라 세 녀석이 함께 일어났다.

"이거 여기가 어느 자리라구 와서 청승이야."

"어서 가지 못해."

한 녀석은 박서방댁의 등을 밀고 다른 녀석은 조카아이의 손을 잡아끌었다. 기생이 있다가 그래도 동정이 가는지,

"뭐 먹을 것 좀 들려서 보내구려."

한마디 하였고, 곁에 앉았던 젊은 선비도 기생의 말에 거들었다.

"밥을 퍼서 찬이랑 주어 보내게나."

또다른 자가 말하는데 그는 이미 술이 거나해져 있었다.

"가만있거라. 이 자리는 시회하는 곳이고 누구든 한수 읊기 전에는 음식 참예를 할 수가 없다. 거 아무거나 소리라두 한마디 듣자꾸나."

"조옹지, 보아하니 살결두 희구 인물이 그만허면 네년들보다 낫구나."

아예 희롱하고 나오는 자도 있었다.

"아이고, 그저 계집이라면 입술을 적시는구려. 아무러면 매란국죽 마다허고 잡화를 탐할 학사가 어디 있나요?"

"모르는 소리다. 월야에 다소곳한 박꽃도 또한 마다 않으리라."

박서방댁은 그들의 오가는 희롱을 모르는 체 구종배들이 덜어주는 음식을 따로 받아 아이들에게 먹이고 앉았고, 처음부터 소리를 청하던 자가 비틀걸음으로 일어났다.

"여보게, 그 뉘 마누라인지는 모르되 이런 예가 있나. 춘흥이 가득한데 잡가가 되었든 타령이 되었든 한자리 해보라니. 내 술도 한잔 쳐주지."

속있는 자는 선비 체모에 조금 과하다는 생각을 하고 있었는데, 웬 초라한 사내 하나가 놀이판으로 다가와서 큰 소리로 외쳤다.

"마누라, 어디 갔나 했더니 여기 있었구면."

하고는 좌중의 사람들은 거들떠보지도 않고서 그릇에 담긴 음식과 밥을 와락 움켜쥐어 틀어넣는 것이었다.

"아니, 저런……"

나리가 손가락질을 하기도 전에 하인들은 나중에 집에 가서 치를 곤욕부터 두려워 제가 미리 지나치게 나올밖에. 우선 나간다는 게 욕설이었다.

"이런 망할 자식 같으니, 예가 어디라구 초상집 개처럼 얼씬거려."

"예가 어디긴 어디야, 구휼청 활인서두 아니구 청보에 싸논 개똥 두엄께지."

선비들이 저런 저런, 하면서 손짓 입맛 다시기 바쁘니 하인은 오랜만에 주인들 앞에서 꿩 잡은 매의 행세라 신이 나서 손찌검을 하였다. 볼퉁이를 찰떡 치듯 하는 판인데, 아무리 홍복이가 별다른 재간이 없다고 하나, 한창 시절에 주막거리에서 당초망이란 소리를 듣던 사람이라, 슬쩍 손을 올려 막으면서 손가락을 비틀어쥐었다. 그러고는 한 바퀴 꺾어서 등뒤로 밀어붙였다.

"글 한다는 것들이 앉아서 굶주린 양갓집 유부녀나 희롱하고 있으니, 겉몰골은 선비로되 속은 썩 내가 나지 않느냐?"
하고는 발길로 하인의 궁둥이를 호되게 걷어차고 좌중을 향하여 돌아섰다.

"에잇, 냄새나서 못 먹겠다."

홍복이가 씹던 밥알을 좌중에다 대놓고 길게 뱉어버리니 모두들 도포자락을 들어 안면을 가렸다.

"왜 씹던 밥알이 더러우냐? 너희 오장육부보다는 한결 정갈하다."

궁둥이 얻어맞고 나뒹굴었던 자가 채 일어나기도 전에 나머지 두 놈이 소매를 부르걷고 달려드는데, 나무 사이에서 선홍이가 두 팔을 벌리고 마중을 나왔다. 이 녀석들이 언제 건넛마을 김풍헌을 본 적이 있나, 이놈이나 그놈이나 한통속이겠거니 여겨 개나 걸이나 잡는다고 주먹을 부르쥐고 덤벼들었다. 선홍이가 가볍게 두 놈의 옷깃을 잡아당겨 한쪽 팔을 양손에 틀어쥐고는 그 자리에서 빙빙 돌며 맴돌이를 실컷 먹이다가 좌우로 패대기쳐버렸다. 두 놈이 사지를 허재비처럼 뻗고 땅 위에 구르더니 흙냄새가 고소한 모양이었다.

"봄 낮잠에 불알이 살찌는 게여."

선홍이가 허허대고 돌아와서 우선 궁둥이가 화문석에 붙어버린 듯한 놀이판 가운데로 덥석 들어가 병째로 감홍로를 꿀꺽이며 마셨다. 홍복이는 달아날까 덤빌까 움찔거리는 나머지 하인 한놈에게 손가락질하며 조용하게 으르대었다.

"거기…… 꼼짝 말구 앉았어."

하인이 널브러진 동무를 두어 번 돌아다보더니 엉거주춤 쭈그려앉았다.

"어이구, 이게 다 뉘 댁 광에서 나온 산해진미일꼬."

선홍이가 여로에 나물과 조밥만 대하다가 그럴듯한 화주와 고기를 만나고 보니 우선 다른 여념이 없었다. 그래도 홍복이가 생각이 빠른지라 다섯이나 되는 선비와 기생 셋과 악공 둘을 수습해두는 것이 안전할 것이라 생각하고 박서방댁에게 눈짓하였다. 그들은 무엇보다도 선홍이의 몰골이 험상궂어 그가 음식을 대강 먹고는, 저 남생이 잔등 같은 손으로 상투라도 뽑지 않을까 염려하여 안색이 푸르죽죽 설익은 살구빛이었다.

"성님, 일하구 나서 잡수시우."

홍복이 보다 못해 한마디 하니 선홍이는 그제야 병에 남았던 술을 한모금에 비웠다.

"거 참 오라를 지니구 다니는구나?"

선홍이가 선비들의 도포에 휘감은 술띠를 끄르며 말했다. 그는 술띠를 풀어다가 하인놈들부터 차례로 나무에 묶어놓았다. 기생은 기생들끼리 묶어놓고는 홍복은 나리들의 갓을 모두 벗기고 도포도 벗겼다.

"그래놓으니 털 뜯어놓은 병아리 꼴이로구나."

선흥이가 다시 주합(酒盒)을 열며 빈정거렸다. 흥복은 나리들의 몸에서 값진 것들을 골라내고 있었다.

"어이구, 이이는 은동곳을 했구먼. 이건 옥풍잠이고……"

사정없이 머리를 흩트려놓으니 나리들은 꼭 하도감(下都監) 검은 방에 떨어진 사졸과 같았다. 박서방댁은 한창 기생들의 몸뒤짐을 하는 중이었다. 옥지환 은지환은 물론이요 금박댕기 은박댕기 노리개에 은장도 향갑 등속을 사정없이 떼어냈다. 선흥이가 기생들의 뒷전에 놓였던 부담을 끌어다 열어보니 돈이 열냥에 갖은 방물이 들어 있었다.

"이거 이녁 갖다 할라우?"

선흥이가 박서방댁에게 물으니 그 여자는 입을 비쭉거렸다.

"갓을 줏어다 쓰시지요."

"허허허, 내가 갓을 써? 차라리 목을 베구 말지."

선흥이는 돈만을 끄집어내어 챙겼다. 워낙 장신구와 패물들이라 한데 모았어도 작은 보퉁이에 지나지 않았다.

"가면서 여기저기 적선해두 되겠다."

선흥이는 진 음식은 놓아두고 마른 음식들만 그러모아 싸기 시작하였다.

"거, 아주 종이가 부드럽구 야들야들한걸."

붓도 대지 않은 새하얀 호남 간지를 뚤뚤 말아 고기며 전이며 육포를 싸면서 선흥이는 감탄하였다.

"뒤지로도 아주 좋겠구먼."

선흥이는 나머지 종이까지 꾸려넣었다.

"가만, 가만…… 이거 뭐라구 그려놓았는지 도대체 알아먹을 수가 있나."

선홍이는 절귀라던 시가 적힌 간지를 비뚜름하니 들고서 들여다보다가,

"에이, 못쓰겠다."

하면서 머리 뒤로 던져버리니, 물소리 베개 위에 들리고 구름 그림자가 창 사이에 어쩌고 하던 글귀가 봄바람에 휘적이며 날아가버렸다. 박서방댁이 선홍이에게 말을 넣었다.

"아예 그 찬합이랑 반합도 들구 가십시다. 들에 나와 있는 아이들이나 갖다주게."

역시 제 손가락 찔려봐야 남의 아야 소리 알아듣는다고, 박서방댁은 느릅나무골의 메를 캐던 아이들이 생각났던 모양이다. 선홍이가 고개를 주억거리고 큰 손에 찬합 반합을 들었다. 좀도둑 지나간 자리에 쌀 변한 물건(糞)이 남듯이, 한판 저지르고 사설이 없을 수 있나. 말주변깨나 있는 홍복이가 돌아서서 파흥된 자리에다 한마디 보태놓는다.

"답청이란 쟁기 잡고 가랭이 걷고 맨발로 일하는 이에게나 쓸 문자속이지, 너희처럼 두 다리 뻗고 어깻죽지 주물리는 놈들에겐 당치두 않다. 오늘의 운자는 파(破)자이니 우리가 간 뒤에 골 맞대구 지어봐라. 내가 우선 한수 남기구 갈란다. 긴긴 봄날 배고파, 쑥개떡도 먹고파, 도둑질도 하고파, 봇짐 지고 가고파, 자아, 우리는 가네. 고뿔들면 마누라한테 갈근탕이나 달여달래게."

그들은 갓과 도포를 들고 나와서는 나뭇가지에다 여기저기 걸어두었다. 내쳐서 강변의 들판으로 나가 선홍이가 먼저 큰 소리로 아이들을 불렀다.

"얘들아, 잔치 음식이 예 있다. 어서 먹어라!"

아이들은 무슨 영문인지 모르고 그냥 주춤하니 섰을 뿐이었다. 박

서방댁이 다시 입나발을 하여 외쳤다.

"이밥에 고기반찬이 그득하단다. 여기 두고 갈 테니 가져다 먹으려무나."

아이들이 슬슬 움직이기 시작하고 그중 용기있는 계집아이가 뛰어오는 것이 보이자 그들은 들판 위에 찬합과 반합을 내려놓고 돌아섰다. 시욱진의 강변으로 지나치는 바람에는 풀냄새가 싱그럽게 실려 있었다. 그들은 삭녕을 지나 평산에 닿아서야 패물 등속을 팔았다.

노자는 이미 넉넉하였고 도계를 넘어오니 집에 다 온 것같이 느긋한 기분이었다. 홍복의 조카아이가 어린 몸에 수백리 길을 따라다니느라고 고생이 심했고 박서방댁도 겉으로 내색은 않았지마는 어린애를 업고 먼길을 걸어 지칠 대로 지쳐 있었다. 홍복이와 선흥이가 아이를 번갈아 업고 가기도 하였는데 평산서 돈이 생긴 김에 서흥까지만 세마를 내기로 하였다. 이번 행로에 선흥이와 박서방댁은 허물없는 사이가 되었으니, 선흥이는 그 여자의 시원시원하고 인정 많은 꼴에 저도 모르게 엇구수한 정이 들어버렸던 것이다. 그런데 선흥이가 무뚝뚝하나마 가끔씩 그런 정다운 기미를 보일수록 아낙네는 웬일인지 그를 어려워하기 시작하였다. 가는 길은 엿새가 걸렸는데 돌아가는 길은 더디어서 달포 남짓 걸려서야 그들은 동선관에 닿았다.

동선관 주막에서 하루를 푹 쉬고 나서 그들은 동선령의 새 산채로 올라갔다. 이미 집 두 채가 서 있었고 나머지 집들도 골격이 갖추어져 있었다. 모두들 나와서 그들을 맞았다. 길산이 홍복이의 손을 잡아주며 다정하게 물었다.

"그래…… 별 고생들은 없었느냐."

"고생이랄 게 뭐 있겠습니까. 선흥이 성님이 동행해주셔서 여러가지로 수월하였지요."

"수고들 많았다."

길산이 홍복의 조카아이 머리를 쓰다듬으며 한쪽에 섰는 박서방댁을 돌아보았다.

"아주머니도 고생이 많으셨소."

선흥이가 박서방댁의 등을 밀었다.

"우리 성님인데 인사하슈."

박서방댁이 수줍은 가운데 고개를 숙이고 중얼거렸다.

"어서 올라가십시오. 인사 올리겠습니다."

"인사는 무슨……"

길산이 마루로 올라갔고, 홍복은 그의 등뒤에서 나직하게 말하였다.

"저희 형수가 아닙니다. 이웃집의 과수댁인데……"

"왜, 고향에 계시지 않던가?"

그러나 홍복은 더이상 말을 꺼내지 못하였다. 길산이 자리를 잡아 앉았고 박서방댁은 밖에서 등에 업었던 아이를 풀어 내리니 선흥이가 자연스럽게 받아 안았다. 아이가 제 어미를 떠나 칭얼거리자 선흥이는 혀를 두드려 아이를 달랬다. 홍복이 길산을 돌아보며 싱긋이 웃었고 길산은 아직 별 느낌이 없는 듯이 보였다. 박서방댁이 얹은머리를 두 손으로 쓰다듬어 올리고는 길산에게 얌전히 큰절을 올렸다. 길산도 맞절을 하였고 이어서 홍복의 조카아이가 두 손을 이마에 올리고 절하였다. 박서방댁이 고개를 숙인 채로 길산에게 말하였다.

"저는 느릅나무골서 최서방네 이웃에 살다가, 최서방이 고향을 떠날 때 사단에 얽혀서 가장을 잃었습니다. 가장이 돌아간 뒤로 겨우 품을 팔아 연명해오더니, 이번 춘궁에는 온 고장에 기근이 우심하여 꼼짝없이 누운 채로 굶어죽게 되었다가 두 분의 도움으로 가까스로 회생하였습니다. 의지할 데가 없어 고향에서 죽느니보다는, 노중 객사라도 하는 게 나을 듯하여 염치 불고하고 두 분을 따라나서게 되었지요."

길산이 홍복이와 선흥이에게 물었다.

"거기서 별일은 저지르지 않았던가?"

"하마터면 총포에 맞아 물귀신이 될 뻔하였지요. 동네에서 눈치를 챘습니다."

선흥이가 말하니 길산은 고개를 끄덕였다.

"그렇다면 어차피 아주머니께서도 나중에 관의 핍박을 받게 될 형편이었군. 어쨌든 동행하기를 잘하였으나 보다시피 여기는 여염의 살림도 아니고……"

박서방댁이 고개를 들고 말하였다.

"제가 아무리 소견없는 아녀자라 하오나, 두 분과 함께 수백리 길을 오면서 모두 짐작하여 알았습니다. 사내들끼리 있는 곳에서는 빨래나 밥시중을 들어줄 계집이 있어야 살림에 규모가 잡히는 것입니다. 절대루 거추장스럽게 하지 않겠어요."

"거추장스럽다니 거 무슨 말이우. 그렇지 않아두 안식구들을 데려다가 안돈을 시키려는 판인데, 내가 집이라두 지어드리리다."

선흥이가 성급하게 나서며 제 가슴을 두드렸고, 박서방댁은 눈을 흘기면서 선흥이를 올려다보았다. 선흥이와 노상에서 친해진 갓난아이가 그의 무릎 위에서 경정거리며 뛰고 있었다. 길산은 그제야 박서방댁과 선흥이의 낌새를 눈치채고 홍복이 쪽을 돌아보았다. 홍복이는 바로 맞았다는 듯이 천천히 고개를 끄덕였다.

"자네 형수는……"

"무관과 살구 있었습니다. 함께 오려고 했으나…… 벌써 늦었지요."

길산이 여자에게 말하였다.

"여기서 이렇게 산다는 게 기약없는 일이긴 하지만 여염 마을이나 똑같이 사람 사는 도리도 있고 이웃끼리의 정도 두터운 곳입니다. 선홍이가 저렇게 큰소리를 치니 설마 굶기기야 하겠습니까. 다만 여기가 아직 자리가 잡히지 않았으니 당분간 홍복이네에 가 있든지, 아니면 동선관 주막에 내려가 있으시지요."

"아니어요. 제가 보기에 역사가 있어서 모두 바쁜 모양인데 밥도 짓고 빨래도 해야겠어요. 여기 있도록 해주십시오."

길산은 응낙하지 않을 수 없었다. 이 소문은 곧 산채에 파다하게 퍼져서 마감동 김선일 강말득 등은 서로 수군대며 즐거워하였다. 저녁을 먹을 때 박서방댁이 상을 차리는데 말득이가 불쑥 부엌을 들여다보며 농을 던졌다.

"형수, 나는 누룽지를 좋아허우."

밥을 푸던 박서방댁이 형수라는 말에 곧 얼굴이 빨갛게 되며 돌아서는데 선일이도 들여다보며 덧붙였다.

"형수님, 나는 푸근한 밥을 좋아허니 아래쪽을 퍼주시우."

박서방댁은 다시 일을 계속하지 못하고 돌아선 채로 부엌 안에 웅숭그리고 있었다. 선홍이가 마루에 앉았다가 이들의 하는 짓거리를 보고, 여자가 안된 마음이 들어 부끄러움도 잊고 마당으로 내려섰다.

"아니 저 자식들이 애들처럼 뭐 하는 짓이여."

선일이와 말득이는 서로 어깨를 건드리거나 쿡쿡 찌르며 웃음을 참고 있었다. 선홍이가 다가와 그들의 목덜미를 잡으려니, 말득이가 외쳤다.

"형수, 안 말려줄 거요?"

"젠장 누룽지는 서방님 몫으루 챙기려우?"

선일이도 지껄이며 달아나니 선홍이는 그들을 쫓아가려다가 뒷전에 섰던 홍복이와 감동이를 보고는 쑥스러워져서 슬며시 돌아서다가 부엌을 넘겨다보며 한마디 던졌다.

"애나 풀어놓구 하슈."

여자는 더욱 부끄러워져서 기어들어가는 소리로 대답하였다.

"어서 저리루 가요. 무슨 사내들이 부엌을 기웃거린담."

선홍이는 이제 얼굴이 지지벌겋게 되어 동무들 사이로 돌아왔다. 감동이가 눈짓하여 일부러 무덤덤히 마루에 앉았는데, 선일이와 말득이가 상을 맞들고 오면서 또 한마디씩 하였다.

"이 가운데 고봉으로 담은 밥은 서방님 차례일세."

"아따, 나두 여편네를 붙여두어야지 이러다가는 누른밥이나 한술 얻어먹기두 어렵겠는걸."

선홍이는 아예 입맛을 다시며 대꾸가 없다가 상이 앞에 놓여지자 벌떡 일어났다.

"성님 밥 먹으라구 해야지."

말득이가 받기를,

"길산이 성님두 이제는 우리나 매한가지여. 형수께서 구월산에 계시는데 언제 서방님 밥상 들여다볼 틈이 있겠다고."

하는데 선홍이가 드디어 역정이 났는지 버럭 소리를 질렀다.

"걱정 마라 이놈아, 나 장가들 테니까."

박서방댁은 아예 부엌에서 나오지도 못하였고, 선홍이는 짜장 부아가 돋은 듯이 쿵쾅거리며 마루 위로 올라갔다. 선홍이가 미닫이를 열면서 불쑥 말하기를,

"성님, 나 장가들라우."

하였고, 길산이 되물었다.

"그래 누구허구 하려느냐?"

"누구긴 누구요, 춘천댁이지."

"그것 참…… 성미가 급하구나. 총각이 어디 너 하나뿐이냐?"

"깐놈들 나를 놀려대는 꼬락서니가 장가가자면 산 호랑이 눈썹 뽑 드키 가망없는 자식들이우."

길산이 껄껄 웃었다.

"그놈들이 새암이 나서 그러는 게다. 헌데 춘천댁은 이미 아이까지 낳은 과수댁이고 너는 숫총각인데 밑지는 기분은 없느냐?"

"아니 거 무슨 말씀이우. 춘천댁이 저자의 곤달걀이우, 방물전의 이 빠진 참빗이우. 애는 아무나 낳는 게고, 나 대신에 박가 성 가진 이 의 살림 해주었으니 언년은 뭐 고각에 앉아서 사타구니 도사리구 풍 월한답디까. 다들 지어미가 되어서 이러구러 살다가 이빨 빠진 할망 구가 되는 게여. 나는 춘천댁하구 구수하게 살 터이니 성님두 딴소리 하지 마슈."

"알겠다. 네가 나중에 물르자구 나올까봐 그랬다. 제 마음에 괴어 야 궁합이라는데 네가 그토록 춘천댁이 좋다니 과연 연분은 묘하구 나. 그런데 네가 막상 장가를 든다 하니 그냥 하품타령으로야 지낼 수 있겠느냐. 이번에 산채가 정돈되고 구월산 식구들도 안돈시킨 연후에 너희 가족들에게도 통기하여 지내도록 하자꾸나."

"그럼 성님이 좀…… 해주슈."

선흥이가 더 말하지 않고서 쓱 돌아앉았고, 길산은 알아듣지 못하 였다.

"뭘, 장가두 대신 들어주랴?"

"저…… 저 자식들 함부로 농치지 못하게 봉해달란 말이지요."

"그래 알겠다. 어서 들어오라구 해라."

저녁밥을 먹고 나서 모두 둘러앉은 뒤에 길산이 아우들에게 말을 꺼냈다.

"이번에 선홍이가 춘천댁과 성혼을 하기로 작정이 되었다. 기왕에 나온 얘기니까 너희들두 남의 일 같지 않게 들어두어라. 우리가 아무리 세상을 등지고 숨어 산다고는 하나, 대개가 정처없이 떠다니다가 집도 잃고 혈육도 없으니 이런 적막할 데가 어디 있겠느냐. 모두들 볼썽사나워 헛상투를 틀었으되 이건 도무지 사내들끼리 왁작거리는 것이 부허하여 못 보겠구나. 이제는 제각기 아낙을 맞아 여염의 생활을 해야겠다. 선홍이 장가간 뒤에 누구든지 인연을 맺어서 안식구를 거느리도록 해라."

모두들 막상 그런 말을 듣고 보니 공연히 사내끼리 둘러앉은 것이 싱겁기 짝이 없었다.

"이제는 춘천댁과 선홍이는 부부나 다름없으니, 공연히 놀리거나 농담하지 말구 아주머니처럼 대하여라."

장본인 선홍이는 멋쩍어서 천장도 올려다보고 방바닥도 내려다보며 딴전을 피우는데, 말득이가 처진 목소리로 말하였다.

"우리 끝춘이는 그럼 누구한테 시집을 보낼꼬……"

"누이가 방년 몇이우?"

김선일이 불쑥 물었다. 말득이가 대견찮게 여겨 그를 힐끗 바라보고는 묵묵부답하였다. 길산이 선일에게 말하였다.

"그래, 끝춘이를 자네가 본 적이 있던가?"

"본 적은 없습니다만…… 얘기는 많이 들었습니다."

길산은 선일의 은근히 바라는 눈치를 알고서 말득이에게 말하였다.

"전에두 얘기했지만 끝춘이 중신은 내가 서야겠다. 자네 생각은 어떠한가?"

말득이가 별수없이 머리를 숙였다.

"성님께서 해주신다면야 저두 할말이 없습니다."

마감동도 새삼 장가드는 얘기가 나오고 보니 어쩐지 심란한 생각이 들었다.

"하여튼 이사나 끝내구 보십시다."

감동이가 말하였다. 그믐께에 가서야 산채가 대강 정돈이 되었고 길산을 비롯한 식구들은 모두 구월산으로 돌아갔다. 오만석은 구월산 산채에 남고자 하였는데 마감동도 그 생각은 같았다.

김기도 그의 고향이었던 봉산 근처로 식구들을 데리고 가는 것은 꺼려하였으므로 결국 동선령으로 이사갈 가족이 있는 것은 길산과 말득이뿐이었다. 김기는 식구들을 탑고개에 남겨두고 혼자서 동선령으로 가기를 원하였다. 이따금씩 은율로 가서 식구들을 돌아보고는 다시 산채로 오르면 될 것이라 하였다. 오만석과 마감동도 무슨 일이 생기면 곧바로 달려가리라 다짐하였다. 길산은 산채의 식구들이 나누어지는 것을 처음에는 반대하였으나, 아버지 장충과 안무당이 탑고개를 뜨기를 싫어하는 것을 보고는 드디어 구월산에 패거리를 남기기로 하였다. 장충이 말하였다.

"우리는 이젠 다 늙었다. 또 어디로 가서 새로 정 붙이고 살겠느냐. 우리는 탑고개를 떠나지 않을 작정이니 네 처와 수복이나 데리구 가거라."

그러나 봉순이는 늙은 부모님을 탑고개에다 떼어놓고 갈 수는 없다는 것이었다. 장충이 달래었다.

"예서 봉산이 지척인데 뭘 그리 염려하느냐. 우리 걱정은 말구 네 남편을 따라나서거라."

길산이 드디어 말득이와 선일이와 선흥이를 데리고 구월산을 떠나는 날, 봉순이는 할 수 없이 수복이를 업고 그들을 따라나섰다. 김기는 식구들을 남겨놓고 길산을 따라서 동선령으로 향하는데, 감동이와 만석이도 일단 선홍이의 혼례에 참례하려고 동선령까지 같이 갔다. 그들이 동선령 산채에 당도한 지 사흘쯤 지나서 곧 선홍이와 춘천댁의 혼례가 이루어졌고, 선일과 끝춘이는 맞선을 보았다. 마감동과 오만석이 동선령서 며칠을 묵고 나서 강말득과 함께 길을 떠났다. 말득이는 송도로 박대근을 찾아갔다가 우대용을 만나고 돌아올 참이었다.

5

봄부터 기근이 전국을 휩쓸고 있었다. 사월에 변덕스러운 날씨가 폭풍과 우박을 몰고 와서 평안도와 황해도 일대에 극심한 보리의 피해가 있었다. 연이어 굶주린 백성들을 역병이 덮쳐버렸고, 유월이 될 때까지 비는 한줄금도 비치지 않았다. 이제 가뭄과 기근은 전국을 휩쓸고 있었다. 굶주림으로 역병이 일어나고 따라서 농사를 짓지 못하며 거기에다 날씨의 변화로 추수마저 할 것이 없게 되니 흉년은 일년이 아니라 실상은 몇년씩 누적되는 법이었다. 팔도가 모두 굶주림과 병에 시달리고 있었는데 그 가운데서도 황해도 지방이 가장 심하였다. 노상에는 양식을 구하러 다니다가 쓰러져 죽은 자의 시체가 즐비하고 버려진 아이들이 무리지어 대처를 떠돌았다. 기운이 남은 자는 곡식 한두어 되를 빼앗기 위하여 함부로 사람을 죽이곤 하였다.

흉년의 붉은 해가 메마르고 갈라진 들판을 모두 태워버릴 듯이 이글거렸고, 빈 마을에는 굶어죽은 자와 역병으로 쓰러진 자의 시체들만이 까마귀와 더불어 남아 있을 뿐이었다. 고을마다 진휼한답시고 관가 앞에 죽솥을 두어 찾아오는 기민에게 솔잎과 쌀가루 섞인 진휼죽을 한그릇씩 먹였다. 살아남은 자들은 또한 자식을 팔고, 가족들은 사방으로 흩어져 살 길을 찾다가 노비가 되는 것을 자청하기도 하였다. 부자들은 양식을 광 속에 산더미처럼 쌓아두고 굳게 대문을 걸어 잠그고서, 하인배로 하여금 기민이 얼씬거리지 못하도록 엄중히 단속시켰다.

간혹 그 가운데 진휼을 원하는 이가 있었으나, 대개는 공명첩을 바라고 하는 일이라 고작해야 쌀 수십 석이었으며, 그것으로는 한 고을의 백성들이 사나흘 동안 죽으로 연명할 뿐이었다. 어떤 곳에서는 명년의 농사에 직접 일하게 될 장정들 중심으로 구제를 하여 어린아이와 노인들이 많이 죽었다. 공명첩과 쌀을 바꾸려는 자도 제법 많아서, 흉년에는 찰방, 별좌, 판관, 첨정, 부정, 통례정, 첨지, 동지 등등의 가설직의 사태가 났고, 양민은 차츰 천민으로, 돈 있는 자는 자꾸만 양반으로 상승되었다. 이제는 돈 가진 자가 천자문 한 권을 읽지 못하였어도 관 쓰고 도포 입어 스스로 양반임을 자처하게 되었다.

대개 양민으로서 가설직을 살 정도로 재산을 모은 자들이란, 지방 관리나 토호들에게 붙어서 제 주변의 같은 처지의 사람들을 짓밟고 빼앗아 대지주가 된 사람들이었다. 재물뿐 아니라 공명첩까지 얻게 되었으니 비록 흉년에 수십여명에게 죽사발을 먹이느라고 쌀을 약간 축냈다고는 하나, 명년부터는 생존자들을 동원하여 더 큰 재물을 모을 권력까지 얻게 된 셈이었다.

유월의 막바지에 그야말로 천지는 이위화(離爲火) 격으로 불타는 듯하였다. 해안지방에서는 게나 잡어를 주워다가 끓여먹기도 하였고, 깊은 산속에서는 열매를 얻기도 하였으나, 역시 농사를 짓던 마을마다 굶주림이 혹심하여, 뱀이건 개구리건 닥치는 대로 잡아먹다가 기운이 없고 지쳐서 나무 그늘에 누워 서서히 죽어가곤 하였다.

서흥 중부지방의 객관인 용천관 앞의 넓은 마당에는 임시로 기민을 위한 진휼처가 열렸다. 객관은 낡은 건물이라 기둥과 서까래가 썩고 문이 떨어져나갔으며, 기와가 파손되어 관원은 아무도 유숙하지 않아서, 문루와 동헌 서헌에는 유랑민들이 땡볕을 피하여 이리저리 눕고 앉았다.

동헌 앞에 커다란 쇠솥 셋이 걸려 있었고, 아전이 친히 관노들을 데리고 나와서 인근 부락에서 몰려나온 자들의 호패를 점검하고 죽을 퍼주고 있었다. 이곳에 호적이 없는 자들은 뒤로 미루어지는 것이었고 동네마다 저희끼리 패를 짜두어야만 하였다. 따라서 늦게 오는 자들이나 끼이지 못한 자들도 뒤로 밀려나게 되니, 자연히 언성도 높아지고 욕설이 오가는 것이었다. 겨울부터 봄까지 변덕스런 날씨로 하여 싹도 내기 전에 농사의 절기가 지나가버리자 곧이어 입춘이 지나면서부터는 비가 한번도 내리지 않았다.

봄은 영영 없어져버렸으며 곧 염천과 같은 무더위가 다가와 그나마 모판을 바라던 백성들의 가냘픈 기대마저 말려버리고 말았다. 논과 밭에는 자라나는 것이 전혀 없었고 열병까지 나돌아서 들판에는 여름 절기에 아무것이나 생산해내려고 꾸물대는 사람의 자취도 끊겼으며 천지가 온통 붉은 땅뿐이었다. 이제는 풀과 나무뿌리를 캐러 다니는 자들도 없었다. 쑥도 곡식이 없으니 캐나마나였지만, 명아주 비듬 송화도 절기가 다 지나자 먹을 수도 없이 시들었고 샘과 개천은 말라버렸던 것이다. 그래도 죽을 얻어먹으러 나온 사람들은 봄에는 식량이 조금 남아 있던 부류였고, 먼 곳에서 온 유민들은 이미 오래 전에 식구들과 헤어져 걸식하며 다닌 지가 오래된 자들이었다.

"어느 동네여?"

나졸이 구기를 솥에 넣어 휘휘 저으면서 앞으로 나오는 자에게 물었다.

"예, 목감방이올시다."

"거긴 아까 지나갔어. 이따가 죽이 남거든 오고 시방은 율리방 사람들만 앞으로 나와."

"아이구…… 간신히 십리 길을 왔는데 이거라도 받아다가 아이들을 먹여야 합니다."

머리가 흐트러지고 안색은 이미 부황이 들다 못해 시꺼멓게 죽은 중년의 사내가, 앞으로 내밀었던 양푼을 솥 안에 막무가내로 넣으려 하면서 사정하였다.

"저리 못 가? 어디다가 들이밀고 지랄이야."

옆에 섰던 관노가 그를 억지로 줄에서 끌어냈고 뒤에 섰던 자는 그를 아랑곳하지 않고 합세하여 밀어냈다.

"율리방입니다."

나졸이 구기를 담가서 두 번을 퍼내어 그의 내밀어진 그릇에 쏟았으나 그는 빠져나가지 않고 사정하였다.

"마누라가 누워 있어 데리고 나오지 못하였습니다. 한 몫만 더 주시우."

그러나 나졸은 구기로 솥을 두드리며 중얼거렸다.

"일인 일식일세. 자, 다음……"

"아이들도 있습니다."

"내일부터 데리고 나오든지 이따가 저녁때 모두 데려와."

그럴 수밖에 없는 것이 기민은 한정없이 먹으려 하고 구휼미는 이리저리 빼돌려 재고가 모자라, 권분이라 하여 관아에서 지방의 부자들에게 권하여 구휼미를 내도록 해서 겨우 끓이는 시늉이나 하는 때문이었다. 진곡이 따로 있어야 하건만 대개의 수령들은 갖은 명목으로 사복을 채우고 겨우 진휼하는 시늉만 내게 마련이었다. 줄에 끼여 있지도 않던 노파 하나가 깨어진 사기 대접을 들고 반열에 내달려오며 사정하였다.

"나으리, 벌써 이틀이나 아무것도 넘기지 못하였소. 한 구기만 떠주시오."

"호적 대조는 하였는가?"

"저희는 신계에 살다가 식구들이 먹을 것을 찾아 모두 흩어지고, 저하고 손자만이 남았수."

나졸은 거들떠보지도 않았고 관노가 그래도 동정하며 말하였다.

"신계 관아로 가시우. 왜 여기 와서 죽을 달라고 허우, 우리 고을 사람들 먹을 것도 없는데."

"되돌아가려도 걸을 기운이 있어야 가지."

"저리 비켜요. 어이, 율리방은 다 끝났다."

이러한 혼란과 애소가 죽솥 앞에 끊임이 없는데 아직도 기민의 행렬은 동헌 앞뜨락을 지나 문루 아래까지 뻗쳐 있었다. 모두들 땀을 흘리며 그늘에 웅기중기 모여앉아 제각기의 그릇을 들고 죽을 마시는데, 보릿겨와 모래가 섞인 싸라기에 솔잎을 잘라넣어 멀겋게 끓인 보리죽이었다. 요행히 한그릇을 먼저 타먹었던 타관 사람이 말하였다.

"평산에서는 사또가 바른 이라 흰죽에 푸성귀를 넣었는데 여긴 지독하구만."

"진곡으로 남겨둘 것을 모두 사용으로 써버렸을 테지."

"이나마도 하루 두 번밖에 주지 않으니, 매양 수십리 길을 걸어다닐 기력도 없어 온 가족이 아예 여기서 노숙한 지 닷새째요."

말하면서 그는 뒷전에 모여앉아 죽을 마시는 네 사람의 처자를 돌아보았다. 다른 사람이 가볍게 비워진 죽그릇을 손가락으로 훑어 빨고 나서 탄식하였다.

"망할 놈들…… 볏모를 다 뽑으라더니 메밀을 심으라지 않소. 오늘부터 모두 동네로 쫓아낸다고 합디다. 종자도 안 주면서 덮어놓고 메밀갈이를 하랍디다."

"아무거나 종자가 있었더면 그것으로 온 식구가 메밀죽이나마 트림이 나오도록 먹어치우겠다."

"이달 안으로 무엇이든 심지 않으면 가을까지 진곡도 내주지 않는답디다."

"이제 추수는 아예 그른 판이니 겨울이 오면 떼죽음이 날 게요."

그들은 한결같이 누렇게 부어오른 얼굴 위로 콩알만한 땀을 그득히 흘리고 있었다. 죽그릇을 가진 자는 저희끼리 둘러앉았고, 그나마도 못 얻어먹은 자들은 멀찍이 떨어져서 땅바닥에 눕고 문루의 기둥에 기대어 있었다.

"여긴 활빈도가 나오지 않으려는가."

"그게 무어요?"

젊은 사내가 중얼거렸다.

"평산이나 신계에는 진작에 활빈도라고 자처하는 자들이 나타나 부잣집을 털고 곡식을 나누어주었다고 합디다. 노상에서 어떤 식구들을 만났는데 너 말가웃 되게 얻어서 여름을 나게 되었다고 기뻐합디다. 떡 해먹고 이밥 해먹을 분량은 못 되지만 이 같은 흉년에 그만했으면 아무거라도 섞어서 끼니를 때울 수가 있겠지."

"가히 상제께서 보내신 천군이구려. 벼슬아치들은 아닐 테고……"

"여보, 벼슬 가진 놈들이 제 밑구멍이 느슨한데 미쳤다고 우리 대신 부자를 턴단 말이우."

"그래두 어사라든가……"

말을 꺼냈던 자는 갑자기 기분이 잡치는 모양이었다.

"헛…… 말 못할 손일세. 여보, 가재는 게 편이라구 어사또가 무엇이 답답하여 자기네에게 어여삐하는 토호를 들이치겠소. 고을 원이나 어사나 그게 그놈들이야. 우리가 욱하여 들구일어날까봐 미리 저희끼리 단속을 하는 게여."

말을 가로막힌 자는 주위를 둘러보고는 목소리를 낮추었다.

"쉬이, 큰일날 소리를 하는군. 아무리 허기가 졌다구 일가 구몰할 말을 함부로 내대지 마슈."

"제미랄 것, 죽사발도 비었지, 배는 이젠 건더기두 없이 바람만 가득 찬 통장고지, 남아봤자 목구녕이구 헛바닥인데 사설이나 늘어놓다가 뒈어지는 게 낫소."

"그러니까 벼슬아치도 아니고 군사도 아닌 사람들이 쌀을 막 나누어준다 그 말이오?"

타는 듯이 바라는 시선으로 다가앉으면서 다른 사내가 물었고 타관에서 온 자가 말하였다.

"우리네하구 똑같은 사람들이라니까. 아주 상것들이 분명하답디다. 하두 날쌔고 기운들이 장사라 관군들은 모두 대적하지두 못하구 달아난다구 그럽디다."

징 치는 소리가 들려오기 시작하였다. 아전은 이미 돌아갔고 나졸들이 관노들을 재촉하여 죽 나누어주는 일을 폐하고 있었다. 행여나 하고 늘어섰던 자들이 빈 그릇을 흔들며 하소연하였으나 그들은 객관을 떠나고 있었다.

"이따가 저녁참에들 나오슈. 다 끝났으니까."

죽도 못 얻어먹은 자들은 다시 뙤약볕을 피하여 객사의 처마밑이나 나무 그늘을 찾아 흩어졌고, 동헌 앞마당에는 비워진 가마솥들만 덩그러니 남았다. 아이들과 어른들이 한덩어리가 되어 솥에 늘어붙어 바닥과 가에 남은 죽의 물기를 손바닥으로 훑어서 부지런히 빨았다. 그짓도 자리다툼이라 밀치고 넘어지고 하는데, 아직은 체면이 남은 자들이 멀찍이서 바라보며 혀를 차는 것이었다.

"용천관이 아니라 아귀관이로구나."

"이러다가 입추 전에 살아남을 사람 하나두 없겠네."

아까부터 누각의 마루 아래편 바람맞이가 되는 기둥 뒤에 질펀히 누워서 자고 있던 사내가 부스스 깨어 일어났다. 그는 죽도 못 얻어먹었는지 그릇도 없었고 땟국이 흐르는 조그만 보퉁이를 베고 누웠던 것이다. 그의 맞은편에는 그 사내와 발바닥을 맞댈 듯이 길게 뻗고 잠든 자가 보였다. 두 사람이 한결같이 봉두난발에 다 해진 무명옷 차림인데, 어디서 참새나 개구리라도 잡아 구워먹었는지 얼굴에 검정이 지저분하게 묻어 있었다. 먼저 깨어난 사내는 맞은편 사내의 발을 툭툭 건드렸고, 그가 돌아누우려다가 알아채고는 벌떡 일어났다.

"저 위로 올라가보아."

먼저 깨어난 사내가 손가락을 세워 문루의 마루 판자를 가리켜 보이자, 그는 눈을 비비면서 죽솥 부근을 돌아다보았다.

"다 갔군."

그는 일어났는데 몸집이 크고 가슴에 가득한 털이 고름도 없이 돌띠만 질끈 맨 저고리 사이로 시커멓게 드러나 보였다. 남은 사내는 그가 두고 간 물건을 제 보퉁이 옆에 놓았다. 거적을 둘둘 말아 새끼줄로 매었으니 아마도 그것이 깔고 덮고 하는 침구인 모양이었다. 사내는 아까부터 제 등뒤에서 지껄이고 있는 젊은 사내의 목소리를 하나도 빼놓지 않고 듣고 있었던 모양이다.

"자세한 것은 모르지만 우리처럼 굶주린 백성은 분명한데 무리를 짓고 감히 일어난 것뿐이겠지요."

"아무렴, 활빈도가 따루 있나. 이판이 사판이고 칼 물고 뜀뛰기인데."

"너 좋고 내 좋고……"

"서흥서 누가 가장 부자고 인색하던가."

"그야 뭐 따루 있어? 도상방(道上坊) 조동지(趙同知) 댁이지. 세평방에서 수하방으로 하여 동현령(東峴嶺)까지 자기 땅만 밟고 온다는 사람이니까."

"이번에 진미 좀 냈을까?"

"어이구, 진미가 다 무에야. 그자가 이미 오래 전에 권분에 응하여 동지직을 따냈는데, 사또의 봉물이라면 또 몰라도 미곡 한섬을 안 냈을 걸세."

하는데 저쪽에서 누군가 밭은기침을 터뜨리더니 이윽고 숨넘어가는 듯한 소리로 변하였다. 손자를 데리고 나와 죽을 얻어먹지 못하였던 노파였다. 이윽고 토사가 일어나는지 가까스로 머리를 쳐들고 구역질을 하였다.

"또 한사람 가는군……"

얘기를 끊으며 누군가 무심하게 지껄였다.

"잔치 음식 먹구 체했다면 평위산 한첩으루 내려갈 테지만, 이 기근에 쌀 한톨을 구경 못했을 터이니 필시 더위먹고 빈속에 물을 많이 들이켰겠군. 부황 나고 물에 체하면 죽는 게여."

과연 노파가 몇번 더 자지러지게 토하는데 말간 물기가 한없이 쏟아져나오는 모양이었다. 일곱살쯤 되어 보이는 아이가 기운이 없어 큰 소리로 울지도 못하고, 어른처럼 멀거니 바라보며 소리없이 눈물만 흘리고 있었다. 기둥에 기대어 여러 사람들의 얘기를 듣고 앉았던 사내가 앉은걸음으로 다가갔다. 아이는 무력하게 제 할미의 손을 잡고 울고 앉았고 사내가 부축하여 끌어올렸다.

"놓아두시우."

노파가 가냘프게 중얼거리는데, 바람맞이를 하고 앉으니 한결 나은 모양이었다. 노파의 이마에는 땀이 번져 있고 입술에 백태가 끼어 말라붙었다. 사내가 봇짐을 끌어다가 손을 쑤셔넣더니 쌈지 같은 주머니에서 환약 비슷한 것을 한줌 꺼내었다. 그가 아이에게 그릇을 내어주며 부드럽게 일렀다.

"가서 물을 떠오너라."

아이는 할머니만을 바라볼 뿐 움직이려 하지 않았다.

"이것이 구황하는 황랍환(黃蠟丸)이다. 이걸 잡수시면 곧 나으신다."

그러나 노파는 아이의 손을 꼭 잡고 놓지를 않았다.

"그만두오. 내가 더 살아서 무얼 하겠소. 저것이 이제 노중에서 아무도 돌보지 않아 죽고 말 터이니, 먹을 것이나 있거든 내 보는 앞에서 저애를 먹여주었으면 그게 약이지요."

사내가 일어났다. 그는 노파의 빈 사발을 들고 문루를 나서서 숲을 향하여 걸었다. 시냇물에 이끼가 끼고 물때가 덮여 먹지 못하겠고, 아무래도 샘까지 찾아가야 하였다. 마침 샘가에는 그와 비슷하나 폐의파립(弊衣破笠)의 선비와 구종배인 듯한 남루한 차림의 사내가 쉬고 있었다. 그들은 서로 아는 사이인 모양이었다. 선비가 물었다.

"장두령, 일이 무르익어가오?"

"기다리구 있으시우. 지금 홍복이하구 선홍이가 슬슬 부추기구 있소."

샘으로 물을 뜨러 나온 사내는 길산이었고, 그와 나란히 자는 체하다가 문득 위로 올라간 사내는 선흥이, 그리고 사람들에게 다른 고장에 활빈도가 나타났다고 떠들던 사내가 흥복이었던 것이다. 샘가에서 기다리고 있던 이는 김기와 말득이었다.

"선일이는 어디루 갔수?"

"방금 객관의 형편을 살피구 오겠다며 그쪽으로 올라갔네."

길산의 물음에 김기는 대답하고 나서 말득이와 길산을 번갈아 바라보면서 말했다.

"역시 부잣집보다는 관창이 더 낫지 않을까?"

"우리 마음대루 할 수는 없는 노릇이우. 이 고장 사람들의 원한이 가장 많은 쪽으루 택해야겠지. 저들이 바라는 대루 하십시다. 들어보니 조동지라는 자가 있는 모양인데 제각기 그를 들어 말하는 것이 서흥에서는 지독한 짓을 많이 저지른 모양입디다."

"그렇다면 무리가 하는 대루 따라가야겠군. 우리네야 팔짱 끼구 뒷전에 있다가 어지러운 일만 바로잡아주면 될 테니까."

길산은 샘에서 물을 떠가면서 말득이에게 일렀다.

"너는 우리가 이곳을 떠난 뒤에 관군이 쫓아오면 선일이하구 둘이 남아서 지체시키도록 해라."

"아무 일도 없으면 어찌할까요?"

"그러면 일단 우리 뒤를 따라오너라."

길산이 물을 떠가지고 용천관의 문루 아래로 돌아오니, 노파는 벌써 기진하여 가쁜 숨을 내쉬고 있었다. 황랍환을 먹이려 하였으나, 때는 이미 늦어버렸던 것이다. 노파가 가물가물한 시선으로 길산을 올려다보며 중얼거렸다.

"우리…… 새끼를…… 잘 부탁허우. 제발 거두어서 살려……주시우."

　노파의 턱이 바르르 떨리더니 눈이 고정되고 모든 동작이 멈추었다. 길산이 눈을 내리쓸었고, 아이는 소리없이 울기만 하였다.

　"여기 사람이 죽었소……"

　길산이 그늘의 이곳 저곳에 누워 헐떡이는 사람들에게 외쳤으나, 모두들 머리를 돌려 두려운 듯이 한번씩 넘겨다보고는 움직이려 하지 않았다. 뿐만 아니라, 근처에 있던 자들은 슬그머니 일어나 되도록 먼 곳으로 자리를 옮겨갔다.

　"아니…… 아무리 굶주리고 지쳐 있다 하나 우리는 하늘에서 낸 곡식으로 밥을 먹고, 두 발로 땅을 딛고 서는 사람인데 인도가 이럴 수 있단 말이오. 이렇게 사람의 도리를 저버리고 어찌 흉황에 살아남기를 바라겠소."

　그러자 저쪽에서 얘기를 나누던 사람 중의 하나가 고개를 들고 대꾸하였다.

　"여보, 원래가 인정이란 저 살고 남지기에서 나오는 법인데, 지금 모든 사람의 코앞에 주려죽는 일이 닥친 형편에 인정과 도리 따위가 무엇이란 말요. 만약 이 땡볕에 그 할멈을 끌고 나가 땅을 파고 묻는다 치면, 한 사흘 버틸 원기를 모조리 뽑아버릴 게 아니오. 내 몸 하나 가누기도 벅찬 때에 오죽하면 그 사람들을 가족들이 버렸겠소."

　그러나 길산은 기다렸다는 듯이 말하였다.

　"그러면 이대로 앉아서 멀건 보리죽이나 마시면서 차례로 죽어가기를 바라겠소, 아니면 나허구 같이 쌀을 가지러 가겠소?"

　그의 말이 끝나기도 전에 여러 사람들 틈에 끼여 있던 홍복이 일어났다.

　"여보, 쌀만 구할 수 있다면 어찌 앉아서 죽기를 기다리겠소. 어디 가서 곡식을 구한단 말이우?"

"내야 타관 사람이니 어찌 알겠소마는 아무리 흉년이라 하여도 오십 결이 넘는 토지를 가진 부자가 어느 고을이나 있게 마련인데, 그만하면 수만 석지기가 될 것이니 웬만한 흉년에도 창고는 가득 차 있을 것이오. 이미 이렇게 되면 어느 한 사람의 곡식이 아니라 우리들 모두의 것이니 갖는 자가 임자요."

길산과 흥복이 주거니받거니 수작들을 벌이자, 사람들 사이에서 동요가 일어났다. 길산이 노파의 시체를 팔에다 가볍게 들어올리고는 마루 밑을 나와서 동헌의 마당 가운데로 걸어나갔다. 문루 위에서는 선홍이가 제 가슴을 두드리며 떠들고 있었다.

"이 천동(天動)도 지동(地動)도 모르는 사람들아! 굶어죽기가 정승 지내기보다두 어려운 법인데, 지척에다 백옥 같은 양식을 두고 멀건 보리죽을 삼키느라구 다투구들 섰어. 느이들은 사람이 아니라 굼벵이, 무숙이, 바구미, 딱정이, 설설이, 오살이, 쥐며느리 들이다. 에이, 나는 못 참겠다. 도상방 조동지네 집에 가서 창고를 부수고 쌀을 꺼내와야겠다."

선홍이가 쿵쾅거리며 누각에서 내려오자 사람들은 홀린 듯이 그 뒤를 따라 내려왔다. 지쳐서 늘어져 있던 노약자들도 끈이 달린 듯이 무리들의 뒤를 따랐다. 흥복이가 외쳤다.

"도상방으루 몰려갑시다. 오랜만에 이밥을 메어지게 먹어봐야지. 활빈도가 따루 있겠소. 굶은 놈들이 먹구 살려는 게 바루 활빈도여."

문루의 마루 아래에서도 사람들은 꾸역꾸역 몰려나왔고 처마밑에 늘어졌던 사람들도 천천히 일어났다. 그들은 비어 있던 마당을 금방 메웠고 뒷전에서 계속 말없이 모여들고 있었다. 길산은 주림에 죽은 노파의 앙상한 시신을 땅 위에 내려놓았다. 사람들의 틈을 비집고 아이가 길산의 곁으로 왔고 길산은 자연스럽게 아이의 손목을 잡았다.

"이 아이는 돌볼 사람도 없으니 관가에서 끼니라도 먹인다면 국법대로 노비가 되고 말 거요. 관가에서 거두어 돌보는 데 사십일이 넘는 자는, 장정과 노약을 불문하고 관노로 박아도 되게 되어 있소이다. 그래도 죽는 것보다는 하천으로 살아남기를 도모하는데, 지척에 살 길을 두고 서로 사람의 도리까지 저버려서야 될 말이오? 인류는 대저 형편에 따라 가장 합당한 경우를 쫓는 것이오. 조동지라는 이가 미곡을 수없이 창고에 쌓아두었다 하니 그것을 찾아 먹읍시다. 이는 필시 평년에 우리의 작료를 받아 모아둔 것이 분명하니 우리들의 것이외다. 우리는 수백의 입이고 그자는 제 한 입을 위하여 편히 보료에 기대앉아 창고에 드나드는 새앙쥐나 염려하고 있으니, 어찌 천지가 바르다고 하겠소. 이 길로 도상방으로 가서 쌀을 꺼냅시다."

"자, 가자. 도상방으로 가자."

선홍이가 군중의 틈에서 외치며 용천관 앞마당을 빠져나가는데 그 뒤로 많은 사람들이 우르르 따라나갔고, 그들은 아무 말도 없이 꾸역꾸역 움직여 나가기 시작하였다. 아직도 기운이 남고 젊은 축들은 훨씬 앞서 갔으며 노약자들은 바야흐로 이밥을 배불리 먹는다는 헛것에라도 씌운 듯이 발을 끌며 나아갔다.

어느덧 동헌 마당에는 길산과 아이와 노파의 시체만이 남았다. 아예 움직일 수 없는 사람들은 아직도 그늘에서 지쳐 누워 있었으나, 그들 중에도 서로 부축하여 군중들의 뒤를 따르려는 자들도 있었다. 김기와 말득이가 선일을 앞세우고 마당으로 들어오고 있었다.

"성님은 나허구 함께 갑시다. 너희는 우선 시체를 묻고, 이 아이를 수습해두어라. 우리가 떠나고 한식경쯤 되도록 관가의 기척이 없으면 곧 뒤를 따라오도록 해라."

길산이 선일과 말득이에게 이르고는 김기와 함께 도상방을 향하였다. 선일이와 말득이는 주변에 즐비하게 버려진 사기 그릇 따위를 집어들고 노파의 시체를 맞들고 용천관을 벗어났다. 길 위에는 아무도 보이지 않았다. 농로에서 비켜 나무가 뜸한 풀숲에 시체를 내려놓고는 사기 그릇을 깨어 둘이서 땅을 팠다. 그들도 힘에 부쳐서 벗어붙인 잔등 위에 방울만한 땀이 가득 솟아 번질거렸다.

"어이구, 힘들어…… 하루 두 끼 처먹고는 도저히 못할 노릇일세."

"누가 아니래, 술 한잔을 입에 대어본 지가 벌써 몇달째야."

선일과 말득이는 번갈아 쉬어가며 땅을 파헤쳤다. 마른 땅이어서 먼지가 풀썩거렸다. 그들은 초여름부터 길산이 내린 율에 따라 하루에 두 끼의 밥밖에는 먹지 못하였고, 산채에서는 따로이 절량하는 독을 두고 그나마 덜어내는 것이었다. 녹림당이란 생산하는 자가 아니니 뜻이 없으면 백성의 적이라는 것이었다. 흉년에 녹림의 무리가 옳은 행적이 없다면 그는 역병보다도 더욱 무섭게 백성을 해치리라는 것이었다. 그들은 말 두 필에 행자를 싣고서 한달 전에 산채를 떠나 해서의 곳곳을 쏘다니고 있었다. 그들은 여러 곳의 부잣집과 사창을 털었다. 그러나 언제든지 그들은 굶주린 백성들을 통하여 그런 일들을 해냈다. 이제 두려움은 빈 창자뿐인 백성들뿐만 아니라 재물을 많이 가진 자들일수록 견디기 힘든 계절이 되어가고 있었다. 길산이네가 다녀간 뒤로 평산에서는 두 부자가 아예 고래등 같은 기와집을 비우고 감영이 있는 해주로 피난하기도 하였다.

"얘야, 거기 앉아 있거라."

아이가 칭얼거리며 그 자리를 떠나려 하자 말득이가 당황하여 아이를 잡아 앉히고는 허리에 전대 비슷이 차고 있던 주머니에서 껍질째로 볶은 보리를 한줌 꺼내어 내밀었다.

"옜다, 내 길양식이니라."

아이가 앙상한 조막손으로 그것을 움켜 재빠르게 입안에 털어넣는 것을 보고는 선일이도 자기 것을 한줌 꺼내어주었다.

"너는 틀림없이 우리 같은 녹림당이 될 게다."

혼잣말 비슷이 중얼거렸고 말득이가 되물었다.

"녹림당이라니 어린것에게 당치두 않네."

"그러면 노상에서 부모를 잃고 굶주림 가운데 혼자 남아 할미의 시신을 묻은 적이 있는 아이가 어찌 양민의 생활을 하겠나. 나두 춘궁의 긴긴 날을 양지쪽에서 해바라기하면서, 늘 우리에게 납료를 받아가던 관차의 목을 치는 꿈을 꾸었다. 나는 그자들의 대갈통 비슷해 보이는 돌담의 한 모퉁이에다 자갈을 던져 맞히곤 했었지."

두 사람은 노파의 시신을 맞들어 구덩이에 누이고 잠시 망설이다가 말득이가 아이를 먼저 길가로 데려간 뒤에 선일이가 흙을 덮었다. 아이는 제 할머니가 드디어 땅속에 묻힌 것도 아는지 모르는지, 얼굴이 젖은 채로 보리를 움켜넣고 있었다.

흉년이 돌아올 적마다 아이들과 노인들은 이곳 저곳에 내버려졌다. 기근 뒤에 살아남아 일을 할 수 있는 자들이 먹어야 했기 때문이다. 흉년이나 난이 일어날 적에 구멍 뚫린 시루는 아이들을 버리는 도구가 되었으니, 그 안에서 숨을 쉬며 짐승에게 먹히지 말고 고이 죽으라는 뜻이었다. 당시 북관에서는 맏이를 낳고 나서 그 다음에 나오는 아들은 죽이는 습속도 있었으니, 조정에서는 이러한 처참한 습속은 살기가 워낙 어렵기 때문이라고 시인하였다. 딸은 색상들이 사러 오면 많은 무명과 바꿀 수 있으나, 아들은 변방에서 군적에 올라 끊임없이 군포를 물어야 하고 부역에 시달리게 하는 액덩어리기 때문이었다. 아이를 정들기 전에 죽이려니 갓난아이 적에 생매장을 하는데, 아버지는 구덩이를 파고 어머니는 마냥 울어서 곡성이 아닌밤중에 들판을 울린다는 것이었다. 장사가 나면 나라에서 알기 전에 스스로 죽여 없앤다든가 하는 일은 사실은 굶주림 때문에 생겨난 풍문일 따름이었다. 먹고 살기에도 힘든 집안에 아이가 생겨나면 어깨에 비늘이 돋친 아이가 나와서 나라를 근심하여 죽여 없앤다고 핑계를 대는 것이었다. 이미 인륜을 따질 계제의 삶이 아니었다.

말득이가 아이를 업고서는 뒤처져 내려오니 불볕이 내려앉은 용천관에는 관리라고는 전혀 내비치기조차 아니하였다. 그들은 어디선가 시원한 곳에서 땀을 들이고 있는 것 같았다.

"아무도 쫓아나올 것 같지 아니하군. 뒤쫓아가세."

선일과 말득이는 도상방을 바라고 걸음을 재촉하였다. 가다가 보니 무리를 쫓아가다 뒤떨어져 나무 그늘에 앉아 쉬는 사람들도 있고, 아예 길바닥에 쓰러진 자도 있었다. 도상방까지가 삼십리 넘는 길이라 도중에 지쳐서 뒤떨어진 이들이 많았다. 말득이와 선일이는 나무 그늘에 앉아서 헐떡이고 있는 사람들에게 말을 걸었다.

"여보, 쌀을 준다는데 왜 이러고들 있수?"

"아이구, 입술이 타구 다리가 휘청거리며 눈앞에 서리가 뽀얗게 어리는데 걸음을 뗄 수가 있어야지요."

다른 사람이 말했다.

"아무튼 조동지네로 해 안에 당도하면 쌀을 나누어준답디다."

"남들은 몰려가서 난입을 하든지 창고를 부수든지 여하튼 곡식을 낼려구 애를 쓸 터인데 이러구들 앉았단 말요?"

말득이가 못마땅하여 그들에게 핀잔을 주었고, 중년 사내가 대답하였다.

"마음 같아서는 난입이 아니라 아예 그 집구석에 불을 확 싸지르구

싫소. 우리가 그 집의 소작을 지낸 지가 벌써 이대째요."

말득이와 선일은 두말 못하였다. 저렇게들 얘기할 적에야 포한 맺힌 온갖 사연이 쌓여 있을 터였다. 사람들의 말없는 행렬은 동현령 어름을 지나 도상방에 이르고 있었다. 그들은 선적진(善積鎭)의 군영에서 동쪽으로 우회하였으니 관군과 일부러 충돌할 필요가 없었기 때문이다. 맨 앞에는 홍복이 서고 그 뒤로 사람들의 무리가 따랐고 선홍이와 길산은 그들 틈에 끼여 있었다. 김기는 행렬에서 조금 떨어져서 천천히 따라갔다. 지산골은 낮은 야산을 등에 지고 남향받이에다 작은 내를 앞에 끼고 자리잡았으니 과연 이 근처의 토호가 가택을 정할 만한 동네였다.

거의가 쇠락한 초가집인데 동네의 가장 위편에 기다란 반화방(半火坊) 담이 보이고 날아갈 듯한 솟을대문을 긴 칠량(七樑)짜리 기와집의 학 날개 같은 추녀가 보였다. 그들은 곧장 조동지네 집으로 트인 마을 중앙의 길로 밀려갔다. 한두엇씩 내다보던 동네 사람들이 무슨 일인가 하여 여기저기에서 몰려나왔다. 동네 사람들은 대문 앞에 이르러 옹기종기 둘러선 사람들을 멀찍이서 구경하고 서 있었다. 그들이 난민이라는 것은 옷 꼴이나 제각기 간편하게 들고 있는 자루나 식기봇짐 따위로 한눈에 알아볼 수 있었다. 그러나 동네 사람들이 가담하지 않았던 것은 그들만은 아무리 흉년이라 할지라도 겨우 버틸 만한 양식은 있었으니, 조동지가 지산골 자기 동네에는 진작부터 진곡을 냈던 터이다. 바로 담 하나를 사이에 두고 술에 떡에 고기반찬을 혼자서 해먹을 수는 없었기 때문이다. 옛말에 이사를 가려면 부잣집 행랑 근처로 가라듯이, 그래도 동네 사람들은 기근을 면했던 것이다. 몰려들기는 하였으나 워낙에 집 꼴이 대단하여 차마 대문을 밀치지 못하고서 주춤거리는데, 앞장섰던 홍복이가 대문을 두드렸다.

"문 열어라, 문 열어!"

사뭇 두드리니 안에서 웅성거리는 소리가 들리고 문틈을 엿보는 눈치였다. 아마도 하복들인 모양인데 바깥에 빽빽이 늘어선 무리를 보고는 난민으로 짐작하여 기겁을 한 모양이었다.

"이놈들, 물러가지 않으면 모조리 잡아서 치도곤이를 앵기겠다."

하면서도 그들은 안에서 우왕좌왕할 뿐이었다. 사다리를 놓고 올랐는지 담 위로 수노인 듯한 늙수그레한 자가 얼굴을 내밀었다.

"웬놈들이 백주에 몰려와서 난동이냐, 여기가 어디라구 감히⋯⋯"

수노는 큰소리를 치기는 하지만 이 많은 사람들의 이글대는 눈총을 혼자 받으려니 정수리께가 서늘하였던 모양이다. 그들은 아무 말도 없이 땀과 먼지로 범벅이 된 얼굴을 들고 그를 지그시 노려보고 있었다. 수노가 뒷전에서 웅기중기 구경하고 섰는 마을 사람들에게 다시 외쳤다.

"게 뭐 하구 섰나. 이것들을 동네에서 냉큼 쫓아버려."

동네 사람들 사이에 동요가 일어나며 그중 젊은 자들 몇이 작대기를 들고 쫓아나오는데, 선홍이와 길산이 뒤에 섰다가 마주섰다.

"성님은 가만 계슈."

선홍이가 웃통을 벗어젖히면서 마을 사람들 앞으로 나섰다. 벌써 누가 보기에도 선홍이의 어깨와 팔뚝에 용이 어린 듯 꿈틀거리는 것이, 과연 사내자식이 밥 먹고 힘 쓰려면 저만은 해야겠다고 느낄 만큼 그럴듯하였다.

"아서라⋯⋯ 누구든지 거기서 세 걸음만 떼면, 다리몽갱이를 딱 분질러서 머리에 이게 해주지."

하고는 성큼성큼 걸어가서 멍하니 섰는 총각의 작대기를 덥석 잡았다. 상대가 놀라서 지레 겁을 먹으며 작대기도 놓고 물러났고, 선홍이는 그것을 두 손아귀에 쥐어 어깨에다 약간 힘을 주더니 삭정이처럼 부러뜨렸다. 아무리 몽둥이라 하나 굵기로 보아서는 무릎에다 대어도 한참 힘을 써야 할 텐데, 그것을 허공에서 잡고 간단히 꺾어버리는데야 누가 보아도 완력이 대단하였다.

"좀 비켜요, 비켜."

마을 사람들의 사이를 비집고 선일이와 말득이가 나타났다.

"김서방! 저놈 입 좀 닫아놔라."

길산이 빙그레 웃으며 담장 위로 내밀어진 조동지네 하복의 머리를 눈짓하였고, 선일은 땅바닥을 한바퀴 휘둘러보고서는 맞춤한 돌멩이를 집어들었다. 선일이는 돌멩이를 두어 번 손바닥에서 추스르더니 한 발을 내디디며 던졌다.

"어이쿠나……"

외마디 소리와 함께 담 위에는 아무도 없었다. 사람들은 돌이 그의 면상에 들어붙는 꼴을 보았던 것이다. 아마도 사다리를 안은 채 뒤로 나가떨어졌을 터이다.

"문을 부숴버리자."

그제야 홍복의 말이 떨어지기가 무섭게 굶주린 무리들이 우하니 달려들어 제각기 대문을 떼밀었다.

"전부 비켜. 그깐 대문 하나를 가지고……"

선홍이가 무리를 헤치고 다가섰다. 사람들은 설마 하면서 뒤로 물러났다. 선홍이는 두 손에 침을 뱉더니 대문에다 갖다붙였다. 그러고는 한 발을 내딛고 다른 발은 버티면서 대문을 밀기 시작하였다. 어깨가 잔뜩 부풀었고 몇번인가 미끄러지곤 하였으나, 선홍이는 잠깐 늦추었다가 에라 하면서 일시에 힘을 넣었다. 우지직 하는 소리가 들렸다. 빗장이 뻐개지는 것 같았다. 선홍이는 이번에는 돌아서서 등을 대고 온몸으로 밀어붙였다. 끼이익 하는 소리가 들리더니 문이 양쪽으로 벌어졌다. 사람들은 모두 몰려들어 대문 안으로 쏟아져들어갔다. 마당에서 주춤거리던 하인배들이 저마다 작대기나 쇠스랑 괭이 따위를 휘두르며 사람들을 몰아내려 하였다. 먼저 들어갔던 사람들 중에는 머리나 허리를 얻어맞고 쓰러진 자들도 있었다.

"헛간에 작대기가 많이 있소."

홍복이 대문간의 헛간에서 고무래를 들고 나오며 소리쳤다. 그들 모두가 농기구를 밥숟가락처럼 써오던 농투성이들이라 제각기 헛간에 몰려가 각종 작대기와 곡괭이, 삽에 낫에다 심지어는 절굿공이까지 이손 저손 들고 나오니 하인배들은 이어 중문으로 후퇴하였다. 그러나 채 중문을 닫기도 전에 굶주린 자들이 강풍처럼 몰아쳐들어갔다. 일단 가택 난입하여 병장기삼아 농기구를 잡은 기민들은 세상의 어느 누구도 막을 수 없는 기세였다. 앞장서서 조동지네 사랑채와 안채로 쏟아져들어가는 것은 대략 오십여 인이 넘었고, 그 뒤로도 백여 인이 꾸역꾸역 몰려들어갔다. 하인배들은 모두 성한 자가 없었다. 마루 밑에 기어들어 숨는 놈, 변소에 뛰어들어 문고리를 잡고 떠는 놈, 하녀들의 방으로 뛰어들어 함께 홑이불을 뒤집어쓰는 놈, 마당에 엎드려 혼절한 채 자빠진 놈, 장독간에 올라 빈독에 상반신만 박고 있는 놈, 하여간에 각양각색이었다. 길산은 맨 뒤에서 따라 들어가다가 말득이에게 말하였다.

"너는 여기서 망을 보구 있거라."

길산은 김기와 더불어 사랑채로 나아갔다. 온통 마당과 마루마다 난민들이 뛰어들어 법석이고 있었다. 아무리 제정신이 없으나 순박한 촌사람들이라 감히 내정 돌입은 못하고서 우선 몰려든 곳이 광 앞이었으니, 자연히 사랑채 앞에 더 들어설 틈이 없이 몰려들게 되었다.

길산은 꿰진 짚신을 신은 채로 방안으로 들어가, 복건에 까치 두루마기 입은 손자를 안고 방 귀퉁이에 처박혀 있던 조동지를 끌어냈다.

"이리 나와서 손님 접대 하시우."

길산이 마루 위에 앉으니, 김기가 정중하게 인사를 올렸다.

"이거 주인장께 실례가 많소이다. 우리는 이런 흉황에 백성들이 굶어죽는 것을 더이상 볼 수가 없어서 스스로 활빈하기 위하여 일어난 사람들이외다. 서흥의 사정을 보니 수령이 무능하여 진곡을 비축하지 못하였고, 제민곡이나 영진곡이 오지 않는 것으로 보아, 이미 허류(虛留)인 것을 위에서는 실제 재고가 있는 줄로 알고 그것을 배정한 듯하오. 그러니 백성들은 아무 구휼도 받지 못하고 기약없이 보리죽이나 얻어먹고 있소이다. 영을 기다리지 않고 편의로 창고의 곡식을 내어주는 것은 관과 민이 있는 어느 나라든지 예부터의 도리였소. 이제 보니 동지께서는 이미 권분으로 가설직(加設職)을 얻었으나, 그때에는 사재(私財)를 내고 이제 와서 길가에 즐비한 기민을 모른 체한다는 것은 도리가 아니외다. 세평방, 수하방, 동현령에 이르기까지 온통 전답을 독차지한 이가 창고에다 쌀을 묵혀둔다니 될 말이오? 쌀은 하늘이 낸 것이고 사람을 먹이기 위한 것이라 어찌 주인장 혼자의 것이라 하겠소. 이제 진휼에 시기가 있으니 이 사람들이 차조나 메밀이나 늦콩을 대파(代播)하려면 농량이 있어야 할 것이오. 지금 양곡을 내어주지 않으면 겨울에 살아남을 사람이 하나도 없을 게요. 다만 그저 내놓으라는 것이 아니라, 이 사람들이 환난을 모두 겪은 뒤에 환곡시키도록 하면 될 것이오."

조동지라는 이가 손자를 안고서 이리 추스르고 저리 추스르며 김기를 바라보았다가 몰려든 사람들을 보았다가 겨우 한다는 말이 이러하였다.

"나도 생전에 피땀을 흘려서 모은 재산인데 일시에 털리고 보면 어떻게 하란 말이오. 더구나 저들을 한번도 본 적이 없고 어디 사는 누구인지도 모르는 터에 환곡이란 다 무에요?"

조동지의 말이 떨어지자마자 김기가 마루 아래 무리들 틈에 끼어 섰는 홍복에게 지시하였다.

"창고 문을 모조리 열고 양곡이 얼마쯤 되는가를 알아보도록 허게."

홍복이 명을 받고 사랑채 맞은편의 담에 잇대어 있는 광으로 달려가니 문이 나란히 넷이나 되는 장광이었다. 중앙의 광문을 바라고 가보니 문마다 맹꽁이자물쇠가 걸려 있는데 누군가가 도끼를 건네주었다. 두어 번 쳐서 문고리를 쳐내고 광문을 열었다. 사람들은 젖혀진 광문을 통하여 천장까지 닿도록 쌓아올려진 쌀섬을 보고서 입을 벌리고 서 있었다.

"뒤채에두 광이 있습니다."

난민 중에서 소리가 들렸다.

"쌀을 꺼내자!"

"양곡을 구경하러 온 거냐, 뭐냐?"

왁자거리는 소리가 들리고 광에서 가까이 섰던 자들이 안으로 들어가려고 하였다.

"여러분, 이 쌀은 분명히 우리들의 것입니다. 그렇지만 우리는 양민들이우. 주인이 진미로 내놓고 나서 차례로 얻어가도 늦지 않소."

홍복이 말하였고, 마루에 앉았던 김기가 부드럽게 이었다.

"좋게 가져갈 구실을 만들어드릴 참이오. 지금 여러분이 꺼낸다 할지라도 기껏해야 몇말밖에는 가져갈 수가 없소이다."

말을 듣고 보니 딴은 그럴듯하였다. 이렇게 지쳐서 허기진 몸으로 쌀 한섬을 지고 갈 기운도 없는 사람들이었다. 그러나 우선은 쌀 구경이라도 하고 싶은 그들이었다.

"여보, 구경이나 합시다. 저게 정말 쌀인가……"

홍복이 빙긋 웃더니 자물쇠를 쳐냈던 도끼로 밑동의 쌀섬을 콱 찍었다. 벌어진 틈으로부터 낱알이 줄줄 새어나오기 시작하였다.

홍복은 두 손으로 그것을 수북이 받아들었다.

"보시우. 백옥 같은 쌀이오."

그리고 그는 쌀을 사람들에게로 뿌려주었고 모두들 환성을 내질렀다. 홍복은 이어서 나머지 세 군데의 광문을 부수고 활짝 열어젖혔다. 그러고는 아래서부터 대강 헤아려나갔다. 어림짐작으로도 삼사천 석은 되어 보였다. 다시 사랑채 뒤꼍에 돌아가니 그 같은 장광이 있었다. 홍복은 이번에도 광문을 모조리 열어젖혀두고 돌아왔다.

"사랑채의 광에만 오륙천 석이 넘는 듯합니다."

김기가 그 말을 흘려듣는 듯이 조동지에게 물었다.

"우리가 더 조사해보아야 알겠으나, 동지어른의 양곡이 모두 얼마나 되겠소?"

동지는 아직도 손자를 무릎에 앉힌 채 대답이 없었다. 김기가 마루 아래 서 있는 길산을 힐끗 올려다보고 나서 손자를 턱짓하였다. 길산은 알아채지 못하고 머뭇거리는데 김기가 말하였다.

"도련님 때문에 대답을 못하시는 듯허니 우리가 대신 돌보아드리지요."

선흥이가 섬돌을 딛고 올라가 동지에게서 아이를 잡아떼니, 그 손짓의 우악스러움과 인상이 험악하기가 장승 도깨비 꼴이라 아이는 불에 덴 듯 울어대고 동지는 안색이 변하여 무력하게 두 손을 내저었다.

"그애에게는 손대지 마시우."

길산은 참지 못하여 뒤를 돌아보았다.

"선일아, 그애 어쨌느냐, 이리루 데려오너라!"

선일이가 용천관에서부터 업고 왔던 어린아이를 이끌어다 무리들 앞으로 내밀어주었다. 아이는 얼이 나간 듯 마루 위를 멍청히 올려다볼 뿐이었다. 길산이 조용하게 말하였다.

"이 아이를 자세히 보시오."

아이는 맨발이었고 옷은 거의 찢겨 살이 다 드러났고 온몸엔 모기에 뜯겨 긁어 부스럼을 낸 자리가 덕지덕지 앉아 있었다. 어린 얼굴에 노란 꽃이 피어 펑퍼짐하고 수족은 앙상하였으니 어린애다운 활기라곤 찾아볼 구석이 없었다. 조동지는 얼굴을 다시 쳐들지 못하였다.

"이 아이의 식구는 모두 굶어서 죽었거나 노중에서 객사하였소. 서흥에는 처처골골마다 이런 아이들의 시신이 들판에 버려져 있소."

"성님, 이것을 섬돌 위에다 패대기쳐버릴까?"

선홍이가 까치 두루마기에 복건 쓴 어린 양반을 머리 위로 번쩍 쳐들자, 조동지가 턱수염을 떨며 말하였다.

"가…… 가만, 내 시키는 대루 하리다. 우리집에는 쌀이 육천 석에 보리가 이천 석쯤 있소이다. 그 외에 잡곡도 있소."

김기가 고개를 끄덕였다.

"좋소, 그렇다면 쌀 오천 석과 보리 천 석을 진곡으로 내놓으시우. 나머지 양곡으로도 이 집 식구가 석삼년 동안 잔치를 차리구 살아두 남겠소. 또한 주인장께서는 아무도 떠가지 못할 땅이 있으니 너무 심려하지 마오."

김기가 일어나 방에서 지필묵을 들고 나왔다. 그는 백지를 펼쳐놓고 먹을 듬뿍 찍어서 조동지에게 권하였다.

"어서 부르는 대로 받아쓰시오. 도상방 지산골에서 진미를 낼 터이니 기민은 누구든지 와서 받아가시오. 갑자 유월 초칠일 조동지. 그리고 수결(手訣)을 하든지 인장을 찍으시오."

조동지가 선홍이 안고 있는 아이를 한번 올려다보았다. 아이는 기가 죽어서 큰 소리도 못 내고 흐느끼고 있었다. 그는 백지 위에다 시키는 대로 썼다. 김기가 먹물이 마르기를 잠깐 기다렸다가 길산이 쪽에 내주며 말하였다.

"이따가 용천관 앞에 갖다 붙여두도록 하오."

김기는 다시 조동지에게 말하였다.

"이젠 서흥의 관민이 모두 주인장의 진휼하고자 하는 뜻을 알게 되었소. 진휼은 모두 공평하게 식구에 따라서 양곡을 나누어주되 앞으로 사흘 안에 끝내야 하오. 주인장께서 사람을 보내어 호방(戶房)을 데려다 협조토록 하여도 좋겠소."

그러자 사람들 사이에 웅성거리는 소리들이 일어났다. 관리가 온다는 데는 모두들 놀란 모양이었다. 홍복이 섬돌 위로 올라서더니 팔을 저었다.

"잠깐만 조용히들 하십시오. 우리는 예사 양민이 아니라 깊은 산속에서 숨어 사는 녹림당들이오."

그러자 그들은 더욱 놀랐는지 서로 얼굴을 마주보며 두런거렸다. 김기가 마루 위에서 일어났는데 폐의파립의 초라한 행색이긴 하였어도 유일하게 먹물 먹은 태가 나도록 점잖게 말하였다.

"모두 들으시오. 온 나라가 방백 수령들의 학정과 토호들의 강탈에 백성들은 사람답게 살 수가 없소이다. 우리는 해서에서 일어난 장두령을 모시고, 당신네와 같은 힘없는 백성들과 더불어 좋은 세상을 이루고자 녹림산간에 숨어 있는 무리들이외다. 각처를 다니며 활빈을 하다가 서흥에 이르러, 그 참상이 다른 골보다 더욱 심하다는 것을 알고 여러분을 이끌고 이 집에 오게 된 것입니다. 우리는 비록 나라를 등진 도적에 불과하나 여기 있는 쌀은 여러분이 진작에 빼앗긴 것이라 돌려주는 데 약간의 힘을 보탠 것뿐이올시다. 급한 대로 기운껏 가져갔다가 나중에 식구들과 더불어 진곡을 받으러 오시오. 남보다 먼저 와서 쌀을 내는 일에 협력하였으니, 이것은 서로를 도운 요미(料米)로 생각을 허시우. 나중에 말썽은 생길 리가 없겠지요. 어째서냐 하면 이미 권분으로 동지의 직함까지 받은 이가 이제 진휼한 일을 새삼 우리 같은 도적들에 미룰 리가 없겠으니 말이오. 여러분께는 아무런 해가 없도록 우리가 모두 뒷감당을 하리다. 자, 차례로 가져가게 하시우."

길산이 사람들에게 열을 짓기를 당부하였고, 홍복이와 선일이도 문하나씩을 지키고 열을 만들었다. 김기가 다시 사람들의 뒤통수에다 대고 외쳤다.

"모두 돌아가면 이 일을 널리 알리시오."

김기는 다시 조동지에게 말하였다.

"일이 끝났으니 우리는 이제 돌아가겠소. 진휼이 다 지나간 뒤에 이 고장에 아사자가 훨씬 줄어 내년 이맘때가 되면 주인장은 우리에게 고맙다구 해야 될 게요. 환곡이 이보다 더욱 많이 쌓일 테니까, 알았소? 호방을 데려다가 몸소 진휼에 나서시오. 그리구 저 도련님은 우리가 며칠간 잘 돌보아드리리다. 양곡이 모두 말썽없이 풀려나간 뒤에 머리끝 한올 다치지 않구 보내드리겠소."

조동지가 그제야 선홍이 손자를 빼앗아간 뜻을 깨닫고 당황하였다.

"제발 그애만은…… 우리 씨종손이오. 내가 당신네 뜻을 대강 짐작하였으니 어김없이 시행을 하리다. 절대로 자의로 할 것이니 아이는 돌려주오. 발설하지 않으려니와 어기지도 않겠소."

그러나 김기가 엄숙하게 말하였다.

"우리도 혈육의 정을 모르는 배 아니고 주인장의 마음도 믿어 의심치 아니하오. 허나 믿을 수 없는 것은…… 재물이오. 재물은 언제나 사람의 진심을 해치고 애초의 뜻을 상하게 하지요. 저 오천 석의 양곡이 주인장의 마음을 배반할지도 모르오. 우리도 인륜을 알고 도리도 가릴 줄 아는 자들이라 어찌 저 어린것을 해코지하겠소. 이 사람들 틈에는 우리들의 식구가 있을 것이니 절대로 딴생각 말고 끝까지 진휼을 하기 바라오."

광 앞에서는 실로 눈물겨운 정경이 일어나고 있었으니, 어떤 자는 쌀을 쥐어 입에 털어넣고 씹기도 하고 어떤 자는 자루에 담다 못해 옷을 벗어 쓸어넣기도 하고 또다른 자는 쌀을 놓고 어루만지며 소리없이 울기도 하였다.

"자, 하인들을 불러다 잘 수습하도록 하시오."

김기가 마지막 당부을 하고 나서 내려서니 기다렸다는 듯이 길산을 위시하여 선일이, 선흥이, 홍복이 등이 뒤를 따랐다. 그들은 인파에 섞여 대문을 나서는데 말득이가 마주 뛰어들어오고 있었다.

"저쪽 동구에 털벙거지들이 까맣게 몰려옵니다."

아마도 지산골 사람 중에 누군가가 난민의 돌입을 알린 모양이었다. 그러나 김기는 침착하게 중얼거렸다.

"우리는 조용히 뒷산을 넘어가자. 우리 손에 종손이 잡혀 있는 한 조가는 어쩌지 못할 것이다."

"여보시오, 활빈당 어른들……"

조동지네 집 쪽에서 누구인가가 헐레벌떡거리며 뛰어오고 있었다.

"우리를 부르는 모양인데……"

김기가 발을 멈추었고, 그들은 모두 뒷산으로 오르는 길에서 그 사내를 기다리고 있었다.

"어디루들 가시려구요?"

그들은 서로 얼굴을 마주보았다. 어린 도령을 안고 있던 선흥이가 얼굴을 일그리며 되물었다.

"댁이 누구여?"

"아…… 저는 용천관에서부터 따라왔던 사람입니다. 이걸 보시오."

하면서 그는 쌀이 가득 담긴 자루를 내보였다.

"장사님들은 이 고장이 처음이실 텐데 아무데나 갈 수는 없지 않겠습니까? 제가 좋은 은신처를 알구 있으니 진휼이 모두 끝날 때까지 거기 가서 계시지요."

모두 망설이는데 길산이 대답하였다.

"어서 앞장을 서시오."

사내는 자기를 믿어주는 것만 반가운지 산 위로 올랐다. 김기가 말득이에게 당부를 하였다.

"자네는 여기서 형편을 보았다가 관군이 모두 돌아간 뒤에 조동지네 집으로 들어가 식객을 자청하게. 아마 다른 마음은 품지 못할 테니까."

"젠장 나는 매일 파장이나 보구 다니라는 게로군."

투덜대는 말득이만 남겨두고 그들은 뒷산을 넘어갔다. 산을 한참이나 올라서 동현령으로 들어가니 깊은 골짜기에 찬바람이 일어나고 물이 마르지 않은 제법 큰 시내가 나왔다. 그 위에 빈터가 있었는데 다 허물어진 집 한채가 보였다. 앞서가던 사내가 말하였다.

"바로 여기입니다. 극락사라는 절이 있던 곳입니다. 예전에 주지를 역모에 몰아 죽이고 장정들을 동원하여 불을 질러버렸지요. 그뒤로 워낙 사연이 있는 절터라 아무도 올라오지 않고 낮에는 나무꾼들도 꺼리는 곳이 되어버렸지요."

김기와 길산은 서로 고개를 끄덕였다.

"임시 산채로는 아주 그럴듯한 곳이로군."

서까래가 떨어져서 하늘이 훤히 보였고 벽의 흙이 다 떨어져서 수수깡이 얼기설기 드러났는데, 방마다 버섯과 잡초가 그득하였다. 선일이가 뒤로 돌아갔다가 뒷방의 찬방으로 쓰던 곳이 그런대로 쓸 만하다고 알려왔다. 과연 방은 비좁았으나 구들이 꺼지지 않았고 흙바닥이긴 하여도 마른 풀을 깔면 그런대로 쓸 만해 보였다. 우선 잠든 도령을 안아다가 방안에 뉘고, 선일이가 용천관서 업고 왔던 아이도 함께 있도록 하였다. 모두들 점심을 굶었는지라 우선 급한 것이 밥이었다. 길산과 선홍이는 벌써 시내에 옷을 입은 채로 들어가 더위를 식히고 있었고, 홍복이는 사내와 함께 쌀을 내어 밥을 지었다. 김기는 잠든 아이들의 머리맡에서 쉬고 있는데, 도령이 먼저 깨어나 다시 칭얼대며 울기 시작하였고, 할미를 여읜 아이도 깨어났다.

"얘, 울지 마라. 아저씨들이 밥을 해준단다."

남루한 차림의 아이가 오히려 복건 쓴 아이를 달랬다.

"싫어, 싫어, 집에 갈 테야."

"나하구 밖에 나가자. 산딸기 따줄게."

아이들은 잠시 후에 손을 잡고 밖으로 나갔다. 김기는 그 아이들의 하는 양을 바라보다가 어언 눈물이 핑 돌았으니, 그들은 아직 반상의 구별이 없는 시절이었던 것이다.

"그럼 저는 이만 내려가보겠습니다."

그들을 안내하였던 자가 김기에게로 와서 말했고, 김기는 그를 물끄러미 바라보았다. 아마도 그는 갓을 쓰고 연설하던 김기를 이들의 우두머리로 알았던 것 같았다.

"댁이 어디시오?"

김기가 물으니, 사내는 대답하였다.

"예, 중부방 부근입니다. 아이들이 배곯고 기다릴 듯하온데…… 마음이 급하여 더 머물지 못하겠습니다."

"중부방이라면 읍내가 아니오?"

"용천관서 가까운 곳이지요."

사내는 연신 쌀자루를 등에 올렸다가 내려놓았다가 하고 있었다.

"여기서 잠깐 기다리오."

김기는 물을 뒤집어쓰고 그늘에서 쉬고 있는 길산에게로 다가갔다.

"장두령, 어찌할까…… 저 사람이 돌아가겠다구 하는데."

"보내죠."

길산이 대수롭지 않게 말하였다.

"글쎄…… 집이 용천관 부근이라던데, 변심하여 관군을 끌구 올지두 모르잖소."

김기가 걱정하였으나 길산은 그렇지가 않았다.

"내가 보기에는 사람이 믿어두 될 듯합니다. 백성들이란 다 착하지는 않지만, 그래두 착한 마음은 많이 남아 있지요. 조동지네 마당에서 나는 그 사람들이 불이라두 싸지르든지 내정 돌입을 할까 은근히 걱정했습니다. 그러면 진휼이 고루 시행되지 못하였겠지요. 보신 대로, 사람들은 쌀만을 다투어 꺼냈습니다. 저 사람은 관군들이 나타나는 것을 보고 달아나지 않고 우리들에게 길을 안내하였습니다. 변심할 자라면 은밀히 관군에게 내려가 우리가 오른 산길을 가르쳐주었을 거요. 보십시오, 저자의 장사치라면 몰라도 농사꾼들은 한번 마음을 주면 좀체로 바꾸지 않습니다. 그래서 활빈하기가 어렵기도 하지요."

김기는 고개를 숙이고 그의 말을 들었다. 길산이 홍복을 불렀다.

"아까 성님이 불러준 방(榜)을 어찌하였느냐?"

홍복은 허리춤에서 네모반듯하게 접어넣었던 방문을 꺼내주었다. 길산이 말하였다.

"진휼하니까 쌀을 받아가라는 방문이니 이걸 용천관에 붙여야 되겠지요? 저 사람을 보낼 뿐만 아니라, 이걸 갖다가 붙이도록 시켜야겠습니다."

사내가 불려왔다. 길산이 방문을 내주면서 말하였다.

"참 고맙소. 덕분에 여기서 며칠 동안 편안히 지내게 되었으니 이녁도 우리와 같은 활빈행을 한 게요. 그런데…… 이것은 조동지네 일을 모르는 사람들에게도 쌀을 타러 오라는 방문인데, 집에 가시는 길에 좀 붙여주시겠소?"

"여부가 있겠습니까?"

사내는 얼른 받아넣으면서 말하였다.

"하지만 낮에는 어렵겠습니다. 제가 오늘밤에 아무도 모르게 내다 붙이도록 하지요."

사내는 여럿에게 일일이 인사를 하고 나서 쌀자루를 짊어지고 말하였다.

"제가 읍내 형편을 보아 내일 다시 와서 알려드리겠습니다."

"고맙소."

길산이 말하니 사내는 멀뚱한 얼굴을 들어 그를 보았다.

"고맙다니요. 이런 일을 보는 건 평생에 처음이올시다. 이렇게 남의 쌀을 가지고 보니, 어쩐지 이건 내가 꼭 가졌어야 될 쌀루 보입니다."

"곡식은 요순시절부터 일하는 이들의 것이외다."

김기가 빙그레 웃으며 말했다.

"서홍 고을의 기민들이 이번 진휼로 살아남게 되었으니 이 은혜는 모두 평생을 잊지 못하겠지요."

사내는 인사를 올리고 바삐 내려갔다. 그들은 둘러앉아 저녁을 먹었다. 길산이 말하였다.

"다음에는 곡산으로 가자. 곡산은 워낙 산고을이 많은 고장이라 굶주리는 이가 더욱 많을 것이다."

"저쪽에서는 시작을 했을까?"

선홍이가 묻자 김기가 말하였다.

"마두령 말이 초순경부터 활빈을 나간다고 하였고 풍열스님은 이미 절의 비축곡을 모두 내어버리고 옥여스님과 더불어 벽곡하고 계시다네."

길산은 어두운 표정이 되어 밥그릇을 내려다보았다. 흉년의 찌는 듯한 하루 해도 쫓겨서 서산 마루턱에 걸렸다. 그들은 묵묵히 밥을 떠넣었다. 연기 한점 오르지 않는 들판께의 마을이 내려다보였다.

"내일쯤엔 저 마을마다 밥짓는 연기들이 무럭무럭 올라갈 게요."

김기가 무거운 분위기를 털어내려는 듯이 말하였다.

"어…… 시원한 탁배기나 한잔 걸쳤으면 원없겠네."

선홍이가 중얼거리다가 길산의 노리는 눈길과 마주치자 움찔하여 입을 다물었다. 조동지네 집에 들이닥친 것은 장교 이하 십여명의 포졸들이었다. 그들은 동지네 집에 난민이 돌입하였다는 발고에 접하자 진압하기 위해 달려왔던 것이다. 포졸들은 이리저리 피해 달아나는 난민들의 무리를 쫓아가서 서너 사람을 잡았는데 그들은 제각기 쌀자루에 그득히 백미를 담아 운반하고 있었다. 장교가 그들의 볼때기를 쥐어박으며 문초하였다.

"네 이놈들, 폭도의 당이로구나. 이 쌀을 조동지 댁에서 훔쳐낸 게 분명하렷다."

"아…… 아닙니다. 우린 그 댁에서 주는 대로 얻어왔을 뿐이오."

"저희들이 아닙니다. 장정들이 나와서 창고를 부수고……"

장교는 눈을 번쩍 떴다.

"장정들이라니 그게 웬놈들이냐?"

그러자 곁에 있던 자가 발설한 자의 발등을 밟으면서 말을 돌렸다.

"누구긴요, 그게 다 서흥 고을에서 성미깨나 있다는 젊은이들입죠. 동지어른께 여쭈어보십쇼. 그분이 저희를 가긍하게 보셨는지 진휼하기로 마음을 정하셨답니다."

장교는 그들을 앞세우고 조동지네 집으로 가니 대문은 활짝 열려 있고 곡식은 사방으로 흐트러져 있는데 마당으로 가는 하인배들을 보니 풀이 죽어서 모두 입을 다물고 있고, 머리가 깨진 놈, 눈 생채기 난 놈, 부어오른 놈 등등으로 각양각색이었다.

아무래도 무슨 일이 벌어진 게 분명하였다. 장교가 사랑채로 현신하여 동지를 보자 청하니 그가 나오는데 수심이 가득하였다.

"난민이 일어났다고 하여 급히 달려오는 길입니다. 별일 없으십니까?"

"아무 일도 없네."

"저 창고의 문이 다 부숴졌는데 혹시 난동을 부린 게 아닌가요."

"젊은 아이들끼리 작은 충돌이 있었으나 잘 처리되었지. 우리 고장 사람들이 전부 굶어죽는 것은 차마 못 볼 일이라, 여럿이 몰려와서 애소하길래 내가 광문을 열기로 하였네. 자네는 돌아가 사또께 내 뜻을 알리고 호방을 이리 보내어 동네마다 인구의 다소와 호구의 대소를 보여주었으면 진휼하기에 편하겠다고 전하게."

"과연 생불(生佛)이십니다."

장교는 그렇게 맞장구칠 수밖에 없었다. 뭔가 낌새가 이상하긴 하였으나, 굶주린 난민들이 몰려온 것만은 사실이고 정작 피해를 발고해야 할 주인이 나서서 진휼한다는데야 더이상 미주알고주알 따질 필요가 없었던 것이다. 관군들이 모두 지산골을 떠나자 뒷산에 앉아 내려다보던 말득이는 천천히 조동지 댁으로 발을 옮겼다. 조동지네 집 앞에는 아무도 보이지 않았다. 이미 어둠이 깔리기 시작하였는데, 대문은 새 빗장이 걸려 굳게 닫혀 있었고 외등도 내걸지 않은 마당은 캄캄하여 마치 초상집과도 같았다. 말득이는 서슴지 않고 대문을 두드렸다.

"이리 오너라……"

한참이나 부른 뒤에 발소리가 들리고 잔뜩 주눅이 든 하인의 겁먹은 목소리가 들렸다.

"뉘시우?"

"이 집 도련님을 모시구 있는 사람들이 보내어 왔수."

"에구……"

자지러지게 놀란 하인이 들어갔다가 잠시 후에 뭐라고 떠드는 소리가 들리고 나서 황급히 문을 열고 나온 것은 동지네 수노였다. 그는 터진 이마빡에 된장을 붙이고 수건을 친친 동여매고 있었다. 그가 허리를 구부렸다.

"나으리께서 어서 안으루 모시랍니다."

말득이가 그들의 뒤를 따라 사랑채로 들어갔고 마루 위에는 조동지가 안절부절 못하며 서성대고 있었다.

"우리 아이가 어찌되었소. 제발 데려와주시우. 벌써 진휼을 관가에 통기하였소."

말득이가 마루 아래에 서서 공손히 말하였다.

"진휼이 모두 끝나는 날 저녁때에 도련님을 보내드릴 겁니다."

조동지는 말득이에게 적개심을 드러내기는커녕 혹시 그의 기분이 상하지나 않을까 몹시 조심하는 눈치였다.

"어디 다친 데는 없는지…… 울거나 두려워하지는 않던가요. 헌데 저녁은 드셨소?"

"물린 상이 있으면 적당히 차려주시우. 좀 시장합니다."

"얘들아, 손님을 바깥채에 모시고 어서 저녁 차려드려라."

말득이가 다시 물러가기 전에 말하였다.

"내일 새벽부터 기민이 밀어닥칠 터인데 준비를 해두어야 할 것입니다. 어서 진휼이 끝나야 도련님이 돌아오시지요."

"알겠소. 지체없이 시행하리다. 어디 있는지…… 우리집 아이들을 시켜서 이불이며 음식을 날라다 주었으면 좋으련만, 정말 관가에는 절대로 알리지 않을 텐데……"

"염려 마십시오. 우리가 비록 산간에 있다 하나 무도하고 몰인정한 놈들은 아니우."

말득이가 바깥 행랑채에 자리잡고 식객이 되었는데, 밖에서는 마당에 멍석을 펴고 나눠주기 편하게 창고의 쌀섬을 내어다 쏟아놓는 일이 시작되었다. 과연 이튿날 새벽 어스름이 부옇게 밝아올 무렵부터 기민들이 지산골에 몰려들기 시작하였다. 말득이가 하인들과 더불어 그들을 맞았고, 이들의 대부분이 어제 쌀을 얻어간 사람들이 사는 동네에서 소문을 듣고 날이 새자마자 찾아온 자들이었다. 어둠속에서 희끗희끗 나타나기 시작한 자들이 대문 앞의 빈터를 메우기 시작하였는데 꼭 유령 같은 몰골들이었다. 날이 훤해지면서부터는 지산골로 들어오는 길과 들판이 새 장이라도 선 것처럼 인파에 덮였다. 말득이와 하인들이 나가서 술렁대는 그들을 동네별로 따로따로 세워두었다. 그들은 두려운 중에도 왜 쌀을 주지 않느냐고 웅성거렸고, 수노가 나서더니 관가에서 호방이 오면 식구가 많은 사람은 더 많이 주고 식구가 적은 사람은 그에 따라 적게 줄 것이니 기다리라 일렀다. 이윽고 호방이 몇사람의 사령배를 거느리고 당도했을 때는 용천관에 죽을 얻어먹으려고 모여들었던 기민들이 나붙은 방문을 보고 남부여대하여 조동지네 집으로 모여들었다. 말득이가 제안하여 쌀을 나누어주기 전에 우선 그들의 허기를 구제하는 일도 급하다 하여 잡곡과 쌀을 두고 죽을 끓여 그들에게 나누어주었다. 햇볕은 어느결에 뜨겁게 내리쬐기 시작하고 줄섰던 자들이 하나둘씩 쓰러지기도 하였다. 드디어 진곡을 나누기 시작하는데 사람들의 행렬은 자꾸 불어만 갔다. 당시 서흥을 지나던 이가 백성들의 참상을 이렇게 기록하였다.

황해도는 어디를 가나 논밭이 쓸쓸하고 촌락은 비어 있었다. 제 고장을 등진 사람들의 떠도는 모습은 차마 볼 수 없고 주민들 역시 불안에 떨고 있었다. 길거리마다 걸인들이 들끓었는데 늙은이로부터 아이들까지 여럿이 모여 떼를 지어 돌아다닌다. 갓난아기를 길가에 버리는가 하면 어미와 자식이 서로 길을 잃어 울고불고하는 광경이 비일비재하였다. 그들의 용모는 파리하기가 흡사 귀신이다. 아침 저녁으로 우리가 주막에서 음식을 먹을라치면 걸인들이 구름같이 모여들어 둘러싸고 한술만 달라고 사방에서 아우성이다. 눈뜨고 차마 볼 수 없으며 밥이 어찌 목구멍으로 넘어가리요. 만약 그들에게 남은 밥을 주면 그들은 형제간, 부부간에도 서로 조금도 사양함이 없었다. 다투어 한술이라도 더 얻어먹으려고 다투고 빼앗았다. 이런 형편에서 염치나 인륜 같은 것은 도저히 찾아볼 수 없었다. 힘이 센 자는 구걸하다가 얻지 못하면 주인에게 원한을 품고 밤에 몰래 불을 싸지르니, 집 가지고 사는 백성들조차 피해가 막심하였다. 실상 걸인들에게 줄 것이 없지만, 또 안 주자니 보복이 두려운 것이다. 걸인들은 소, 말, 닭 등의 아무 가축이든지 닥치는 대로 잡아가며 명화적의 기습 때문에 새벽에 길 떠나는 것을 모두 삼가고 있었다. 어느 마을이든 외모가 번듯한 집이 있어 안에 들어가보면 밥을 해먹은 지가 오래되었음을 알 수 있었다. 지금이 농사철임에도 종자마저 다 먹어치워 사실상 폐농상태의 농가가 태반이다. 나물 캐는 사람들로 산야가 뒤덮여 있으며 겨를 구해다가 나물과 죽을 쑤어 배를 채웠다. 사람들은 부기(浮氣)가 떠올랐으며 사람의 사는 즐거움을 잃은 지 오래였다.

기민들이 이러하였으니 죽 한그릇 먹었다고 곧 회생될 리가 만무하였다. 저녁 늦게까지 진휼은 그치지 않았다. 다음날은 전날의 두어 배가 넘을 만큼 인파가 모여들었는데, 그 가운데에는 소문을 듣고 이웃 고을에서 지경을 넘어 찾아온 사람들도 있었다. 말득이는 수노와 의논하여 그들에게도 적당량을 배급하였다. 진휼이 계속되어 사흘이 지나서야 창고가 비워졌다. 점심때쯤에 홍복이가 동지네 집을 찾아와 말득이와 함께 동지에게 나아가 말하였다.

"서흥의 온 백성들은 동지어른을 일컬어 묵적(墨翟) 같은 이가 환생하였다고 칭송이 자자합니다. 일이 끝났으니 이제 돌아가서 곧 도련님을 보내드리지요. 그리고 이 댁의 하인 한 사람만 저희에게 붙여주십시오. 도련님을 업구 와야 할 테니까요."

동지는 침통한 얼굴로 아무 대답이 없었다. 그는 지난 며칠 동안에 완전히 기진맥진해버린 것이었다. 그렇지만 아무리 마음에 없는 진휼을 베풀었다고는 하나 벌써 태산 같은 선행으로 인근 사방에 알려지고 사또는 감영을 통하여 조정에 장계까지 올렸으니, 이제 와서 도적들의 강압적인 사주를 받았다고 광설할 수도 없는 노릇이었다. 그는 어서 일이 조용히 끝나 종손이 무사히 되돌아오기만 바랄 뿐이었다.

"어서 보내주시오."

동지는 힘없이 중얼거렸다. 하인배들이 아무리 세상 도리에 어둡다 할지언정, 굶주리는 자들에게 미곡을 나누어주고 그들의 기뻐하는 모습을 대하다 보니 모두들 진휼이 어떠한 일인가를 깨닫게 되었던 것이다. 이른바 관상가에서 말하는 길기(吉氣)라는 것은 선행을 한 뒤에 마음의 안정을 찾은 안색을 말하는 것이니, 길흉화복이란 모두 사람이 지어서 스스로 받는 것이다.

"패가하셨다 여기지 마시고, 서흥 곳곳에 인심을 쌓아 수만 전의 없어지지 않는 재물을 얻었다고 여기십시오."

흥복은 동지에게 이르고 나서 하인을 데리고 말득이와 함께 집을 나섰다. 그들은 동현령 극락사의 절터에 당도하여 진휼의 과정을 자세히 알렸다.

"아이를 데리구 오너라."

김기가 이르자 선일이가 아이의 이름을 부르는 소리가 들리고, 복건도 까치 두루마기도 모두 벗어버리고 더벅머리를 흩트린 채로, 도련님이 아니라 상인의 아이 같은 조동지네 종손이 웃으며 뛰어왔다. 그 아이는 버려진 아이와 동무가 되어 인근 산골짝을 뛰어다니며 노는 데 정신이 팔려 있었던 것이다.

"어이구, 도련님⋯⋯"

"싫어, 여기서 놀 테야."

하인이 두 팔을 벌려 안으려 하자, 아이는 달아나며 거부하였다. 하인이 간신히 잡아서 끌어안았으나 아이는 동무와 헤어지는 것만 싫어서 발버둥질을 쳤다.

"어서 내려가보게."

하인은 우락부락한 사내들 틈에 끼여 있는 것만 조마조마하여 뒤도 돌아보지 않고 뛰쳐내려가는데 아이의 칭얼대는 소리만 먼데까지 들려왔다. 길산이네가 용천관에서 얻었던 아이도 정이 들었는지 울먹울먹하는 것이었다.

"저 아이는 어른이 되어서도 이 일을 잊지 못하게 될 거요. 신분의 엄격한 구분은 사람의 정까지 상하게 하고 있으나, 이것은 억지로 되는 짓이라 세상에서 조금만 벗어나도 맥없이 무너져버리고, 더구나 국법이 바뀐다면 한 삭도 못 가서 모두 없어지고 말 게요."

김기가 아이의 머리를 쓰다듬으며 중얼거렸다.

"자, 떠나지."

길산이 재촉하였다.

"얘는 어찌합니까?"

선홍이가 물으니 길산이 말하였다.

"네가 업어라. 춘천댁이 잘 보살펴주겠지."

신천(信川) 우산포(牛山浦)는 동북 삼십여리에 걸치는 어루리벌〔魚蘆坪〕을 끼고 안악의 맞임개〔延津〕와 접하였고 갯가에 수세(收稅) 창고가 즐비하였다. 세곡선이 맞임개로 하여 나무리벌을 지나 월당강(月唐江)으로 접어들어 대동강 수로를 빠져나가게 되는 것이었다.

따라서 내륙의 맞임개가 세곡선의 집결지가 되었고 월당강 쪽의 지진나루와 밤곶이나루가 나무리벌의 미곡을 실어내가게 되어 있었다. 근년에 들어 뻘흙이 자꾸 쓸려내려와 하상이 높아져서 우산포는 먼저 있던 장소에서 북쪽으로 올라가야 하였다. 보통때에는 맞임개에서 들어오는 배가 빽빽이 들어차서 어루리벌 너머로 대도회가 내다보이던 것이었지만, 때가 흉년인지라 예년보다 쓸쓸하고 떼지어 몰려다니는 유민들의 무리가 배라도 끌어주고 쌀겨나 얻으려고 우산포의 갈대밭 곳곳에 노숙하고 있었다.

이곳에는 세곡선뿐만 아니라 관북과 관서의 내륙지방에서 내려오는 주상(舟商)들의 배도 심심치 않게 드나들어 비록 경강(京江)에는 미치지 못하였어도 객줏집도 있고 선창도 있었다. 그러나 객주에서는 저희 식구 살아갈 일이 급하여 거의가 장사를 폐한 곳이 대부분이었다. 우산포란 지명은 들판 한가운데에 크고작은 두 산이 있는데 그 모양이 엎드린 소의 형상과 같아서 생겨난 것이다. 인근에 큰 마을이 있어 소메골이라 하였다.

소메골에 구씨 성을 가진 양민 부호가 살았는데, 일찍이 우산포에서 객주를 여러 집 운영하고, 한편으로는 어루리벌에 장토를 마련하여 직접 담배나 목화 같은 작물을 생산하고, 돈놀이와 관서 관북 물화의 교역으로 크게 일어난 사람이었다. 그가 비록 아무런 직함이 없었으나 재령, 신천의 원과 트고 지내는 사이라, 때가 되면 철철이로 온갖 진물을 올려바치고 무시로 관가에 드나들어 아무도 그를 능멸할 자가 없었다. 부자에게는 흉년이 따로 없는 법이라 때가 마침 구부자의 환갑이었는데, 일가 권속들이 모여들고 인근에서 제법 사노라는 자들이 모여서 흐드러지게 지낼 모양이었다. 사랑 마루에 기다란 다담상이 차려지고 마당에는 구름 같은 차일에다 멍석을 깔고 가운데에는 기생과 광대들의 놀이판을 차렸다. 겸인을 시켜서 광대들을 데려오기로 하였고, 특별히 신천 관아에서는 관기를 내보내주었다.

온 집안은 물론이요 소메골에 고기 냄새와 기름 냄새가 진동하였으니, 또한 이 소문을 듣고 인근 사방의 각설이꾼 유민배들이 소메골을 찾아 모여들었다. 사랑채 마루의 중앙 상석에 구부자 내외가 앉고 그 좌우로 친지들이 둘러앉았으며, 권속들은 마당의 멍석에 차례로 앉았

는데 혈육붙이들이 나와 술잔을 올리며 수복을 축원하였다. 술잔 올
릴 적마다 기생이 지화자를 불렀다. 밖에서 술렁이는 소리가 들리고
나서 마당으로 들어서는 자들은 벌써 몸가짐이 건들거리며 각색의 차
림과 악기 등속을 지닌 꼴이 광대가 분명하였다. 그들에게 한상 그득
히 차려주고 술 한동이 내어 미리부터 신명을 올려두게 하였다.

"어이구, 쉰밥이라두 좋으니 한술만 줍시오."

"떡이 되나 술이 되나 조금만 줍시오."

대문 밖에서 요란하게 떠들어대는 소리가 들리니 겸인이 하인들을
데리고 나가 멀리 쫓아내도록 하였다. 그러나 소메골 구부자네 환갑
잔치는 이미 인근 사방에 소문이 자자하여 있었다.

먼저 꽹과리, 북, 징, 장고 등의 사물(四物) 갖춘 잽이들이 한판 흐
드러지게 짓쳐돌아가고 나서 괴뢰배들이 포장을 열고 덜미를 노는 것
이었다. 포장 뒤에는 대잡이가 가운데 서고 양쪽에 대잡이손이 앉아
서 돕도록 되었다. 구부자는 소싯적부터 보아오던 놀음이라 기중 마
음에 두었던 대목이 있었는지 친히 광대에게 말하였다.

"꼭두각시거리가 아주 재미있더라. 거기는 두 번을 거듭하여보아
라."

좌중에는 취흥이 슬슬 무르익어 멍석에 내려앉은 자들 사이에서는
벌써 타령장단이 나오고 법석이었다. 꼭두각시거리가 포장에서 시작
되는데 꼭 이렇게 되어지는 것이었다.

아 여보게, 한상 놀게.

그러세.

자네 우리 마누라 못 봤나?

봤지, 며칠 전에 맨발로 옷도 남루하게 입고 가는 것을 보았소.

그게 정말인가.

정말이고말고, 저 산모퉁이를 울면서 가는 것을 보았네. 불쌍해서 못 보겠데.

여보게, 내가 우리 마누라 나간 지가 수십년이 되어, 우리 마누라를 찾으려고 방방곡곡 면면촌촌 참빗 새새 다 찾아다녀도 마누라를 못 보겠데. 혹시 이런 데 없나 한번 불러보겠네.

어디 불러보게.

그럼 불러보겠네. 여보 할멈, 할멈.

여보 영감, 영감. 영감을 찾으려고 일원산(一元山)가 하루 찾고 이강경(二江景)에 이틀 찾고 삼포주(三浦州)에 가 사흘 찾고 사법성(四法聖)에 가 나흘 찾고 오강화(五江華)에 닷새를 찾아도 영감 소식 몰랐는데, 어디서 영감 소리가 나는 듯 나는 듯하구려. 여보 영감, 영감.

저리 저리 절씨구 지화자 절씨구, 거기 누가 날 찾나, 거기 누가 날 찾나, 날 찾아올 이 없건마는 거기 누가 날 찾나, 지경성지 이태백이 술을 먹자고 날 찾나, 거기 누가 날 찾나, 거기 누가 날 찾나, 상산봉네 노인이 바둑을 두자고 날 찾나, 날 찾을 이 없건마는 거기 누가 날 찾나, 여보게 할멈, 할멈.

여보 영감, 영감.

만나보세, 만나를 보세.

만나봅시다, 만나봅시다.

아고, 할멈이오.

아이고, 영감이오. 여러 해포 만이구려. 잘되었소, 잘되고도 잘되었소. 영감 꼴이 잘되었소. 정주 탕관은 어디다 두고 개가죽 감투가 웬 말이오.

거 다 할멈 없는 탓이오.

잘되고도 잘되었소. 영감 꼴이 잘되었소. 청사 도포는 어디다 두고 광목 장삼이 웬말이오.

그도 다 할멈 없는 탓이오.

여보 영감, 젊어 소싯적에는 어여쁘고 어여쁘던 얼굴이, 네에미 부엉이가 마빡을 때렸나 웬 털이 그렇게 수북하오.

야야 이것 봐, 사내 대장부라 하는 것은 위엄 주세가 우긋해야 오복이 두리두리한 거여.

오복, 육복이라 하시오.

육복 칠복은 어떻고.

칠복보다 팔복이라 하시오.

야야 이년 복타령하러 나왔냐, 야야 이년아 너도 젊어 소싯적에 어여쁘고 어여쁘던 얼굴이 율묵이가 마빡을 때렸나, 우툴두툴하고 땜쟁이 발등 같고 보리 먹은 삼닢 같고 비트러지고 찌그러지고 왜 그렇게 못생겼나.

여보 영감, 그런 말 마소. 영감을 찾으려고 방방곡곡 얼레빗 참빗 새새 다니다가 먹을 것이 없어서 저 강원도 들어가서 도토리밥을 먹었더니 얼굴이 요렇게 되었소.

아따 그년 능글능글하기도 하다. 야야, 이년아 내 말 들어봐라. 너는 빤들빤들한 도토리밥을 먹어서 그러드냐. 나는 이 앞 들의 세모나고 네모난 메밀로 국수만 눌러 먹어도 얼굴만 매끌매끌하다.

여보 영감, 오랜만에 만나서 싸우지만 말고 같이 들어갑시다.

야야, 이리 와. 아내가 나간 지 수십년이 되어 늙은 내가 혼자 살 수 있던가. 그래 내 작은집을 하나 얻었네.

옳지 옳지, 내 알았소. 영감이 나간 후로 알뜰살뜰 모아가지고 작은집을 한칸 샀단 말이지요.

왜 기와집은 안 사고, 이 늑대가 할켜갈 년아.

그럼 뭐 말이오.

그런 게 아니라 작은마누라를 하나 얻었단 말이다.

옳지 옳지, 내 알았소. 내가 갔다 돌아오면 김장할려고 마늘을 몇접
샀단 말이죠.

왜 후추 생강은 어떻고, 우라질 년아.

그럼 뭐 말이오.

자 자, 이리 와. 작은여편네는 아느냐.

옳지 옳지, 내 알았소. 내가 가면 영영 안 올 줄 알고 작은여편네를
하나 얻었단 말이죠.

아따 그년, 이제 삼일 강아지 눈뜨듯 하느냐.

여보 여보, 기왕지사 그렇게 되었으면 작은마누라 생면이나 시켜주
시오. 인사는 시켜줘야죠.

아하, 이 꼴에 생면을 시켜달라네.

암요, 시켜주셔야죠. 개천에 나도 용은 용이요 짚으로 만들어도 신
주는 신주 법대로 있지 않소.

그럼 생면을 시켜줘야 하나.

시켜줘야지.

그럼 생면을 시켜줄 테니 저리 돌아섰거라.

왜 돌아서라 그러우.

옮는다 옮아.

뭐가 옮아.

얼굴 옮는단 말이여. 저리 돌아서 이쪽을 보면 안돼. 생면을 시켜줄
테니 정신 차려 받어라.

무슨 인산데 정신 차려 받으라우.

벼락인사다. 벼락인산가. 용산 삼개 덜머리집네 거드럭거리고 나오는구나. 아이구 요걸 깨물어 먹을까. 요걸 꼬여 찰까. 그저 그저. 야, 야, 이것 봐 저기 큰마누라가 돌아왔다. 인사해야지. 응, 그렇게 돌아서면 되나. 어서 가서 인사해요.

한참 덜미 마주치기가 진행되는데 놀이판 뒤로 차례를 기다리던 광대들 틈에는 우락부락한 사내들이 날카로운 눈초리로 건너편의 마루 위를 올려다보고 있었다. 그들 가운데 말뚝벙거지에 괴적삼 바람에다 얼굴은 진한 잿빛이요, 광대뼈가 불거진 자가 있었는데 놀이를 끝내고 나오는 광대들에게 술을 퍼주고 있었다. 아마도 짐꾼이나 되어 보이는 자가 곁에서 그들이 준비할 물건들을 챙기고 매어주고 하였는데, 그는 키가 훌쩍 크고 등이 꾸부정하며 얼굴이 길쭉한 사내였다.
"대문으로 가보아."
얼굴 시커먼 자가 키 큰 자에게 말하니 그는 고개를 끄덕이고 나서 안마당을 지나 바깥마당으로 나갔다. 대문 앞에는 두어 명의 하인이 지켜섰을 뿐이고 모두들 놀이판에 정신이 팔렸는지 계집종 하나 얼씬거리지 않았다.
"어이, 낮술에 얼굴이 벌게서 이 무슨 꼴이람. 한숨 자야겠네."
키 큰 사내가 중얼거리고 나서 행랑 처마밑 그늘에 가서 쭈그려앉았다. 아무도 그에게 주의를 돌리는 자가 없었다. 키 큰 사내는 툇마루 아래 걸터앉아 끄덕끄덕 조는 시늉을 하고 있었다.
대문 밖에는 아직도 걸인과 유민배들이 흩어지지 않고 햇볕을 피하여 건너편 송림의 그늘에 웅기중기 둘러앉아 있었다.
"대문이 열리면 곧장 뛰어들어가야 한다."
십여명의 사내들이 나무 아래 눕고 기대고 하였는데, 그들 중에 나이 지긋하고 터럭이 희끗희끗한 자가 말하였다. 그는 둘둘 말아 새끼로 동인 거적을 등에 짊어지고 있었으며 다른 자들도 거적이나 망태기를 가지고 있었다. 모두가 다 한결같이 남루한 복색이었다.

"저 사람들이 쫓아오면 어쩌려우?"

망태기를 가진 자가 저쪽에 둘러앉은 유민배들을 돌아보며 말하자 나이 든 사람이 말하였다.

"쫓아오도록 놔두어. 대문만 닫아걸면 될 테니까."

그들은 풍악소리가 낭자한 구부자네 높은 담장을 바라보며 무엇인가를 기다리는 듯하였다. 놀이판에서는 아직도 덜미가 계속되고 있는지 관객의 웃음소리와 굿거리장단이 요란하였다.

문안이오.

문 안이고 문 밖이고 웬 벌거벗은 놈이냐. 대빈상이다. 벌거벗은 놈은 얼씬도 말아라.

허허, 상여 뫼시러 왔소.

벌거벗은 놈은 대감상여에 얼씬도 말아라.

다 틀렸다. 다 틀렸어. 벌거벗은 놈은 대감상여에 얼씬도 말라네.

애애, 그럼 좋은 수가 있다.

뭐여.

내 시키는 대로 해여. 상제님이나 상두꾼이나 모두 사타구니 그것 떼어서 아랫목에 묻고 왔느냐고 물어봐라.

야야, 경칠려고.

괜찮어.

야 무서워 안되겠다.

너 일곱 동네 장사 아니냐.

허 참, 안되면 그까짓 것 발길로 차고 주먹으로 쥐어박고 이승에서 못 살면 저승에서 살지…… 야 이거 못하겠다.

이놈아, 내질러봐.

그렇지 해봐야지. 상제님.

왜 그래.

상제님이나 상두꾼이나 그런 것 떼어서 아랫목에 묻고 왔소.

아따 벌거벗은 놈이 말 한번 잘한다. 네 재주껏 모셔라.

포장 뒤에서는 상여가 나가는데다 셋째 거리 들어갈 찰나였다. 광대들 틈에 끼여 있던 자가 징을 들어 세차게 두드렸다. 잔치 손님들은 아무도 눈치채지 못하고 있었다. 징소리는 집안에 길게 울려퍼졌다.

행랑채 처마밑에서 쭈그리고 앉아 있던 자가 일어났다. 하인 하나는 툇마루에 길게 팔베개를 하고 누웠고, 다른 하나는 중문간에 엇비슷하게 기대어 사랑채 마당을 넘겨다보느라고 정신이 없었다. 키 큰 사람은 그들을 눈여겨보고 나서 허리춤에서 무엇인가를 꺼냈다. 그것은 명주실에 꿴 열 닢의 돈이었다. 키 큰 사내는 그것을 마당 가운데 살그머니 내려놓고 다시 앉았던 자리로 가서 하품을 하고는 큰 소리로 말하였다.

"허, 이 댁이 과연 부자로군. 마당에 웬 돈이 굴러다니나."

중문간에 섰던 하인이 돌아보았고 키 큰 사내는 마당으로 걸어갔다. 툇마루에 누웠던 하인도 그 소리에 잠이 깨어 상반신을 일으켰다. 키 큰 자가 일부러 잽싸게 돈을 주워서는 소매 속에 챙기는데, 두 하인들은 저놈 봐라, 하는 식으로 눈길을 맞추었다.

"어이, 그 돈 내놓아라."

"허, 줏는 사람이 임자지 왜 이러는 게여."

키 큰 사내가 마당 구석의 헛간 쪽으로 뒷걸음질을 치자, 하인들은 그를 따라서 헛간으로 들어섰다. 쫓기던 자는 우선 돈을 헛간 안쪽에다 던졌고, 앞섰던 자가 그를 지나쳐 안으로 뛰어드는데 뒤이어 다른 자가 앞을 다투며 들어선다. 키 큰 사내는 뒤미처 들어오던 자의 배를 무릎으로 올려챘다. 그가 입을 딱 벌리더니 배를 안고 무릎을 꿇었으며, 다시 이번에는 돈꿰미를 주우려고 엎드린 하인의 등판을 발뒤꿈치로 내려찍었다. 목에 헉, 걸리는 듯한 숨소리가 들리며 길게 뻗으니, 키 큰 사내는 널브러진 두 하인의 다리를 잡아 헛간 깊숙이 끌어다 두었다. 그는 저고리를 잡아흔들어 바람을 내면서 유유히 대문으로 가서 빗장을 빼고 한쪽 문을 열더니 고개를 내밀었다. 십여 명의 사내들이 안으로 우르르 밀려들었다. 그들의 뒷전에는 영문을 모르는 유민배가 어리둥절하여 바라보고만 있었다. 키 큰 사내가 대문을 다시 닫고 빗장을 지르면서 물었다.

"다 들어왔지?"

나이 든 자가 끄덕였다. 그는 등에 짊어지고 있던 거적때기 안에서 환도를 빼내들었다.

"오두령님……"

들어온 사내 중의 하나가 지팡이로 짚고 다니던 기다란 막대를 키 큰 사내에게 넘겨주었다. 그는 지팡이 막대를 잡아 끝을 비틀어 뽑았는데, 막대기 끝에 창날이 나타났다. 그것은 단창(短槍)이었다. 뒤따라서 다른 자들도 거적 속에서 환도를 뽑았고 망태 안에 숨겨둔 쇠몽치들을 꺼내들었다.

"너희는 중문을 지켜라."

키 큰 사내가 말하고 나서 나이 든 자에게 일렀다.

"변두령은 밖으로 도망쳐나오는 것들을 안채로 몰아넣으시오."

그들이 중문을 지나 사랑마당에 몰려들어갔는데도 아직은 아무도 눈치채는 자가 없었다. 그들은 사방의 차일 치고 멍석을 편 담장 밑마다 간격을 두고 빈틈없이 지켜섰다.

"비켜라……"

얼굴 검은 사내가 광대들에게 이르자 그들은 좌우로 물러났고, 그는 광대들의 봇짐 속에서 칼을 뽑아들고 뛰어나갔다. 그가 멍석의 놀이판 가운데로 뛰어나갈 때까지는 모두들 놀이치고는 어딘가 이상하다 여길 뿐이었다. 그런데 그는 멈추지 않고서 마루 위로 성큼 뛰어오르더니 칼끝을 상좌에 앉은 구부자의 턱밑에 갖다대었다.

"저런……"

"아니 저놈이 환장을 하였나?"

구경꾼 중에서 웅성거리는 소리가 들리고, 마루 위에 올라선 자가 한손을 내저어 보이자 그들의 등뒤로부터 무기를 가진 장정들이 놀이판 가운데로 뛰쳐나왔다. 상이 엎어지고 음식이 쏟아지는 혼잡이 일어나는 중에 마루 위의 사내가 외쳤다.

"꿈쩍 마라. 모두들 이 자리에서 한걸음이라도 움직였다간 목이 달아난다. 그 대신에 시키는 대로만 한다면 머리털 하나 상하지 않고 무사히 돌아갈 수 있을 것이다."

"이거 문자속이 밝아 안되었소마는 숙불환생(熟不還生)이라 하였으니, 이 많은 음식들을 파리에게 내줄 수야 없지."

마감동이 부하들에게도 권하며 술을 들이켰고 옥여가 중얼거렸다.

"해가 지려면 아직 멀었으니, 저 밖에 기민들이나 불러다 잔치하구 갑시다."

"나중에 뒤가 귀찮게 되지 않을까……"

오만석이 걱정하였으나, 감동이는 거리낌없이 응낙하였다.

"걱정 없네. 우리는 배를 탈 테니까 모두 뿔뿔이 흩어지겠지. 변두령, 어서 모두들 안으루 들이시우."

변가가 졸개 몇을 데리고 대문을 열러 나갔다. 옥여는 감동이가 내어주는 감로주를 잔에 받아들고 차마 훌쩍 넘겨버리기가 아쉬운지 코 아래 가까이 대고 냄새를 맡았다.

"흠…… 아찔한 속세의 내음이로다! 벽곡 수십여 일에 곡차를 마셨다가 육근이 노하여 불심이 사라지면 이런 파계가 또 어디 있을꼬. 에라…… 나무관세음보살……"

승려 옥여는 염불을 중얼중얼하더니 첫 잔을 넘겼다. 웅성대는 소리가 들리면서 늙은이 젊은이 아이들 여편네 할 것 없이 구부자네 음식 냄새를 맡고 인근 사방에서 모여들었던 유민의 무리들이 중문 안으로 꾸역꾸역 밀려들었다.

"자, 어서 그 상 앞으로 다가앉으시오."

그리고 감동이는 부하들께 지시하여 안채에 갇힌 아낙들 중에 이 집의 찬모와 하녀 서넛을 나오게 하여 부엌과 찬방에 남은 잔치 음식을 모두 내오게 하였다. 백여명이 넘는 굶주린 사람들은 그들을 두려워하기는커녕 어제 본 마을 사람에게 대하듯이 음식도 권하고 자리도 좁히는 것이었다.

"자네들은 계속 풍악도 잡히고 춤도 추게나."

"암, 여부가 있겠나. 이제부터 정말 우리 판인데……"

광대들이 다시 나와서 풍물을 두드리고 돌아가니 대기근에 때아닌 빈민잔치가 벌어진 셈이었다. 옥여는 술잔을 들다 말고 그러한 광경을 내려다보며 합장하고는 눈을 감고 중얼거렸다.

"살불생천(殺不生天)이라도 미래세중(未來世中)에 용하보리수하(龍下菩提樹下)에 역득치우(亦得值遇)하야 발무상도심(發無上道心)하리라."

"여보, 뭘 그리 중얼중얼하오. 술이 들어가니 과연 중생의 진면목
이 훤히 보이슈?"

감동이가 농을 던지자 옥여는 슬그머니 일어섰다.

"스님, 어디 가우?"

"이 댁에 적선할 물건이 얼마나 되는가 알아보아야겠소."

감동이도 그 말에는 술잔을 놓고 환도를 칼집에 넣고는 마루에서
내려섰다. 취흥이 오른 유민들이 본색이 농투성이들이라 새봄에 논배
미에서 배불리 먹고 농주 마시던 때가 생각났는지 모내기노래를 부르
고 흥겨워하는 것이었다.

연주봉에 점심 광주리 올라간다
오늘 점심 늦어졌다 집에 있는 큰애인들 삶은 팥에 밥 못하리
개똥밭에 잡풀들은 이슬 맞고 굽힌다네
양친부모 모신 앞에 잔을 들고 굽힌다네
골챈 논 쌀을랑은 우리 부모 공양하고
어이허야 더덩지로다
날 오라네 날 오라네 산골 처자 날 오라네
천장미 조밥 새우젓 놓고 혼자 먹기 심심해서 날 오라네
모야 모야 노랑모야 언제 커서 열매 열고
이달 크고 훗달 크고 칠팔월에 열매 열지
모시적삼 세적삼에 연적 같은 저 젖 봐라
많이 보면 병난다네 살금살금 보고 가자
못다 한 일 다 하려나 봉채동곳 잃고 가네
봉채장사 굶어 사나 봉채동곳 내 사줄세

바삐바삐 저 둑까지 얼른 나가 쉬어볼까 어어허야 더덩지로다

불볕을 등에 지고 진흙물에 들어서서

이 농사를 이리 지어 누구하고 먹자 하노

사람마다 벼슬하면 이 농사를 누가 짓나

의원마다 병 고치면 북망산천 왜 생겼나

앞동산에 비 져온다 누역사립 갖추어라

밤이 오면 잠깐 쉬고 잠을 깨면 일이로다

녹양방초 저문 날에 석양풍이 언듯 불어

호미 메고 앞장구에 그 또한 낙이로다

배야리광지 흰저고리 아마도 우리네 점심인가 어어허야 더덩지로다

여러 동모 일심해서 한일자로 나가보세 어어허야 더덩지로다

여보 동모 정신을 차리소 아차 실수 베폭이 뜨네 어어허야 더덩지로다

오날 해도 다 갔는지 산골마다 그늘일세

해가 가서 그늘인가 산골 높아 그늘이지

우리 논엔 물채가 좋아 한말지기 열닷 섬 어어허야 더덩지로다

점심 먹고 쉬여들어 첫참 하기 나는 싫데

물늬행장 차려놓고 첫가락장기 나는 싫데

오늘 낮에 모인 동모 해 다 지니 흩어지네

석자수건 목에 걸고 내일 낮에 또 만나세 어어허야 더덩지로다

　노랫가락이 한창인데 옥여와 감동이가 광이며 방안을 대강 둘러보니 미곡이 수천 석에 돈과 피륙이 만 전이 넘는 듯하였다. 그들은 부하들을 휘동하여 우선 돈과 피륙을 행랑채에다 쌓아두기로 하고, 광

속의 미곡은 날이 어두워지면 모두 우산포까지 나르기로 하였다. 구월산 사람들이 문가에 서서 지나는 기민들을 빼놓지 않고 불러모으니 어언 이백여명이 넘는 것 같았다. 저녁 어스름이 내릴 때 잔치를 파하기로 하고 나서 아직도 놀이의 흥이 가시지 않아 아쉬워하는 이들 앞에 마감동이 나서서 말하였다.

"우리가 남의 환갑잔치에 뛰어들어 배불리 먹고 마음껏 놀았소. 이제는 모두 제 갈 길을 찾아야 할 터인데, 이곳에는 우리들뿐만 아니라 양식 없어 굶주리는 이들이 사방에 있소이다. 지금부터 내가 하는 말을 잘 들으시오. 광에 있는 미곡을 모두 합력하여 우산포까지 나릅시다. 거기서 여러분들에게 고루 나눠드릴 것이오. 그리고 나머지는 우리가 다른 이들께 나눠줄 터이니 한 사람도 빠지지 말고 미곡을 나릅시다."

구월산 식구들이 열 사람쯤씩 대를 나누어 맡아 지휘하도록 하였다. 일단 일이 모두 끝날 때까지 오만석과 변가가 네댓 명의 부하들과 같이 구부자네 집을 단속하기로 하고 나머지는 모두들 미곡 나르는 일에 나섰다. 그들은 광문을 부수고 들어가 섬을 나르는데 앞에는 마감동이 횃불을 켜들고 행렬을 인도하였다. 거기서 우산포까지가 지척이라, 질척한 진흙펄을 피하여 둑 위에다 길게 미곡을 쌓았고 거룻배를 다섯 척이나 끌어왔다. 구부자네 객주 앞에는 돛 달린 세곡선까지 있어 아예 사공과 함께 끌어다 놓으니 재령 안악 지경인 맞임개까지 하룻밤도 걸리지 않을 것이었다. 미곡이 대충 운반되자 그들은 절반쯤을 갈라놓고 힘에 닿는 만큼 그들이 각자 가져가도록 하였고, 되도록 많은 사람들에게 알려서 함께 나누어먹어야 나중에 관의 성화에도 무사할 것이라고 일러주었다. 그들은 끝으로 남은 미곡을 다섯 척의 거룻배와 세곡선에 실어주기를 청하였다. 일렬로 늘어서서 거룻배에다 우선 미곡을 차곡차곡 싣는데 다섯 척의 뱃전에 물이 찰랑대도록 실었는데도 쌀섬은 반도 줄어들지 않았다. 이어서 세곡선에다 싣고 보니 겨우 팔백여 석을 실었을 뿐이다. 시간은 어언 삼경이 가까워질 무렵이었다. 국자 모양의 칠성이 하늘에 번듯 넘겨졌는데 먼산 숲속에서는 굶주린 부엉이가 떡해먹자고 자꾸만 보챘다. 배에 미곡 싣는 일을 끝까지 도와주었던 기민들 삼십여명은 강변에서 구월산 일당들과 헤어졌다.

마감동을 위시한 두령들이 세곡선에 타고 나머지 부하들 중에 기운 깨나 쓰는 자들이 둘씩 짝지어 거룻배에 타고 삿대와 노를 앞뒤에서 밀고 젓고 하였다. 그들은 좁다란 강변을 따라 흐르다가 적당한 곳에서 거룻배를 한척씩 대어놓고 캄캄한 마을로 올라가 고함을 질렀다.

"진곡이 강에 있으니 가져가시우."

"모두들 들으시우. 진곡을 강변에 대어놓았소. 마을 이정은 어서 나와서 가져가우."

이렇게 몇번 고함을 지르고 돌아서서 나오다 보면 집에 하나둘 불이 켜지는 게 보였다. 그들은 미곡을 가득 실은 거룻배를 그와 같은 방법으로 어루리벌 주변의 절량된 마을 어귀에다 떨어뜨렸다. 맞임개와 마른내〔馬鳴川〕로 갈리는 삼지 수로에 이르렀을 때에는 세곡선 한 척밖에는 남지 않았다. 여름밤은 짧아 샛별 까무룩한데 그들은 마른내 쪽에 선수를 돌려서 배를 대었다. 천지사방이 고요한 새벽이었다. 이 많은 쌀을 구월산까지 나를 수는 없었고 또한 이대로 두었다가는 관군이 나와서 모두 수거해갈 참이라 바삐 서둘러야 하였다. 그들은 둘씩 대를 나누어 마른내와 맞임개와 오리고개 부근의 사방 십여리에 퍼져 있는 산골마을로 찾아가, 백성들께 알리고 그들로 하여금 적당한 장소까지 운반을 시킬 작정이었다. 마감동, 오만석, 변가, 옥여스님은 마룬내에서 그들이 몰려오기를 기다렸고, 이윽고 동이 부옇게 밝아서 사람들이 드문드문 나타나기 시작하였다. 해가 떠올라 강변의 안개가 걷혀가자 사람들은 더욱 불어나 삼백여명에 이르렀고 서로 쌀을 많이 가져가고자 마을마다 기운이 남은 자는 남녀노유를 가리지 않고 몰려들었다. 마감동이 세곡선의 뱃전에 올라가 외쳤다.

"모두 잘 오셨소이다. 우리는 해서에서 일어난 활빈당이오. 이 쌀은 어루리벌에서 인색하고 매정하기로 소문난 구부자 집의 곡간에서 끌어낸 쌀이니, 여러분들이 기왕에 수년간의 무거운 작료로 빼앗겼던 것입니다. 우리가 대신 빼앗아오는 것이니 관차들이 몰려오기 전에 한시바삐 가져가야 되겠소이다. 허나 여기서는 나눌 수 없고 이미 날이 밝았으므로 어디 으슥한 골이 있으면 그쪽으로 일단 숨겨두어야 되겠소이다."

마감동의 말이 끝나기도 전에 한 중늙은이가 무리를 헤치고 앞으로 나섰다.

"마침 마땅한 곳이 있습니다. 마룬내 위편에 사방 시오리 되는 드넓은 갈대밭이 있는데 우선 그 안에 쌀을 숨겨두었다가 밤에 다시 화연령까지 옮겨놓으면 될 것입니다."

화연령은 안악 지경이므로 그쪽에 숨겨두는 것이 안전할 듯하였다. 배에다 기다란 삼밧줄을 세 줄로 엮고 이물에다 매어서 모여온 사람 중에 젊은이들로 하여금 배를 마룬내 상류로 끌어올리도록 하였다. 위로 오를수록 내의 폭과 수심이 좁고 얕아져서 배는 몇번씩이나 수초에 엉기거나 모래톱에 얹히고는 하였다. 그럴 때마다 힘을 내어 끌어내니 배는 기우뚱하였다가 다시 거슬러오르고는 하는데, 아무래도 이 좁은 수로를 되돌아나오기는 불가능할 것이었다.

드디어 수면의 수초가 빽빽한 곳에 이르러 배는 더이상 나아가지 않았다. 뭍에서 두어 걸음밖에 되지 않았으나 워낙 미끄러운 진흙바닥이라 쌀섬을 나를 수가 없어서, 배와 나란히 하여 냇가의 돌로 축대를 쌓아올리기로 하였다. 뱃전과 수평이 되도록 쌓고 나서 거기에 통나무와 판자를 가로질러 한 사람이 간신히 왕래할 다리를 만들었다. 쌀을 실어내기 시작하는데 신천 쪽에서 연화령을 지나 안악으로 나가는 길이 들판 건너편에 내다보였다. 작은 언덕이 솟아 있고 들판은 온통 갈대밭이었다. 그들은 쌀섬을 지고 언덕을 향하여 갔는데, 갈잎에 다리와 허리가 찔려서 베어지고 상처가 나는 줄도 몰랐다.

구월산 일당들은 배에서 내려와 금품이 들어 있는 부담농만을 꾸려 짊어지고 냇가를 따라 올라갔다. 위로 오르면 내의 끝이 바로 구월산의 초입인 실토봉에 닿게 되는 것이다. 옥여스님만은 그들과 동행하지 않고 일이 모두 끝날 때까지 남기로 하였다. 구월산 일당들이 떠나고 기민들이 미곡을 거진 운반하였을 즈음하여 거룻배 두 척이 맞임개를 돌아 마룬내로 올라왔다. 그것은 구부자에게서 적경을 받고 신천 관아에서 나온 포졸들이 타고 있는 배였다. 포졸들은 멀리에서부터 상류에 배가 멎어 있고 사람들이 하얗게 모여들어 미곡을 운반하는 광경을 볼 수 있었다. 그들은 부지런히 삿대를 밀어내며 거슬러올라왔다.

"쌀을 빼앗겨서는 안되오. 가까이 오지 못하도록 합시다."

옥여가 몇몇 젊은이들에게 말하자 그들도 웃통을 벗어젖히고 나섰다. 쌀을 운반하던 자들까지 모두 몰려와 냇가의 이쪽에 늘어서니 포졸들을 지휘하던 장교가 저쪽에 나와서 소리를 질렀다.

"도적들이 어디 있는가, 우리는 도적을 잡으러 왔다."

"도적들이 어디 있단 말이냐. 이 쌀은 아무도 못 가져간다. 맞임개로 돌아가라."

이쪽에서도 장정 하나가 나서서 외쳤다.

"소란을 피우면 적당과 동률로 징치한다."

"굶어죽느니 차라리 맞아죽는 게 낫다. 가까이 오면 그냥 두지 않을 테다."

그러나 거룻배는 주춤거리며 다가들고 있었다. 그들이 오면 모처럼 들어온 양식을 모두 압수당하게 되리라는 것은 누구든지 알고 있었다. 몇사람이 냇가의 자갈을 집어 거룻배를 향하여 던지더니 이어서 돌멩이들이 우박처럼 거룻배 위로 쏟아져갔다.

앞에 나서서 외치던 장교가 뒤로 넘어지고 거룻배는 이리저리 흔들거리다가 포졸들이 좌우의 뱃전을 넘어서 물속에 뛰어드는 것이 보였다. 흉년의 굶주림에 악이 받칠 대로 받친 백성이 얼마나 무서운가 그들은 알지 못하였던 것이다. 스무 명쯤의 포졸들이 가까이 오지도 못하고 돌팔매에 쫓겨간 뒤에 오후 늦게까지 관헌은 근처에 얼씬도 못하였다. 미곡이 완전히 비워지자 사람들은 세곡선에다 불을 질러버렸다. 그리고 밧줄을 끄르고 모래톱 너머까지 끌어다 놓으니 물의 흐름을 따라 맞임개 쪽으로 흘러가면서 배는 맹렬한 기세로 타오르고 있었다. 세곡선은 불길과 연기를 내면서 맞임개의 격류를 따라서 흘러내려갔고, 방금 돌팔매로 포졸들을 쫓아버린 기민들은 하나같이 이 쌀이 자기들의 것임을 확신하였다. 쌀을 빼앗기는 것은 바로 목숨을 빼앗기는 일과 같다고 그들은 믿었다. 아무도 두려워하거나 불안해하는 사람이 없었다. 마룬내의 마을에서 나왔다는 노인이 저도 모르게 삼백여명의 기민들을 이끌게 되었으니, 그는 예전에 북관에서 장교 노릇을 하던 이였고, 육순이 넘었건만 아직도 등줄기가 꼿꼿하고 어깨가 딱벌어져 누가 보더라도 사십대로 여겨졌다. 희끗희끗한 머리에 눈에는 총기가 역력하였다. 그가 구월산 일당들에게 화연령에서 미곡 나누어주기를 제의했던 사람이다. 마룬내 노인은 인근 사방에서 몰려온 기민들 중에 의기가 팔팔한 사람들로 쌀을 온전히 지키고 기민들에게 균등히 나누어줄 동아리를 짰다. 그들은 대략 오십여명쯤이었다. 두 사람을 맞임개 쪽으로 내보내어 관군의 동향을 살피게 하고, 나머지는 모두 갈밭 가운데 솟은 언덕으로 미곡을 운반하도록 하였다. 언덕 위에는 굵직한 노송들이 그늘을 드리우고 있어서 진휼하기에는 매우 적당하였다. 중화참이 훨씬 지나서 이번에는 사십여명의 관노 사령들이 풀려나와 맞임개에 배를 대고 백사지에 내렸다. 망보던 사람 하나가 헐레벌떡 달려와 그들이 강안에 당도하였음을 알렸다. 마룬내 노인이 말하였다.

"대에 뽑힌 사람들은 강변에 나가 지키다가 세 불리하면 달아나는 척하고 갈대밭에 숨으시오. 그러고는 좌우로 갈라져 포졸들이 들어올 길을 터놓으란 말이오. 그러면 저들이 안심하고 언덕 아래까지 쫓아오면 여기서 남녀노유를 막론하고 돌을 던져서 쫓아내고 갈밭에 숨었던 패가 합세하여 협공하십시다. 미곡을 차압당하면 어루리벌의 굶주린 백성들은 올해를 넘기지 못할 거요."

이윽고 오십여명이 먼저 세곡선이 대어졌던 마룬내 냇가로 나가서 늘어서고 언덕 위에 남은 사람들은 아이들까지도 돌을 그득히 무릎 아래 쌓아두고 기다렸다. 아이들과 젊은 총각들은 꼭 대보름날의 투석놀이나 되는 듯이 희희낙락하며 연습팔매를 한답시고 허공중에 돌을 날려보는 것이었다. 멀리 강변을 따라 뛰어오고 있는 포졸들의 행렬이 보였는데 육모방망이에 털벙거지 둘러쓰고 더그레를 펄럭거리며 다가오고 있었다. 갓 쓴 자가 끼여 있었으나 그는 아마 친히 난민 진압에 나선 병방인 듯하였다. 그들은 이쪽에서 돌을 쥐고 서 있는 사람들을 보자 멈추었다. 병방이 앞으로 나서더니 그들을 향해 외쳤다.

"작당하여 관군에게 대적하면 포박 효수형에 처하고 그 식구는 관노비로 떨어진다는 것을 모르는가. 비록 흉년이라 하나 엄연한 국법이 있으니 모두 작당을 풀고 흩어지면 죄는 묻지 않겠다. 미곡은 개인의 재물이니 아무도 손댈 수 없다. 어서 물러서지 못할까."

이에 지지 않고 사람들이 한마디씩 떠들었다.

"국법이란 백성을 지키기 위하여 있는 것이지 언제 모두 굶어죽도록 내버려두라는 것이 국법인가."

"아니…… 기순 지경에서는 진휼미가 한 삭마다 나온다는데, 감사에게는 달리 보고하고 쌀 한톨 진곡으로 내놓지를 않으니 그것을 누가 떼어먹었느냐. 먼저 징치할 자는 고을 수령들이다."

"이런 기근에 아무리 개인 것이라지만 창고에다 수천 석을 쌓아두고, 저 혼자서 잔치를 벌이는 자의 재물이 어찌 한 사람의 것인가. 곡식은 하늘의 것이다. 하늘을 거역하는 자의 재물을 지키는 것이 관장의 할 일인가?"

이어서 마룬내 노인이 앞으로 나섰다.

"원래가 폭민이 따로 없소. 백성이란 날씨와도 같은 것이오. 화창한 볕이 들어 사위에 화평한 기운이 충만하다가도, 바람이 불고 천둥번개가 치면 천군만마 철옹성을 가지고도 막아낼 수가 없는 게요. 교만방자히 꾸짖지 마시오. 흉황의 난민들은 언제나 새해의 대사령 때마다 죄가 없다고 판결이 내렸소. 이는 환난에 있는 백성이 얼마나 무서운가를 조정 대신들도 잘 알기 때문이오. 제 처자식과 부모를 버리는 지경에 댁네들은 악독한 부자의 재물을 지키려고 오히려 당신네와 똑같은 자들을 몰아내려는 게요? 모두들 이판사판이라 지금 당장 물러간다면 우리끼리 질서를 지켜서 미곡을 균등히 나누어 사경을 헤어날 것이로되, 만약에 쌀을 빼앗으려 든다면 우리도 죽기를 각오하고 지킬 테요."

말이 떨어지기가 무섭게 병방은 안면을 잔뜩 찌푸리고 장교를 돌아다보았다.

"쫓아버리게!"

"물러나지 못할까……"

장교가 외치며 포졸들을 이끌고 앞으로 뛰쳐나왔다. 기다렸다는 듯이 강변에 섰던 자들이 일시에 돌팔매를 날리니 돌 떨어지는 소리가 화로에 밤 튀는 듯하였다. 포졸 몇사람이 쓰러졌으나 첫번째의 실패로 동헌에서 시달림깨나 받은지라, 막무가내로 밀고 들어오면서 육모방망이를 휘둘렀다. 어깻죽지고 머리고 등판이고 가릴 데 없이 이리치고 저리 박으니, 돌팔매란 일정한 간격이 있어야 던지게 마련이라 뒤로 밀려나며 서투른 진이 일시에 무너지기 시작하였다.

"모두들 갈대 속으로 흩어져라."

누군가 고함을 질러서 쫓긴 사람들은 갈대밭 가운데로 뛰었다. 그러고는 미리 짜놓은 대로 양쪽으로 멀찍이 흩어져갔다. 포졸들 쪽에서 보니 갈대가 사방으로 너울거리는 것이 보일 뿐이요, 앞에는 언덕이 솟았는데 희끗희끗한 사람의 자취와 미곡의 더미가 보였다.

"어서 가서 저곳을 지켜라. 미곡이 저기에 있다."

병방이 외치자 포졸들은 갈대를 헤치며 곧장 언덕을 향하여 내달렸다. 그들이 언덕 밑에까지 닿을 즈음하여 돌팔매가 날아오기 시작하는데, 마치 오뉴월에 빈틈없이 쏟아지는 장마비처럼 빽빽하였다. 그들은 갈대 사이에 머리를 박고 숨는다고 허둥지둥하였건만 돌이 사정없이 그들의 등판에 떨어지는 것이었다. 병방도 그 틈에서 주먹만한 돌에 맞아 갓이 찢어지고 등판을 펼 수도 없이 호되게 얻어맞았다. 그도 그럴 것이, 언덕 위에서 내려다보면 사람의 허리 정도에 오는 갈대밭에 숙이고 엎드려보았자 발끝까지 훤히 내려다볼 수가 있었던 것이다. 뒤늦게 그것을 깨닫고 병방은 장교를 찾았다.

"어이구, 걸을 수가 없네. 날 좀 잡아주게."

"뒤로 물릴까요?"

그들은 깨지고 터진 상처를 손바닥으로 가리고 허겁지겁 갈대 사이로 빠져나오는데, 일시에 우 하는 소리가 들리더니 좌우에서 다시 돌팔매가 퍼부어지는 것이었다. 정신없이 빠져나오느라고 병방과 장교는 뒤를 돌아다볼 틈도 없었다. 강변에 나와보니 겨우 칠팔명의 포졸이 그들을 따라 빠져나왔는데, 육모방망이는 어디로 던졌는지 보이지 않았고, 옷은 온통 피투성이요 털벙거지도 어디다 벗어던졌는지 맨두건 차림이었다. 이어서 여기저기서 머리가 깨어지고 코가 터진 포졸들이 기어나왔다. 간신히 수습하여 서로 부축들을 하는데, 뒤에서 함성소리가 일어나며 먼저 쫓겨갔던 자들이 달려나오고 있는 것이 보였다. 병방 이하 장교도 숫제 싸워볼 생각은커녕 대오를 수습할 소리 한번 못 지르고, 강변을 따라서 쫓기는 오리떼처럼 뒤뚱뒤뚱 절뚝이며 달려내려갔다.

관군들은 맞임개까지 가서야 한숨을 돌리고 거룻배 잡아타고 우산포로 돌아갔다. 그동안에도 미곡을 나누어준다는 소문이 어루리벌 삼사여리에 자꾸만 퍼져가서 무리는 더욱 불어났다. 그들은 아예 온 가족을 이끌고, 갈라져서 먼지만 풀썩이는 어루리벌을 가로질러 마룬내로 모여들었다. 병방이 돌아가 수령께 자초지종을 고하고 동헌에 엎드려 정죄를 청하니, 이제는 포졸 몇명 보내어 해결될 문제가 아니었다. 수령은 고심 끝에 책방 이방 좌수를 불러앉혀두고 숙의를 하는데, 결론이 나질 않았다.

"만약에 감영에서 알게 되면 비축미에 포흠이 있다고 당장에 봉고

파직감이요, 또한 내버려두자니 구아무개가 계를 올릴 것이라 그 또한 안될 일일세. 그뿐 아니라 난민이 일어났다면 우리가 무엇을 하였느냐고 닦달이 올 터이다."

"사또, 염려 마십시오. 지금 구모에게 사람을 보내어 한편으로는 그가 진미를 스스로 내었다고 권분의 의를 알리도록 하며, 대신에 세를 감면하겠다고 하십시오. 또한 난민들에게는 좌수를 보내어 구휼을 친히 담당하게 해준다면 사또는 양쪽으로부터 원망을 듣지 않게 될 겝니다. 기왕에 팔도의 민심이 흉흉하여 조정은 멀고 사나워진 백성은 가까운 판인데, 수령의 위의를 세우느니 자애를 보이면서 과만을 적당히 넘기다 보면 다른 직으로 발령이 날 게 아닙니까?"

이방의 그럴듯한 말을 듣고 사또는 더이상 관군을 내지 않기로 작심하였다. 이미 그때는 산간 고을의 수령들은 아예 동헌을 비워버린 자들도 있었고, 백성이 두려워 엄중히 삼문을 지키게 하고 나다니지도 못하는 자들이 많아졌다. 역병이 일어나면서부터 고을 수령이 관가를 비우는 곳은 더욱 늘어갔다. 팔도 가운데 해서의 민심이 가장 흉흉하여 부잣집에서는 아예 하인들께 무장을 시키고 난민의 돌입을 방비하는 실정이었다. 사또는 곧 방침을 바꾸자마자 좌수로 하여금 성난 백성들을 무마시키고, 기왕에 나간 쌀이라면 관가에서 생색이나 내두려고 결정하였다.

마룬내의 언덕에다 미곡을 모두 쌓는 일이 끝나자, 그들은 자체적으로 결정하여 어느 사람에게나 닷 말씩 나누도록 하였다. 이미 부황에 견디지 못하고 식솔을 죽인 사람들은 쌀을 두 손아귀에 그득히 쥐고 털썩 주저앉아 하염없이 울기도 하였다. 어떤 사람은 미처 집에까지 가져갈 여유가 없어 그 자리에 둘러앉아 쌀을 한움큼씩 집어서 입안에 털어넣고 씹는 것이었다. 굶주림이란 사람 사는 세상의 모든 것을 빼앗아서 뭉개고 짓밟고 사람답지 못하도록 만드는 가장 무서운 재앙이니, 이것이 사람 사이에서 비롯된 일이라면 피를 흘리고라도 없애야 할 것이며, 이는 바로 하늘 아래 온갖 만물이 생명의 섭리 안에 자라듯이 하늘의 뜻을 들어 바로잡아야 될 것인지라.

어허, 백성이 사람답게 살고자 하여도 저잣바닥 새새틈틈 처처골 골마다 하늘을 가리는 철벽이 가로막고 있으니 어찌 한 고을의 난민 뿐이겠느냐. 갈데없는 백성들이 가슴으로 떠밀고 주먹으로 두드리고 머리로 치받아서 팔도가 온통 북새통인데, 어찌 흉년의 마른 하늘이나 바라보며 땅을 두드리고 있겠는가. 팔도는 물론이요 한양 백여리 사방의 기순지간에 토호와 수령 방백을 습격하는 일이 잦아, 관료는 물론이요 갓 쓴 자의 통행할 길이 끊기는 지경에 이르렀것다.

권분하지 않는 자는 아예 장토를 버리고 식솔들과 재산을 배에 실어 용산, 삼개, 마포 동막으로 피난을 하든지, 아니면 광문을 열어 기민들에게 미곡을 풀어낼 수밖에 없었으니, 그즈음 곡산 고을에서는 살변이 일어나기까지 하였다. 대개 일년 농사가 끝나고 관가에 환곡을 할 적에 흉년을 대비한 비축미를 포함시키도록 되어 있었으나, 대개의 수령들은 비축미를 문건으로만 적어두고 다시 장리로 비싸게 농가에 내놓는 것이었다. 그러다가 막상 흉년을 당하고 보니 중앙으로 올라간 장계에는 비축미가 있는 것으로 되어 있어, 따로이 진휼할 미곡이 없어 겨우 보릿겨나 메밀로 끓인 멀건 죽이 고작이었다. 곡산에서 살변이 일어나게 되었던 것은 흉년을 틈탄 수령 서리배와 미곡상인들의 농간이 밝혀졌기 때문이다. 수령은 이서배를 시켜서 비축미를 빼돌리고 썩은 전두(田豆)로 구황곡을 대신하였는데 어른들은 그 죽을 먹고 무사하였으나, 아이들은 배탈이 난데다 극도로 쇠약하여져 이질 설사를 일으켜서 몰죽음을 당하였던 것이다. 이에 자식을 잃은

어버이들이 울부짖으며 진흙처로 되어 있는 장터로 몰려가 하소하니, 수령은 시절이 어느 때인지도 모르고 그들 모두를 하옥시켜버리고 말았다. 남은 농군들과, 농투성이나 다름없는 선비들 몇이 작당이 되어 곡산 장터의 중도아들과 북관 상인들의 여각 객주에 불을 질렀다. 북관에서는 쌀 한되가 무명 한필에 거래될 정도로 곡가가 폭등하여 중도아들은 어수룩한 고장의 구황곡을 빼돌려 저자 가격을 어지럽히는 데 혈안이 되어 있었던 것이다.

또한 그뿐이랴. 토호들은 똥값이 되어버린 토지를 늘리기에 여념이 없었다. 구황곡을 빼돌려 고리를 꾀하고 또한 그 이익으로 땅을 사는 것이니, 흉년이야말로 저들에게는 부를 늘릴 좋은 기회가 되었던 셈이다. 수령 방백들은 이 틈에 향리에다 제 권속의 세를 심고자 하여 사돈에 팔촌뻘에 이르기까지 낙향시켜서 장토를 마련하는 것이었다. 아무도 지켜주지 않는 백성들은 길에서 죽지 않으면 관가 마당의 죽솥 앞에서 죽었고, 고향 인근의 산간에 들어가 작당하는 무리들이 생겨났다. 이른바 팔도 기근, 사방 군도 발기라는 당시에 조정 대신들의 간언에 이 같은 사정이 상세하게 나타나 있다.

곡산의 선비와 농군들은 장바닥이 활활 불타오르는 가운데 난민을 이끌고 객관을 점령하였다. 수령은 이서배들과 더불어 관아의 삼문을 굳게 닫고서 나오지도 못하였다. 객관에서는 삼문 앞으로 사람을 보내어 하옥되어 있는 사람들을 전원 내놓지 않으면 삼문을 부수고 들어가겠음을 통고하였다. 하옥된 사람들도 옥 칸살에 매달려 저마다 외치고 부르짖으니, 바깥의 함성과 안의 부르짖음으로 곡산 관아는 낮이나 밤이나 잠드는 이 하나 없었던 것이다. 하리배들은 수령과 백성들의 사이에서 어찌할 바를 모르고 눈치나 살피는데, 저자의 무뢰배들과 관아의 이속들 간에 의논이 되어 한밤중에 객관을 습격하였다. 거기서 쌍방에 사상자가 났는데, 이튿날 구황미를 전매하였던 간상배와 이방을 군계에서 난민들이 잡아가지고 저자로 들어왔다. 격노한 백성들은 고례에 준하여 그들을 중형에 처하기로 하고서 솥에다 물을 부어 그 안에 앉히고는 차마 끓이지는 못하고서 장터 다릿목에다 벌거벗겨 매달았을 뿐이다. 그러나 중형에 처하였다는 소식은 꼬리에 꼬리를 물어, 인근 부호들과 관리들은 새벽밥을 지어 먹고는 보다 치안이 든든한 대처를 찾아서 달아났다. 곡산 수령도 관아의 담을 넘어 달아났는데, 며칠 뒤 들판에서 시체로 발견되었다. 타고 가던 말은 근처에서 양식 대신 잡아버리고 네 굽만 덩그러니 남아 있었다.

이렇게 사방에서 기민들이 들고일어났으니 누가 백성과 같이 있는가 하는 것이 빤히 드러나게 된 세상이었다. 백성과 등진 자는 팔도의 산하에 발 디딜 데가 없었다. 마룬내에서도 그것은 마찬가지였다. 수령과 의논한 좌수가 통인을 데리고 미곡이 쌓여 있는 언덕에 당도하자 처음에 난민들은 그가 앞으로 나갈 때까지 묵묵히 길을 틔워줄 뿐이었다. 그는 안심하였는지 점잖게 석 자 수염을 쓰다듬고 이 고을에서 인망을 잃지 않았음을 새삼 자부하였던 것이다. 마룬내의 노인이 나와 예도 갖추지 않고서 그와 마주섰다.

"웬일로 오셨소이까?"

그는 통인 아이에게 들려온 사또의 하명을 받아서 펼쳐들었다.

"사또께서는 고을 백성의 참상에 가슴이 아파서 구부자에게 권분의 의를 밝히도록 하고, 그 대신에 이 양곡을 관가의 진휼미로 정하여 여러분들에게 나누어주라는 지시를 하셨소이다."

말을 하고 나서 좌수가 관문을 읽으려 할 때 노인이 재빨리 가로챘다.

"지금 어느 마당이라고 이런 글을 읽으려 하오. 권분이라니 가당치 않소. 우리의 비축미는 온데간데없고 백성들이 들고일어나 미곡을 실어 내어오니 포졸들을 보내어 빼앗으려다가, 이제 후환이 두려워 우리를 무마하려는 게요? 미곡이 탈취되었다고 어서 감영에 알리지 그러오. 당신이 향소의 임을 가지고 수령과 한통속으로 우리를 못살게 굴더니 이제 와서 허울좋게 우리 편을 드는 척하는 게요?"

곁에 있던 장정들이 나서며 제각기 한마디씩 떠들었다.

"향소 직임은 무슨 직이여. 좌수라는 것이 비 올 때 한번 쓰다 버릴 도롱이 아닌가."

"에이, 군노 사령보다두 못한 놈 같으니……"

"좌수란 게 저희끼리 시켜먹고 나누어먹는 자리이니 허재비보다두 못하지. 이런 놈을 그냥 보내어서는 안되겠소."

"꼴에 갓을 썼네그랴."

"어이구, 뼈다귀가 드센 집안의 웃어른이신데, 망신살이 뻗쳐두 유분수지 이게 무슨 꼴이우. 다음부터는 나설 자리 숨을 자리 가려서 나다니시우."

누군가가 갓을 잡아서 죽 찢어 팽개치고 흙손으로 백옥같이 빨아서 호남 간지보다도 말쑥하게 다려 입은 도포자락을 잡아당기니, 덕망 높은 지방 어른이 그야말로 봉변이었다.

"허, 이러고도 당신들이 후환이 없을 줄 아는가?"

새파랗게 질린 좌수어른이 턱수염을 떨며 중얼거렸고, 사람들은 오히려 껄껄 웃었다.

"공연히 나서서 동헌의 개 노릇을 하더니 요즘 같은 세월이 와야 자네들 따위가 백성을 무서워하지."

"자못 양반 행세를 한답시구 구름 같은 갓에 학 같은 도포 입고, 고을 어른이라구 이 사람 저 사람 욕이나 보이더니 거 아주 물에다 처박아버립시다."

이곳 저곳에서 한마디씩 나오는 말들이 이러하여 좌수는 아예 달아날 셈으로 사람들 사이를 헤치고 뛰었다. 누군가 그의 궁둥이를 걷어찼지만 뒤도 돌아보지 않고 뛰는데 맨상투에 홑저고리 차림이라 누가 보아도 채마밭이나 맬 촌늙은이였다. 그저 시골서 밥술깨나 조금 먹게 되면 제 이웃에 사는 사람이나 저보다 못한 사람들과 정을 나누며 살아갈 생각들을 하기보다는 수령의 위의에 붙어서 관권에 기대어 축재를 하려는 것이 이런 자들의 속성이었다. 쥐꼬리만한 직임이라도 얻으면 그것을 이용하여 다른 이들을 누르고 속이고 위협하며, 온갖 특혜를 누려서 백성이 당하는 고통을 외면하는 데에서 나아가 그들을 빨아먹는 쪽에 가담하게 마련이다. 그런 하찮은 직분마저 워낙 살기에 편한지라 서로 머리통이 깨져라 하며 달라붙어 각축을 벌이는 것이다.

가난한 선비들은 그들을 비웃고 능멸하나, 막상 앞에 나서면 그들의 거드름을 고분고분 받아들였고, 그들은 나름대로 시골 선비들을 경멸하였다. 고작해야 논밭뙈기 장만하고 하인이나 두엇 거느리고 『소학』권이나 떼어본 처지에 하다못해 공명첩을 얻든가 향소 임직이라도 얻으면 대번에 군자로 변하는 세상이었다. 그래서는 자기네가 없으면 고을의 정사는 다 망쳐질 것처럼, 서리배들에 앞장서서 군수의 공덕비를 세운다, 잡부금을 걷는다 설쳐댔다. 효자열녀라도 제 집안에서 내어보려고 고시가 있을 적마다 안에 올리고는 하였다. 이런 자들은 백성이 악정을 하는 관리배들보다 더욱 마음속 깊이 미워하는 자들이었다. 좌수가 창피한 꼴을 당하고 내려가자마자 기민들은 곧 그를 잊어버리고 다시 미곡을 나누어주는 일에 열중하였다. 스스로 나서서 나누는 것이니 서로의 사정을 오죽이나 잘 알겠는가. 누군가가 쌀을 퍼내주며 무심코 한마디 하였다.

"해마다 함께 추수하여 우리끼리 이렇게 나누어먹구 살면 좋겠다. 간섭하는 놈들두 없고 빼앗아갈 놈들두 없을 테니 요순시절이 뭐 따로 있나."

"그러게나 말여. 농사지은 놈이 배고픈 사정은 가장 잘 알지. 임금두 나서서 농사를 지어봐야 해여."

"허허, 이 사람들 경칠 소리들을 하네. 임금을 욕하면 역적이 되는 거야."

"백성이 있으니 주상이지. 우리가 다 죽고 보면 제 혼자 궁궐에 앉아 임금 노릇 헐 수 있나?"

"저런 좌수나 참봉이나 선달이나 동지입네 하는 놈들이 백성 노릇을 할 테지."

"그것들이 백성 축에 들지, 우리네야 어디 사람인가. 아마 그리되면 그런 잘난 어른들두 모두 달아나버릴 게여."

하루에 겪은 일이 너무도 큰 일이라서 기민들은 저도 모르는 사이에 소원대로 그럴듯한 말들이 마구 터져나왔다. 누가 일러주지도 않았건만 그들은 무심결에 잘 깨달아 알고 있었다.

좌수가 통인과 더불어 마룬내를 떠나 들판을 허둥지둥 달려갈 때 어찌나 놀랍고 기가 막혔던지 어서 돌아가 화채그릇에 시원한 꿀물이나 타서 벌컥이며 마시고 싶었다. 그런데 우선 갈증이 심하여 침이 마르고 목구멍이 뻑뻑한지라 아무데나 들어가서 냉수 한사발이라도 얻어먹으려 하였다. 가까이 외딴 농가가 있거늘 통인 아이를 시켜 물을 얻어오게 하였다. 통인이 달려가 물그릇을 들고 오는데 물빛이 누르게하였다. 좌수어른 살펴볼 사이도 없이 대접을 들이켜고는 죽을상이 되어서 뱉어냈다.

"에익 퉤퉤, 이 무슨 구린내냐?"

그때 사립 밖을 내다보던 아낙네가 하도 어이가 없는지 한마디 하였다.

"때가 기근이라 물을 급히 찾길래 그래두 사람 사는 인정이라 진간장을 타서 주었더니, 참 별사람 다 보겠네."

좌수가 망신을 하노라고 그릇을 던지니 사정없이 깨어져나갔다.

"별사람이라니 그 무슨 말버릇인고?"

아낙네도 아랫입술이 길고 눈꼬리가 치켜 있어 말본새나 성깔에 알심이 들어 있을 법해 보였다.

"건져주니까 보따리 달랜다고, 왜 남의 대접은 깨구 지랄이여. 저것두 요즘 세상에 곡기를 처먹구 사는 인간인가?"

"아니, 저 고얀 것이……"

하는데, 안에서 기직이라도 매다 나왔는지 손을 비비면서 사내가 뛰어나왔다. 그러고는 다짜고짜 나오는 소리가 욕설이었다.

"이 자식아, 지난 사흘간에 먹은 거라군 모밀겨 두어 줌이여. 그렇지만 네까짓 늙은이 모가지를 비틀어버릴 기운은 남겨두었다. 쌀을 나눈다기에 천지개벽한 세상인 줄 알았더니 너 같은 놈이 살아 있어 개벽하기는 글렀겠다."

달려들어 좌수의 먹살을 잡고 와락 흔들었다.

"이놈, 내가 누군 줄 알고 감히 이러느냐. 내가 이 고을의 좌수 되는 사람이다."

그랬더니 이 농군 먹살을 놓기는커녕,

"옳아, 네가 바루 좌수란 놈이여? 그래 고을에서 무슨 짓을 어떻게 했길래, 기근에 비축미가 없어 구휼도 못한다더냐. 너는 얼굴을 보아하니 이밥에 비린 것이나 먹고 혈기가 버언하구나. 꼬락서니 아래위로 살펴보니 못된 짓을 하였다가 나 같은 상한에게서 톡톡히 욕을 본 모양인데, 그릇값이나 하구 가거라."

일사천리로 중얼거리고는 보기 좋게 양볼때기를 몇대 줴질렀다. 좌수는 불이 나는 듯한 볼을 싸쥐고 뒷걸음질로 달아났다. 백성들의 성난 마음이 이러하여 벼슬아치나 잘난 척하던 자들은 길가에서 하정배를 받기는커녕 감히 물렀거라 섰거라를 외치며 벽제할 수도 없게 되었다.

6

해서지방 곳곳에서 이러한 일들이 생길 때 진원을 살피다 보면 언제든지 활빈당을 자처하는 장두령의 무리들에 닿아서, 어언 백성들뿐만 아니라 관리들 사이에서도 소문이 났다. 비록 수령들이 장계를 올리지 못하였으나, 이러한 소문은 감영에까지 들어가서 관찰사 이세백은 각 고을에 장두령이라는 자의 무리에 대하여 알아보라는 지시를 내렸다. 그리고 몇몇 유능한 무관들을 통하여 그것이 사실은 구월산 깊숙이 숨어 있는 화적 장길산의 무리라는 것이 알려졌다.

길산은 일찍이 참형수로 갇혀 있다가 감영의 옥을 탈출한 자라는 것도 알려졌다. 그러나 감사의 임기가 과만이 되어가고 있었다.

구월산의 마감동, 오만석을 위시한 일당들은 연이어 황해도 서남쪽 지방에 출몰하였으며, 자비령의 장길산 이하 식구들은 동북지방의 관가에까지 나타났다. 백성들의 입에서 입으로 전해진 소문은 계속하여 감영으로 들어갔다. 감영에서는 무관 여섯 사람을 뽑아 구월산을 탐지하고 그 두령 되는 장길산이란 자의 목을 쳐오도록 지시를 내렸다.

장교들 중에는 김식(金植)이란 사람도 끼여 있었다. 그는 한양에서부터 관찰사 이세백을 따라온 자로서 늘 감영과 선화당의 측근에서 감사를 모시고 있었다. 그의 검술 솜씨가 출중하여 이세백이 고향의 가족에게 전답을 떼어주었다는 소문도 있었다. 나이는 스물여덟이요, 어려서부터 무과에 오르기가 소원이어서 활터에 나다녔으나 글을 배우지 못하여 포도청 장교 자리를 겨우 따냈던 것이다.

　난리 이후로 훈련원에서는 무엇보다도 단병접전에 유리한 창 칼 쇠몽치 쓰기를 익히는 십팔반무예를 권장하여, 김식은 정식으로 예도의 기를 닦게 되었는데 그를 가르친 자는 포도관 최형기(崔衡基)라는 당대 제일의 무장이었다. 최형기가 십팔반무예를 훈련시킬 때 김식의 뛰어난 기량을 알아 그를 따로이 집에 유숙시키면서 무예를 전수하고, 삼각산에 보내어 벽곡 수련까지 겪도록 하였다. 김식은 언제나 검은 조끼에 검은 토시 끼고 한팔 길이의 예도를 들고 이세백의 서너 발짝 뒤를 지키며 따라다녔다.

　이세백은 과만을 말썽없이 넘기고 싶었으나 자꾸만 소문이 일어나고 민심이 동요하여 다른 이가 부임하여 오기 전에 황해도에서 큰 난리라도 치르게 되지 않을까 염려스러웠다. 그리하여 아예 후환을 끊고 나중에 토포사가 파견되어 오는 일이 일어나기 전에 구월산 일대를 염탐하리라는 안을 내게 되었다. 이세백은 무엇보다도 관리와 부자들이 무서워하는 장두령이란 인물을 제거해야만 해서 낭자한 풍문을 일축하게 되리라 여겼다.

　이세백의 영이 떨어지자 김식은 감영 군관 가운데에서 제법 무예와 힘이 출중한 자들을 다섯 명 가려내었다. 그들은 깊은 밤중에 다른 사람들의 눈에 띄지 않도록 하나씩 선화당으로 모여들었다. 이세백의 앞에 정좌하고 모여앉자 김식이 그들을 차례로 뵙도록 하였다. 이세백은 제법 건장하고 우락부락한 그들을 흡족한 얼굴로 둘러보았다.

"때가 흉년이라 기근에 몰린 백성들의 동태가 어지러운데, 이런 틈을 타고 좀도적들이 일어난다 하니 하루도 마음 편한 날이 없구나. 알아보니 구월산 인근에 그 괴수인 장모라는 자가 숨어 있다는데, 너희들은 지체하지 말고 구월산을 속속들이 뒤져내어 그자를 죽여 없애라. 아마도 군병을 일으켜 토포하려면 그는 반드시 달아날 것이다. 오히려 난민인 체하고서 그들에게 가까이 가는 것이 도모하기에 쉬울 것이다."

김식이 날카로운 눈으로 제 동료들을 둘러보고 나서 말하였다.

"대감마님께서 보시는 대로 이들은 모두 일당백의 기량을 가지고 있습니다. 저희는 장사꾼으로 가장하여 구월산에서 가장 가까운 고을로 찾아들 작정입니다. 한 닷새쯤 묵으면서 살피노라면 그자가 어디에 있으며 일당들이 어디서 사는지 자세히 알아낼 수가 있습니다. 저희는 그를 유인하여 궁지에 몰아넣고, 제가 단칼에 목을 베어 오겠습니다."

"그리된다면 오죽이나 좋겠느냐. 나는 김서방만 믿겠다. 각 고을마다 장모가 처단되었다는 방을 붙이게 되면 비로소 편한 잠을 자겠구나."

이세백은 은자 삼백냥을 그들 앞에 내보였다.

"이번 일을 성사하고 오면 너희들에게 상급을 내리겠고, 장모의 수급을 얻어오는 사람에게는 따로이 이 은자를 주겠다. 발분하라."

"명심하여 봉행하겠습니다."

"이번 일은 내가 사사로이 도모하는 것이라 아무에게도 발설하여서는 안되느니라. 어느 고을에서든지 관아 것들에게 내색하지 마라."

"예, 저희들도 암행할 준비를 갖추고 있습니다."

"어서 떠나거라."

그들은 하직인사를 올리고 선화당을 나섰다. 김식은 패랭이에 봇짐을 짊어지고 말 두 필에 길양식을 실었는데 마부가 둘이요, 나머지 셋도 봇짐을 하나씩 짊어졌다. 그들은 송화를 목적지로 정하고 있었다. 일단 문산을 넘어 해지점까지 가서 오전 내내 쉬고 오후에 다시 길을 가기로 하였다. 해지점에서 송화까지는 제법 노상이 험하여 가끔씩 좀도적이 그들의 봇짐을 노리고 나타나기도 하였으나, 김식이 나설 것도 없이 다른 장교들이 단칼에 해치워버리곤 하였다. 저쪽은 굶주림에 시달리다 못하여 거리로 나온 어설픈 도적들인지라 아무것도 모르고 덤벼들었다가 무참한 죽음을 당하곤 하였다.

그들은 송화에 당도하여 무더리의 몇 안 남은 객줏집에 들었다. 때가 흉년이라 제가 먹을 양식도 없어 객주 여각 대부분이 집을 비우고 대처로 나가거나 장사를 폐하였던 것이다. 그들은 어물을 가져왔다고 핑계를 대고 유숙을 하는데 미곡도 귀한 처지에 어물이 거래될 리가 없었다. 그들은 무더리를 근거로 하여 두셋씩 나뉘어서 구월산 일대를 돌아다니며 인근 백성들에게 풍문을 주워모으기 시작하였다. 그러고는 열흘 남짓 되어서 그들은 모여앉아 숙의를 하였다. 김식이 말하였다.

"들은 바에 의하면 구월산 일당들이 자주 출몰하는 곳이 은율과 안악이라는데, 은율에는 그들의 식구가 모여 사는 곳도 있다더군. 아예 그곳으로 들어가보는 게 어떨까?"

"제가 알기로는 수렛고개에 그들이 나와서 목을 지키는 데가 있다고 합니다. 그들은 목을 지키다가 양반이나 부호의 행차를 보면 어김없이 덮친다고 그럽니다. 오히려 그런 식으로 저들을 꾀어내는 게 낫지 않을까요?"

다른 자가 말하였다.

"은율에 그들의 식솔들이 산다는 말은 저도 들었습니다만, 우리가 거기에 가면 대번에 탄로가 날 것이고 설령 가족 중의 몇을 잡을 수 있다 하더라도 저들이 잡아가도록 그냥 버려두지는 않겠지요. 그것은 나중에 토포할 적의 일이고, 지금은 장모라는 두령의 수급을 베는 일이 시급합니다."

역시 수렛고개에서 두령 되는 자를 끌어내기로 의논이 정해졌다. 이튿날 수렛고개를 점령하기로 작정이 되어 감영의 여섯 무관들은 이른 아침에 밥을 든든히 먹고서 출발하였다. 봇짐 속에는 저마다 환도나 쇠몽치를 감추고 있었다. 말 등에는 일부러 그럴듯이 부담농과 짐을 가득 실었으며, 김식은 일부러 전대를 등에다 엇갈려 메었다. 누가 보아도 대금과 값진 물품을 지닌 부상이 북로를 향하고 있으니, 이들이 평양 부고라고 여길 게 분명하였다. 그들은 들판을 지나서 산으로 오르는 오솔길로 들어섰다. 차차 송림이 울창해졌고 햇빛이 엷어져갔다. 수렛고개 중턱에 가까워가는데, 아니나다를까 고갯마루 위에 두 사내가 나타났다. 김식이 봇짐에 끼운 예도를 어루만지며 중얼거렸다.

"봐라, 나타났다."

"우리 뒤에두 있습니다."

곁을 따르던 장교가 말하였고, 김식은 땅만 내려다보며 낮게 말하였다.

"돌아보지 마라. 다 알구 있으니까."

"싸움이 붙으면 모두 죽여버릴까요?"

"아니…… 한 놈은 살려야 한다."

그들은 모른 척하고 고개를 향하여 그냥 걸었다. 오른쪽의 나무숲 속에서 마른 가지가 꺾이는 소리가 들려왔다. 그쪽에도 두엇이 있는 모양이었다. 오른쪽은 숲인데 왼편은 거북 모양의 넓적한 바위가 가로막은 데에 이르렀다.

"섰거라!"

고개 위에서 기다리던 사내 중의 하나가 손을 내밀며 말하였다. 그들은 덤덤하게 도적들을 바라보며 서 있었다. 앞의 두 사내는 환도를 들었고, 뒤에 선 자들과 오른쪽의 사내들은 장창을 겨누고 있었다.

"보아하니 돈냥이나 있는 모양인데, 우리는 식구가 많아서 먹일 입이 많다. 보따리 모두 내놓고 가면 입은 옷과 의관은 다치지 않겠다. 모두 말짐과 등짐을 내려놓아라."

김식은 팔짱을 끼고 그들을 지그시 노려보고 있었으며, 곁에 섰던 장교들이 턱을 쳐들고 웃었다. 먼저 말을 꺼냈던 자는 어이가 없는 모양이었다. 그리고 당황하는 기색이 얼굴에 스쳐지나갔다. 그는 환도를 죽 뽑았다. 그와 나란히 섰던 자도 칼을 뽑아서는 곁에 늘어진 나뭇가지를 날쌔게 베어 보였다. 껄껄 웃던 장교가 대거리를 하였다.

"언놈이 그따위 꼬챙이 휘두른다구 자라 모가지가 되어 봇짐을 내놓겠느냐. 우리두 쇠꼬지라면 조금은 쑤실 줄 아는 사람이니 어디 한번 가져가보아라."

김식은 여전히 팔짱을 풀지 않고 있었으며, 다른 장교들이 등뒤의 봇짐 속에서 칼과 쇠몽치를 뽑아들었다. 재빨리 벌려서는데 쇠뿔 형국이었다. 앞으로 뛰쳐나간 둘이 김식의 좌우로 벌리고 그 뒤에는 두 사람이 간격을 좁혀 섰으며, 맨 뒤에 섰던 자는 김식과 등을 반대로 하여 돌아섰다. 앞의 도적 두 사람은 칼을 휘두르며 들어왔고 벌려섰던 자들은 감싸듯이 그들의 좌우를 막았다. 측면으로 창을 찌르며 달려들자 김식은 창날을 비껴가도록 하면서 안으로 몰아넣었고, 역시 뒤에서 뛰어드는 자들도 뿔의 안쪽에다 몰아넣었다.

그러자 상대편 일곱 도적들은 장교들의 벌려선 진 안에서 서로 부딪치면서 사방으로 등과 옆구리를 드러내게 되었다. 김식이 다리를 굽히며 전신(轉身)으로 창을 찔러들어오던 자들의 하반신을 베었고, 다른 자는 하나의 어깨를 베었다. 일시에 셋이 쓰러졌다. 그러나 그들은 진이 흐트러지지 않게 다시 간격을 두었다. 안쪽에 몰린 도적들이 뒤늦게 싸울 태세로 돌아서는데 진의 안쪽 끝에 섰던 김식이 칼을 흩뿌리면서 비집고 들어갔고, 그들 좌우의 두 장교도 쇠몽치와 칼을 휘두르며 김식과 엇갈렸다. 창날과 칼날로 간신히 받아내며 빠져나오는 자들을 남은 장교들이 맞아서 칼로 후려쳤다. 김식의 칼날에 하나가 쓰러지고 다른 자는 쇠몽치에 등판을 얻어맞고 뒹굴었다. 김식은 이어서 위에서부터 직도로 후렸다가 참풍(斬風)으로 하나 남은 자의 목덜미를 베었다. 칼등으로 가볍게 쳤건만 그자는 칼을 떨구며 땅 위에 엎어졌다.

　"이런 것들이라면 우리 여섯이서 산채를 점령할 수가 있겠군."

　김식이 칼을 집어넣으면서 중얼거렸다. 부상자의 신음소리가 들려왔고, 장교들은 기절한 소두령의 다리를 잡아 질질 끌고 왔다. 그들은 기절한 자를 나무 그늘에 뉘고 주위에 둘러앉았다. 김식이 말하였다.

　"시체는 따로 치워두고 부상자는 나무 아래에 묶어두어라."

　그러고는 소두령의 목덜미를 주무르고 겨드랑이를 비벼주니 그는 한숨을 토해내며 눈을 떴다. 그가 눈을 뜨고 휘둘러보자마자 달아나려는 듯 벌떡 일어섰으나, 장교 하나가 다리를 걸어서 넘어뜨리고 상투를 잡아젖혔다. 드러난 목줄기에다 차디찬 비수를 들이대고 장교가 낮게 으름장을 놓았다.

　"일부러 살려주었으나 두 번 살릴 생각은 없네."

　김식이 그 앞으로 다가앉았다.

"우리는 너희 두령을 도모하러 온 사람들이다. 너희들은 아무 해가 없을 테니 염려 마라. 만약에 우리 일을 도와주면 사면은 물론이려니 와 상금을 두둑이 내릴 터이다."

소두령은 상투를 잡힌 채로 부르짖었다.

"이렇게 잡힌 게 분하다. 어서 죽여라."

비수를 들이대고 있던 장교가 소두령의 의연한 말투에 김식을 바라보았다. 김식이 빙긋 웃으며 장교에게 일렀다.

"그 사람이 두통이 심한 모양이로다. 머리를 따로 떼어두면 나을 듯하니 어서 이사를 시키려무나."

장교가 비수를 소두령의 목줄에 슬며시 눌렀고 상처에서 피가 흐르면서 소두령이 고함을 쳤다. 김식이 말하였다.

"정말 죽을지언정 우리를 돕지 못하겠단 말이지."

소두령의 이마에는 구슬땀이 송골송골 맺혀 있었다.

"그렇다. 너희를 죽이지 못하는 것이 한스러울 뿐이다."

김식이 보아하니 이것은 보통의 좀도둑들이 아니었다. 무엇인가 믿는 구석이 없는 다음에야 저토록 뻣뻣하게 기를 내세울 리가 없었다. 김식은 손짓으로 비수를 대고 있는 장교를 비켜나도록 하였다. 그가 장교들에게 물었다.

"부상자가 몇명이던가?"

"다리를 베인 자와 쇠몽치로 맞은 자가 있는데 하나는 곧 죽을 듯합니다."

김식이 소두령에게 말하였다.

"들었는가, 수렛고개의 네 부하들은 모두 죽고 남은 두 사람도 언제 죽을지 모른다. 우리는 저 둘을 끌고 내려갈 터인데 너는 산채에 가서 네 두령에게 알려라. 내일 정오 무렵까지 송화 무더리 장터에 와

서 아이들을 데려가라고 전하란 말이다. 곁에 누가 있으면 안된다. 그
대와 둘이서 오도록…… 만약 그가 의기있고 담이 있는 자라면 내가
한번 겨루어보겠다.”

소두령은 이글거리는 눈길로 김식을 노려보며 물었다.

“기찰포교들인가?”

김식이 잠깐 사이를 두었다가 대답하였다.

“아니다, 너희 두령에게 포한이 있는 사람이 보내서 왔다.”

“어떤 포한이냐?”

김식의 곁에 있던 장교가 거들었다.

“우리도 너희들처럼 먹고 사는 사람들인데 구월산이 탐이 나서 그
런다. 우리 두령은 너희들 때문에 해서에서 몸둘 곳이 없어졌다. 녹림
의 법도에 따라 장단을 판가름하자는 뜻이지.”

소두령은 장교를 손가락질하면서 꾸짖었다.

“너희가 우리들과 같다면 필시 세간에서 살지 못하여 쫓겨들어온
백성들일 것이다. 우리도 수령 방백과 토호들의 압박에 견디지 못하
여 녹림에 숨은 무리들인데, 우리는 여태껏 가진 것 없는 양민과 작은
장사치들을 해친 적이 없다. 너희가 녹림에 있는 자들이라면, 우리 일
당이 요즈음 해서의 각처에서 활빈하는 소문을 들었을 것이다. 어찌
하여 너희 두령은 이러한 의로운 일에 합세하여 우의로 지낼 생각을
못하는가. 내가 구월산에 들어온 지 벌써 반십년이거늘, 무예가 닿지
못하여 사로잡혔다 하나 우리는 너희 무리를 그대로 용서하지 않을
것이다.”

김식이 그의 멱살을 잡아 일으켜세웠다.

“허, 그놈 말하는 남생이로구먼. 너를 소진이 동접으로 믿고 보낼
터이니 네 두령께 모두 전하여라. 내일 정오 무렵 무더리 장터에 오너

라. 늦으면 저 두 놈은 무더리 냇가에 악머구리 잔칫감으로 내줄 터이다."

김식은 그를 돌려서 앞으로 내질렀다. 소두령이 몇걸음 비칠대며 곤두박질치려다가 간신히 몸을 세우더니 그들을 돌아다보았다.

"내일 꼭 간다."

"공연히 꾀쓰지 말라구 하여라."

소두령은 나무들 사이로 사라졌다. 그들은 부상당한 두 졸개들을 떠메고 수렛고개를 내려왔다. 다리를 베인 자는 스스로 옷을 찢어 동였고, 등판을 얻어맞은 자는 목을 쳐들 수 없을 정도로 중태였다. 그들은 아랑곳없이 말등에 가로 걸쳐 싣고서 무더리까지 돌아왔다.

송화 무더리가 어느 고장이라고 구월산의 정탐꾼이 없겠는가. 그들이 무더리 사근다리께로 올 적에 인적 끊긴 주막거리 앞에서 졸고 앉았던 사내 하나가 고개를 번쩍 들었다. 그는 말 위에 실린 자들이 누구인가를 대번에 알아보았다. 그는 슬슬 일어나 고름도 떨어져 앞섶이 훤히 드러난 저고리를 펄럭거리며 그들에게로 나아갔다.

"돈이 되나 양식이 되나 좀 보태줍시오. 처자를 모두 굶겨 죽이고 혼잣몸이 목숨은 모질어서 이렇게 살아 있소. 조금만 적선하시우."

그들은 사내의 가슴을 떼밀어냈다.

"아이구, 제발 보태줍시오."

사내가 말 안장을 잡을 듯이 달려들었다. 다리를 다친 자가 눈짓을 해 보이면서 그를 돌아보았고, 김식이 사내의 등덜미를 잡아 뒤로 젖혔다.

"적선은 해주겠는데, 우리는 장사치가 되어놔서 공것을 모르는 사람이다. 코를 뭉개줄까 이빨을 뽑을까, 매값은 두둑이 줄 터이다."

"어어…… 동냥 물릅시다. 물러주오."

"그래, 물러라."

김식이 껄껄 웃으며 그를 밀어냈다. 사내는 흐트러진 상투를 쓰다듬으며 섰더니 그들이 멀어지자 집 옆을 따라서 천천히 쫓아갔다. 그는 방금 구월산 수렛고개의 식구들이 잡혀 있는 것을 확인하였던 것이다. 그는 장터의 주막거리를 한눈에 내다볼 수 있는 대추나무집 앞에 이르러 바깥으로 달린 툇마루에 앉아 그들을 지켜보았다. 그들이 우물집이라는 객주로 들어가는 것을 확인하고 나서 사내는 다시 사근다리 쪽으로 향하여 올라갔다. 그는 앉아서 졸던 집의 안마당으로 들어가 다급하게 외쳤다.

"성님, 큰일났소이다."

미닫이를 열어놓고 누워 있던 중년의 사내가 부스스 일어났다.

"뭐야…… 산에 무슨 일이 있다더냐?"

"큰돌 성님, 수렛고개 식구들이 당한 모양입니다."

큰돌은 예전부터 길산이 갑송이 들과 재인말에서 함께 살아왔고, 그들이 은율 탑고개로 이사한 뒤에도 같은 마을 사람이 되었더니, 아예 구월산 식구들과 한통속이 되어버렸던 것이다. 큰돌이가 비록 기운도 재간도 없었지만 사내들의 거친 싸움이나 의기라든가 하는 일에 신을 내는 성미라서, 다른 광대들보다 먼저 길산이와 그 동무들에게 가담하였다. 길산이 등이 자비령으로 나간 뒤에 큰돌이는 김기의 지시로 송화로 나왔고, 주막을 열었으나 기근으로 장사를 폐하고 있었다. 말득이가 길산을 따라간 뒤에 안악 배고개 밑의 주막은 변가의 처가 맡았다. 큰돌이는 탑고개에서 식구들을 데리고 아예 이사를 나왔다. 구월산의 동쪽은 안악 배고개 토막과 그 아래 주막에서 살피고, 서쪽은 송화의 수렛고개 토막과 무더리 주막에서 살피도록 되어 있었다. 무더리 주막과 수렛고개의 일당들은 서로 긴밀하게 연락을 하고 있었다.

"관군이 왔냐?"

"뭔지는 모르겠으나 험상궂은 장정들 여섯이 말등에 우리 식구들 둘을 잡아 싣구 갑디다. 하나는 거의 죽었고 또 하나는 다리를 다쳤습니다."

"어디로 가더냐?"

"우물집으로 들어갑디다."

큰돌이는 안절부절 못하면서 저고리를 입었다.

"이거 큰일났구나."

"산채에 알려야죠?"

"여기서 장정들 몇을 모아 빼내올 수 없을까?"

"안되우. 내가 자세히 살폈는데 쉽사리 볼 놈들이 아닙디다. 목자에 제법 살기가 비치고 등에는 보통이나 거적에 싼 물건들을 짊어졌는데, 그게 아마 병장기가 틀림없을 게요."

큰돌이는 고개를 끄덕였다.

"그렇겠군. 토막의 소두령이 만만한 사람은 아닌데, 식구들이 저 꼴이 되어 끌려가는 것을 맨손으로 보구만 있었을 리는 없겠지. 모두 어육이 된 모양이구나. 어떤 자들일까?"

"성님, 이렇게 하십시다. 저는 이 길로 산채에 올라 두령들께 알리고, 성님은 우물집 주인과 의논하여 그놈들을 사로잡을 궁리를 짜놓으시우. 여기가 어디유, 송화 무더리 장터는 우리 마당이란 말이우. 후환이란 게 있어 서리배도 우리 일은 쉬쉬하는 판인데, 타관 것들이 이 바닥에서 어쩌겠소."

"그래, 여기 일은 염려 말구 어서 가거라."

큰돌이와 정탐꾼은 밖으로 나왔다. 큰돌이는 마음을 가다듬고 우물

집으로 향하였다. 아무리 우물집 주인이 돈을 받았다지만 저들은 곧 떠나고, 그는 여기서 처자식을 거느리고 살아야 할 사람이 아닌가. 그가 누구의 편을 들 것인가는 자명한 노릇이었다. 뿐만 아니라 구월산 인근 사방의 민심은 이미 그들의 것이었다. 구월산 일당들이 누구의 편인가를 자신이 너무도 잘 알고 있었던 것이다. 무더리 장터를 올라가는 큰돌이는 차츰 마음이 평온해졌다. 길은 텅 비어 있었다. 사람들은 모두 방문을 열어두고 더위에 지쳐 늘어진 것 같았다. 큰돌이는 헛기침을 몇번 하고 나서 우물집의 사립문을 밀었다.

"웬놈이냐?"

소리가 벽력같이 들리며 누구인가 큰돌이의 뒤통수를 주먹으로 내려치며 앞발을 걸었다. 큰돌이는 눈앞에서 불이 번쩍하는 것을 느끼면서 앞으로 넘어졌다. 두개골 속에 열이 화끈 달아오르는 듯하였다. 잠깐 까무룩하였다가 제정신이 돌아오는데 살펴보니 먼지가 풀썩이는 땅바닥이었다. 누구인가 그의 등을 밟고 있었다. 그는 재빨리 앞쪽을 살폈다. 사내 넷이서 웃통을 벗고 마루 위에서 점심을 먹는 참이었다. 그들은 자기를 거들떠보지도 않았다. 큰돌이는 고개를 돌리면서 가까스로 중얼거렸다.

"어이구, 나 죽네……"

마당을 건너오면서 우물집 주인이 떠들었다.

"이게 누군가. 큰돌이 아니여?"

"아는 사람인가?"

큰돌이의 등을 딛고 있던 자가 물었다.

"아다뿐입니까. 저기 사근다리 앞에서 주막을 하구 있는 우리 계원입지요."

"아무두 드나들지 못하게 하라니까 왜 말을 안 듣는 거야?"

큰돌이를 내려다보며 사내가 아까보다는 덜 험악하게 말하였고, 주막 주인이 큰돌이를 일으켰다.

"같은 동네 사람끼리 서로 오삭가삭하는 것을 어찌 막습니까?"

"누구든 안돼. 그만한 돈과 양식을 주었을 텐데."

마루 위에서 김식이 말하였다. 그는 문 옆에 지키고 섰는 자에게 다시 물었다.

"밖에 누구 또 없지?"

"아무도 없습니다."

큰돌이는 독살스러운 눈빛을 해가지고 주막 주인을 쏘아보았다. 주막 주인이 그의 얼굴을 마주보다가 흠칫하면서 질겁을 하였다. 큰돌이가 말하였다.

"어유…… 골이야. 나는 자네가 술이 없다구 해서 술이나 팔까 하구 왔던 참인데, 이런 봉변이 있나."

큰돌이의 이 말에는 마루 위에 있던 장교들 모두가 귀가 훤하여져서 내려다보았다. 이런 시절에 시골 저자에 술이 있다면 그것은 두엄더미 속에서 옥지환이 나온 격이었다. 주인은 큰돌이가 누구임을 잘 알고 있었고, 그의 눈길에서 하는 대로 따르지 않으면 뒤에 어떤 일이 있으리라는 것을 깨닫고 있었던 것이다. 마침 손님들은 술을 찾는데 양식도 모자라던 판에 술이 있을 리가 없었다. 그는 큰돌이의 처분대로 맡기고자 하였다.

"허, 그 참 잘되었군. 그렇지 않아두 자네는 장사 수완이 있으니, 오래 묵은 화주라두 한 독쯤 쟁여놓지 않았을까 궁금했었네. 지금 가려던 참일세."

"계당주가 한 항아리 있다네."

마루 위에서 누군가 말하였다.

"무슨 술이 있다구?"

주인이 굽신하면서 되뇌었다.

"계당주라구 그럽니다."

계당주란 계피와 꿀을 넣어서 적어도 석삼년을 넘겨야 맛이 난다는 술이니, 약주 중에도 가장 상품이라 시골에서는 부자의 회갑연에서나 가끔 내놓는 술이었다. 김식도 술 얘기가 나오고 계당주란 말을 듣자 벌써 혀끝이 짜르르하여 자기도 모르게 입맛을 다시면서 경계심을 느슨하게 풀어놓았다.

"그래, 자네 집에 지금 그 술이 있단 말이지?"

곁에서 주막 주인이 다시 양념을 쳐서 거들었다.

"때가 이래서 겨우 그런 술이지만, 이 사람 주막은 오래 전부터 상고들 가운데 명주의 집이라구 소문이 났습니다."

"겨우 한 항아리라면 모래 위에 물 쏟는 격이 아닌가. 우선 가져오게."

김식이 큰돌이를 재촉하였다. 큰돌이가 뒤통수를 주무르면서 말하였다.

"헌데 술을 담근 곳이 까막내가 되어놔서 한 시오리 길이니 저녁참에나 드셔야 할 겁니다."

"여하튼 언제라도 좋으니까 많이만 가져오게나."

"값은 얼마나 주시렵니까?"

"허 이 사람, 거북 등의 털 깎는 소리로다. 물건을 봐야 돈을 따지지."

큰돌이는 수거수거 돌아서도 될 것을 일부러 질겅질겅 씹고 늘어졌으니 저들의 의심을 풀어주기 위해서였다.

"우리는 돈 필요없소이다. 양식으로 주셔얍지요."

"글쎄 알았다니까."

큰돌이가 다짐을 받고 나오면서도 곁눈질로 주막 안을 살펴보는데 아까부터 부엌 뒷방 쪽으로 자꾸만 눈이 가는 것이었다. 그 방에는 밖으로 문고리가 걸려 있었고 숟가락이 질러져 있는 것이 누군가를 가둬놓은 것이 분명하였다. 큰돌이가 집으로 돌아와 걱정이 태산 같아 졌는데, 얼결에 술 소리는 꺼냈지만 계당주를 구하는 일은 자신이 없었다. 큰돌이가 생각다 못해 주막에 묻힌 독을 모두 열어보니 화주가 반 동이쯤 바닥에 남아 있었다.

"계당주가 따로 있다더냐. 카하고 달착지근하면 되는 게지."

큰돌이는 아내를 불러 의원을 찾아가 계피와 산청을 두어 근 사오도록 시키고 따로 열냥을 내주며 은근히 일렀다.

"비상을 조금만 달라고 부탁하라구. 아무러면 약 한줌에 열냥인데 방문을 허가내느니 어쩌느니 하지 못할 게야."

"그래두 어디에 쓸 거냐고 물으면 어찌하우."

"십년 묵은 담증 때문에 운신을 못하고 누워 있다고 그래."

큰돌이는 아내를 내보내고 술을 떠냈다. 맛을 보니 신맛이 약간 있는 듯하여 팥을 내어 솥에다 볶았다. 볶은 팥을 자루에 넣어가지고 술 항아리 가운데 담가두었다. 어제 거른 술처럼 맛이 평순하고 담백해질 것이었다. 아내가 소용될 약재를 구하여 왔는데 아무래도 비상의 용처가 궁금한 모양이었다.

"아니, 그 찌꺼기 술은 무엇 하러 떠내고 법석이슈. 비상으로 이 염천에 꿩을 잡으려우, 돼지를 잡으려우?"

"우리 식구들이 잡혔다네."

큰돌이가 연(碾)에다 계피를 넣고 빻으면서 중얼거렸다.

"에구머니, 누가 잡혔다구요?"

"수렛고개 식구들이 붕어찜이 되었단 말이여. 모두 결딴나고 둘이 잡혀 있네."

아내가 화들짝 놀라며 그의 코앞에 주저앉았다.

"그러니 어쩌우?"

"우리가 해치워야지."

"비상을 술에 타서 먹일려구요?"

"해봐야지."

큰돌이는 항아리에 술을 넣어 휘저었다. 금향색의 계핏가루를 타고는 맛을 보았다.

"비슷하군. 계당주가 따로 있나."

"어쩔려구 그래요. 나는 아이들 데리고 청송으로 나가 있을라우."

큰돌이는 한손으로 입을 막고 조심조심 비상가루를 술항아리에 타넣었다.

"이제 떼죽음이 나겠구나."

"그 사람들이 어떤 이들인지두 모르는데 몰살을 시켰다가 무슨 일을 당하려구 그러슈?"

"염려 말어, 부득이하면 탑고개로 들어가버리지. 내가 무더리에 주막 주인으로 나와서 이만한 일이라도 해치워야 산채 식구들께 면목이 설 게 아닌가?"

큰돌이는 다시 항아리 속을 휘젓고 나서 냄새를 맡아보았다. 진한 계피 냄새가 코를 찌를 뿐이었다. 큰돌이 자신도 비상을 탔든지 녹용을 탔든지 간에 그 냄새에는 목젖이 동할 지경이었다.

"커, 냄새 한번 그윽하구나."

큰돌이는 누르께해진 속곳을 뜯어서 항아리를 단단히 봉하였다.

"이따가 어둑어둑해지면 자네가 이걸 이구 가서 값은 내일 와서 받겠습니다, 이러고는 내려놓고 나오란 말이야."

아내가 큰돌의 말에 펄쩍 뛰었다.

"나는 못허우. 차라리 당집에 가서 신칼을 물고 오라면 모를까."

"나허구 함께 가세나. 이런 일에는 사내보다 계집이 수월한 게야."

큰돌이는 구월산 식구들이 오기 전에 정탐으로 나온 점주의 수완을 보여주고 싶었던 것이다. 수렛고개가 결딴이 나버린 책임이 꼭 자기에게 있는 듯만 여겨져서 잡혀 있는 두 사람을 생각하니 안달이 났다.

"자정까지는 당도하겠지만……"

그전에 두 사람을 옮겨두고서 산채 사람들은 저쪽 놈들의 시신이나 거두면 될 듯하였다.

땅거미가 내려덮이고 나서 큰돌이는 못내 마다하는 아내를 달래어 등을 밀었다. 큰돌의 아내가 술항아리를 머리에 이고 들어가니, 역시 삽짝 옆에 장정 하나가 칼을 짚고 지켜 서 있었다.

"이거 뭐요?"

"수…… 술입니다."

마루에 앉았던 자가 방안에 대고 외쳤다.

"술이 왔습니다."

김식이 마당 쪽으로 고개를 내밀었다.

"어서 가져오라게."

큰돌의 아내는 오금이 저려 곧 주저앉을 것 같은 두려움을 억누르면서 섬돌 가까이에 내려놓고는 돌아섰다. 문 옆에서 따라왔던 자가 뚜껑을 열고 냄새를 맡았다. 봉해놓은 헝겊에 술이 배어 계피 냄새가 주위에 퍼지자, 서로 입맛을 다시며 감탄을 하였다.

"향기가 진동하는구나."

"혀끝에 닿는걸."

김식은 나가려는 아낙네의 등뒤에다 대고 물었다.

"값은 안 받을려우?"

큰돌의 아내는 멈칫 섰다가 등을 보인 채로 대답하였다.

"내일…… 주인께서…… 받으신답니다."

"어, 그러한가."

김식이 아낙네가 나간 것을 확인한 뒤에 갑자기 눈꼬리를 빳빳이
치키고는 나직하게 중얼거렸다.

"혼자 왔던가?"

"아뇨, 저쪽에 그자가 따라왔었습니다."

김식은 고개를 끄덕거렸다. 그는 장교가 들고 온 항아리를 제 앞에
놓고 헝겊을 벗겨냈다.

"한 잔도 입에 댈 생각 말아라."

그는 상투꼭지에서 은동곳을 뽑아냈다. 그러고는 술 속에 담갔다가
꺼내어 등잔불빛에 대고 살펴보았다.

"그럴 줄 알았다."

그는 푸르게 변색한 은동곳을 장교들에게 내보여주었다.

"이걸 마셨다가 모두 피 토하고 고택골로 직행할 뻔하였구나."

다른 장교가 칼자루를 움켜쥐고 벌떡 일어났다.

"당장에 그것들을 처치해버려야지."

"두어라."

김식이 장교에게 눈짓으로 앉으라고 일렀다. 김식의 주위로 장교들
이 둘러앉았다.

"내가 뭐라더냐. 벌써 오랫동안 놈들이 구월산에 진치고 들어앉아
있었으니 구월산 인근은 도적들의 판도에 들어가 있다고 생각해야 한
다. 송화 무더리라면 구월산 서쪽에서는 가장 오래된 장터이다. 이 장

터 놈들이 모조리 적당이라고 여겨야 한다. 우리는 두령의 모가지만 가져가면 되니까 섣불리 나서지 말아야지. 내일 정오까지 이 주막 안에 꼼짝 말고 엎어져 있어야 한다."

장교 하나가 김식에게 물었다.

"부장, 만약에 화적들이 떼지어 여길 습격해오면 어쩝니까?"

"이들은 보통의 도적이 아니다. 스스로 활빈의 무리라고 자처한다. 수렛고개에서 소두령 되는 자의 태도를 보았겠지. 아랫것들이 그만하다면야 군율이 어느 정도인가는 짐작할 수 있겠지. 잡힌 두 놈을 살리려고 갖은 술책을 써올 것이다. 다른 놈들 같으면 잡힌 놈들이 죽거나 살거나 우리를 습격하겠지."

"어쨌든 믿을 바는 못 되우."

김식이 동곳을 다시 상투꼭지에 꽂았다.

"우리가 기척없이 누워 있으면 그자가 올 것이다. 사로잡은 뒤에 그자의 주막도 우리가 점령하여 지킨다. 자, 나는 이제 자빠질 참이다."

김식이 보퉁이를 윗목에 놓고 누웠다. 다른 장교들도 하나둘씩 차례로 마루와 건넌방에 드러누웠고, 삽짝을 지키던 자만이 마당으로 내려서서 비어 있는 마구간에 숨었다. 장교가 김식에게 속삭였다.

"불을 끌까요?"

"그냥 놔두게."

그들이 넘어져서 침 삼키는 것도 억제하고 한식경을 보내는데, 건너편 안채 쪽에서 문이 열리더니 주막 주인이 나왔다. 그는 차마 마루 위까지는 오르지 못하고 마당에 선 채로 넘어진 사내들을 휘둘러보더니 삽짝을 밀고 밖으로 나갔다.

큰돌이는 아내와 아이들이 청송의 친척집으로 간 뒤에 줄곧 우물집 건너편에 쭈그리고 앉아서 동정을 살피고 있었다. 주막 주인이 슬그머니 나와서 장터로 올라가는 것을 보고 큰돌이는 바삐 쫓아갔다.

"어디로 가는 게여?"

"아이구, 깜짝이야. 자네 집으로 가는 길일세. 이거 봐, 나는 어쩌란 말인가? 그놈들이 술을 마시고는 모두들 마른안주처럼 뻗어버렸네."

"술을 마시던가?"

"냄새를 맡고 감탄들을 하고 법석이더구먼."

"에이고, 잘코사니야."

큰돌이는 끼들끼들 웃음을 가까스로 참으면서 주막 주인의 손을 잡고 흔들었다.

"허, 이거 큰탈이로군. 송장 치울 일은 고사간에 이제 우리 주막은 흉가가 되어버렸으니."

"걱정 말게, 두령께 알려서 그 댓가는 해줄 터이니…… 어서 우리 식구들을 데리고 나와야지."

큰돌이는 두려움에 행동거지가 굳어진 주막 주인의 등을 밀며 재촉하였다. 삽짝을 밀고 들어가니 집안은 고요한데 봉놋방에서 새어나온 불빛이 마루와 마당을 비추고 있었다. 큰돌이는 마루에 넘어진 세 사내를 보았다. 방안에도 기척이 없는 것으로 보아 사내들이 널브러져 있을 것이다.

"지관(地官)을 잘못 만난 탓들이여. 노중객사 원혼이니 내가기 전에 장구춤이라두 추어줘야겠네."

큰돌이가 여유작작하여 이렇게 흰소리를 내지르며 섬돌 위에 오르는데, 마루에 누웠던 사내들 중에 하나가 상반신을 발딱 일으켰다.

"헉……"

큰돌이는 눈을 크게 뜨고 입을 벌린 채 얼어붙었고, 주막 주인은 하도 놀라서 마당에 궁둥방아를 찧었다. 사내들이 차례로 일어났다. 그러고는 나직하게 웃어대기 시작하였다. 큰돌이는 그야말로 외눈박이 소뿔에 받힌 듯 삽짝을 향하려고 돌아서는데 다른 사내가 마당을 가로질러 막아섰다. 우물 안의 고기가 되어버린 셈이다. 장교들은 우르르 달려내려와 큰돌이와 주막 주인의 덜미를 잡아 마루 아래로 끌고 갔다. 김식이 퇴창문을 열고 내다보며 말하였다.

 "내 이미 너희들이 적당과 내통한다는 것을 눈치채고 있었다. 너희 패거리와 무슨 연락이 어떻게 이루어졌는지 직고하라."

 "저는 모릅니다. 뒤가 무서워서 이 사람이 시키는 대루 모른 체하구 있었을 뿐입니다."

 주막 주인이 수없이 이마를 조아리며 말하였으나 큰돌이는 입을 굳게 다물고 앉아 있었다.

 "허, 저놈이 아마도 정승 판서에 턱을 걸은 모양이구나. 굳은 턱은 놓아두고 연한 양물이나 베어버려야지."

 장교가 지체없이 큰돌이의 사타구니를 더듬어 큰돌이의 물건을 비틀어 잡았다.

 "어…… 어이쿠나."

 "그놈의 턱이 이제야 노는구나."

 큰돌이가 허겁지겁 상대방의 팔뚝을 잡으며 사정하였다.

 "말하겠수, 말하겠다니까…… 이걸 좀 놓아주오."

 "너희 일당들이 어찌하기로 의논하였는가?"

 김식이 묻자 큰돌이는 재빨리 대답하였다.

 "산채로 사람이 올라갔는데, 오늘밤이 새기 전에 무더리로 급히 내려오라 전하였소."

"어디로 오기루 되었느냐?"

"우리 주막이오."

"이 자의 집이 어딘가?"

김식이 물으니 주막 주인이 급히 대답하였다.

"사근다리 앞입니다."

"음, 장터 초입이로군."

김식은 큰돌이를 재갈 물려 묶어서 두 사람과 함께 끌고 가기로 하였다.

"저 자를 앞세워 우리가 그 집으로 간다. 모두 나서자."

그들은 큰돌이네 주막 주위를 싸고 산채에서 내려오는 도적들을 맞기로 하였다. 깊은 산에서는 부엉이가 울었고 보름에 가까운 달이 중천에 떠서 지붕과 담장을 부옇게 비춰주고 있었다. 김식을 위시한 감영 장교들은 인질들을 끌고 사근다리의 큰돌이네 주막으로 옮겨갔다. 큰돌이네 집은 텅 비어 있었다. 그들은 안방에다 잡힌 자들을 모두 쓸어넣고 김식만 남았으며, 나머지는 맡은 자리에 흩어져갔다.

무더리 장터에서 읍치까지가 시오리 길이요, 까막내는 이십리 길이었는데, 구월산 방면에서 들어오려면 사근다리를 거치지 않으면 추산을 돌아서 동쪽으로 수십리를 내려와야만 하였다. 까막내는 구월산 서쪽 수렛고개가 진원이요, 아래로 흘러내려와 두 갈래 물이 합쳐져 수회천(水回川) 무더리가 되는 것이다. 구월산 일당들은 무더리로 들어오는 사근다리를 지나야 할 터인데 큰돌이가 서투른 짓을 하여 주막까지 점령당하였으니 아무것도 모르고 들어오다가는 패하기 십상이었다. 장교들은 다리 건너편에 셋이 잠복하였고 큰돌이네 주막으로 들어서는 울바자 사이에 둘이 숨었다. 그들 모두가 칼과 쇠몽치 쓰는 데는 자신이 있다는 자들이라 감영 군관 중에 뽑혀나온 것이었다. 김식은 해서에 소문이 널리 퍼져 있는 장두령이란 자와 겨루는 것이 원이었다. 해서감영의 옥을 벗어나간 자이니 용첩하기가 보통이 아닐 듯하였다.

김식은 포도관 최형기의 수하에 있을 적에 예도 쓰기에는 그를 당할 자 팔도에 없을 게라는 칭찬을 들었다. 한팔 길이의 칼날만 있으면 그는 장비가 살아온다 하여도 두렵지 않았다. 김식은 무릎 앞에다 칼을 놓고 조용히 앉았으나, 모든 감각은 바깥으로 곤두세워져 모기의 나랫짓이 어느 쪽으로 움직이는가도 알아챌 수가 있었다. 달은 차츰 기울었다. 풀벌레 소리와 개구리 소리가 사방에서 끊임없이 들려왔다. 주위에서 들려오던 개구리 울음은 수만 개의 자갈이 서로 미세하게 비벼대는 듯했는데, 몇각이고 연이어 변하지 않고 들리던 소리가 잠깐씩 사이를 두었다. 김식은 그때 칼자루를 당겨 손아귀에 잡았다. 그것은 마치 움직이기 시작한 찌를 보고 대끝에 손을 가져가는 낚시꾼과 같았다. 개구리 울음은 잠깐씩 사이를 두었다가 한두 마디로 이어져 다시 산발적으로 퍼져나가고 종전의 평이한 울음소리로 되돌아가는 것을 반복하였다. 누구인가 저 들판으로 오고 있는 것이다. 김식은 칼을 잡고 일어나 삽짝문을 밀고 나섰다. 울바자 사이에 섰던 장교 둘이 그를 돌아보았다.

"온다……"

김식이 소곤거렸고 장교들은 그제야 긴장을 하면서 앞을 바라보았다. 처음에는 달빛에 드러난 오솔길이 하얗게 보일 뿐이었다. 달은 희봉산 머리에 두어 뼘의 높이로 걸려 있었다. 사근다리 아래 잡초 틈으로 드러난 모래밭이 드문드문 하얗게 빛났다. 물은 졸아들 대로 졸아버려서 실 같은 개천의 흔적이 구석으로 가늘게 지나고 있었다. 그것마저 위쪽에는 땅속으로 자취를 감추었는지 달빛의 반사가 거기서 끝나 있었다. 역시 누구인가 다가왔다.

"저기…… 옵니다."

그들이 다리 너머를 살펴보니 희끗희끗한 사람의 자취가 움직여 오는 게 보였다. 그들은 주저하지 않고 사근다리로 들어섰는데 세 사람이었다.

"자, 나서자."

김식은 장교 두 사람을 데리고 길 위로 나아가 다리를 막아섰다. 건너오려던 세 사내가 주춤 서면서 뒤를 돌아보는 모양이 보였다. 불과 열 걸음 안팎이었다. 저쪽 다리 입구에도 장교 세 사람이 막아서고 있는 게 보였다. 그러나 다리 가운데 둘러싸인 자들은 당황하지 않았고, 하나가 나직하게 물었다.

"우리 아이들을 맡은 것이 자네들인가?"

"네가 구월산 화적의 두령이냐?"

김식도 나직한 목소리로 되물었다. 이번에는 물어오던 자 곁에 기다란 지팡막대를 짚고 서 있던 키 큰 자가 말하였다.

"무슨 원한으로 이러는가?"

그러나 김식은 대답 대신에 칼을 천천히 뽑았다.

"나는 해서감영의 김식이라는 사람이다. 검에 자신있는 자만 나서라."

다리 위의 세 사람은 전혀 동요하지 않았다. 그중 먼저 말했던 사내가 고개를 젖히고 껄껄 웃었다.

"난 또 뭔가 했더니, 관가 밥을 얻어먹는 개들이로군."

장교 하나가 달려들기 전에 손가락질을 하며 외쳤다.

"너희들은 앞뒤로 둘러싸였다. 순순히 꿇어앉으면 살려주겠다. 두령만 나서라."

그러나 그들 중의 하나가 대꾸를 하는데 바라보니 어제 수렛고개에서 사로잡혔던 소두령이었다.

"무더리에는 이미 우리 식구들이 하얗게 들어가 박혔다. 여기가 어딘 줄 알구 찾아들어왔느냐?"

장교들은 제풀에 놀라서 잠깐씩 뒤를 돌아보았다. 역시 사람들의 발걸음 소리와 두런거리는 인기척이 들렸다. 큰돌의 주막으로부터 몇 사람이, 길 위로 여럿이 몰려나오는 중이었다. 다리 위의 키 큰 사내는 오만석이요, 또 하나는 마감동이었다. 그들은 기별을 받자마자 산을 내려와 장교들 쪽에서 이른 대로 소두령과 마감동 오만석 등이 사근다리 쪽으로 나왔고, 다른 식구들은 청송으로 하여 무더리의 서쪽 길로 들어섰던 것이다. 그들은 적이 어디에 숨어 있든 배후나 빈틈을 노리든 거칠 것 없이 막바로 들어오는 판이었다. 김식의 일행이 그들을 너무나 얕보고 딴에는 계략을 이리저리 꾸며본다는 것이 아무 소용이 없었다.

큰돌이가 보낸 정탐꾼은 미처 수렛고개도 못 가서 그들과 마주쳤고, 그간의 일을 고하였으나 마감동 일행은 대수롭지 않게 여기는 것 같았다. 무더리 장터로 먼저 들어왔던 일행들은 우물집을 은밀히 덮치고 나서 그들이 큰돌이네 주막에서 은신해 있는 것을 알고는, 마두령의 일행이 사근다리에 당도할 때까지 울타리와 처마밑에 박혀서 기다리던 중이었다. 김식이 사세가 그른 것을 알면서 칼솜씨를 믿고서 마감동의 머리를 얻고자 달려들었다. 그 칼날을 오만석이 창대로 받는데, 마감동은 뒤로 몇걸음 물러나며 김식을 끌어들였다. 그는 난간을 짚으며 다리 아래로 가볍게 뛰어내렸고, 김식은 오만석의 옆구리로 빠져나가 난간을 넘어섰다. 만석은 단장을 휘두르며 두 장교를 사근다리 밖으로 몰아냈는데, 연이어 밀려든 배후의 장교들을 다른 식구들이 맡았다.

아무리 저희가 단병접전에 자신이 있다 하나 제법 조련을 받고 실전을 여러차례 겪어온 구월산 일당들을 어찌 당하랴. 둘이 죽고 나머지는 칼을 던지고 사로잡히는 몸이 되었다. 이렇게 쉽사리 접전이 끝나버리는데, 사근다리 밑에서는 아직 칼날도 마주치지 않은 채 마감동과 김식이 서로를 노려보기만 하였다. 그들은 모래밭 가운데 칠팔보쯤 떨어져 서 있었다. 감동은 칼을 느슨히 늘어뜨렸으며, 김식은 팔을 수평으로 벌리고 칼을 일직선으로 세우고 있었다. 마감동은 움직이지 않는데 김식이 슬그머니 발을 뗴었다. 그는 간격을 두고 옆으로 천천히 발을 옮기기 시작하였다.

김식은 마감동의 왼쪽으로 한발 두발씩 걸어나가고, 감동은 칼을 늘어뜨린 채로 서 있으니 비도(非刀)라 하여 아예 검법이 아닌 자세였다. 방어도 공격도 하지 못할 자세인데, 상대방에게 자기의 기량을 감추어 저쪽에서 공격해 들어올 적의 허점을 틈타 되받아치려는 것이다. 김식이 아무리 훈련원의 뛰어난 기술을 배웠다고는 하나 마감동의 검을 알지 못하고, 또한 비도의 자세로 서 있으니 막상 달려들지 못하고 있는 것이었다. 싸우는 자들은 마주치는 첫 찰나에 상대방의 기량을 아는 법이었다. 김식이 아까부터 수두(獸頭) 자세로 칼을 수평으로 쳐들고 서 있으면서 적을 가늠해보았다.

칼을 늘어뜨린 마감동에게서는 흐트러지지 않고 단단한 어떤 느낌이 그와 상대방 사이에 물샐틈도 없이 가득 찬 것 같았다. 숨이 막힐 지경이었다. 김식은 그자가 보통이 아님을 느낄 수 있었다. 마감동의 비도는 마치 바람이 그친 들판의 풀과도 같았다. 아니면 비 오기 직전의 연못과도 같았으며 돌 끝에 앉은 개구리의 정지처럼 여겨졌다. 바람이 불면 풀이 거세게 흔들려 방향에 따라 이리저리 눕고 일어서고 할 것이며, 비가 오기 시작하면 매끄럽던 연못의 수면 위에는 무수한 물방울이 솟아오르고 거친 파문이 일어날 것이고, 개구리는 정지를 그치고 돌에서 펄쩍 솟아올라 긴 혀를 내밀어 나비를 덮칠 것이었다.

김식이 움직이기 시작한 것은 따라서 저절로 이루어진 동작이었다. 땅이 있음에 하늘이 있으며 물 있는 곳에 불이 있고 정(靜)한 곳에 동(動)이 있는 것이다. 마감동은 그의 움직임을 유도하였고 그것을 온몸과 느낌으로 받아들여 바람과 비에 춤추는 파도가 될 것이었다. 마감동은 칼이 도구가 아니라 그의 팔의 일부분이 되어버린 듯 자연스럽게 늘어뜨리고 서 있었다. 그의 살기는 큰 바위 속에 녹아 있는 옥처럼 마음에 깊숙이 감춰져 있었다. 마감동은 굳어버린 듯이 서서 스스로를 안으로 밑바닥으로 가라앉혀서는, 살갗과 사지와 감각의 모든 부분만을 열어두어 안에서 무심하게 외계를 내다보는 듯했다. 감동의 측면으로 돌던 김식이 문득 멈추었다. 그런데 그것은 반 호흡이나 되었을까, 그대로 칼을 거두어 두 손아귀에 모으며 마감동에게로 뛰어들었다. 김식은 좌측으로 마감동의 어깨를 내리치며 엇갈리는데 마감동은 상장(相藏)으로 칼을 엇비슷이 돌려 다만 칼을 퉁겨낼 뿐이었다. 두 사람이 부딪칠 때 월광이 칼날에 반사되어 번쩍이다가 투명한 쇳소리가 들리며 떨어져나갔다.

감동은 다시 팔을 늘어뜨린 자세이고, 김식은 칼을 두 손에 쥐고 감동의 왼쪽으로 빠져나가 몸을 돌린 순간이었다. 몸을 돌릴 때 그의 왼쪽 옆구리가 비어 있었으니 두 손에 그러쥔 칼날이 오른쪽 어깨 너머로 수직으로 서 있게 되었던 때문이다. 그것은 명익(名翼)의 세였다. 바람을 가르는 소리가 맵고 차갑게 들리는가 하자 김식은 왼발을 떼어 뒤로 물러서며 상반신을 숙였다. 왼쪽 옆구리에서 배로 타는 듯한 통증이 지나갔다. 김식이 내려다보니 베어진 저고리 자락이 너덜거렸다. 손을 대었다. 축축한 피가 흘러나와 있었다. 그의 빈틈을 놓치지 않고 공격했던 마감동은 다시 그 자리에 칼을 늘어뜨리고 서 있었다. 김식은 초조해지기 시작했다. 저 고요함을 깨뜨려야만 하였다. 지금의 동작은 스치는 미풍의 동작에 불과했던 것이다. 김식은 정공(正攻)으로는 더이상 마감동의 허를 노릴 수 없음을 깨달았고 이제부터 기격(奇擊)으로 그를 혼란의 와중으로 끌어낼 작정이었다.

이와 같이 검술이 비슷한 상대끼리의 싸움에는 마음의 기(氣)가 가장 먼저 중요하나니 무릇 합치고 변하는 두 칼의 형세는 승패가 간발의 기회에 달려 있는 것이다.

반 호흡에도 못 미치는 그 사이를 놓치지 않고 붙잡는 능력을 가진 자가 이기는 법이다. 자기도 모르는 사이에 반사적으로 기를 잡아채어 쓰는 자는 실로 검을 아는 자이며, 눈을 부릅뜨고 기를 살펴서 쓰지는 못해도 방어할 줄 아는 자는 검을 배운 자이며, 그것을 볼 줄도 쓸 줄도 모르는 자는 검에 죽을 자라고 도홍경(陶弘景)은 『도검록(刀劍錄)』에서 말하였다.

기를 보고 쓸 줄 아는 길은 맹수가 몰리기 시작하면 동자(童子)라도 창을 가지고 쫓을 수 있고, 벌이 독(毒)을 내면 장사라도 당황하여 실색하게 되는 것이니, 그 화(禍)를 남이 헤아리지 못하게 하고 속히 변하여 생각하지 못하게 하는 것이라고 제갈량 『심서(心書)』에 썼다.

김식은 아까와는 반대 방향에 마감동을 바라보며 섰다. 그와 엇갈리는 순간에 감동은 돌아선 채로 다시 움직이지 않았다. 김식은 일부러 전신의 힘을 빼고 칼 쥔 손목도 허술하게 했다. 그러고는 내쉬어 북받치려는 긴장과 분노를 흐트러뜨렸다. 옆구리에 베인 상처로 하여 몸이 굳어지면 어깨와 팔이 뻣뻣해져서, 상대의 변화무쌍한 칼날을 제때 받아내지 못하게 되는 것이다.

마감동은 시선을 제 발의 서너 발짝 앞에다 떨구고 칼을 늘어뜨린 채 바람소리를 듣고 있었다. 그 가운데 김식의 숨소리의 변화와 높낮음이 또렷이 들려왔다. 달이 지면 그는 죽는다. 마감동은 이제 자신이 있었다. 판단으로 싸우는 자는 감각으로 대응하는 자를 이기지 못한다. 그는 검을 배운 이래로 월정사의 풍열스님으로부터 마음을 비우는 법을 다시 배웠다. 칼은 그의 마음처럼 무심해질 것이다. 어둠이 내리면 김식의 칼은 맹목이 되어버려 쓸모가 없어질 것이다. 김식은 처음과 같이 견적출검(見賊出劍)으로 칼을 수평으로 쳐들고 조금씩 휘돌리면서, 오른발을 들어 방향을 바꾸면서, 이내 봉두(鳳頭)가 되어 칼을 휘둘러치고 들어왔다. 봉황이 날카로운 부리로 쪼는 것과 같아서 칼을 휘둘러 머리와 양어깨를 찍어대듯 한 동작으로 재빨리 찌르는 검법이었다.

마감동은 네 동작이 합쳐진 은망(銀蟒)의 세를 취하였으니 이는 바로 봉황에 대항하는 구렁이가 된 셈이었다. 상대가 날카롭고 재빠르니, 이쪽은 유연하게 연결된 검으로 나간 것이다. 구렁이처럼 몸을 전후좌우로 굴신하면서 상대의 칼날을 머리 위로 흘려보내는 것과 동시에 돌아서면서 그의 사방을 공격하였다. 앞을 향할 적에는 그의 왼손목과 왼발을, 뒤로 돌면서는 그의 오른손목과 오른쪽 발을 베고, 움직여 그를 다시 돌아나가며 좌우를 베었다.

칼날이 맞부딪쳐 불빛이 반짝거렸고, 쟁경대는 쇳소리가 들렸다가 그들의 두 몸이 합쳐졌다. 그들은 칼을 맞대고 붙어 있는데 칼날이 서로 비벼대어 끼꺽거리는 참을 수 없는 소리가 났다. 발을 들어 그를 차려고 하자 마감동은 무릎을 굽혀 막으면서 그를 밀어냈다. 김식은 뒤로 넘어져가면서 칼을 옆으로 휙 베어나갔다. 김식이 뒤로 벌렁 자빠졌을 때, 마감동은 오른편 팔뚝에 쓰라린 통증을 느꼈다. 마감동이 그를 밀어내느라고 상체가 허술해진 순간을 김식은 놓치지 않았던 것이다. 감동은 한손을 대어보았다. 자상(刺傷)이 별로 깊지는 않았으나, 찢어진 옷자락 위로 피가 축축하게 배어나왔다. 마감동은 상대가 흐트러진 틈을 타서 공격하려는 마음을 눌러앉혔다. 아무리 죽이고 살리는 싸움이라 할지라도 사람이란 금수와는 달라서 마음이 있는지라, 이기려는 자는 심정에서부터 상대방의 위에 있지 않으면 아니되는 것이었다. 근병접전에서는 특히 순간적으로 상대를 제압하거나, 그쪽에서 어언간에 이쪽으로 순응하여오게 하는 심치술(心治術)이 검법만큼 중요한 것이다.

어두운 곳에서도 사람은 못 속이나니(欺暗尙不然) 밝은 데서야 더욱더 벌을 받는다(欺明當自戮).

일찍이 옛글에 바둑을 두는 자의 암수(暗手)를 경계한 말이다. 이어서 『기경(棋經)』에서도 말하기를 대저 바둑의 도는 근엄함이 귀하니 정도(正道)로 그 형세를 합하여야 한다는 것이다. 때문에 궤도(詭道)를 함부로 쓰고 변사(變詐) 경망한 운영을 하면 실패한다. 정정당당하게 전략을 세우면 상대의 마음까지 굴복시키며, 떳떳한 승리에는 원망이 따르지 못한다고 하였다. 돌을 쥐었거나 칼을 쥐었거나 사람 사이의 일은 언제나 마찬가지인 셈이다.

마감동은 당황하며 일어나는 김식을 공격하지 않고 오히려 두어 걸음 물러나, 그가 다시 완벽한 방어의 자세로 돌아올 순간까지 기다려주었다. 김식이 옆으로 비스듬히 서면서 요략세(獠掠勢)로 칼을 왼쪽으로 숙이고 앞으로 나서려다가 동작을 그쳤다. 그의 마음에 잠깐의 어지러움이 일어났던 것이다. 그는 마감동에게서 들어올 칼날을 받아 아래로부터 왼편에 가리면서, 상대의 칼날을 위로 치키고는 그대로 비벼대면서 심장을 찌를 셈이었다. 그러나 마감동이 그의 안전한 자세를 위하여 기다려주었고, 다시 처음처럼 칼을 늘어뜨린 비도(非刀)로 돌아가자, 여태껏의 자기의 모든 공격과 방어가 마감동에 의하여 수동적으로 이루어졌음을 김식은 느꼈던 것이다. 그의 몸에는 보이지 않는 끈이 매어졌으며 그 끈을 마감동이 잡고 조종하는 듯하였다. 김식은 언제나 선수를 치는 듯하였으나 늘 빼앗기고 있었다. 그제야 김식은 마감동의 비도 자세가 태산처럼 묵중하고 튼튼함을 깨달았다. 그것은 마치 날렵한 목을 갑옷 깊숙이 집어넣고 있는 거북의 등과도 같았다.

저 동작을 흐트러지게 할 수 없을까. 김식은 마감동에게 매어달린 추와 같이 그의 중심으로 들어서지 못한 채 자꾸만 밖으로 퉁겨져나왔다. 마감동은 아까부터 서 있던 그 자리에서 앞뒤 좌우 두어 걸음씩 움직였을 뿐이다. 김식은 공격을 멈추었다. 그는 칼을 정면으로 모으고 그 칼끝에 감동의 전신을 올려놓고서, 좌우로 갈라진 그의 형체에 눈을 주고 있었다. 그가 칼날 위에서 한치라도 벗어나가면 김식은 곧 표두(豹頭)로써 그의 머리를 벽력같이 쪼개며 들어설 것이었다.

사근다리 위쪽의 둑에서는 구월산 일당들이 몰려서서 두 사람을 내려다보고 있었다. 고수(高手)의 싸움이란 쥐죽은 듯하다더니 풀벌레 우는 소리며 바람소리가 언제보다도 더욱 또렷하게 들렸고, 사위 공기는 기침소리에도 금이 가버릴 듯 엷은 살얼음이 끼여 있는 것 같았다. 둑 위에서 구경하는 오만석은 마감동이 이처럼 신중하게 검을 쓰는 것을 본 적이 없다고 생각하였다. 그도 역시 창봉술을 익힌 사람이다. 두 사람의 싸움이 어떻다는 것을 알아볼 수 있었다. 오만석은 수회천의 시냇물을 내려다보다가 얼핏 고개를 돌려 뒤를 돌아보았다. 달의 동그란 모양이 가까스로 완전할 정도로 희봉산 봉우리에 얹혀 있었다. 그렇다, 달이다! 시냇물의 전면에 내려앉아 있던 빛의 편린들은 차츰 가늘게 쫓겨가고 있었다. 마감동은 그 가느다란 빛조각의 띠를 앞에 두고 서 있었고 김식은 희봉산을 향하고 서 있었다. 마감동이 뭔가 기다리던 것은 바로 시냇물에서 빛의 파편이 완전히 사라지는 시각이었다. 그것은 감동의 등뒤로 달이 지는 때를 의미하며, 곧 어둠을 기다린다는 뜻이다.

해주 군관 김식과 구월산 화적 마감동의 싸움은 나중에 수회천(水回川)의 결(決)이라 하여 세간에 알려졌는데, 지네와 닭으로 비유되었다. 결국 달이 지고 나서 닭은 봉황이 되어 승천하였다는 것이다. 새벽닭은 모든 암흑을 이기는 것이기 때문이었다.

김식은 칼날 위에 마감동의 전신을 얹고 칼끝을 노리고만 있었다. 그때 칼끝에 은빛 줄이 짤막하게 줄어든 것을 보았다. 빛이 스러져가고 있었다. 그는 칼끝에서 잠깐 시선을 떼었다. 희봉산 너머로 사라져가는 달의 반쪽 얼굴이 보였다.

그가 다시 칼끝으로 시선을 모았을 때, 마감동의 전신은 옆으로 두어 걸음 비켜나가 손가락 하나 길이만큼 떨어져 있었고, 그 대신에 뾰족한 칼끝에 꺾쇠 같은 저쪽의 칼이 걸려 있었다. 김식은 마감동이 늘 어뜨렸던 칼을 마치 솥을 쳐들듯이 머리 위로 비스듬히 치켜올린 것을 보았다. 거정세(擧鼎勢)는 이제부터 바야흐로 자유자재로 치솟고 휘돌아치려는 모든 자세의 기본형인 셈이었다. 김식은 그때 한기가 온몸에 끼쳐오는 느낌을 받았다. 칼끝에서 월광이 사라졌다. 뿌옇던 외계는 먹물이 퍼진 듯 캄캄해졌다. 희부옇게 서로의 옷과 자취가 보일 따름이었다. 김식은 눈과 귀에 모든 주의를 집중하였다. 모래땅 위로 소리없이 마감동이 움직이고 있었다. 김식은 그의 동작을 보려고 눈을 가늘게 떴다. 상대는 천천히 돌고 있었다.

마감동은 달아나지 못할 먹이를 앞에 둔 맹수처럼 침착하고 집요하였다. 그는 을(乙)자 모양으로 오른편으로 비스듬히 왼편으로 비스듬히 돌면서 김식과의 간격을 좁혔다. 세 번쯤 제자리에 멈추었을 때, 실로 그것은 멈추었다기보다는 발을 바꾸어 디딘 것에 불과하였다. 칼을 곧추세우고 창룡(蒼龍)이 물을 뚫고 나오듯 일직선으로 김식을 찔러들어갔다. 김식이 가까스로 칼을 세워 오른편으로 그의 칼날을 어긋나게 하는데, 마감동은 그대로 칼날을 끝까지 밀고 나가면서 칼을 엇갈려 비벼대어 바깥쪽에서 안쪽으로 쑤시고 들어갔다. 김식이 간신히 칼을 휘돌려서 바깥으로 다시 걷어내는데 마감동이 그의 측면으로 돌면서 거위 형용과 오리걸음으로 칼을 흩뿌려쳤다. 김식도 만만치는 않아서 위로 경중 뛰어올라 날개를 파닥여 오르는 참새가 되어 멀찍이 떨어지는데, 그의 등뒤를 스친 마감동의 칼날이 밑으로 내리는 김식의 칼에 부딪쳐 퉁겨나갔다. 김식은 등뒤가 갑자기 서늘해진 것을 느꼈다. 바람에 저고리의 앞섶이 헐렁헐렁하게 부풀어올랐다. 등판이 쓰라렸다. 저고리의 등뒤가 마감동의 칼에 일직선으로 베어졌던 것이다. 김식은 귓전에 소름이 짜릿 퍼져가는 것을 느꼈다. 그는 허리춤을 더듬었다. 진작에 쌍검(雙劍)을 썼더라면 그를 비도의 부동한 동작에서 끌어낼 수 있었을 것을…… 그러나 어둠은 그에겐 아무 지장이 없는 것처럼 보였다. 김식은 단검을 뽑아 왼손에 들었다. 방어와 공격을 한 동작에서 동시에 해낼 수가 있는 것이다. 그는 단검을 마감동이 눈치채지 않도록 역으로 쥐고 어깨 위로 쳐들었고, 환도를 얼굴 앞으로 세워들었다. 그는 마감동을 다리 밑으로 유인할 생각이었다. 어둡기는 마찬가지였는데 다리 아래는 나란히 기둥이 늘어서 있었다. 마감동의 변화무쌍해진 검의 반경을 기둥으로 줄이려는 것이었다. 그리고 김식은 쌍검으로 그를 역습하려 하였다. 김식은 환도를 얼굴에서 머리 위로 번쩍 쳐들어 아래를 훤히 드러내며 달려들었다.

마감동이 비어 있는 김식의 가슴을 위에서 아래로 베어내리는데 김식이 역으로 쥐어 쳐들었던 단검으로 걷어냈다. 그러고는 다른 손의 환도로 허리를 베었다. 마감동은 그의 칼날이 또다른 칼에 걸려 멈추자마자, 상반신을 뒤로 마음껏 굽히면서 칼을 거두어 아래에서 위로 쓸어올리면서 물러섰다.

김식은 재빨리 다리 아래로 뒷걸음질쳤다. 여기서 먼동이 트기까지 이리저리 돌면서 시간을 끌 작정이었다. 아예 해가 떠오르면 그처럼 자기에게 유리한 일은 없을 듯하였다. 하늘에는 샛별들이 차츰 빛을 잃어갔고 연달아 닭이 우는 소리가 들려왔다. 푸르스름한 빛으로 어둠이 엷어져가는 중이었다. 다리 안쪽에서는 바깥의 모래밭과 사람이 잘 내다보였다. 기둥은 모두 여섯 개였고 기둥과 기둥 사이의 통로는 열한 군데였다. 김식은 가운데의 뒤편 기둥을 등에 지고 서 있었다. 그는 눈짐작으로 전면의 통로를 일단 셋으로 나누어보았다. 김식은 헐떡거리고 있었다.

마감동은 움직였다. 그는 곧장 다리를 따라 나란히 올라가서 맨 왼쪽의 통로에 들어섰다. 그는 나름대로 자기가 다리 밑에 속한 일직선의 세 통로를 맡기로 하였다. 그곳이 그의 동작 영역이 될 것이다. 감동은 자기의 왼쪽 다리를 힐끗 내려다보았다. 그러고 나서 한 걸음 두 걸음 첫번째 기둥 사이를 지났다. 김식은 쌍검을 엇갈려 들고 가운데 기둥의 한쪽에 기대어 서 있었다. 마감동이 그때 금강보운(金剛步雲)으로 달려들자, 김식은 칼을 수평으로 하여 받으며 맞은편 기둥으로 돌아나갔다. 그가 세번째 기둥 사이로 빠져나가려는데, 마감동은 자신이 정한 통로를 곧장 나갔다가 되돌아 들어오면서, 맹호가 발톱을 펴고 달려드는 자세로 무릎을 구부리고 상반신을 앞으로 숙이며 칼을 허리 뒤로 돌려쥐었다. 김식은 앞에 맞부딪치자 비어 있는 마감동의 허벅지를 단검으로 콱 찌르고 그와 함께 환도를 위에서 아래로 죽 내리그었다. 그러나 그의 칼은 그냥 흘러내렸고 무엇인가 아래로 지나간 게 있었다.

마감동은 동작을 멈추고 기다렸다. 무릎을 꿇고 칼을 앞으로 내밀고 있던 감동의 뒤에서 김식이 털썩 넘어지는 소리가 들렸다. 그제야 마감동은 상을 찡그리고 허벅지에 남아 있던 단검을 뽑아서 던졌다. 마감동은 뒤로 돌아서서 칼을 칼집에 넣으면서 김식을 내려다보았다. 그는 앞으로 엎어져서 신음하고 있었는데, 고개는 가까스로 돌려져 있고 한손은 땅을 그러쥐고 있었다. 마감동이 그의 쌍검을 당하기 위하여 단도를 자기의 허벅지로 받고, 그의 왼쪽이 비는 틈을 타서 왼쪽 옆구리를 깊숙이 베었던 것이다. 그것은 치명적인 상처일 게 틀림없었다. 묵묵히 내려다보는 마감동에게는 저도 모르게 적에 대한 경외의 마음이 일어났다. 그가 겪어왔던 싸움 중에서 가장 어려운 상대였다고 그는 생각하였다. 김식의 신음은 아직도 끊기지 않았고 그쪽에서도 제 뒤에 마감동이 서 있다고 느꼈는지, 일어나보려고 두 팔을 버티며 안간힘을 쓰는 모양이었다. 마감동은 김식의 마지막 숨통을 끊어주고 싶었다. 그는 태어나서부터 지금껏 제 스스로를 세워보지도 못하고, 권력자와 세도가의 수족 노릇이나 하면서 살아왔을 것이다. 죽는 순간까지도 자기 적이 누구며 자기의 편이 누구인가를 깨닫지도 못하고, 권력의 하수인인 자기의 칼이 옳은 칼이라고 믿으면서 마감동을 공격했다. 그가 만약에 그 칼이 찔러들어갈 향방을 미리 깨달았다면 얼마나 많은 도움을 백성들에게 주었을지 모를 일이었다. 마감동은 칼자루에 다시 손을 대면서 스스로 탄식하였다.

"아…… 참으로 아까운 일이다."

그의 등뒤에서 발걸음 소리가 들리고 여럿이 둑을 내려오는 기척이 있을 때, 마감동은 숨을 몰아쉬며 칼을 휙 뽑아서 아래를 향하여 날렸다. 짧고 연약한 부르짖음 뒤에 김식은 허우적거리던 동작을 그쳤다. 마감동이 그의 꼭뒤 급소를 단칼에 끊어버렸던 것이다. 그는 다리 밑으로 구월산 일당들이 몰려오기 전에 이미 칼을 꽂아넣었다.

"어디 다친 데 없수?"

뒷전에 다가온 오만석이 물었다. 마감동은 오히려 되물었다.

"죽거나 상한 사람은 없는가?"

"아이들 서넛이 가벼운 상처를 입었수. 저쪽 놈들은 둘이 죽고 하나는 상하고 둘은 사로잡혔수. 이제 이 녀석까지 밥숟갈을 놓았으니 놈들이 모두 여섯이었구려."

오만석이 얘기하다가 그가 다리를 절룩이는 것을 알고 저고리 자락을 찢어서 그의 다리에 붙들어매었다.

"상처가 깊은 모양인걸……"

"괜찮다. 잡은 놈들을 이리루 데려오라구 그러지."

마감동의 앞에 살아남은 두 장교가 끌려나왔다. 아직 어둠침침하였으나 짧은 여름밤은 거의 다 지나가고, 새벽닭이 울기가 무섭게 하늘에 뿌연 빛의 전조가 퍼져가는 중이었다.

"너희들은 누구의 명을 받고 나왔는가?"

마감동이 묻자 장교는 제법 분을 내어 말하였다.

"관찰사께서 직접 하명을 하셨다. 너희 두령 장모의 머리를 베어오라 하셨다."

주위의 식구들이 어지럽게 웃어젖혔다.

"그깟 솜씨로 장두령의 목을 바라다니 과연 범 모르는 오소리구나."

마감동이 다시 잠잠하기를 기다려 물었다.

"김식이란 이에게 가족이 있는가?"

"그런 것은 물어 무엇 하느냐. 어서 베어라."

"끼놈들……"

누군가 칼을 쳐들고 앞으로 나서는데 그는 바로 변두령이었다. 변가의 칼날을 오만석이 재빨리 단창을 쳐들어 막았다. 마감동이 다시 물었다.

"토포군이 아니 오고 어째서 너희들만 왔느냐?"

분을 내던 자는 고개를 숙인 채 입을 다물고 있고 다른 장교가 대답하였다.

"때가 흉년이고 관찰사의 임기가 과만이라 감히 거병할 여유가 없소. 그래서 민심을 진정시키기 위하여 두령만을 도모하려던 것이외다. 당신들은 멀지 않아 한양으로부터의 토포군을 맞게 될 거요. 지금이라두 늦지 않았으니 귀순하여오면 양민으로 살 수가 있소."

마감동은 큰돌이를 불러오라 이르고 나서, 두 장교에게 부드럽게 말하였다.

"그 좋은 용력과 재주를 가지고 어찌 백성을 괴롭히는 자들을 위하여 살려고 하는가? 댁네들도 우리와 마찬가지로 수령 방백 토호 들에 시달리고 천대받으며 살아온 사람들이다. 우리는 양민으로 살 수가 없어 녹림에 작당하고 옳지 않은 재물과 곡식을 권세가와 부자에게서 빼앗아 백성들에게 나누어주는 일로 업을 삼으려 한다. 우리를 토포하는 것은 곧 하늘을 치는 것과 같은 일이니, 먼저 진휼과 무마에 힘써서 민심을 등지고 우리를 치는 일을 벌이지 말라."

큰돌이가 나서자 마감동이 물었다.

"자네는 이제 무더리에서 떠나고 다른 이가 내려와야 할 터인데, 비축한 용전이나 포목이 얼마나 되는가?"

"포 다섯 동에 한 백여냥이 있소이다."

"그럼 잘되었다. 가서 오십냥만 가지구 오너라."

큰돌이가 어리둥절해하자 마감동은 다시 재촉하였다.

"어서 가져오라니까. 그리고 이 사람들의 시신을 수습하여 이쪽으루 모셔주어라."

큰돌이가 돈을 가지러 가고, 구월산 식구들이 둑 위로 올라가 시체를 끌어내렸다. 마감동은 큰돌이가 가져온 돈을 두 장교에게 내주며 말하였다.

"의리대로 한다면 우리가 자네 사람들을 손수 장사 지내주어야 하겠지만, 우리는 세상을 등지고 사는 이들이라 그럴 수는 없네. 곧 날이 밝을 테니 이 돈으로 사람을 사서 매장하도록 하고 부상자는 세마를 내어 해주까지 실어가도록 하게."

그제야 그들을 살려보낼 마감동의 의향을 알아챈 변가가 시뜩하여 나섰다.

"아니…… 마두령, 저것들을 제 발로 걸어 돌아가도록 하겠단 말이우?"

"싸움은 끝났네. 사로잡힌 이들을 해칠 게 뭐가 있나. 우리가 아무리 녹림당이라 하나 의를 지켜 세상에 보여주는 것두 좋은 일일세."

그러나 오만석도 변가를 거들고 나섰다.

"허, 성님두 의가 통할 데에 그것을 내세워야지요. 저들은 은밀히 변복하여 구월산 지경에 숨어들어와 우리의 뒤통수를 엿보던 자들이우. 만일 저들이 우리 같은 녹림의 무리로서 자리다툼이나 판도다툼으로 찾아왔다면, 일단 혼을 내고 의기도 보여줄 수가 있겠지요. 하지만 저것들은 감영의 장교들이우. 지금은 비록 감읍하는 기색이 보인다 할지라도 일단 관아로 돌아가면 전보다 더욱 이를 갈게 될 게요."

"여하튼 나는 저 사람들과 약조를 하였다. 빈손으로 무력해진 사람들을 어찌 벤단 말이냐?"

마감동은 김식의 명을 끊어주며 생각하였던 것을 굽히지 않을 기색이었다. 변가는 답답하였던지 주먹으로 제 가슴을 두드려 보였다.

"저것들은 벌써 여러 날 동안 구월산 인근의 지세와 형편을 기찰하였고, 우리와 접전하여 실력도 알아챘을 겁니다. 마두령 혼자의 일이 아니라 구월산 식구들 모두의 일이니 절대로 살려보내서는 아니되오."

마감동은 상대 않고 오만석에게 명하였다.

"날이 밝는다. 어서 수렛고개로 올라라. 나는 고개까지 말을 타고 오를 테다."

오만석은 더이상 우기지 못하고서 일당들을 휘동하여 사근다리를 건넜다. 마감동은 큰돌이가 끌고 온 말에 가까스로 올라타면서 사경을 모면한 장교들에게 다시 물었다.

"김식에게 가족이 있느냐고 물었는데……"

장교 하나가 대답하였다.

"한양에 아우가 있다고 들었으나, 아직 처자식은 없는 줄로 아오."

"다행이로군."

마감동은 부하들의 뒤를 따라서 사근다리를 건넜다. 이로써 감영에서 나왔던 여섯 명의 자객 가운데 두 사람만이 겨우 죽음을 면할 수 있게 되었던 것이다. 그러나 살아남은 이 두 사람이 구월산 일당들에게는 가장 큰 후환거리로 남게 되었다. 뒷날 포도 종사관 최형기는 이들을 앞장세워 토포군의 길잡이로 삼았던 것이다. 사실 수회천의 결은 구월산 토벌의 초전이던 셈이었으니, 숙종 십년 갑자 유월의 일이었다. 같은 해 시월에는 팔도의 기근으로 조정에서 장기적인 진휼의 대책을 논의하게 되는데, 가뭄과 굶주림으로 역병이 창궐하기 시작하였다.

자비령 일대의 장길산 일당들은 이곳 저곳에 출몰하여 장토가 드넓은 지주들과 저자의 간상배들을 괴롭혔고 구월산 일대에서도 활빈행은 계속되었다. 『서경(書經)』에 나와 있기를, 백성은 오직 나라의 근본이다, 근본이 튼튼하여야 나라가 편하다 하였고, 또한 우리를 사랑해주면 임금이고 우리에게 모질게 하면 원수이다 하였는데 이처럼 임금과 백성 사이는 매우 두려운 것이다. 옛날 성왕이 백성 보호하기를 갓난아기같이 하며, 보살피기를 제 몸이 상한 듯 하란 것은 모두 백성을 어루만지고 어여삐 여겨 근본을 튼튼하게 하려는 뜻이었다. 무릇 위를 줄여서 아래를 이익 되게 하는 방법이면 경사(卿士)에게 의논하지 않고 비용도 걱정하지 않으며, 어진 정사를 펴려는 모든 의도가 오직 백성을 자기 몸으로 여긴 데에 있었던 것이다. 그러나 높직한 궁궐 깊숙이 들어앉아 자리나 보전하려고 왕권을 굳히고, 그 굳힐 구실과 발판이 되는 세력들만 비호한다면, 이는 마치 무너진 흙더미 위에 가까스로 버틴 바윗덩이와 같아서 조금만 풍우가 닥쳐와도 굴러떨어지고 말 것이었다. 일찍이 백성 다스릴 자리란 하늘이 내린 바라, 어느 한 필부의 것이 아니요 적선에는 태산도 못 미칠 높이로 쌓아올릴 수가 있고, 악행은 염병이 옮기듯 두루 퍼져나갈 것이다. 이 무섭고도 엄숙한 자리를 교만방자하게 깔고 앉은 자가 어찌 스스로에게 충성함을 바랄 수 있으랴. 비록 착한 임금과 어진 정승이 다스림의 도를 날마다 강구할지라도 혜택이 아래에 미치지 못하고 교화가 외방까지 닿지 않는 일이 흔하거늘……

광주(廣州) 삼전나루는 흉년이라 장이 한산하여졌지만 그래도 시골과는 달랐다. 도선장에는 여전히 배가 드나들었고 객줏집에는 비록 서속에 나물죽이나마 사먹을 음식이 있었다. 그대신 여러 좌판 행상의 무리와 가가(假家)들이 자취를 감춘 것은 예년과는 달랐다. 송파에서는 아직도 이현 칠패 그리고 왕십리 홍인문을 통하여 난전을 계속중이라 마포 삼개와 성내의 난전 무뢰배들이 유일한 경기를 바라고 사방에서 모여들었다.

때가 중화참인데 삼전나루의 객주에서는 금지되어 있는 술을 버젓이 개다리소반에 얹어두고 마시는 자가 있었다. 그는 의관도 끼끗하고 갓을 반듯이 썼는데, 연신 윤선(輪扇)을 들어 활활 부쳐대고 있었다. 그는 부들부채로 청 안에 가득한 파리들을 내쫓는 객점 주인에게 볼멘소리로 말하였다.

"아니, 이 자들이 약조를 구워먹은 겐가 회쳐먹은 겐가. 어찌 아직도 안 나타나는 게여."

주인은 채 알아듣지도 못하고 파리를 몰아내느라 부채를 위아래로 내저으며 문가에 서 있었다.

"무슨 놈의 파리떼가 이리도 극성인지 모르겠군. 차라리 이것들이 낟알이나 된다면 죽을 쑤어 식량을 하든지 아니면 볶아서 반찬이라도 하지."

갓 쓴 손님은 부채로 상머리를 거칠게 두드렸다. 주인이 그제야 돌아다보았다.

"왜요, 술은 이제 없소이다. 그저 아는 분에게만 화주로 병들이나 되게 내어 팔고 있으니, 장것들이나 뱃놈들이 알면 우리도 골치 아픕니다."

"그게 아니라, 어째서 이 자들이 안 나타나는가 말일세."

"글쎄 모르겠습니다. 저는 분명히 그렇게 전했지요. 아마 틀림없이 올 겁니다. 시절이 어떤 때라고 쌀 두 말에 나서지 않을 놈이 있겠소?"

손님은 붕어찜을 한술 떠서 천천히 씹으며 고개를 끄덕였다.

"몇사람이나 올 수 있다던가?"

"한 너덧 사람이 올 테지요."

손님은 다시 땡볕이 하얗게 깔린 모랫길을 내다보고 앉았다. 그는 광주 목내(廣州牧內)의 몽촌(夢村)에 있는 판관 한씨네 겸인으로 있는 자였다. 그는 벌써 이틀째나 삼전나루 부근에 와서 돌며 타관서 떠돌아다니다 광주에 들른 낯선 사람들 몇을 모집하고 있었다. 그는 소문이 나지 않도록 객점 주인에게도 단단히 주의를 주었고, 무슨 일인지는 몰라도 품삯도 후하여 돈이 아니라 백미로 두 말에 무명 세 필이나 주겠다는 것이었다.

양근에서 올라온 사공 두 사람과 서강에서 왔다는 장사치 두 사람이 겸인과 닿게 되어 그들은 몽촌으로 금일 안에 들어가도록 약속이 되어 있었다.

"저기 오는군요."

부들부채로 파리를 쫓으며 문가에 섰던 주인이 반색하여 말하였고 겸인도 고개를 기웃이 하여 바깥을 내다보았다. 모두들 허우대가 큼직하고 어깨가 널찍한데 네 사람이 어슷비슷해 보였다. 겸인은 스스로도 잘 골라내었다고 여기고 있었다.

"어이쿠, 좀 늦었습니다. 우리도 객주에서 아예 함께 만나가지고 오느라고 지체가 되었지요."

그들은 우렁우렁하는 목소리로 떠들어대면서 청 안에 들어와 겸인이 앉은 자리 앞에 나란히 섰다. 겸인은 앉은 채로 말하였다.

"가까이 모여앉게나."

장정들이 둘러앉았고, 겸인은 빙글빙글 웃으며 말하였다.

"별일은 아니고, 우리가 누구 혼사 좀 거들어줘야겠네. 얘기는 대강 들었겠지?"

"예, 자세히는 모르지만 삯이 후하다고 하여 우리도 만사를 제쳐두고 올라오는 길이우."

겸인은 얼굴이 길고 수염은 듬성듬성하며 코허리가 잘록하였다. 그는 주위에 권하지도 않고서 화주를 홀짝홀짝 들이켜며 나직하게 중얼거렸다.

"글쎄 우리집에 왜 장정이 없을까마는 모두들 얼굴을 안단 말일세."

"누가 압니까?"

"색시가 알지 누가 아나."

"그 과부 말이지요?"

"쉿, 조용히."

겸인은 입에 가져갔던 손가락을 들어 양근 사공의 머리를 퉁겼다.

"거 참, 자네는 상판대기가 꼭 꽹과리 같네그랴."

"그러니까 누군가 겪어내기 힘든 상대가 근처에 있는 모양이구려. 뒤를 다지려고 우릴 불렀을 테지."

과연 대처 무뢰배답게 서강 장사치 중의 하나가 넘겨짚었다. 겸인은 그에게 고개를 끄덕이며 깔깔거리고 웃었다.

"자네가 으뜸이여. 그 집에 아주 성미가 독하고 개차반인 자가 더부살이를 하는데 그놈만 떼치면 일은 수월하네."

양근 사공이 잇바람소리를 냈다.

"그까짓 시골 아해 성미란 부려봤자 닭털 세우기요, 그놈 하나에 우리는 넷인데 열 놈에 죽 한숟갈이우. 차라리 부르지나 말지."

"이봐, 그러니까 무는 개를 돌봐줘야지, 시방 큰소리치지 말고 일이나 틀림없이 해놓게. 자, 일어서지."

겸인이 남은 화주를 호리병째로 들어 콸콸 털어넣고는 붕어찜을 한 입 그득히 씹으면서 일어섰다. 서강 사람이 투덜거렸다.

"대문 보고 반찬 짐작한다고, 아니 그래 술청에 불러다 앉혀놓고 혼자 다 마시고선 우린 혀끝이나 두드려 털라는 말이우? 그런 인심으로 누굴 부릴려우?"

겸인은 체머리를 흔들듯 연신 끄덕이며 손을 내저었다.

"알았네, 알아. 이제 집에 가면 다담상이 그득하게 차려져 있을 테니 거기 가서 실컷 퍼자시게. 이를테면 자네들이 중신애비들인데 아무러면 된장국에 조밥 말아줄까 걱정이여."

겸인은 그들을 이끌고 삼전나루에서 십리 떨어진 망월봉 아랫녘의 몽촌으로 데려갔다. 너른 들판 가운데 숯내가 흐르고 숲이 울창하였다. 몽촌에는 가장 깊숙한 송림 가운데 날아갈 듯한 기와집 한채가 들어앉았으니, 다른 집들은 그 집을 중심으로 옹기종기 엎드려 있는 것과도 같았다. 한판관이 밥술이나 먹는 정도가 아니요, 농토와 과목이 넓고 수다하여 과천 수원 광주지간에 모르는 이가 없었다. 그는 이제 칠순을 바라보는 나이에 만년을 몽촌에서 신선처럼 보내고 있었다.

겸인은 그들을 행랑 안마당에 세워두고 혼자서 후원으로 들어갔다. 한노인은 별장의 정자에 앉아서 바람을 쐬고 있었다. 겸인이 다가가 읍하며 말했다.

"나으리…… 아이들 몇을 사가지고 왔습니다."

판관은 반색을 하면서 손짓하였다.

"그래 수고하였다. 오늘밤에 곧 시행하도록 하여라."

"오늘밤에요?"

겸인이 주저하는 기색을 보이자 노인은 갑자기 목소리가 칼칼해지면서 미간을 모았다.

"아니 그러면 어느 세월에나…… 날더러 아예 늙어 죽으라는 말이로구나."

"다름이 아니오라, 서방님께서 행랑아이 하나를 보내어 그 집의 동정을 살피라 하였는데 아직 돌아오지 않았습니다. 앞뒤를 살피고 탈 없이 해내야 되겠기에……"

"듣기 싫어. 오늘밤에 당장 데려오지 못하면 모두들 이 집 대문간에 발 들여놓을 생각을 말아라."

겸인이 이러지도 저러지도 못하고 뒤통수에 손만 얹고 있다가 나오니, 마침 이 댁의 장남이 그가 돌아왔다는 말을 듣고 들어오던 참이었다. 그는 목소리를 낮추어 겸인에게 물었다.

"그래 아버님께서 뭐라시던가. 아주 희색이 만면이시지?"

"노여우셨습니다."

"무엇 때문에……"

"오늘밤에 당장 모셔오라니 글쎄…… 나중에 망신당하면 어쩝니까?"

그러나 판관의 장남은 턱을 들어 껄껄 웃었다.

"허허허, 아버님께서 회춘하시려나 보이, 저렇게 다급하시니. 정작 모셔오면 얼마나 기뻐하시겠는가."

"산진이란 놈이 보통 악소패와는 다르니 조심해야 됩니다. 그자가 제 누이 일이라면 사생결단을 한답디다."

장남은 별당으로 나가며 흡족하게 말하였다.

"염려 놓게, 내가 다 조처를 해두었으니까."

"그러면 어찌…… 오늘 해치우랍시오?"

"지당이 물론이지. 달이 지거든 널다리〔板橋〕에 가서 냉큼 끌어와. 데려온 자들 저녁이나 먹이구 술시중두 해주어. 절대루 난폭하게 다루지 말구, 어디루 데려와야 할지 잘 알구 있겠지."

"예, 반골〔般谷〕 젖어미 댁루루 말씀입죠."

판관의 장남은 고개를 끄덕였다. 그는 잔뜩 짜증이 나 있는 제 아비에게로 가서 나직하게 말을 걸었다.

"아버님, 오늘은 심기가 어떠하시온지요."

"듣기 싫어. 그래 너희들은 뭐 하는 일이 있다구 내 혼사를 요 핑계조 핑계로 미루려고 하느냐? 내가 네 에미 세상을 떠난 뒤 뒷방 것들께 다리나 주물리고 사니까 아주 팔자가 늘어진 줄 아는 모양이구나. 네 요놈, 젊은 것들끼리 밤마다 국수나 말아다 먹고 소곤거리고, 나는 뭐 뒷간의 몽당 싸리비라더냐? 오늘부터 이 별당 안으로 출입할 생각 마라."

"요즈음 계복이년을 보니 갑자기 화색이 돌고 바야흐로 터지는 꽃망울과도 같습니다. 아버님…… 계복이더러 침석 시중이나 들게 할까요?"

늙은 판관은 더욱 성이 나서 그를 흘겨보았다.

"난대기성(難待其成)이로구나. 나는 그 널다리 사는 석(石)씨 아니면 안되겠다."

하고 나서 노인이 수염을 떨며 외쳤다.

"이 불효막심한 놈, 어서 썩 나가지 못해?"

아들이 연신 웃으면서 다소곳하게 말하였다.

"노여워 마십시오. 오늘 혼사를 올리기로 되었습니다. 헌데, 모셔올 분이 과수댁이라 성대한 초례는 치를 수가 없고, 그저 오붓한 곳에서 은근히 신혼을 보내시고는 내달쯤에 함께 들어오십시오."

그제야 늙은이의 얼굴이 활짝 펴지며 총기라고는 전혀 보이지 않는 짓무른 눈을 끔쩍이며 다가앉았다.

"그래, 석씨를 오늘 데려온단 말이야?"

"반골 유모 집으로 모시겠습니다."

늙은이가 그 아들의 숙인 어깨를 토닥였다.

"그 참, 기특한 일이다. 어서 내가 먼저 가서 기다려야지."

노인이 나서려는 것을 아들은 간신히 주저앉혔다.

"다 성사가 된 일이니 고정하셔야지요. 해가 지면 아이들이 가자(架子)에 태워 모셔다 드릴 겝니다."

"수고하였다. 나는 그런 줄도 모르고 어찌나 서운하던지……"

"아버님, 그저 오래오래 사십시오."

장남은 만면에 웃음이 가득한 아비를 바라보며 긴 숨을 내쉬었다. 판관이 이제 나이 칠십 안팎이언만, 노망기가 있달 뿐 그것에 대한 근력은 끊기지 않은 모양이었다. 젊은시절에도 광주목의 한판관이라면 술 잘 먹고 돈 잘 쓰고 인물 훤출한 오입쟁이로 기방에 뜨르르한 사람이었다. 집안의 종년을 건드리지 않은 것이 없고 남의 울안도 엿보는 한량인데, 늙어 잦아지려니 하였더니 넓어지는 것은 고쳐진 대신에 집안이나 동네에서 소소한 말썽을 부리는 것이었다.

지난봄에 학나루로 뱃놀이를 나갔다가 숯내에 나와서 빨래하던 웬 아낙을 먼발치로 보고 와서는 심사를 끓이고 집안 사람들을 들볶았다. 수소문하여 알아보았더니 널다리 사는 과수댁인데 아이가 둘이나 있고 살림도 요족하다는 것이었다. 그 여자의 무명 짜는 솜씨가 또한 인근에 알려져 있으니, 감히 단자를 들여 청혼할 수도 없는 상대였다. 비록 판관이라 하나 현숙한 수절 과부에게 억지로 재혼하게 할 수는 없는 노릇이었다. 그러나 노인네의 꼴이 하도 안절부절 못하니 남은 명도 채우지 못할까 하여, 혈족들은 의논 끝에 매파를 넣어서 혼담을 꺼내보기로 하였다.

즉 과수댁이 응해온다면 재취 정실로 맞아들여 집안의 안어른으로 모실 뿐 아니라, 노인이 작고하면 망월산 아랫녘의 기름진 전답을 떼어주기로 조건을 내었다. 그러나 그 집에 범상하지 않은 떠꺼머리 하나가 살고 있는 것을 알지 못하였다. 그가 바로 산지니란 총각인데 삼전나루에 나다니며 어릴 적부터 거칠게 자라나 표한하기가 꼭 길들이지 않은 새매 같다는 것이었다.

산지니란 별호가 그대로 산진(山陳)이란 이름이 되었을 정도였다.

그는 석과부의 작은아버지 되는 이가 송파 객점의 표모에게서 얻은 자식이었다. 과부는 이 손댈 길 없는 서사촌동생을 친혈육처럼 여겨오더니, 남편을 여의고는 그가 드나들며 농사도 돕고 무명도 내다 팔아 살림에 없어서는 안될 사람이 되고 말았던 것이다. 주위에서는 그들 사이를 수상쩍게 여겨 입방아도 찧었으나 틀림없는 오누이 사이인데다, 워낙에 석씨가 요조하니 그런 소문은 아무데도 헛나가지 않았다. 매파는 욕지거리만 얻어들었으나, 따라갔던 친척 사내는 코가 곁으로 옮겨앉을 만큼 얻어맞고 돌아왔다. 그래서 요즘에 생각해낸 것이 바로 시속에 따른 겁간혼이었다.

기름진 음식과 약주가 다담상에 그득히 차려져서 행랑채로 나갔고, 장남은 친히 나가서 네 사내들에게 일일이 술을 한잔씩 따라주며 격려하였다.

"아무 말썽이 없을 걸세. 너무 난폭하게 다루지 말고 조심해서 모시게."

서강 사내가 닭다리를 뜯으며 투덜거렸다.

"삯이 너무 박하오. 쌀 두 말에 무명 세 필이 뭐란 말이우. 이런 댁이라면 한섬씩을 내어도 되겠수. 미리 합의가 되어 있는 보쌈도 아니고, 앙탈이 심할 텐데 어찌 난폭하게 아니할 수가 있소이까?"

"아니, 까짓 나약한 부녀자를 장정 넷이 업어오는 게 뭐가 그리 대견한 일이라구."

겸인이 곁에서 힐책하자 미리 어떤 의논들이 돌았던지 양근 사공이 대꾸하였다.

"헛, 오뉴월 닭이 여북하면 지붕을 쑤시겠소. 이런 흉년에 그래두 먹구 살겠다구 이짓 저짓 가리지 않는 터인데, 우리두 서서 오줌 누는 자식들이 과부 겁간에 쌀 두 말이 뭐요?"

장남이 아무리 잡짓이라 하나 반상이 유별한데 막가는 말로 마주 받기도 뭣하여 일어나며 다짐을 주었다.

"그래, 알았네. 잘해내면 네 사람에게 백미 한섬씩 주겠네."

"어이구, 참말 충신 효자의 집안이십니다. 어느 말씀이라구 잘해내지 않겠습니까."

장남이 자리를 뜬 뒤에 겸인이 말하였다.

"널다리서 우리집 아이가 올 텐데, 그애가 길안내를 설 걸세. 이런 일이 자주 생기면 자네들은 대번에 형편이 피겠구먼."

서강 장사치가 말하였다.

"내가 그전에 서소문 밖으루 보쌈품을 팔러 간 적이 있었는데, 그때에는 지겟작대기, 낫, 몽둥이를 들구 들어갔지. 허허, 막상 뛰어들어가니까 고것이 샐쭉 웃더니 자루에다 머리를 들이미는 게 아닌가. 그저 돈만 안 받았다면 먼저 침을 발라보구 싶더구먼."

"에이, 그 부정탈 소릴랑 말게. 다시 이르는 말이지만 여자 몸에는 손가락 자국 한군데 나서두 안되네. 그저 등잔을 들구 오듯이 하란 말일세."

겸인이 안심이 안되는지 네 사람을 노려보며 주의를 주었다. 저물녘이 되어 널다리로 나갔던 하인이 돌아와 아뢰는데, 석씨 댁의 산지니란 떠꺼머리가 흥인문 밖에 다녀오기로 되었다면서 집은 오늘밤부터 비우게 될 거라는 것이다. 판관의 아들이 돈냥이나 내어 널다리의 동네 사람을 끌어들였고, 그는 흥인문 밖에서 보리 한섬을 져올 일이 있는데, 가져오면 반을 나누어주겠노라고 산지니를 꾀었다. 한나절 다리품에 보리 반 섬이 어딘가 하여 산지니는 별로 이상스레 여기지도 않고서 쾌히 응낙하였다는 얘기였다.

"그 업 같은 녀석이 없다니, 과연 이 혼사는 정히 이루어지는 혼사로다."

아들은 곧 다른 하인들을 시켜서 아비를 반골 유모 집으로 모셔가게 하였다. 곧 가자가 나오는데 안석과 들것만 달린 것인데 앞뒤로 두 사람이 들고 안석에 다리를 들고 앉게 되어 있었다. 아비는 위엄있게 정자관을 쓰고 눈부신 도포를 입고 신랑이나 된 듯이 앉았으니 아랫것들도 대강의 눈치를 아는지라 입을 비쭉거리며 냉소하였다. 아들은 반골까지 따라가서 이 괴이한 혼사를 주관할 것이었다.

몽촌에서 널다리가 한 십리지간인데 들판 건너 맞은편이요, 널다리는 바로 숯내의 천변에 붙어 있는 마을이며 지척에 낙생역(樂生驛)말이 있었다. 석씨네 집은 비록 혼자 사는 여인의 집이지만 토지 근본이 있어놔서 집이 열 칸은 되는 포실한 초가였다. 집 앞은 숯내의 자갈밭이 내다보이고 흙빛은 생생한 토홍빛이라 주위가 한적하고 깨끗해 보였다. 담은 흙담인데 짚을 섞었으며 위에다가는 기와도 얹었다. 밖으로 가시나무를 심어놓았고 길 아래는 꼼꼼하게 석축을 쌓아 숯내가 범람할 때를 방비하여두었다. 이 모두가 산지니 총각의 수고에 의하여 이루어진 것인데, 석씨 역시 바지런하여 집의 처마에는 거미가 줄을 치어볼 여유가 없고 마당에는 잡초가 자라날 사이가 없었다. 어린아이 둘과 석씨 그리고 산지니가 식구의 전부요 머슴이나 품앗이는 비치지도 않았다.

근검하여 살아가는지라 석씨의 의복은 언제나 수수한 무명옷인데 그것도 해어진 곳은 깔끔하게 기워입었다. 석씨는 말수가 적은 편이고 기껏 감정을 드러낸다고 하여도 흰 이가 보일 듯 말 듯 엷게 웃는 게 고작이었다. 이마는 훤칠하고 눈이 기다랗고 코와 입술이 오종종하여 둥근 볼이 도탑고 부한 느낌을 주는 얼굴이었다. 산지니는 이름 그대로 몸집이 자그마하고 사지도 가냘프지만, 코가 뾰족하고 볼이 얇고 입을 다부지게 악물고 있어 여간내기가 아님을 누구나 알아볼 수 있었다. 그는 언제나 아래에서 위로 쏘아보는 버릇이 있어서 누가 보든지 강렬한 적의를 담은 시선으로 느끼도록 만들었다. 뒤에서 산지니의 걸음걸이를 볼작시면 몸집도 작고 가냘픈 것이 어울리지도 않게 좌우로 어깨를 재며 걷는 버릇이 있었다.

석씨네 집에서도 저녁참이라 산지니는 마당 가운데 모깃불을 지피기 시작하고 석씨는 저녁상을 차리고 있었다. 산지니는 땋은 머리를 두건에 말아올리고 땅바닥에 털썩 주저앉아 쑥대를 묶어서는 불씨 위에 성기도록 올려놓았다. 마른 쑥대가 타오르면서 매캐한 연기가 피어올랐다. 산지니가 기침을 터뜨리고 눈물을 소매로 닦아내노라니 석씨가 밥상을 들어 대청에다 갖다놓으면서 한마디 하였다.

"애, 모기보다두 네 숨이 먼저 막히겠다. 어서 저녁이나 먹어."

산지니는 못 들은 척 저 혼자 중얼거리듯이,

"웬놈의 날씨에 모기는 들끓어서 어디, 이러다가는 사람이 빈 쭉정이가 될 판이니."

하였다. 상이 나오자 아이들이 모여들어 제각기 수저를 집는데 석씨가 조그만 소리로 주의를 주었다.

"삼촌이 드시면 먹어야지."

"씨…… 삼촌은 맨날 늦는걸 뭐."

석씨가 혀를 차니까 아이들도 볼이 부푼 채로 얌전히 앉았다. 산지니가 모깃불을 지피고는 상에 앉으니 석씨는 마루 끝에 가 앉는다.

"오늘은 호박죽이로구나."

산지니는 마치 가장 그대로였다. 석씨는 맛있게 먹기 시작한 그들을 대견스레 지켜보고 앉았다.

"어…… 누님은 어째 안 드시우?"

"나중에 먹지."

산지니도 구태여 더 보채지 않았다. 석씨는 언제나 그와는 같은 상에서 먹지 않았기 때문이다. 잡곡에다 늙은 호박을 쑹덩쑹덩 잘라서 넣고 쑨 죽이라 맛이 달콤하고 구수하였다. 산지니는 단숨에 죽그릇을 비웠다.

"더 먹으련?"

석씨가 말끔히 비워진 그릇 속을 들여다보며 물었다.

"아니요, 호박이 얼마나 든든하게요. 벌써 속이 더부룩한걸."

산지니는 석씨와 마주보고 씩 웃었다. 양식이 없는 바 아니되 금년의 흉황으로 실농하였으니 명년에 적농기가 올 때까지는 겪어야 하였고, 사방에서 기근으로 어수선한 판에 밥 세 때를 먹을 수도 없었다. 석씨의 소견으로는 이런 시절에 밥을 먹으면 죄로 간다는 것이었다.

"누님, 나 오늘 다녀올 데가 있수."

"오늘이라니…… 이제 다 갔는걸."

산지니는 자랑스럽게 말하였다.

"지금 나가서 홍인문 밖까지 다녀와야 허우."

"글쎄 홍두깨같이 난데없는 홍인문엔 왜 가니? 그리구 내일 아침에 떠나두 정오 전에 닿을 텐데 그래."

"내일 새벽에 게서 누굴 만나기루 했거든요. 그러니 지금부터 걸어서 한밤중에 당도하여 한숨 자구 내일 아침에 돌아오면 되지요."

석씨가 아쉬웠는지 한숨을 쉬었다.

"그러면 오늘은 죽말구 밥을 해줄 걸 그랬구나."

"아니에요, 내가 남태령서 기어가는 시골놈두 아닌데 까짓 한걸음 거리에 기운 찾겠나요. 헤, 오늘 운수대통하였지요. 원립이 아저씨가 작년 이맘때 담뱃값으로 떨구어둔 보리 한섬이 있는데 지난번에 독촉을 갔더니 경주인 하는 이가 내일 오면 주겠다구 하더래요. 헌데 자기는 하루거리가 걸려서 온종일 이불을 들쓰구 꼼짝 못한대나요. 그래서 날더러 그걸 져다 주면 반 섬이나 나누어주겠대요 글쎄."

석씨가 깜짝 놀라서 조그만 입을 벌렸다.

"에구머니, 반 섬을……?"

"아마 그 아저씨 요즈음 배때가 벗은 모양이지요."

"애, 말 마라. 날마다 쏘가리나 잡으러 다니는 이가 무슨 대수가 나겠니. 무슨 조가 있을까?"

석씨의 얼굴이 잠시 흐려졌다. 근실한 노고로 먹고 사는 이란 횡재를 달가워하지 않는 법이고 경험에 의하여 그런 횡재는 결국은 손재로 변한다는 것을 잘 아는 까닭이었다.

"그만두지 그랬어."

"헤, 보리 반 섬이 동작진 왕모래라면 또 모를까, 그거면 우리가 여름을 난단 말예요."

산지니는 벌써 빈 지게 위에다 삼줄을 친친 동이고는 달랑 메고 나섰다. 석씨가 재빨리 들어가서 농을 열고는 엽전 닷 푼을 내어 그의 손에 쥐여주며 말하였다.

"그러면 낼 아침은 성밖에서 국밥을 든든하게…… 꼭 사먹어라."

"싫어요. 경주인 댁에서 얻어먹지요."

"안돼. 요즘 어느 집에서 손님에게 아침으로 밥을 대접하겠니. 또 죽이 고작이지. 장정이 땡볕에 멀건 죽을 먹고 나다닐 수는 없어요."

실랑이를 하다가 산지니가 늘 그러듯이 석씨에게 지고 말았다.

"내일 일찍 올게요."

"삼춘, 한양 가면 엿 사와."

"나는 약과 먹구 싶은걸."

아이들이 제각기 떠들자 석씨가 오금을 박았다.

"주전부리만 하구 자라면 이담에 커서 풍병 걸린다."

석씨는 지게를 지고 멀어져가는 산지니의 등을 보며 저도 모르게 눈시울이 젖었다.

자시 무렵하여 네 사람의 장정들은 판관 댁 하인의 인도를 받아 널다리로 나갔다. 그들이 석씨네 집이 보이는 둑에 이르자 하인이 나직하게 말하였다.

"여기서 좀 기다리슈. 산지니란 놈이 출타하였는지 알아보고 오지요."

그러나 서강 장사치는 처음부터 겸인을 비롯하여 그 댁 서방님짜리와 하인들까지가 모두들 혀끝에 산지니의 말만 나왔다 하면 어딘가 겁을 내고 불안해하는 듯하여서 어쩐지 아니꼬웠다.

"제기랄…… 아 그놈이 무슨 염라 태수나 금강역사라도 된단 말인

가. 보나마나 삼전나루에서 탁배기잔이나 마시구 목소리 좀 높은 놈이겠지. 산지니구 수지니구 모가지를 비틀어서 구워먹어버릴 테니 걱정 말게."

"허, 큰소리치지 마시오. 이게 다 집안 체모 때문에 이러는 게요."

양근의 사공들도 자못 기분이 상하는 모양이었다.

"산지니인지 참새인지는 한번 완력을 보아야 알지 않나. 공연히 병아리 보고 지레 겁을 먹은 듯하군."

"여하튼 기다리슈. 그놈이 아직 집에 있다면 오늘은 그대루 돌아가야 허우."

하인이 네 사람을 남겨두고 어둠속으로 사라진 뒤에 그들은 우두커니 어둠속에서 기다리고 섰기도 쑥스럽고 오기도 치밀어서,

"에이, 어떤 놈인지 모르지만 우선 그 자식부터 물고를 내구 과부를 들어내세."

하면서 먼저 서강 장사치가 앞으로 나섰다. 다른 자들도 그를 따라 먼발치 어둠에 싸여 있는 석씨네 토담 쪽으로 다가갔다. 마당 안쪽을 넘겨다보니 안방 쪽에 등잔불빛이 가물거리고 창호에는 석씨의 기다란 그림자가 비쳐져 있었다. 앞선 자가 제 동무의 옆구리를 쿡 지르며 건넌방을 가리켰다. 두 놈이 먼저 발을 들고 걸어가 방문 앞에 가더니 귀를 기울였다. 아무 기색이 없어 그들은 그래도 여럿에게서 들은 말이 있었던지라, 마당에서 이리저리 더듬거려 몽둥이나 돌멩이라도 찾으려는데 한 녀석이 잘못 디더 장독대의 항아리를 발로 내질러버렸다. 모두들 움찔하였다가 재빨리 집 뒤의 광문 뒤로 숨는데, 문이 열리고 석씨의 떨리는 목소리가 들려왔다.

"게 누구요?"

석씨는 잠시 문을 열어두고 있더니 차마 밖으로 나오지는 못하고

서, 스스로 두려움을 떨쳐버리려는 듯이 헛기침을 콩콩 하고는 문을 닫았다.

그래서 사내들은 방안을 엿보게 되어 그 안에 과부와 나란히 누운 두 아이를 볼 수 있었고, 산지니란 녀석이 분명히 집에 없음을 눈치챘다. 서강 장사치가 광문 뒤에서 나오며 일행을 향하여 이빨을 드러내 보이며 손을 내저었다. 다른 치들도 고개를 끄떡이고는 주저할 것도 없이 우르르 밀려와 마루로 올라섰다. 찰칵, 하는 소리가 들리는데 석씨가 인기척을 눈치채고 문고리를 거는 참이었다. 사내들이 문을 당기니 안으로 걸려 있었다.

"이 집엔 아무것도 없고 부엌에 가면 봉당에 묻힌 독에 곡식이 있으니 그거나 가져가요."

침착하게 문 뒤에서 말하는 석씨의 목소리가 들려왔다. 그들은 사정없이 문을 잡아챘다.

"이년아, 우리가 낟알이나 주우러 온 줄 아느냐?"

두어 번 당기자 문고리가 숫제 빠지면서 문이 덜컥 열려버린다. 문이 열리자 네 사내가 왈칵 밀려들었고, 석씨는 소리를 지르면서 방구석으로 쫓겨들어갔다. 두 아이가 깨어나 울음도 터뜨리지 못하고 제 어미에게로 기어서 다가가려는 것을 네 사내들은 싱글거리며 서서 내려다보았다.

"왜…… 왜 이러는 거예요?"

석씨가 얼른 손을 뻗쳐 먼저 큰놈을 끌어다 가슴에 안았으니 우선 아이를 보호하자는 것도 있겠지만, 아이를 앞에다 가리우고 너희들이 아무리 나쁜 사람들이겠지만 설마 아이 어머니를 어쩌랴 하는 태이기도 하였다.

"가만히 있으슈, 우리가 아주머니를 호강시켜드릴 테니……"

작은아이가 뒤따라 기어가는 것을 한놈이 답삭 집어 팔에 안았다.

"메태기를 쳐버릴라!"

석씨는 자지러지게 앞으로 나섰다.

"에구머니, 뭐 땜에 이러는 거예요?"

아이가 불에 덴 듯이 울어댔다. 서강 장사치가 낄낄거리면서 석씨의 손목을 콱 움켜쥐었다.

"허, 고년 눈매를 보아하니 아직도 음기가 탱중하여 있구나."

석씨가 경황중에도 얼핏 머리에 스치는 느낌이 있어 눈앞의 봉욕은 면해야겠다는 생각이 들었다.

"옳아, 이제 보니 댁네들이 나를 싸업어갈려구 품을 파는 모양이지요. 내 발로 갈 테니까 손 저리 치워요."

서강 녀석은 이미 잡은 손이라 내쳐서 가슴이라도 한번 움켜보려고 다른 손을 내미는데 석씨가 날렵하게 입을 대어 물어버렸다.

"이그그……"

이런 아수라판인데 뒤에서 인기척이 들리며 하인이 고개를 내밀었다.

"뭣들 허슈, 빨리 하지 않구. 동네가 수런거린단 말요."

석씨는 방구석에서 일어나 그들을 독기에 찬 눈으로 노려보았다.

"너희 상전이 누군지는 모른다만, 내가 겪은 대로 말할 터이다. 합의가 있어 업어가기두 한다는데 내가 혀를 물고 죽는 꼴을 볼 터이냐?"

그러고는 머리를 들어 벽에다 세게 부딪쳤다. 다시 부딪치려는 것을 양근 사내 하나가 저고리 앞섶을 왈칵 당겨 끌어냈고, 되는대로 바느질감을 입안에다 꾸역구역 처넣고는 가져온 홑청을 씌우고는 둘둘 말아서 앞뒤로 들었다. 아이들이 이제는 숨이 넘어가게 울어젖혔다.

"자, 빨리 뛰세."

사내들도 이것이 좋은 짓은 아닌지라 뒤가 켕겨서 얼른 집을 나서서 둑길을 뛰는데, 동네 사람들이 평소부터 석씨에 대해서는 좋은 생각을 갖고 있어 두런두런하다가 되는대로 소리를 지르며 몰려나왔다. 그러나 어떤 놈들인지 몰라 잘못 건드렸다가 되우 경을 치지나 않을까 하여 어둠속에다 대고 소리만 질렀다.

"어떤 고얀 놈들이냐?"

"저놈들 잡아라."

그들은 뛰어가다가 얼른 하인 녀석이 꾀를 내어 돌아서서 소리를 질렀다.

"이놈들아, 남의 걱정 말구 네 집이나 살펴봐라. 우리가 이럴 줄 알구 지붕마다 불씨를 던져두었다."

하니, 마을 사람들은 서로 놀라서 이리저리 몰려다니며 집마다 살피느라고 경황이 없었다. 그 틈에 보쌈꾼들은 무사히 널다리를 빠져나왔다. 교대로 석씨를 업고 가는데, 이미 기진하여 홑청 안에서 축 늘어져 있었다.

그들이 반골에 들어간 것은 축시 사경(四更) 무렵이나 되어서, 사위는 적막하고 풀벌레 소리는 고즈넉한데 별빛은 달이 지고 나자 더욱 초롱초롱하여 있었다.

반골의 젖어미란 판관의 큰아들이 어릴 적에 삼년 동안이나 품에 안겨 자라던 여인인데, 오입쟁이 한판관이 그냥 내버려두랴, 몇번 집적거린 적이 있었다. 미리 약조는 해두었으나 막상 늙은이가 새서방이나 된 듯이 가자에 올라타고 당도한 뒤로 군불을 넣는다, 술상을 차린다, 금침을 낸다 하면서도 늙은 젖어미는 어쩐지 속이 끓어오르는 것이었다. 한판관은 새로 도배하고 병풍 둘러치고 금침이 깔린 건넌방에 앉아 연신 방문을 여닫으며 안절부절 못하였다. 큰아들은 그의 젖어미에게 후한 뎃가를 치렀으므로 마치 제 집이나 되는 듯이 안방 건넌방 할 것 없이 딸이 거처하는 뒷방까지도 서슴없이 드나들었다.

"도대체 누굴 업어오길래 이 난리야. 어디 얼마나 미색인지 똑똑히 보아두어야지."

유모가 마루에서 서성대는 큰아들에게 시샘 비슷하게 말하였다.

"미색이기보다는 아주 복스럽구 끼끗하게 생겼습니다. 어찌나 집 안 사람들께 재촉이 심하신지 이 혼사가 끝나면 저두 발을 뻗구 자겠습니다."

"글쎄 도련님이 하시겠다면 몰라두, 나으리두 무슨 춘정이라구 이런 노망이란 말이우."

"어쩝니까, 심기를 편하게 해드리려니…… 헌데 소문내지 말구 한 보름만 여기 모셔두고 시중들어주셔야 합니다."

젖어미는 받은 돈이 있어 귀찮은 내색은 하지 못하였다.

"그거야 여부가 있겠수. 한달 아니라 일년이라두 모셔야지. 도련님은 집에 돌아가실 게유?"

"될 수 있으면 여기서 함께 모시구 지내야지요. 급한 볼일이 있으면 집에두 다녀오구요."

밖에서 기침소리가 들려오고 삽짝이 열리는지 놋쇠방울 소리가 딸 그랑거렸다.

"에구머니, 오는 모양이구려."

사내들 둘이 어깨에다 허연 홑청에 싸감은 사람의 형체를 떠메고 들어섰고 뒤이어 나머지 사내들이 따라 들어왔다.

"별일 없었는가?"

하인이 큰아들에게 말하였다.

"예, 벼락같이 해치웠습죠. 동네 것들이 쫓아나올려구 해서 불을 질렀다구 엄포를 놓았더니 제 집 걱정에 나서는 놈 하나 없습디다."

"잘했다. 어서 안으로 모셔라."

미닫이가 벌컥 열리며 판관이 고개를 내밀었다.

"오는가, 어서어서 이리 데려와 얼굴이나 한번 보자꾸나."

사내들이 낄낄 웃었고, 젖어미는 곁에 큰아들이 있는데도 내놓고 푸념하였다.

"쯧쯧, 나으리, 세상에 믿을 수 없는 것이 두고 보자는 이하구 노인네 근력이랍니다. 이리 나와서 천천히 대보탕이나 마시구 따루 주무시게 하셔요."

"아니야, 자네가 어찌 내 근력을 탓하나. 대보탕은 우리 아이나 주게. 나는 강변 씨름판에라두 나가야 할 판이여."

사내들이 움직이지 않는 홑청 덩어리를 그대로 들어다 금침 위에 놓았다. 큰아들이 달래듯이 말하였다.

"아버님은 나오십시오. 아주머니께서 잠깐 들어가셔야 할 테니까요."

"무슨 소리냐? 내가 곁에 있어야지."

판관은 오히려 방안으로 들어가 버티고 앉아버렸다.

"나으리, 이리 나오셔요. 아녀자끼리 볼일이 있다니까요."

젖어미가 말하였으나 판관은 볼멘소리로 대꾸하였다.

"볼일은 무슨 볼일이 있다는 게야?"

판관이 비단 금침 속으로 기어들려는 것을 큰아들이 어린애 달래듯 하면서 소매를 끌었다.

"아버님, 지금 이분은 혼절하여 있으니 손발도 주무르고 달래주고 해야 됩니다. 그 일은 유모밖에 할 사람이 없어요."

판관이 아들의 말을 듣자 조금 납득이 갔는지 마지못해 물러나 앉았다.

"엥이, 그렇다면 오늘두 그른 일이 아니냐. 내 애간장이 다 타버리겠고나."

"달래보아서 고분고분 듣질 않으면 저희들이 조처를 해놓겠으니 아버님은 심려 마십시오."

유모만 남기고 판관과 아들은 물러나왔다. 아들은 자꾸만 방안을 기웃거리려는 늙은이를 억지로 안방으로 데려갔다. 그러고는 하인을 앞세워 수고한 자들을 몽촌 집으로 보내어 백미 한섬씩 주도록 하였다. 유모는 그들이 나가자마자 홑청을 벗겨내렸다. 안색이 창백하고 숨을 나약하게 쉬고 있는 석씨의 입에 물렸던 재갈을 끄르고 입안에서 헝겊뭉치를 꺼내주었다. 손을 만져보니 동짓달 자리끼처럼 싸늘하다. 우선 저고리를 벗기고 치마끈을 푸는데 탐스럽게 솟은 젖무덤과 머루알 같은 젖꼭지가 드러났다. 유모는 같은 여자이면서도 어쩐지 기분이 야릇해져서 그것을 두 손으로 콱 움켜쥐고 싶었다.

"노망한 늙은이 같으니……"

유모는 혀를 찼다. 노망든 노인의 늦바람 상대로는 과연 아까운 인물이었다. 속곳을 무릎 위로 들쳐보면서 유모는 저도 모르게 젊을 적에 사내들이 몸달아하던 생각이 떠올라서 볼이 뜨거워졌다. 석씨의 살결은 희고 도톰하며 부드러웠다.

유모는 얼른 속곳을 내리고 이불을 가슴까지 덮어주고는 손을 잡아 비벼주었다. 다시 아래로 내려가 버선을 벗기는데 발은 몸의 어느 부분보다도 가장 은밀한 곳이라, 통통한 발등이며 매끄러운 바닥과 흰 뒤꿈치와 앙증맞은 발가락을 손 안에 쥐고 보니, 유모는 다시 야릇한 생각이 드는 것이었다. 그럴 적에 그의 손 안에서 발이 살아난 짐승같이 잽싸게 이불자락 안으로 사라졌다. 고개를 들어보니 여자가 상반신을 일으켰고 이불을 잔뜩 앞에다 끌어모아 어깨를 감추고는 옷을 찾는지 두리번거리고 있었다.

"정신이 좀 들었수?"

"내 옷…… 어딨어요. 어서 내놔요."

석씨가 노려보며 말했고 유모는 윗목에 구겨져 있던 저고리 치마를 얼른 집어다 옆구리에 끼면서 능청스럽게 말하였다.

"이건 빨아야겠네. 어서 푹 주무시우. 내일 아침이면 녹의홍상 비단옷이 머리맡에 걸릴 테니까."

"어서 이리 내놓지 못해요?"

유모는 옷 대신에 대접을 쟁반째로 들어 내밀었다.

"목이 갈할 터이니 이 꿀물이나 드우."

석씨가 답답하고 애가 켜는지 스스로 고개를 젓고 눈을 감으며 차분하게 되뇌었다.

"어떤 이들인지 모르지만 사람을 잘못 봤어요. 공연히 집안에 원혼 불러들이지 않으려면 그 옷을 이리 내세요."

"마음 한번 잘 먹으면 북두칠성이 굽어보시는데, 원혼이 웬말이우. 어서 꿀물이나 드시우."

석씨가 쟁반 위에서 대접을 집었다. 이불자락 밖으로 나온 팔의 맨살이 희고 탐스러웠다. 유모가 옳다 되었다 하고는 이제부터 슬슬 왁새 여울목 넘어다보듯 과수댁을 꾀어 환심이나 사두자는 속셈인데, 대접이 벼락처럼 날아가 미닫이에 맞았다. 꿀물이 창호지에 번져 얼룩졌고 유모의 안면에도 튀었다. 석씨는 유모에게 달려들어 옷을 빼앗으려는데, 아무리 늙은이라지만 이곳은 제 집이라 기가 죽지 않았다. 옷을 잡아채고 한편으로 석씨의 가슴을 힘껏 떠다밀며 일어섰다.

"이런 복철이 여편네를 보았나. 예가 어디라구 함부로 행패야."

석씨는 뒤로 맥없이 넘어갔다가 어깨와 아랫도리가 드러난 것을 깨닫고는 다시 이불을 끌어다 가리며 고개를 파묻고는 울기 시작하였다. 유모가 석씨의 옷으로 방바닥에 번진 물을 훔치며 다시 부드럽게 뇌까리는 것이었다.

"이것 봐요. 열녀는 두 남편을 섬기지 않는다지만 그거야 등 따뜻하고 배부른 양반네들의 얘기구, 우리 같은 상사람은 어디 기대구 살 데가 있어야 되는 게유. 그런다구 망자가 환생할 리두 없구 또 누가 알아주냐구. 홍살문두 가문 보아 선답디다. 나 같으면 짚신짝 거꾸로 신고 돌아서겠네. 마음만 달리 먹으면 평생 먹고 쓰고도 남을 기름진 전답이 들어오것다, 노비 두 쌍에 온갖 세간이 들어앉은 서른 칸 기와집이 내 차지것다, 아이들이 있다는데 논에서 새나 보게 기르노니 까치 두루마기에 복건 씌워 서당에 보내어 사서삼경을 가르치면, 이 댁의 문벌로 보아 이팔에 과거 급제를 하겠구먼. 난데없는 한림학사의 어미가 되는 게요."

그러나 석씨는 붉게 충혈된 눈을 들어 유모를 노려보았다.

"알았어요. 당신네들이 어느 집 사람들인지 다 알아요. 이 수모는 내 동생이 꼭 씻을 거예요."

그때 기침소리가 들리며 미닫이가 벙긋 열렸다.

"좀 들어가겠습니다."

유모가 나가라고 손짓을 하면서 눈을 끔쩍거려 보였건만 판관의 아들은 모른 척하고 방안에 들어섰다. 석씨는 자지러질 듯 놀라 다시 이불을 머리까지 둘러쓰고 벽에 가서 붙어앉았다. 큰아들은 유모의 곁에 가서 정좌하고는 점잖게 말하였다.

"요즈음 시속에 따라 무례한 행동을 하였으니 용서해주십시오. 저희 아버지께서 아주머니를 그리시다 실로 깊은 병환이 들었기로, 어리석은 자식의 마음을 어쩌지 못하여 아랫것들을 시켰지요. 저희 뜻을 용납해주신다면 받들어 서모님으로 모시겠으나, 만약에 끝까지 마다하시면 하는 수 없는 일이지요. 다만 걱정되는 것은 아까 보쌈해온 자들이 이미 저질러놓은 일이라, 혼사가 깨어진다면 자기들이 감당하겠노라는 것입니다. 세상에 그렇게 된다면 너무도 봉욕이 크실 줄 압니다."

그의 얘기로는 우리의 청혼을 물리치면 이왕에 비례가 저질러졌으니 내쳐서 폭한들이 무리로 겁간한다더라도 모르겠노라는 협박이었다. 그러나 석씨는 듣는지 못 듣는지 이불을 쓰고 아무 대꾸가 없었다. 큰아들은 유모에게 눈을 끔쩍였다.

"잘 생각하십시오. 오늘은 피곤하실 터이니 푹 주무시고 내일 저희 아버님과 상면하시기 바랍니다."

유모와 판관의 아들은 서로 눈짓을 주고받으며 방을 나섰다. 큰아들이 짐짓 큰 목소리로 석씨가 들으라는 듯이 중얼거렸다.

"아이들을 불러다 번을 들게 해야겠군. 무슨 일이 일어날지 모르니."

큰아들은 가자를 메고 왔던 두 사람의 하인을 불러 다시 목소리를 크게 하여 분부하였다.

"너는 이 자리에 꼼짝 말구 앉아서 아무도 방에 들어가지 못하도록 지켜라. 그리고 너는 문간에 나가 누가 오는가를 살피다가 별일이 있으면 내게 알려라."

물론 과부를 되업어갈 자를 막으려는 지시이기도 하였거니와, 무엇보다도 여자가 이상한 짓을 하거나 달아나려는 생각을 아예 포기하도록 하려는 것이었다. 그리고 유모는 마루 끝에다 마늘등 둘을 번듯하니 매달아두었다. 초상이나 잔치를 만난 집같이 온 마당이 훤해졌다.

석씨는 애가 타서 연신 이불을 쥐어뜯었다. 자기가 치른 곤욕은 고사간에 산지니도 없는 빈집에 남은 두 아이들이 걱정이었다. 울다 울다가 지쳐 혼절하였든지, 아니면 캄캄한 어둠속으로 엄마를 찾으러 나섰다가 시냇물에 빠졌거나 길을 잃어 숲을 헤매다가 짐승에 물렸을지도 몰랐다. 석씨는 상대가 누구인지 환히 짐작할 수 있었다. 칠십 노인을 두고 혼담을 내는 미친놈들을 두들겼다며 주먹을 쥐던 산지니의 말이 떠올랐다. 당상관은커녕 목사도 못 되는 판관 댁에서 감히 우리 누이를 넘본다고도 하였다. 이들은 틀림없이 한판관네 일족일 것이었다.

그런데 집 꼴로 보아 몽촌에 있다는 그들의 궁궐 같은 집은 아닌 모양이었다. 자기네 집이나 다름없는 범상한 농가였다. 여기가 어디인지나 알아야 밤을 타고 도망이라도 해볼 것이다. 석씨는 달아나기는 글렀음을 다시 깨달았다. 지키는 자도 그러려니와 이렇게 속곳 바람으로 여인이 어디를 어떻게 나다닌단 말인가. 산지니는 날이 밝으면 한양에서 돌아올 테지만, 이미 밤을 넘겼으니 자기에게 일이 일어났을 것으로 지레짐작을 해버릴 것이었다. 깨어진 그릇을 어이 되붙인단 말인가, 하고는 그를 찾으려고 하지 않을 수도 있었다. 산지니는 차라리 자기가 자진하여 스스로를 지켜주길 더욱 바라고 있을지도 몰랐다.

"그렇다…… 죽어야지."

입술을 옥물고 다짐하지만 눈앞에는 울부짖는 어린것들의 애처로운 얼굴이 스쳐지나갔다. 석씨는 느닷없이 높은 소리로 부르짖었다.

"여보아요, 게 아무도 없나요?"

마당에서 다가오는 소리가 들리고 유모가 고개를 들이밀었다.

"왜 그러우?"

"제발 이렇게…… 빕니다. 어린것들을 두고 왔어요. 그애들을 보게 해주셔요."

유모가 혀를 찼다.

"에구, 불쌍해라. 에미를 부르며 밤새 울겠구먼. 그렇지만 다 사람 사는 세상이니 동네 사람들이라두 보살펴주겠지. 글쎄 내일 성혼이 된다면 얼른 데려다가 함께 살면 되지 않우. 어서 응낙을 해요."

"내 수절을 못하는 것두 하늘의 뜻일 터이니, 누구든 지아비로 섬기겠어요."

석씨의 생각으로는 일단 피할 수 없는 일이니 짐짓 따른 체하였다가 산지니의 구원을 기다릴밖에 도리가 없을 것 같았다. 그러고는 어찌하면 그에게 알릴 수가 있을지 궁리하였다. 그는 유모를 어떻게 쓸 방도가 없을까 생각하고 묘안이 떠올랐다.

"이것도 팔자려니 생각하고 마음을 고칠까 합니다. 시방은 놀란 김에 가슴이 뛰고 두통이 심하여 며칠만 여유를 주었으면 좋겠어요." 라고 말해주니 유모는 득달같이 판관과 아들에게 전하였고, 그들도 반 성사가 된 줄로 믿었다.

"이제부터는 당분간 여기가 집이고, 본가에 들어가기까지 푹 쉬시우."
라는 얘기가 있었다. 이튿날 날이 밝자 판관은 전보다 일찍 일어나 세수하고 새옷 갈아입고 공연히 마루를 서성대며 부산을 떨었고, 유모는 석씨를 위하여 영계를 잡아 수삼과 찹쌀을 넣어 삼계탕을 끓였다. 탕을 들고 방으로 들어가기 전에 판관의 큰아들이 다짐을 주었다.

"기한은 사흘밖에 없다구 말하세요. 저러다가 노인께서 기색이 몹시 상하시면 몸을 해칠까 두렵습니다."

"알았수, 이제 겨우 하룻밤인데 혼담을 받아들이겠다구 했으니 또 마음이 달라질 게유. 어느 시러베 미친년이 이런 복을 마다할까."

유모가 탕을 들고 들어가니, 석씨는 벗은 어깨를 어쩌지 못하고 미간을 찌푸리고 말하였다.

"아무 옷이나 좀 내주셔요."

"몸이 괜찮수? 아무렴, 일어나셔야지."

하고는 내달아 준비하여두었던 흰저고리와 남치마를 갖다주었다. 석씨는 옷을 갈아입고 유모가 가져다준 삼계탕을 국물 하나 남기지 않고 말끔히 비웠다. 유모가 흡족하여 바짝 다가앉으며 말하였다.

"어디 오늘 상면을 하실라우?"

석씨는 유모를 물끄러미 쳐다보았다.

"꼭 성례를 서둘자는 건 아니구, 노인네가 하두 애달아하시니 서루 얼굴이라두 보자는 게지."

석씨가 힘없이 고개를 끄덕였다.

"소세를 좀 했으면……"

"아이구, 깜박 잊었네. 내가 시중을 들 터이니 어서 하시게."

마루에서는 벌써 이런 수작이 오가는 것을 듣고 별 같은 놋대야에 맑은 샘물 가득 부어놓고, 양칫물과 타구며 무명 수건에 팥비누 경대와 지분 등속을 준비하였다. 소세도구 일습을 가지고 유모가 들어가니 석씨는 단정히 얼굴을 씻고 머리 빗고 단장을 하였다. 누가 보기에도 기품있고 의젓한 가문의 부인 모습이었다.

"에구, 저러니 나으리께서 식음을 잊게도 되었지."

유모가 뒤치다꺼리를 하면서 들락거리는데, 석씨는 손수 이불을 개어두고 유모에게 앉기를 권하였다.

"오늘 뵙기로 하겠습니다. 그런데 아이들 일이 걱정이라 도무지 마음이 진정되지를 않으니 누군가를 보내어 당장 데려오도록 해주십시오."

"아 그야 어렵지 않지. 마음만 정해졌다면야……"

"아주머니께서 다녀오시든지 이 댁 큰아기를 보내든지 하셔요."

그런 얘기가 오가는 것을 듣고 마루에 섰던 판관의 아들이 또 끼여들었다.

"데려오는 것은 어렵지 않으나, 서사촌동생이 가만있을까요?"

"비록 혈육이라고는 하나, 장본인이 저인데 무어라 할말이 있겠습니까. 정 믿지 못하겠으면 아이들을 데리고 함께 와서 저를 보도록 해주십시오."

판관의 아들은 그 말에 더는 의심하지 못하고 감복하였다.

"실로 좋은 생각이십니다. 곧 사람을 보내도록 하지요."

그의 어깨 너머로 늙은 한판관은 연신 고개를 내밀고 석씨를 보느라 정신이 없었다. 석씨가 보자니 노인이 한군데도 총기있는 구석은 없어 보이고 위엄도 없으며 터럭은 세었는데, 눈가에는 젊을 적의 주색잡기 흔적인 듯 지저분한 음기가 서려 있어 어딘가 깨끗지 못하였다. 눈길은 엇비스듬하고 자꾸만 좌우로 흘깃거리는데 꼭 늙은 쥐 같았다. 젊은 것이 그리하여도 꼴불견이거늘 이제 내일 모레 칠성판을 짊어질 산송장이 저러하니 석씨에게는 끔찍한 생각이 들었다. 석씨는 저도 모르게 흠칫 몸서리를 치고는 쏘는 듯한 시선으로 늙은이를 지켜보았다.

"에구, 저 어름장 같은 눈을 보아. 나는 못 참겠다."

오히려 그런 눈길에 자극을 받았는지 판관이 뛰어들었고, 그의 아들도 건성으로만 말리는 체하는 것이었다.

"허허, 아버님 왜 이러십니까?"

"잔소리 마라. 이건 내 혼사야. 지아비가 색시의 얼굴을 못 보면 누가 본단 말이야."

늙은이의 차디찬 손이 뱀의 꼬리처럼 손목에 휘감겼을 때 석씨는 눈을 감고 입술을 옥물었다. 절대로 내색을 하여서는 안된다. 섣불리 굴기에는 자식이 둘씩이나 있는 에미가 아니냐. 그렇지만 않다면 이런 봉욕을 당하느니 차라리 치마 허리끈 내어 목을 졸랐든지 혀를 깨물고 죽었을 것이다. 석씨는 스스로 침을 꿀꺽 삼키고는 기어드는 목소리로 간신히 말하였다.

"지체와 체모가 있으신 터에 이러시면 안됩니다. 일에는 법도와 순서가 있으니 남들 하는 대로 지키십시오."

판관은 그 목소리에 또한 마음이 뛰었던 모양이다.

"그게 옳은 말이다. 참으로 현숙한 사람이로구나."

하면서도 손목을 놓지 못하는데, 아들이 보다 못하여 겨드랑이를 끼어 일으켰다.

"아버님, 그 말씀이 옳다면서 왜 이러십니까. 어서 건너가십시다."

"애, 홀아비 홀어미끼리 새삼스레 무슨 전안지례(奠雁之禮)란 말이냐. 그냥 작수성례(酌水成禮)로 해야겠다."

아들이 빙글빙글 웃으며 대꾸하였다.

"예, 그리해얍지요."

아들과 유모는 마주 웃고 있는데 고개를 숙인 석씨의 눈에는 눈물이 가득 고였다. 신분이 중인이라 하여 별것도 아닌 지방 세력자에게 당하는 수모가 뼈저리게 서글픈 까닭이었다.

"지금 널다리로 가셔서 아이들과 그 산지니란 녀석을 데리구 오시우. 이미 본인이 혼담에 응낙하였다고 하시구, 법석을 부려봤자 누님만 괴롭히는 짓이라고 따끔히 일러요. 혼사가 이루어지면 몽촌서 반골까지 이르는 우리 모든 장토의 마름을 시키겠노라고 전하구요."

"염려 말아요. 다 내게 맡기시우."

유모가 자신있게 제 가슴을 두드려 보였다.

석씨는 산지니의 애통해하고 격노하는 모습을 상상하며, 그제야 그와 자신이 이제껏 혈육이라는 것만으로 그렇듯 뜨겁게 연결되었던가를 의심하게 되었다. 산지니는 겉으로 서사촌동생이었달 뿐, 사실은 집안의 소중한 가장이었던 것이다.

홍인문 밖 경저리에게서 약조대로 보리 한섬을 받은 산지니는 새벽에 출발하여, 왕십리를 얼른 지나 딱섬을 훌쩍 건너고 봉은사 건너편에 당도하였다. 해는 높다라니 떴는데 그는 삯을 아끼노라고 강변에 걸터앉아, 마포와 삼개나 동작나루에서 거슬러올라오는 배를 바라보며 삼전나루의 낯익은 사공을 살폈다. 마침 송파 쪽으로 오르는 배가 있어 외쳐 부르니 사공이 투덜대면서도 안면을 어쩌지 못하여 강안에 배를 대어주었다. 그가 삼전나루서 제법 말발깨나 통하고 장정들 사이에 주먹 내력이 있어서 사공들도 산지니를 업수이여기지는 못하였던 것이다. 삼전나루에서 내려 보릿섬을 지고 널다리까지 삼십리 길을 걸어오자니 보는 이마다 그게 장에서 오는 양곡이냐고 물어왔다. 다만 심부름을 해주는 게라며 여러 번 대꾸를 하다 보니 과연 식량이 귀한 시절이라 훤한 대낮에 곡식섬을 지고 다니기가 민망스러웠다.

멀리 널다리가 보이는데 건너편에 동네 사람 몇이 나와 섰다가 그를 향해서 뭐라고 외치면서 달려오는 게 보였다. 그러나 무슨 소리인지 알아들을 수가 없었다. 아마도 양식을 보고 어려운 형편을 하소하고 좀 나누어달라는 것이겠지 생각하며, 그는 기다렸다가 저문 뒤에 동네로 들어올 걸 잘못하였다며 후회하였다.

"이 사람아, 어딜 갔다가 인제사 오는가."

다리를 건너자 동네 사람이 마주 뛰어오며 소리쳤다.

"난데없는 횡재를 만나 흥인문 밖에 다녀오는 길이우."

"횡재구 횡액이구 큰 난리가 났네. 자네 자주(姉主)께서……"

산지니는 가슴이 덜컥 내려앉으며 하마터면 지게에 짊어진 섬을 내동댕이칠 뻔하였다.

"뭐라구요, 우리 누님이 무슨 변을 당하셨수?"

뒷전에 섰던 이가 덧붙여 말하였다.

"간밤에 보쌈을 당하셨네."

산지니는 눈앞이 희미해지며 일순 무릎이 꺾일 뻔하는 것을 가까스로 참아냈다. 그가 의외로 별로 내색이 없자 동네 사람들은 다투어 얘기를 해주었다.

"뭇놈들이 내정 돌입하여 홑청에 싸가지고 다리를 건너가더구면."

"우리가 뒤를 쫓으려니 동네에 불을 질렀다구 엄포를 놓아서 모두 속았지. 우물쭈물하는 사이에 그놈들은 다리를 건너가버렸네."

산지니는 일부러 장딴지에 힘을 넣고 더욱 어깨를 숙이고는 집을 향하여 걸어갔다.

"어느 동네 것들인지두 모르지요?"

"캄캄한 밤중에 후닥닥 뛰어가는 형체만 보았으니 얼굴은커녕 몇 놈인가도 모르겠데."

산지니는 머릿속에 피가 몰려오르는 것을 느꼈다. 그럴수록 주먹에 힘을 주고 걸었다. 동네 사람들은 조심스럽게 그의 뒤를 따랐다.

"아이들이 벌떼같이 울어대어 모두들 깊은 잠이 깨었지. 시방 누가 돌보고 있지만 작은것은 자꾸만 보채는 모양이여."

산지니가 마음이 바빠서 비척거리며 걸음을 빨리하여 집에 당도하니, 마루에 우두커니 앉았던 큰아이가 울음 섞인 목소리로 외치며 내달아나왔다.

"어머니가…… 잡혀갔어."

산지니는 지게를 받쳐두고 아이를 안아 머리를 토닥여주었다.

"곧 오신다. 걱정 마라."

아이를 달래며 마루에 털썩 주저앉았으나 산지니는 미칠 것만 같았다. 벌써 밤이 지나버렸으니 땅 위에 쏟아진 물이나 다름없었다. 그는 제 머리를 두 손으로 감싸고 다리 사이를 노려보았다.

"그러니 어쩌겠나. 아무튼지 저쪽에서 무슨 소식이 오기나 기다려야지."

"이 고장 놈들이면야 소식이 있겠지만, 배에 태워 먼 곳으로 데려갔다면 가망없는 노릇일세."

"광주목 근처라고 하여도 그런 일이란 다 끝난 뒤에나 알려지는 게여."

"우선 본인이 알리고 싶지 않을 수도 있겠지. 참 답답한 일이로군."

"혹시 이 댁에 드나들던 자가 아닐까. 보쌈 혼례가 요즘 팔자 고치는 방편이거든."

산지니가 고개를 번쩍 들었다. 그는 매서운 눈을 치뜨고 사람들을 노려보았다.

"절에 가면 중인 체 촌에 가면 속인인 체하지들 말구, 어서 가서 피죽이라두 한사발씩 처먹어. 여기가 무슨 동네 우물가나 구리개 약전의 사랑방인 줄 아슈."

그는 걱정하는 체하면서 사실은 석씨가 당한 봉욕을 이러쿵저러쿵 즐기고 있는 동네 사내들이 미웠다.

"어서 못 가겠으면 내가 후문을 질러드리지."

아이를 보고 있던 동네 여자도 힐끔대고 눈치를 살피며 사내들 뒤를 따라 나가버렸다. 그는 명치끝이 쓰리고 목이 부푸는 듯하였다. 보쌈은 과수댁을 집에서 빼내오는 즉시 겁간하여 수절을 그르치도록 해놓는다. 그러면 남들에게도 발명할 명분이 서고 여자도 기왕에 그릇된 일이라 포기하고 사는 법이었다. 범하기 전이라면 모르거니와, 일단 남자의 살을 접하고 나면 대부분의 여자들은 자진하지도 못하였다. 자진할 구실이 없는 것이다. 그러므로 보쌈해가는 쪽에서는 여자가 스스로 죽지 못하도록 빈틈없이 방비하고 먼저 덮치게 되어 있었다. 산지니는 석씨가 어떤 여인인가를 잘 알고 있었다. 하룻밤이 지났으니 어쩌면 벌써 차디찬 시체가 되어 있을지도 몰랐다. 산지니는 자기가 석씨를 서사촌누님으로서가 아니라, 한 여자로서 얼마나 사랑하고 있었는가를 깨달았다.

어릴 적에 심부름 와서 방에도 들어가지 못하고 마당 구석에 섰을라치면 누님이 가만히 손짓하여 뒤꼍으로 데려가서 떡이나 밤이나 과일 주전부리를 먹여주던 생각이 났다. 송파 객주의 빨래어멈이던 산지니의 어머니는 속상한 일이 생길 적마다 무턱대고 그에게 욕설을 퍼붓고 때리고 하면서, 이 웬수야 차라리 나가서 강에나 빠져죽으라는 말을 입버릇처럼 뇌까리곤 하였다. 그는 먼발치서 누나를 보기 위해 큰댁의 울타리를 맴돌았다. 이제 다시는 다른 남자에게 빼앗기지 않도록 홀몸이 되어 한식구로 살아온 석씨를 산지니는 마치 명부에서 되살아온 전생의 젊은 어머니처럼 여겼다. 또는 아내로 느꼈을지도 모르지만 하도 소중한 감정이라서 그런 생각은 저도 모르는 사이에 잘라내버렸을 것이다.

"만약에 알아낸다면……"

산지니는 이를 꼭 악물었다. 그의 누님을 덮쳐간 장본인을 알게 되면, 일가 몰살을 해버려서 포한을 갚으리라 결심하였다. 이제부터 그런 소문을 걷으러 다니기 위해 행상이라도 나설 작정이었다. 흔히 보쌈을 당한 가족들은 관가에도 알리지 못하는 것이 상례였다. 동네에서 닭서리를 시속놀이의 한가지로 묵인하듯, 관가에서도 과부 보쌈을 한풀이의 민원으로 여겼다. 수절은 아무나 하는 것이 아니므로 일반 부녀자들은 음양의 이치대로 따르는 것이 인지상정이라 여겼던 것이다. 물론 지체 높은 집안의 과부는 함부로 넘보지 못하였고, 석씨의 경우처럼 양민의 부녀자를 제법 재산이 있다든가 권세가 있는 자들이 강제로 취하게 마련이었다. 사람의 마음에 맺힌 일이 많아서 그것이 하늘에 닿으면 그 고을에 가뭄이 들거나 질병이 도는 줄로 여겼다. 그러므로 어떤 고을의 수령들은 쟁송이 밖으로 드러날 때 가운데 들어서 화해를 붙이고 새로운 인연을 맺어주기도 하였다. 산지니는 석씨가 틀림없이 죽은 것으로 여겼으므로 저도 원수를 갚고는 누님 뒤를 따를 생각이었다. 아이들은 그전에 친가로 통기하여 돌보게 하면 될 것이었다. 산지니는 석씨가 몸을 그르치고 봉욕과 수모를 당한 채로 낯선 사내의 살붙이로 산다는 것은 도무지 상상도 할 수가 없었다.

"삼춘…… 배고파."

그는 아이들에게 오촌아저씨뻘이 되건만 석씨가 산지니를 친동생이라 여겨 스스로 삼촌이라고 불러왔던 것이다. 산지니는 중화참이 훨씬 지난 것을 뒤늦게 깨닫고 저도 몹시 시장함을 느꼈다. 그래, 우선 밥을 지어 먹고 기운을 차려야지.

"옳지, 보리 한섬을 지구 왔다. 삼춘이 밥을 해줄게."

하다가 불현듯 스쳐가는 생각이 있었다. 이런 흉년에 보리 반 섬을 내어 품을 사는 놈이 어디 있을까. 느닷없이 일이 벌어지던 간밤에 그런 횡재가 굴러들어왔던 것이다. 누님이 미심쩍게 중얼거리던 대로 원립이란 자는 요즈음 살기 위해 강변에 나가 고기라도 낚으려고 초췌한 얼굴로 나도는 형편이었다. 무슨 부가옹이라고 보리 반 섬을 공으로 내어주랴.

"이런 망할 자식이……"

산지니는 보릿섬이 얹힌 지게를 돌아보며 얼결에 중얼거리고 말았다. 틀림없이 자기를 집에서 내몰기 위하여 헛다리품을 놓게 만들었을 것이다. 하필이면 새벽에 흥인문이라니 난데없는 주문이었다. 새벽까지 대기 위하여 밤중에 집을 떠나도록 만든 것이 틀림없었다. 산지니는 광에서 낫을 꺼내어 움켜쥐었다.

"삼춘 나갔다 올 테니까 잠깐만 기다려라."

아이들이 우는데도 산지니는 낫을 쥐고 원립이란 자의 집까지 한달음에 뛰어들었다.

"네 이놈, 어디 갔느냐. 한통속인 줄 내가 모를 것 같으냐?"

외치니, 부엌에서 뭔가 빨고 있던 아낙네가 눈이 휘둥그레져서 내다보았다.

"누구한테 그러우?"

"댁네 서방 말이지 누군 누구여."

완전히 보통때의 산지니가 아니었다. 그는 분김에 놈의 계집이라도 찍어버리겠다는 듯 낫을 쳐들며 짓씹었다.

"서방이 어디 갔는지 대지 못해?"

"새벽에 어디 간다 말없이 훌쩍 나간 이를 내 어찌 알우?"

산지니는 언뜻 짚이는 데가 있어 부엌으로 고개를 기웃이 하여 넘겨다보았다. 아니나다를까 부엌 구석에 절구를 감춰두고 찧고 있던 것은 백미였다. 산지니는 손으로 쌀을 한움큼 집어 아낙네의 턱밑에 들이댔다.

"이년, 이 쌀 어디서 생겼니. 바른대루 이르지 않으면 코를 베어버릴 테여."

"모…… 몰라요. 며칠 전에 웬 장정들이 지구 왔어요. 주인이 절대루 동네에서 알면 안되니까 조심하라구 그래서……"

산지니는 제 짐작이 틀림없다고 여겼다. 원립이란 자가 곡식에 넘어간 것이다. 그에게 쌀을 주어 꼬드겼을 것이다.

"얼마나 가져왔길래 죄없는 사람을 짐승 같은 놈들에게 팔았느냐?"

산지니가 여자를 젖히고 부엌에 들어가 봉당을 살피니 독이 둘이나 묻혔는데, 양쪽 다 벼가 가득 차 있었다. 두어 섬은 실히 되어 보였다.

"제 배때기나 채우려고 인륜을 그르치는 일을 하다니…… 내 이놈을 끝내 하늘 아래 바로 서도록 내버려둘 줄 아느냐. 만약에 보쌈 패거리가 어느 놈의 집구석에서 나왔는지 바로 대주면 이빨이나 몇대 부러지구 말겠지만 오늘 안으루 나타나지 않았다간 네년이랑 새끼들이랑 모두 살아남지 못할 줄 알아라."

산지니는 독살스럽게 을러대고 집으로 돌아왔다. 이제 길은 생겼으니 내처 달려들어가 원한을 풀 일이나 생각할 셈이었다. 그런데 울타리로 들어서자 아이들과 웬 할미가 마루에 나란히 앉아 있는 게 보였다. 산지니가 동네에서 못 보았던 낯선 할머니였다. 그가 안색이 푸르뎅뎅하여 들어서니 낯선 노파는 만면에 웃음을 가득 띠고 맞았다.

"아이구, 이제 오시는구먼."

"뉘십니까?"

하면서도 산지니는 아이들이 조용한 연유를 살폈다. 아이들은 보기에도 탐스러운 백설기를 목이 메어지게 먹고 있었던 것이다.

"댁이 산지니란 총각인가베."

노파가 여유있게 한마디 하고는 마루 위를 가리켰다.

"좀 앉읍시다. 할 얘기가 있으니……"

산지니는 어쩐지 가슴이 두근거리기 시작하였다. 그가 엉거주춤 걸터앉자 노파는 서슴없이 말을 꺼내었다.

"댁의 서사촌 자씨가 되시지, 그이가…… 보내어 온 사람이우."

"누님이……"

"그러우. 날더러 집에 가서 아이들이랑 총각을 데려오라구 이르십디다."

"어느 놈이우?"

노파는 산지니의 험한 어조에 당황하지 않았다.

"보아허니 세상사에 어두운 모양이구려."

노파는 소리를 내어 웃었다.

"팔자 지키는 일이란 제 마음먹은 대루 되는 게 아니여. 본인두 아지 못할 일이지. 댁이 어찌 자씨의 속내를 알겠수. 아무리 분하다구 펄펄 뛰어두 이건 어디까지나 당사자들끼리의 일이우. 자씨는 개가하시기루 마음을 정하셨수."

산지니는 온몸에 끓던 피가 이제는 바람이 되어 빈가슴을 따라서 헤실헤실 새어나오는 듯하였다. 죽지도 않았고 오히려 아이들과 자기를 부르다니, 산지니는 끓던 원한을 붙들어매어둘 데가 없어졌다. 그는 힘없이 고개를 떨구었다.

"자, 어서 가십시다. 가서 자씨를 우선 만나 말씀을 들어보시우."

산지니는 울음이 나올 것 같았다. 그렇게 믿었던 석씨마저 이러하니 세상의 계집들이란 것은 모두 노류장화임을 감추고 겉으로만 현숙한 듯이 꾸미는 듯 여겨졌다. 산지니는 일어났다. 아이들을 데려다주고 나서 그는 누님이 보는 앞에서 댓돌에다 머리를 박고 목숨을 끊을 작정이었다. 그는 더이상 애간장을 태울 근거를 잃어버렸던 것이다.

"자, 어머니께 가자."

마음을 정한 산지니는 작은아이를 들쳐업었다. 큰아이의 손목을 잡고 나서니 유모가 일이 뜻대로 되어감을 보고 깔깔 웃으며 말하였다.

"그래야지요. 동기간이 다르긴 다르구먼. 아, 혼자 공규(空閨)로 말라죽느니 팔자를 고쳐야 하는 건데…… 좌우간 거기 자씨는 복이 터진 사람이구먼."

산지니가 돌아서서 노파의 주름살투성이인 목을 잡아 비틀어버리고 싶었지만, 이제는 모든 집착을 놓아버렸는지라 그저 고개 숙여 땅만 내려다보며 걸어갈 뿐이었다.

반골 유모네 집에서 석씨는 애를 태우고 있었다. 산지니가 노파를 따라올지도 모르는 일이고 자기의 속마음을 어떻게 전해주어야 할까도 생각이 떠오르지 않았다. 방문 밖에는 두꺼비 같은 하인놈이 버티고 앉아 있었고, 아들은 산지니가 혹시 행패를 부릴까 하여 몽촌 본가로 하인배를 대여섯 사람 불러오게 하였던 것이다. 그는 초조하였는지 연방 마루 위를 서성대고 있는 눈치였다. 판관 늙은이는 오전 내내 보채다가 점심을 먹고는 낮잠을 자는 모양이었다. 석씨는 무엇보다도 산지니가 섣불리 성깔을 내어 이 집 마당에서 몰매를 맞든가 장살을 당하든가 하는 일이 걱정이었다. 이미 재가하기로 정하였다고 말이 갔을 터이니 산지니의 낙망과 분을 짐작해볼 수가 있었다. 석씨는 무슨 생각이 들었는지 방안을 두리번거렸다. 역시 농 아래 반짇고리가 보였다.

얼른 끌어다 보니 가위며 실패며 바느질거리들이 들어 있었다. 석씨는 얼른 가위를 집어냈다. 무엇인가 써서 산지니에게 전해주어야만 하였다. 그러나 그는 글을 몰랐다. 중인의 딸로서 석씨는 천자문에 『소학』권이라도 떼었다지만 산지니는 천자는커녕 언문도 배워본 바가 없었다. 석씨는 망설였다. 산지니는 그러나 영리한 사람이었다. 자기가 무엇인가 써서 내준다면 틀림없이 알 만한 사람에게 물을 것이었다. 석씨는 글자를 생각하자마자 가위를 펴들어 손가락을 힘껏 찔렀다. 피가 장판 위에 방울져 떨어져내렸고, 석씨는 속치마 자락을 찢어내어 손가락으로 썼다. 하얀 무명 위에 번지면서 구(求)자가 나타났다. 밖에서 헛기침 소리가 들렸고 석씨는 그것을 치맛자락 안에다 넣고, 속치마로 방바닥을 얼른 훔쳐냈다. 피가 연신 흐르는 손가락을 버선발 뒤꿈치로 꼭 밟았다.

"서동생이 와서 그쪽에서 혼사에 응할 눈치가 아니면 절대로 나오지 마십시오."

방문을 열고 큰아들이 말하였고, 석씨는 침착하게 대꾸하였다.

"그러지요. 아이들만 만나겠어요. 그리구 저희 집에 양식이 떨어졌을 테니 아이들이 돌아갈 때 쌀이나 한섬 보내주셔요."

큰아들은 석씨의 의외의 부탁에 놀라서 눈을 둥그렇게 떴다.

"아이들을 보고 싶으시다더니…… 집에 돌아가다니요."

석씨는 잠깐 사이를 두었다가 한숨을 폭 내쉬었다.

"아무래도 내가 이 집의 살림을 하려면 아이들은 떼어두어야겠어요. 동네에 양식만 보내주면 돌볼 이들이 있을 테니까요."

큰아들은 금방 안색이 달라지며 허리를 구부렸다.

"네, 그러셔야지요. 모든 것에 부족함이 없도록 잘 보살펴두겠습니다."

판관의 큰아들은 이제는 완전히 마음이 놓이는 모양이었다.

석씨는 미닫이가 닫히자마자 찢은 치맛조각을 얼른 소매 속에 넣고 나서 다시 자락을 뜯어 다친 손가락에 감았다. 하인들 대여섯이 몽촌서 내려왔고 그들은 모두 덩치가 그럴듯한 장한들이었다. 산지니가 호락호락 넘어갈 상대는 아니므로 판관의 큰아들은 하인들을 마루 양쪽과 대문 앞에 세워두었다.

망보러 나갔던 자가 동구 밖에서부터 뛰어와 산지니와 유모가 아이들을 데리고 나타났음을 알렸다. 판관의 아들은 몽둥이를 짚고 선 하인들을 벌려세우고 마루 위에 점잖게 앉아 있었다.

산지니가 아이를 업고 한손에 다른 아이의 손목을 잡고서 문 안으로 들어섰는데, 그의 얼굴은 헬쑥하였고 어딘가 풀이 죽어 있었다. 산지니는 좌우에 널려 선 하인들은 거들떠보지도 않고 마루를 향하여 곧장 걸었다.

"어서 오게나."

큰아들이 무덤덤한 듯이 앉은 채로 말하였다.

"애들 에미 되는 사람 어딨수?"

산지니는 누님이라는 말을 올리지 않았다.

"우리 서모님은 자네와 아이들께 할말이 있으시다네."

판관의 큰아들이 산지니의 말을 되짚어서 받았다. 산지니는 온 얼굴에 바늘이 박힌 듯이 따갑고 수치스러워서 아이를 마루 위에 올려놓으며 중얼거렸다.

"할말이 있으면 아들께나 하라고 그러지…… 내가 아무리 곁다리로 태어났으나 핏줄은 있는 놈이여. 어떤 년인지는 모르지만 우리 집안 사람이 아니니까."

판관의 큰아들은 마음이 자못 통쾌하여 산지니의 고통스러운 얼굴을 그냥 지나칠 수가 없었다.

"허허, 객줏집 외입에도 피가 있는가. 새벽참에 논둑에 나가보면 동네 워리는 모두 동서라더니."

그 말은 표모에게서 태어난 산지니를 개에다 비유한 것이었다. 산지니의 주먹이 부들부들 떨리고 있었다.

"봉놋방에 드나드는 년의 자식이 이간지 김간지 어디 알 수가 있나."

판관 아들 농지거리가 너무 지나쳤다. 그는 지난번에 혼담을 넣었다가 호되게 당한 산지니가 풀이 꺾인 것을 보고는 신바람이 났던 것이다. 산지니가 이빨 사이로 식, 하는 소리를 내고 마루 위로 한발 올려놓는데, 하인들이 좌우에서 몽둥이를 치켜들고 막아섰고, 큰아들은 재빨리 일어나 마루 안쪽으로 피하였다. 아이들이 겁을 집어먹었는지 울음을 터뜨렸고 안방의 미닫이가 열렸다. 이미 신방에 들었던 색시 차림으로 비단옷을 입고 나타난 석씨와 마주치자 산지니는 스스로 고개를 떨구었다.

"애들아, 가자."

산지니가 아이의 손을 잡았고 아이들은 엄마를 보자 반기면서 소리쳤다.

"저건 늬 에미가 아니다."

산지니는 아이를 잡아끌며 중얼거렸다. 그래도 설마했던 것이다. 이미 밤을 치르고 나서 저렇게 기방물림과 같은 꼬락서니가 되어 식구들 앞에 나타나다니…… 석씨는 그에게 헝겊조각을 전해주기 위해 한걸음씩 접근하였다. 석씨는 한편으로 아이들을 끌어안고 다른 쪽으로 산지니의 팔을 잡으려고 손을 내밀었다.

"산진아……"

산지니는 벌레라도 닿은 듯이 몸을 피하면서 석씨의 가슴을 홱 떠밀었다.

"세상에 더러운……"

석씨가 마루에 나뒹구는데 판관의 아들이 자신만만하게 외쳤다.

"저놈을 매우 쳐서 쫓아내라."

하인들은 기다렸다는 듯이 우르르 달려들어 산지니의 어깨와 등판을 몽둥이로 타작하였다. 둔중하게 매 떨어지는 소리가 들리고 그는 섬돌 위에 엎어졌다.

"아…… 안돼요."

석씨가 재빨리 비집고 들어가 산지니의 등뒤에 엎어지며, 한손은 그의 손을 잡았다. 그러고는 헝겊조각을 쥐여주면서 손등을 꼬집었다. 매를 맞아 정신이 없는 중에도 그는 역시 빠른 총각이라 무엇인가 석씨에게 다른 의중이 있었음을 눈치챘다. 뿐만 아니라 지금 그로서는 무너진 비탈 끝에서 밀려내려가지 않으려고 안간힘 쓰는 중에 풀뿌리라도 잡고픈 심정이었다. 산지니는 그것을 받아 손 안에 꼭 쥐고는 벌떡 일어났다.

"후살이를 하든지 겹재가를 하든지 내가 알 바 아니다."

하면서 산지니는 떨어지지 않으려는 작은아이를 끌어안아올렸다. 그러고는 큰아이의 손목을 잡아당겼다. 석씨는 두 뺨에 눈물을 흘리면서 이 답답하고 하소할 데 없는 통분을 삭였다.

"진작 분수를 알아 그렇게 나와야지."

큰아들은 고개를 끄덕이고 섰는데, 유모가 가장 장한 듯이 종알거렸다.

"이번 혼사에 내가 없었더면 연분이 끊길 뻔하였수."

석씨는 아이들을 데리고 나가는 산지니의 뒷모습을 보지 않으려고 스스로 몸을 돌려 안방으로 뛰어들어가 방바닥에 엎어졌다.

산지니는 몽둥이에 설맞은 어깻죽지가 터져서 피가 배어나온 채로 아이들과 더불어 반골을 나섰다. 손 안에 쥐여준 물건을 살피니 치맛자락이 분명한데 검붉게 말라붙은 피로 무엇인가 글자가 씌어 있는 것이 아닌가. 산지니는 가슴이 뭉클하였다.

"아, 누님……"

피로 썼을 제야 얼마나 안타까웠겠는가. 누님의 그런 마음도 모르고 더러운 생각을 떠올린 스스로가 오욕스러웠다. 산지니는 걸음을 빨리하였다.

"어머니는 곧 오신단다. 걱정 마라."

산지니는 널다리로 오자마자 글을 아는 이를 찾아가 사연을 말하고 표를 보여주었다.

"앞뒤 전말의 사정으로 보아 구할 구(求)자가 씌어 있으니, 자네 자씨께서 어떻게든지 구하여달라는 뜻일세."

산지니는 더이상 설명도 듣지 않고 달려나갔다. 이제 밤이 되기를 기다릴 작정이었다. 밤이 오면 그는 반골로 되돌아가 어떻게 해서든지 누님을 업어올 것이었다. 그는 마을의 마음 맞는 총각들 두엇을 만나 도움을 청하였고, 그들도 보쌈을 당한 뒤에 산지니를 보기가 민망하였던지라 곧 응낙하였다. 산지니는 숫돌을 꺼내어 낫을 갈아두었다. 그는 단호하게 결심하고 있었다. 그 늙은이가 다시는 여염 아낙네를 탐내지 못하도록 없애버릴 것이었다. 그는 이러한 쥐꼬리만한 세도를 가진 시골 향반들을 태어나서부터 겪어 잘 알고 있었다.

석씨의 요구대로 다 들어준 판관네 사람들은 어서 혼례를 치르고자 서둘렀다. 먼저 유모가 들어와 방에다 화문석을 깔고 뒷전에는 열두 폭 병풍을 둘러치고 눈앞에 학무늬 발을 쳤다. 석씨는 뜻을 이루었는지라 태도가 돌변하여 벽을 향하여 돌아앉아 있었다. 벌써부터 늙은이는 애가 달아서 아직 해가 지려면 멀었는데도, 관과 도포를 벗어던지고 자꾸만 안방으로 넘나들었다. 석씨는 어쨌든 오늘밤에는 무슨 일이 벌어질 줄 짐작하고서 판관의 일속들을 달래었다.

"그동안 이리저리 마음을 쓰다 보니 이제는 심기가 기진하여 도저히 앉아 있을 수도 없습니다. 내일 맑은 정신으로 모실까 합니다."

"두 분은 곧 주무실 것이라 뭐 따로이 기력이 필요하겠수? 오늘부터 다정히 동침하시지."

유모가 은근히 말하였고 큰아들도 이제는 더이상 아비를 달랠 자신이 없어 오늘밤에는 그들이 함께 자기를 원하였다. 석씨는 더 버틸 수가 없었다. 만약에 늙은이가 제 몸에 손을 댄다면 석씨는 대번에 늙은이를 이불로 눌러 죽이든지 하고서 스스로 치마끈을 풀어 목을 맬 생각이었다.

이윽고 저문 하늘에 별이 나타나기 시작하였고, 유모네 집에서는 청사초롱에 불을 밝혀 대청마루에다 걸었다. 본가에서 큰아들 또래의 혈족 두엇을 데리고 겸인이 찾아왔고 그들은 건넌방에서 오붓이 앉아 술을 마셨다. 모두들 판관 아들의 효성을 극구 칭찬하는데 또한 석씨를 엿보고 와서는 인물이 아깝다고 시샘도 하였다. 저녁이 끝나고 안방의 발이 걷혀졌으며 혈족들은 마루에 둘러앉고 큰아들이 제 아비를 가운데다 앉혔다. 유모 딸이 늙은이 앞에 정화수 한그릇 올려놓은 소반을 갖다놓고 양쪽에 와룡촛대를 두어 불 밝혔다. 유모가 안방으로 들어갔다.

"어서 나가서 맞절을 합시다."

"제발 오늘만은……"

유모가 다시 속삭였다.

"이봐요, 그까짓 맞절 한번 꾸뻑 하고 나서 오늘은 피곤하다며 그냥 누워버리면 될 텐데 뭘 그러우."

석씨는 피하지 못할 일임을 알았다. 석씨는 아랫입술을 깨물며 일어섰다. 어쨌든 욕보지 말고 이 집을 빠져나가야만 하였다. 석씨의 팔

을 곁에서 부축하며 나선 유모가 팔꿈치를 지그시 당기며 주위에서
다 듣도록 말했다.

"자, 인사를 드려야지."

석씨는 숫제 눈을 감고 좌중의 사람들을 보지 않았다. 그리고 천천
히 몸을 아래로 끌어내려 큰절을 했다. 석씨에게는 다만 늙은이의 답
삭거리는 수염 끝이 보일 뿐이었다. 늙은이도 마주 인사를 하였던 모
양이다. 나란히 앉은 그들 앞으로 먼저 큰아들이 나와 큰절을 올렸다.

"두 분, 백년해로하십시오."

석씨는 귓불에서 뺨으로 퍼져가는 수치스러운 느낌을 감추지 못하
고 저도 모르게 벌떡 일어나 안방으로 뛰어들어 문을 닫았다.

"허허, 이럴 수가……"

주위의 혈족들이 혀를 차는 소리가 들려왔다. 밖에서는 잠시 아무
런 기척이 없더니 누가 밀어넣었는지 늙은 판관이 엉거주춤하며 방안
으로 들어섰다. 윗목에는 감주에 화채에 약과며 감로주 등속이 그득
한 통영반이 놓였고 그 반대쪽에는 신방답게 놋요강이 반짝였다.

"여보게, 우리가 이렇게 속현(續絃)하고 보니 천생연분이군. 아이
들 보기도 부끄러우니 어서 불이나 끄지."

늙은이가 이렇게 중얼거리며 석씨에게로 다가앉으니 석씨는 놀라
서 늙은이의 손길을 뿌리치며 벽 쪽으로 물러나 앉았다.

"허허, 내가 그리도 싫은가?"

석씨는 타는 듯한 시선으로 늙은이를 노려보았다.

"가까이 오면 죽어버릴 거예요."

늙거나 젊거나 사내란 마찬가지여서, 계집의 독을 뿜는 모양에는
더욱 자극을 받게 마련이었다. 늙은이가 와락 달려들어 석씨의 가슴
을 움켜쥐는데 두 손이 와들와들 떨리고 숨은 벌써 턱에 닿았다.

"요것을……"

"에구머니."

석씨가 뱀이 엉기는 듯 늙은이의 마른 손목을 잡고는 사정없이 발길로 헹가래를 쳐버렸다. 늙은이는 배와 가슴을 채고 벌써 안색이 하얗게 되어 마른기침을 터뜨렸다.

"저것이 나으리를……"

하면서 문틈으로 들여다보던 유모가 안달을 하였고, 큰아들과 혈족들은 제 아비가 기운이 쇠잔하여 과수댁의 혈기를 꺾지 못하는 것을 보고는 안타까운 모양이었다.

"저것을 어찌할꼬."

"기운으로는 안되겠수."

"그렇다고 서모가 될 사람을 여럿이 함부로 다룰 수도 없지 않소."

유모가 문득 무슨 생각이 들었는지 손뼉을 마주쳤다.

"진작 그 생각을 못했구먼. 몽혼탕을 먹여 잠을 재울 걸 그랬네."

"내게 맡기면 저것을 대번에 요절을 낼 터인데……"

침을 꿀꺽 삼키면서 다른 사내가 말하였다.

"오늘은 이미 늦었소. 그냥 내버려둡시다."

과연 잠시 후에는 방안이 조용해졌다. 늙은이는 금침 위에 엎드려서 숨을 헐떡이며 흥분을 가라앉히는 중이었고, 석씨는 벽에 바짝 기대앉아서 한손에는 베개를 들어 방비하고 있었다.

"내 그냥 잘 테니…… 염려 마라. 네가 아무래도 오랫동안 수절하고 운우의 정을 멀리하더니 이렇게 갑자기 그럴 수야 있겠느냐. 오늘은 이만 잘란다."

석씨는 아직도 안심을 못하고 벽에 기대어 있었다.

"잘 생각하셨습니다. 저도 여기서 이렇게 앉아 새우렵니다."

늙은이는 한숨을 푹 몰아쉬며 천장을 향하여 돌아누웠다. 방안에서 기척이 없어지자 마루 위에서 두런거리던 사람들은 서로 입가에 손을 갖다대고 옆구리를 지르고 킥킥거리면서 건넌방으로 들어갔다. 이제는 둘이 나란히 누웠겠거니, 그리하여 새벽녘에는 살을 대게 될 것이고 내일 아침이면 나란히 한 베개를 베고 잠을 깨겠거니 하였던 것이다. 석씨는 여전히 구석에 베개를 가슴에 안고 쭈그려 있었고 늙은이는 엉금엉금 기어가서 상을 끌어당겨 화채를 벌컥이며 들이마셨다.

이때쯤 산지니는 벌써 담을 넘어 이 집의 뒤꼍에 들어와 있었고 문을 따주어 함께 온 두 총각을 끌어들이는 참이었다. 산지니는 별빛에도 날이 새하얀 낫을 들고 있었으며, 두 사람은 제각기 큼직한 작대기를 가지고 있었다. 그들은 먼저 애기 소리가 들려오는 건넌방을 눈여겨보았다. 산지니는 몇번이나 의논한 대로 낮에 눈여겨두었던 뒷방 쪽을 손짓하며 총각들 중의 하나를 밀어냈다. 그는 발소리를 죽여 건넌방의 뒤로 돌아갔다. 그들은 그동안 부엌문 뒤에 바짝 붙어서 동정을 살폈다. 뒤로 돌아갔던 자가 살그머니 되돌아나왔다.

"들여다보니까 늙은 것은 아직 깨었고 처녀는 자더구먼. 하인 녀석들은 없던데……"

그가 속삭이자 산지니는 스스로 고개를 끄덕이고 낫을 고쳐쥐었다. 하인들이 돌아갔든지 아니면 인근에 방을 빌려 자고 있을지도 몰랐다. 산지니는 눈으로 신발을 헤아려보았다. 짚신 둘과 가죽신이 셋이었다.

하나는 늙은이 것이라 치고서 건넌방에는 모두 넷이 있는 듯하였다. 기운 쓰며 달려들 놈이라고는 판관의 큰아들 녀석밖에 없을 것이며, 그 또한 아랫것들 앞에서나 호통칠 뿐 그리 버틸 힘이 있을 것 같지는 않았다. 갓 쓰고 도포 걸친 녀석치고 팔씨름이나마 제대로 용쓰는 놈을 보지 못했던 산지니였다. 그는 마루 위로 가벼이 올라서서 미닫이 틈으로 방안을 들여다보았다. 두 사내는 이미 술이 과하였는지 하나는 아예 목침 베고 드러누웠으며 다른 하나는 벽에 기대어 늘어져 있었다. 술상을 마주하고 잔을 주거니받거니 하고 있는 판관의 아들과 그 친척 젊은이는 아직 상머리에 붙어 있기는 하였으되 눈시울이 게슴츠레하였다. 저것들을 모두 한 낫으로 찍어버릴까…… 산지니는 혼자서 생각해보다가 다시 마루에서 내려섰다.

"뒷방 것들이 깨어나 동네로 달려나가지 못하게 가서 지켜라."

일행에게 이르고는 다른 총각을 손짓하여 둘이 문가에 붙어섰다. 산지니가 일부러 헛기침을 하니 안에서 거나한 목소리로 물어왔다.

"밖에 누구냐?"

산지니는 대답 대신 미닫이를 벌컥 열어젖혔다. 판관의 아들은 그의 짚신부터 무릎 위로 멍하니 훑어올라갔다.

"저…… 저놈이."

산지니가 성큼 달려들어 낫을 치켜들었다. 방금 내리찍으려는 자세였다.

"죽을테?"

그의 등뒤로 쫓아들어온 총각도 신이 나서 우선 마주앉았던 자의 갓을 작대기로 후려쳐서 찌그러뜨려놓았다. 그들은 닭서리라도 나온 듯 제법 재미가 들어 있던 중이었다.

"살고 싶으면 모두 방바닥에 엎드려라."

모두들 허리를 낮추어 방바닥에 엉거주춤 엎드리는데 비죽이 위로 솟은 궁둥이를 산지니의 동행이 쿵덕쿵 밟아놓았다. 판관의 아들만은 비록 상대가 살기에 차 있어도 이미 구면인지라 엎드리기는 너무하였던지 머뭇거리면서 그를 올려다보았다. 설마 이 자가 나를 어쩌랴 하는 표정이었다.

"이러고도 뒤에 광주 목내서 살기를 바라느냐?"

산지니는 낫을 허공으로 몇번 찍어보며 코웃음을 쳤다.

"내 걱정은 말구 네나 살 생각을 하여라. 나 같은 천출이야 이미 내놓은 목숨이고, 요조하신 우리 누님 강상의 법도에 따라 수절하였으니 오히려 나라의 치하가 있을 것이다. 빨리 엎드리지 않으면 낫으로 방바닥에 네 등판을 박아놓을 터이다."

산지니의 독살스러운 어조에 판관의 아들은 흠칫하면서 엎드렸다. 그가 엎드리자마자 산지니는 낫의 자루로 그의 뒤통수를 호되게 내려쳤다.

그가 늘어지며 혼절하는 꼴을 보자 산지니는 다락을 열고 이불을 꺼내 즐비한 네 사람의 머리 위에 마구 덮어버렸다. 꿈틀거릴 적마다 곁의 총각이 몽둥이로 이리저리 어지러이 두드리며 으름장을 놓았다.

"조금이라도 움직이면 아예 해골을 바수어버린다."

총각이 그러고 있는 동안 산지니는 얼른 안방으로 건너갔다. 문을 열어보니 불은 꺼졌으나 건넌방에서 비추인 불빛으로 방안이 어슴푸레하니 보였다.

"누님…… 저 왔습니다."

방 구석에 쪼그리고 앉아서 늙은이의 끝없는 시달림을 받고 있던 석씨가 일어나 문가로 뛰어나왔다. 여태 치근덕거리다 잠시 쉬고 있던 늙은이가 상반신을 일으키며 석씨의 치맛자락이라도 당기려는 양으로 손을 쳐들었다. 그때 석씨의 머리카락은 어수선하게 흐트러져 있었고 두 손으로 감싸쥔 저고리의 고름은 다 뜯겨져나갔다. 산지니는 제 누님을 등뒤로 돌려세우며 발을 쳐들어 늙은이의 팔을 막았고, 얼결에 늙은이가 산지니의 바짓가랑이를 움켜쥐었다.

"끼놈……"

산지니가 터져나오는 분노를 그대로 늙은이에게 퍼부으면서 낫을 곧추세워 내리찍었다. 낫이 판관의 가슴 복판 흉당에 정통으로 찍혔고 그는 바람에 불린 빈 자루처럼 옆으로 비스듬히 넘겨졌다. 산지니는 누님이 볼까 하여 얼른 돌아서서 석씨의 등을 한 팔로 감싸안았다.

"어서 가십시다."

마루로 내려서며 손짓으로 재촉하니 총각은 산지니가 사람을 죽인 것도 모르고 재미가 들려서, 다시 몇번 이불 밑의 사람들을 작대기로 후려패고는 돌아섰다. 산지니가 대문을 나서서 석씨의 팔을 당겨 재촉하며 물었다.

"뛸 수 있지요?"

"뛰다마다…… 내 걱정 마라."

그들이 어둠속으로 치달리다 보니 어느결에 반골의 동구 앞인데 뒷전에서 동행 총각들이 뛰어오는 소리가 들렸다. 그들은 일단 걸음을 멈추고 동행을 기다렸다. 가까이 온 총각들이 킬킬대면서 엮었다.

"어이, 이거 재미나는데 가자구 보채나. 우리두 이 동네서 과부 하나 요절내구 가자꾸나."

"나두 늙은 것만 없었드면 그 처녀하구 정분이 날 뻔하였다."

그들이 시시덕거리는 것을 보고 산지니가 오금을 박았다.

"여기 사람들이 보통 상사람들인 줄 알았니. 한판관네 일속들이다. 잡히면 멍석말이에 난장으로 맞아죽는다."

다른 총각은 입을 다물어버렸지만 방안에서 작대기로 두들겨대던 총각은 더욱 신명이 넘쳐서 떠들었다.

"진작 가르쳐주지 그랬어. 그런 줄 알았드면 모두 바지를 벗기구 물볼기를 때려주고 오는 건데. 자넨 소문두 못 들었어. 미구에 양반은 상사람이 되고, 상사람은 양반이 된다더라."

산지니는 동무의 말을 귓전으로 흘리며 길을 빠져 산굽이로 들어섰다. 지금쯤은 반골에서 큰 소동이 일어나 있을 것이었다. 이 길로 널다리로 돌아갈 수는 없게 되었던 것이다. 그는 널다리 부근까지 아무 말 없이 가다가 숯내에 이르자 먼저 다리쉬임이라도 하려는 듯이 주저앉았다. 그는 석씨에게 조용히 말하였다.

"누님, 내가 할말이 있수."

산지니는 먼저 석씨의 손을 잡았다.

"놀라지 마우. 내가 사람을…… 죽이구 말았어."

석씨가 잡힌 손을 흔들었다.

"죽이다니…… 네가 언제 그랬어."

"아까 늙은이가 잡으려고 하길래 낫으로 가슴팍을 찔러버렸어요."

석씨는 그 말이 떨어지자 산지니의 어깨를 부여잡았다.

"그래 이 일을 어쩐단 말이냐. 차라리 내가 혀를 깨물고 자진해버렸더면 네가 이런 짓을 저지르지도 않았을걸."

"아니에요, 잘되었어요. 이제는 누님을 모시고 집으로 갈 수는 없습니다. 곧 사람들이 널다리로 쫓아올 거예요."

"집을 떠나면 어디로 가겠단 말이냐?"

"일단 송파로 가서 숨어 있다가 경강을 떠나겠습니다. 사공들이나 난전꾼들하고 의논하면 좋은 곳을 알려주겠지요. 누님은 오늘밤 집으로 가지 마십시오. 내일 날이 밝자마자 관아로 찾아가 형방을 만나셔요. 돈 스무냥만 주면 송사도 맡아줄 게고 관문도 유리하게 써줄 거예요. 저는 사람을 죽였으니 잡히면 곧 죽게 되겠지요."

산지니는 석씨가 먼저 관가로 가서 수절하는 과부의 설움을 하소하고 억울하게 침탈당했던 일과 서사촌동생이 격분하여 살인하게 된 일을 밝히면 주위의 소문을 동정적으로 끌어모을 수가 있으리라 믿었다. 산지니가 없어지면 누님은 오히려 비슷한 신분의 사람들에게서 보호를 받게 될 듯했다. 석씨는 산지니의 어깨에 이마를 얹고 하염없이 느껴 울었다. 산지니는 이제까지 뭉쳤던 정한이 스르르 녹아서 저도 모르게 긴 한숨을 내쉬었다.

"이제는 너를 못 만나겠구나……"

"누님……"

산지니는 망설였다.

"나루터에서 어머니에게 쫓겨났을 때 큰아버지 몰래 밥을 갖다주시곤 하였지요. 누님이 시집가실 때 저는…… 숯내 건너편으로 줄곧 따라왔었어요."

석씨가 산지니의 어깨를 꽉 잡았다.

"나도 보았단다."

"누님도 보셨어요?"

산지니는 목이 터질 것 같아서 침을 삼켰다. 그들은 그 이상을 말하지 않았다. 동행한 총각들도 심상치 않은 기미를 눈치채고 곁에 묵묵히 서 있었다.

"자네들께는 이번 일이 누가 되었네. 이 길로 동네에 가면 다른 이들께 절대로 발설하지 말고 조용히 들어가서 자는 게 좋을 거야. 내일 아침 포졸들이 나와서 조사할지도 모르지만 시치미를 떼구 있어. 누가 갔었는지 모를 테니까. 나중에 내가 잡히게 되더라도 자네들은 곤장 한대 맞지 않도록 할 테야."

석씨는 산지니의 손을 잡고 놓지를 않았다.

"누님, 너무 염려 마세요. 제가 살 만한 동네로 가게 되면 사람을 보내겠습니다."

"차라리…… 나도 아이들 데리고 따라나서겠다."

"땅이 있는데 항산(恒産)을 버려두고 어디로 가시겠어요. 저도 어딘가 찾아가서 장가도 들고 아기도 얻어야지요."

"가장이 없는 집을 어이 지킨단 말이냐."

산지니는 누님의 잡은 손을 거칠게 뿌리쳤다.

"제가 가장이라니 될 법이나 합니까. 여보게들, 우리 누님 좀 잘 보살펴드리게."

산지니는 얼른 돌아서서 숯내를 따라 북쪽을 바라보고 뛰었다. 숨이 턱에 닿을 때까지 뛰고 나서 뒤를 돌아다보니, 이미 사방이 캄캄하여 석씨의 모습은 어둠속에 잦아들고 말았다. 삼전나루로 가면 널다리서 가깝고 동네 사람들도 만날 듯하여 봉수대를 돌아 송파나루로 빠졌다. 날이 새기 전에 거여 객점거리로 들어가야 하였다. 여름밤이 짧아서 송파나루가 내려다보이는 야산의 중턱에 오르니 이미 푸르스름하게 하늘이 터지고 있었다. 산지니는 거여 객점의 사공들이 묵는 봉노나 난전꾼들이 모이는 화초방을 찾아가 도움을 청할 작정이었다. 그들은 서로 관에 대하여는 구린 구석이 많아서 되도록이면 상대방이 무엇을 하는지 애써 알려 하지도 않았고, 쫓기고 있다는 것을 알면 자신에게 해가 미치지 않는 한 적당히 도우려 들었다. 산지니는 화초방을 찾기로 하였으니, 사공들보다는 난전꾼들이 더욱 약점이 많았기 때문이다. 그는 거여 객점거리의 복판에 있는 화초방을 찾아갔다. 바야흐로 아침 술국을 끓이는 구수한 냄새가 마당에 맴돌았고, 화초방 삼촌은 푸석푸석한 얼굴로 그날 나갈 약주를 거르는 중이었다.

"아저씨, 안녕하우?"

그는 눈을 둥그렇게 떴다. 그는 집에다 투전 벌이는 화초방을 두엇 차려놓고 자릿돈도 받고 뒷시중도 들어서 먹고 살았다. 누구든지 이

초로의 사내에게 삼촌이나 아저씨라고 불렀으며 한결같이 반말을 주고받는 처지였다. 화초방 삼촌은 가끔 돈을 잃고 난동을 부리는 시골 무뢰배나 장꾼들을 눌러놓으려고, 장거리에서 주먹다짐깨나 한다는 악소패들에게 공술도 내고 돈도 나누어주곤 하였다. 비록 출입이 뜸해졌다고는 하여도 산지니를 모르는 악소패는 거여 객점거리에 발을 붙이지 못함을 아는 그는 언제나 친절히 대하였다.

"떠꺼머리가 어디서 삼패 외입이라두 하구 오는가. 아예 화초방엔 들어갈 생각을 말어. 부정탄다구 소금을 덮어씌울 게야."

"막장일 텐데 개평이나 볼까 하구 오던 참인걸."

"이거 또 살인나겠구면. 시방 까마귀가 전대를 몽땅 털리구 내게서 어음까지 빌려 쓰고 눈에 불이 났는데. 자네가 개평을 뜯으면 응하긴 하겠지만 공연히 다른 아이들을 달달 볶을 텐데."

산지니는 자기도 술광의 문턱에 쭈그려앉으면서 한 바가지 떴다.

"커, 시원하다."

"웬일이여?"

"기러기 좀 잡아야겠어."

"기러기……?"

삼촌은 산지니를 찬찬히 살펴보았다.

"요새는 장거리에두 발길을 끊었다던데 무슨 잘못이 있다구 달아나?"

산지니는 그냥 뱉어버렸다.

"물고장을 썼지."

삼촌은 그제야 일하던 손을 멈추고 광문을 닫았다.

"누군데?"

"한판관."

"몽촌 산다는 늙은 대인 말인가?"

"낫으루 뚫어버렸어."

삼촌이 혀를 끌끌 찼다.

"저런…… 너무 비싸구면. 가만있어, 이럴 게 아니라 뒷방으루 들어가지."

하면서 그는 산지니를 돌아다보았다.

"며칠이나 있게?"

"하루가 급하지."

삼촌이 고개를 끄덕였다.

"어디 은신할 데를 찾아보자구."

산지니는 화초방 삼촌의 뒤를 따라 그 집 뒷방으로 들어갔다. 그가 방안에 들어가 앉으니 삼촌은 방문을 닫아주며 당부하였다.

"절대루 밖에 나오지 말어. 다른 이들 눈에 띄면 위험하니까."

"우선 시장해 못 견디겠으니 뭐든지 먹을 것을 좀 주어."

"아따, 이런 흉년에 맨손으로 찾아와 음식을 찾네……"

"송파 화초방에 술밥 떨어지는 날두 있던가."

산지니의 이죽이는 말은 맞는 얘기였다. 송파에서나 삼개 동막에서나 화초방이란 난전꾼들의 소굴이고 보면, 언제나 물자가 풍부하여 성내의 권세가에서 구하지 못할 진물이 흔하게 마련이었다. 이런 흉년에도 하다못해 닭다리에 소주 한잔쯤은 있을 법하였다. 한참이나 기다리는 중에 밤새 잠을 못 잔 산지니는 절로 눈이 감겨져 팔을 베고 모로 쓰러져 잠이 들었다. 방문이 열리는 기척이 있어 눈을 게슴츠레 뜨는데 두 사내가 밖에 보였다. 산지니는 얼결에 벌떡 일어나 벽에 기대어 앉았다. 밖에서 껄껄 웃는 소리가 들려왔다.

"족제비 난장 맞구 홍문재 넘어가듯 왜 그렇게 펄떡거리나?"

산지니가 올려다보니 다래목의 깍정이패 꼭지인 까마귀가 빙글거리고 있었다.

"누가 보겠다. 어서 들어가 앉어."

삼촌이 그의 등을 밀어 방에 앉히고 문을 닫았다.

"죄진 놈 옆에 오면 방귀도 못 뀐다더니, 이거 복철에 문 닫아걸구 한증을 하겠는걸."

산지니는 까마귀의 입담에 별 대꾸를 하지 않았다. 까마귀가 저고리를 헤치고 옷깃을 잡아 부채처럼 활활 부쳐대면서 물었다.

"물고장 냈다지?"

산지니가 고개를 끄덕였다.

"몇이나 냈어?"

"늙은이 하나여."

"제길 난 또 행역질하는 타관 것이나 몇명 비틀어버린 줄 알았더니, 고작 저승패 하나를 치우구 그렇게 코가 쑥 빠졌구나. 잘되었다. 우리 다래목에 가서 내 밑에 상번수나 하지."

산지니는 잠자코 앉았는데 삼촌이 토를 달았다.

"저승패라구 다 송장인 줄 아나. 바로 몽촌 한대인이란 말여."

까마귀가 고개를 끄덕였다.

"자네 검계(劍契)라는 당이 있다는 걸 들었나?"

"그게 뭔데……"

"지금 한양성 밖 백여리에 홍동계(鬨動契)다 검계다 하는 당이 퍼져 있는 줄을 모르는 모양이군."

화초방 삼촌이 까마귀를 돌아보며 혀를 찼다.

"경칠 소리를 하는구나. 나라가 뒤집어진다구 날뛰는 녀석들이나 그러는 게야. 나는 상관없는 일이니 자네들끼리 이야기하지."

삼촌이 일어나려고 하자 까마귀가 그를 주저앉혔다.

"이거 왜 이래, 지난번에는 솔부리에 같이 가놓구선……"

삼촌이 하는 수 없이 도로 눌러앉았고 까마귀는 말을 이었다.

"명년에 나라의 주인이 바뀔 것이라네. 그래서 우리 같은 상것들이 서로 모여서 준비를 하구 있는데 자네두 들겠다면 솔부리에 데려다 주지."

날이 밝자마자 석씨는 아이들을 동네 사람들에게 맡기고 광주목으로 찾아갔다. 석씨는 집에서 짜던 피륙과 돈을 스무냥쯤 준비하였고, 발고가 들어오기 전에 형리를 만나려는 것이었다. 아직 이른 아침이라 길청은 문을 닫았고 관노가 나와서 길청 뜨락을 쓸고 있었다.

"원서(願書)를 내려 하는데 형방의 댁이 어딘가 가르쳐주오."

관노는 아직 졸음이 덜 깼는지 푸석푸석한 눈두덩을 열고 석씨의 아래위를 훑어보았다.

"아직 삼현육각도 없거늘 때아니게 무슨 원서란 말이우?"

"나중에 문책받지 말구 어서 알려주오. 살변이오."

석씨의 살변이란 말에 그는 화들짝 놀랐다.

"그런 변이면 길청에 오지 말구 대번에 삼문 앞으로 가서 발고하시우."

"사또께 직소할 것이나, 아녀자로서 글을 아지 못하여 개청 전에 형방을 만나 원서를 써서 내려는 거예요."

석씨의 말이 그럴듯하다 여겼는지 그가 이리저리하며 형방 집을 상세히 가르쳐주었다. 석씨는 한달음에 내달아 성내에 있는 형방의 집을 찾아갔다. 마침 그는 방금 일어나 마당에서 양치질을 하던 참이었다. 석씨가 하인을 부를 것도 없이 그대로 열린 문으로 들어가 허리를 굽히니, 형방이 제 깐에는 중인이라 내외가 있어 등거리 바람에 여자를 대하기가 난처하여 황급히 물을 배고는 옆으로 비켜섰다.

"웬 여자가 내외도 없이 이러는지……"

"식전부터 비례가 이만저만이 아니올시다마는 긴히 드릴 말씀이 있다고 여쭙니다."

"애, 개암아……"

형방이 여종을 부르려는 것을 석씨가 만류하였다.

"사랑에 들어가 긴히 아뢸 말씀이 있사온데 구태여 내외를 가르다 보면 늦어지고 맙니다. 살변이 있어서……"

하니까, 형방은 머뭇거리다가 앞장을 섰다.

"들어오시오."

등거리 위에 저고리를 입고서 형방이 말하였다. 석씨가 들어가 한편 눈물짓고 또한 비분한 어조로 혼자 살아온 얘기며 서사촌동생 산지니의 얘기를 하고 나서, 전 판관 한노인의 가속에게서 피침당하였던 전말을 상세히 늘어놓았다. 처음에는 지루하였는지 하품을 하며 코나 어루만지던 형방이 얘기가 한판관에 이르고 그들이 사람을 보내어 보쌈하던 대목에 가서부터는 무릎을 조이며 상반신을 숙이고 연방 허허, 그래서 하는 것이었다.

"아무리 관가에서 보쌈을 묵인한다 하지마는 세상에 그럴 수가 있는가?"

원래가 아전이란 같은 중인이면서도 일반 백성들에게는 천시를 받는 업이었다. 그들은 뇌물에 약하고 권력에 아부하였으나, 한편으로는 양반과 권세가에 대해 깊은 증오를 감추고 있기도 하였다. 아전이 앙심을 품으면 고을 원의 감투가 흔들거린다는 말은 그들의 보복이 교묘하기 때문이다. 어쨌든 형방은 전 판관 한가의 말이 나오자 눈을 빛냈으니, 바로 제 아비 적의 상관이어서 치죄도 받고 다스림을 받아 식구들이 얼마나 두려워하던가를 뼛속 깊이 새기고 있었던 탓이다.

"그래서 제 동생 산지니가 저를 구하려다가 부지중에 한노인을 죽이고 말았어요."

석씨의 하소 끝마디에 형방은 자못 실망하는 눈치였다.

"보쌈된 즉시로 관가로 와서 직소하였더면 그 늙은이 망신은 물론이려니와, 우리 서리들도 가만두지 않았을 터인데 잘못되었소."

"관가에서도 큰 죄를 주지 않을 것이고 저희들만 망신하지 않겠습니까."

형방은 고개를 저었다.

"그렇지를 않소. 처지가 같으면 몰라도 한쪽은 전에 관인이었던 사람이고 이쪽은 약한 백성인데, 일단 동네에서 여럿이 연서하여 소를 올리면 한가를 치죄하지 않을 수가 없소이다. 물론 매는 다른 자가 맞겠지만 그런 망신이 또 어디에 있겠소."

"이제는 살변의 죄를 면할 도리가 없을까요?"

"나를 찾아오길 잘했소. 물론 동생의 살인죄는 모면할 수 없소. 잡히면 목숨값을 치러야지요. 그렇지만 나라에서는 수절하기 위해 스스로 기개를 가지고 범간하려는 자를 해치는 일은 의기로 여겨 죄를 주지 않습니다. 이번 일은 서로가 불리하고 서로의 잘못이 있으니, 우선 원서를 내고는 집에 돌아가 저쪽에서 발고받은 포교가 잡으러 갈 때까지 기다리시오. 나는 그전에 목사의 제사(題辭) 판결을 받는다는 빌미로 원서를 읽게 해두겠소. 이미 마음이 움직인 쪽을 편드는 것이 사람 상정이 아니겠소. 그리고 한편으로는 인근에 소문을 내어 댁네가 옳음을 진정하도록 해야 되오. 촌로들 여남은 명이 함께 진정한다면 비록 동생의 죄는 남지만 한가는 광주서 얼굴을 들고 나다니지 못하게 될 거요."

석씨는 형방의 의중이 판관네 일속을 망신 주려 함에 있는 줄도 모르고 산지니의 죄는 모면하지 못한다는 얘기에 안타까워 부르짖었다.

"저는 비록 죄를 받게 되어도 좋으니 동생을 살릴 길이 없을까요?"

"글쎄, 상대방이 죽지만 않았다면야 무슨 방법이 있겠지만…… 정상을 본다 하여도 장형을 면치 못할 것이니 그런 모진 매에 살아날 수는 없을 게요. 이 고장을 떠나 살게 하면 되지 않소. 여하튼 홍살문은 세우지 못한다 하더라도 댁네가 동정받을 길은 얼마든지 있으니 염려 마시오. 그럼 함께 의논하여 원서를 써보십시다."

하고는 형방이 지필묵을 꺼내들고 머뭇거리니 영리한 석씨는 가져왔던 보퉁이를 풀어 보였다. 돈과 피륙을 본 형방이 거리낌없이 그것을 끌어당겨 문갑 안에 넣었다.

"진정이 오르려면 비용이 좀 들 게요. 이쯤이면 충분할 듯하오."

석씨와 형방이 일의 자초지종을 의논하면서 원서를 적어나갔다.

원정(願情)하올 일은 몽촌 전 판관 한이서가 그 호부함을 믿어 홀홀단신으로 향곡에 유락하여 근검하게 살아가는 이 몸 석분이를 범간하려다가, 이 몸의 서사촌동생인 석산진에게 피살된 일에 대해 아뢸까 합니다. 이 몸의 선벌은 삼대 전에 충익위의 신분으로 유학도 있더니 가산과 문벌이 구몰하야 광주로 와서 고임자생(雇賃資生) 채초자생(採樵資生)으로 겨우 일가를 이뤄 양심으로 가산을 지키며 근근이 살아오던 중, 이 몸의 하늘 같은 가장이 병을 얻어 가신 뒤로 두 아이와 서사촌동생과 살아오고 있습니다. 지난봄에 전 판관 한씨 댁에서 매파를 보내어 통혼하여왔으나, 강상의 도리가 충신 불사이군이요, 열녀 불경이부라 하였으니 거절하였습니다. 그때에도 이 몸의 동생은 크게 놀라고 분하여 동행하였던 한가의 가속을 때려 쫓은 적이 있습니다. 그뒤 아무런 기미가 없더니 나흘 전에 한판관가에서 강상무뢰 배를 시켜, 산지니가 홍인문 밖으로 출타한 틈을 타서 이 몸을 강제로 보에 씌워 반골에 사는 판관의 유모가에 끌고 갔습니다. 이미 범간할 계책이 서 있는지라 아녀자의 정절은 목숨보다 소중한 것이어서 스스로 죽는 길밖에 없었으나, 또한 이 몸에게는 두 자식이 달려 있어 차마 목숨은 끊지 못하고 모면할 방도를 찾게 되었습니다.

이 몸의 서사촌 석산진이 저를 구하고자 달려왔다가 때마침 겁간하려는 한이서를 보고는 분심을 누르지 못해 낫으로 가슴을 찌르게 된 것입니다. 이미 수절한 여염 과부의 내정을 짓밟았으니 저들의 패륜무도한 행위는 두말할 필요가 없지마는, 그 위에 혼인을 구실로 하여 자식 있는 어미의 정을 끊으려 하며 음욕을 채우고자 핍박하니, 예의와 풍속이 엄연한데 상민의 위에 서는 양반으로서 차마 하지 못할 악행이로소이다. 고을의 규모를 세우고 법령을 밝히며 예의를 숭상하고 염치를 장려하면 퇴폐한 풍속과 기강이 바로 설 것인즉, 시속에 이르는 보쌈이라는 행태는 요순 이래로 부모 없는 어린것들과 지아비 없는 계집을 긍휼히 여겨 보살펴주는 아름다운 풍교를 더럽히고, 오히려 겁간을 용납 선양시키는 짓이 아니고 무엇이오니까. 사람을 죽이면 목숨으로 갚는다지만 이 몸의 동생 산진이 한이서를 살해한 것은 분심에서 나온 충동이며 양민의 수절과부를 겁간하려던 한가에 먼저 죄가 있으니, 그들 부자를 주종범으로 하여 죄를 주어 이 포한을 풀어주옵소서. 이 몸의 서사촌동생 석산진은 그날 이후로 도주중이지만 사죄만은 모면케 하고 자수를 시켜서 다시 양민으로 살아갈 수 있도록 해주십시오.

대전(大典)을 훤히 알고 있는 형리가 낱낱이 법을 밝혀 원서를 썼다. 아마도 등청하면 한씨가에서 벌써 살변의 발고가 들어왔을 것이다. 형방이 아침을 먹는 동안 석씨는 안방에 가서 그들 가족에게 끼여 밥을 먹고 나서 형방과 더불어 관가로 나아갔다. 그러고는 형방의 지시에 따라 삼문 밖에서 기다렸다.

그날 사또의 판결이 떨어지는데 이미 죽은 자의 죄는 물을 수 없고, 아무리 보쌈에 항거하였다지만 역시 사람을 죽였으니 석산진은 죄를 면할 수가 없다. 따라서 살변 도주한 죄인의 예에 의거하여 숨겨준 자는 장닉죄에 연루되며 죽거나 살거나 그를 잡는 자는 논상하리라 하였다.

또한 스스로 수절하려던 과부 석씨나 그 아비를 위하여 저지른 한씨네 장남의 행위는, 양인이 모두 본래 뜻이 풍교에 어긋나지 않는 일이라 저들의 죄에 연좌시킬 수는 없다고 하였다. 다만 석씨가 석산진의 장처를 발고하지 않거나, 젊은 한씨가 그 아비에 대한 복수로 석씨에게 어떤 침탈을 하면 모두 중죄로 다스린다는 판결이었다.

각 진과 역과 나루에는 산지니의 범행 사실과 용모파기가 회람되었으며 기찰포교들이 경강 일대로 풀려나갔다. 석씨가 저녁때가 되어서야 널다리로 돌아오니 인근에 벌써 소문이 자자하여 그네들을 동정하고 한판관 댁을 비난하였다. 판관의 일속들은 우선 석씨를 벌주지 못함을 한탄하더니 기찰포교들을 따로이 불러 사비를 들여 수색하였고, 민정들에게는 현상금을 걸어 발고를 재촉하도록 하였다.

산지니는 화초방 호의로 그날 하루만은 뒷방에서 문을 꼭 닫고 숨어 있었다. 어두워지면 까마귀와 함께 다래목으로 가기로 약속이 되어 있었다. 벌써 산지니의 수배가 역과 나루터마다 내려진 뒤라, 송파에 나와 있는 별장과 포졸들은 들고나는 행객들을 살피고 호패를 조사했다. 기찰포교들은 적경이 있을 적마다 객주 여각과 봉노와 화초방을 뒤지게 마련이었다. 갓 쓰고 도포 입은 자와 긴 저고리에 띠를 매고 패랭이를 쓴 두 사람이 송파 화초방에 들어섰다. 삼촌은 첫눈에 그들이 누구인가를 알아차렸다.

"여보, 방 하나 내주오."

그러나 삼촌은 툇마루에 앉아 곰방대를 빨면서 시큰둥하니 대꾸하였다.

"여긴 주막이나 객줏집이 아니우."

도포 입은 자가 패랭이 쓴 자에게 슬며시 눈짓을 하자 그가 어슬렁 거리며 집 뒤로 돌아갔다. 삼촌은 애가 달았으나 그것을 얼굴에 나타 내지는 않고서 중노미의 이름을 불렀다.

"이손이, 어디 갔나?"

뒤꼍에서 장작을 패던 중노미가 구슬땀을 흘리며 돌아나왔다.

"왜 그러우?"

삼촌은 곁에 서 있는 낯선 사내는 거들떠보지도 않고 말하였다.

"얘, 어서 나가서 별장께 알려서 몇사람 나와보라구 해라."

중노미의 표정이 병병해졌다. 삼촌은 곰방대를 마루 끝에 요란하게 털면서 다시 말하였다.

"영업하는 집이 아니란데두, 나가지 않구서 빙빙 돌며 살피니……
어찌 요즘 세상에 마음을 놓겠느냐?"

그러자 뒤꼍으로 돌아나가던 패랭이가 돌아왔고, 그들은 서로 마주 보며 어이없다는 듯이 껄껄 웃었다. 도포가 말하였다.

"다 알구 왔는데 이러긴가?"

삼촌이 발끈하였다.

"뭘 안단 말이우? 댁네가 어떤 시러베아들놈인지, 명화적인지 어찌 알겠소. 공연히 여염집에 와서 행패부리지 마우."

"허허, 이 자가 언제 뒤꿈치 물리려구 이렇게 잡아떼는가."

도포가 혀를 차더니 허리춤에서 통부를 꺼내어 슬쩍 비쳤다. 삼촌은 미리 짐작하고 있었으므로 보는 둥 마는 둥이었다.

"그래, 포교면 다요?"

패랭이가 뒷짐을 지고 마당 가운데를 어슬렁대면서 말하였다.

"이 집이 뭐 송파서 가장 큰 화초방이라면서?"

포교가 말을 이었다.

"기찰해볼 일이 있어 왔으니 앞장을 서게."

삼촌은 끄떡도 하지 않았다.

"기찰이구 찰떡이구 간에 이 집은 여염집이오. 지은 죄두 없으니 댁네 맘대루들 허우."

그는 뻗대었으나 한편으로는 가슴이 조마조마하였다. 낯선 것들이니 목내에서 일하는 자들이 분명하였고, 삼촌은 설령 송파 것들이 나온다 할지라도 두려울 게 없었다. 그들도 매 보름마다 찾아와 인정전을 거두어갔기 때문이다. 패랭이가 삼촌을 젖히고 툇마루로 오르며 중얼거렸다.

"투자(投子)나 지패(紙牌)나, 하여튼지 골패(骨牌) 한조각이라두 나오기만 했단 봐라. 당장 모양을 내어 끌구 갈 테니깐."

삼촌은 얼굴이 상기되어 벌떡 일어났다.

"어어…… 남의 집에 마구…… 어디 두고 봅시다. 이런 행패를 부리고도 관문을 드나드는가."

기찰포교들은 날카로운 눈을 굴리며 화초방 여러 곳을 뒤졌다. 삼촌은 될 대로 되라는 심정이 되어서 그냥 툇마루에 우두커니 앉아 있었다. 포교들이 바깥채를 다 뒤지고는 뒷마당으로 돌아가는데 그곳은 정말 살림집이라, 삼촌이 아무리 산지니를 숨겨놓고 뒤가 구리다지만 분이 안 날 도리가 없었다.

"여보, 이제는 아주 내정 돌입까지 하겠단 말이우?"

"그러니까 자네더러 앞장서라구 하지 않았는가."

"만약에 이 집에서 댁네가 바라는 것을 아무것도 얻어내지 못하면 그때엔 어쩌려구 이러시우?"

삼촌은 되도록 시간을 끌어 뒷방에 숨은 산지니가 달아나도록 하자는 생각이었다. 척하면 삼척이니 갯가에서 굴러먹은 산지니가 요령껏 알아서 하리라고 믿는 때문이었다.

"이거 보슈, 술을 한잔 들겠다면 마다하지 않을 수도 있고, 용전이 필요하면 내줄 수도 있소. 내가 이래봬도 송파 살림이 대물림이오. 괜히 이러지들 말구 안면 좀 익히구 사십시다."

뭔가 구리긴 구리구나, 느낀 포교는 삼촌의 가슴을 탁 밀어냈다.

"이거 왜 이러시나. 우리가 바지저고리인 줄 아는가. 하여튼 털어봐서 서캐 한마리라두 나오면 사돈댁이 봉변이야. 어서 뒤져라!"

패랭이가 거침없이 안방문을 열어젖히니 가족들이 놀라서 비명을 지르는 소리가 들렸다. 이윽고 뒷방 차례가 되었다. 문을 벌컥 열어본 패랭이가 떠들었다.

"허, 이것 봐라."

그가 들고 나온 것은 아투전(雅鬪牋) 짝들이었다.

"흥, 이래두 여기가 화초방이 아니란 말인가?"

그러나 삼촌은 누그러지지 않았다.

"여염집에 지패나 골패 없는 집이 거여 객점거리서 어디 있나 찾아보슈. 댁네들은 동무끼리 한번두 놀지 않았단 말이우?"

딴은 그럴듯한 말이었다. 포교들도 집뒤짐을 하고 나서 좀 미안했고 이런 때에는 삼촌도 슬슬 눙치게 마련이라,

"좋게 술 한잔 먹자 하면 나두 옹색한 놈은 아니라 그런 말이우."

해버렸고, 포교들도 객점거리 화초방이라면 이곳에 나와 있는 포교들과도 따로이 거래가 있겠거니 싶어서 더이상 따지려 들지 않았다.

"좌우간 우린 성내에서 나왔으니 서루 얼굴이나 익히자는 게 아닌가."

이런 수작들이 오고가면서 그들은 바깥채로 나갔고, 툇마루에는 어느틈에 조촐한 술상이 차려져 있었다. 그러나 인사조로 한잔씩 들이켰을 뿐 곧 이런 자리는 서로가 겸연쩍은 자리라, 다음날에 와서 사귀기로 하면서 포교들이 물러갔다. 삼촌은 한숨 돌리고 나서 뒷방 쪽으로 다가왔다.

"이 사람 어디루 갔나……"

툇마루가 통통 울렸다. 마루 밑에서 손가락으로 퉁기는 소리였다. 허리를 굽히고 들여다보니 안쪽 끝에 산지니가 바싹 쭈그리고 엎드려 있었다.

"어서 나와. 나는 그동안 불알이 녹는 줄 알았다."

"화초방 삼촌이 다르긴 달러. 그나저나 한번 들렀으니 오늘은 오지 않겠지."

"이 사람아, 잠깐 들으니 시방 광주 일대에 기찰포교들이 하얗게 깔려 있는 모양일세."

저녁이 되어서 다래목의 깍정이패 꼭지인 까마귀가 상번수 두 사람을 데리고 화초방에 나타났다.

"어이, 아무래도 안되겠는걸. 우리 동네에 벌써 두 차례나 다녀갔다네. 오늘밤에 아예 강을 건너야겠어. 헌데 포교들 하는 말이 자네가 아직 광주에 있을 거라는 얘기여. 돈 백냥이 걸려 있다더군."

삼촌이 농을 던졌다.

"예미랄 거, 그런 줄 알았으면 아까 슬며시 일러주고 백냥을 버는 건데."

"우리 누님이 어찌되었다던가?"

"그건 잘 모르겠는데. 어쨌든 솔부리까지는 못 가더라도 일단 노적사(露積寺)로 가야겠네. 통기는 해두었으니 그쪽에서도 기다릴 걸세."

그들은 밤이 깊어지기를 기다렸다. 까마귀가 기우는 달을 올려다보며 중얼거렸다.

"올 때가 다 되었는데, 이년이 뭘 하구 있는 게야."

"누굴 기다리나."

"우리 여편네를 기다리네."

삼촌이 혀를 끌끌 찼다.

"잘하는구나. 살림 차린 지 달포두 못 되어 이런 일에나 끌어들이다니."

"그럼 깍정이 꼭지 여편네가 무슨 안방마님인 줄 알았담."

까마귀는 거여 객점거리에 창기를 서넛 거느리고 있었다. 물론 머리얹어준 인연밖에는 없지만 이들 모두를 마누라고 불렀고, 그쪽에서도 까마귀에게 싫은 내색이나 덤덤한 기미를 보였다가는 손님 받는 일은 끝장이었다. 달이 까무룩하게 지고 나서 얼굴이 해끔한 어린 창기가 화초방으로 찾아왔다. 까마귀는 대뜸 욕설부터 나왔다.

"이년아, 한시가 급한데 왜 이제 오는 거야?"

"아이 참, 저 성미 좀 보게. 나두 먹구 살려면 끝손님 보내구 술상 치우구 와야 되잖아요."

"가져왔어?"

"이거 구하느라 아주 혼났네."

창기는 보퉁이를 옆에 끼고 있었다. 까마귀가 보퉁이를 끄르자 그

안에서 먹물 들인 장삼과 염주와 송낙이며 단주에 목탁까지 일습이 쏟아져나왔다. 까마귀가 그것들을 걸치고 뒤집어쓰고 하는 동안 여자는 노랑 저고리 다홍 치마를 흰 소복으로 갈아입었다.

"어디…… 어디 보자. 저런, 머리에 달린 댕기를 풀어야지."

"에구, 내 정신 좀 보아."

여자가 얹은머리에서 나풀거리는 금박댕기를 풀어버렸다. 삼촌과 산지니는 이게 다 무슨 소란한 광대놀음인지 알아차릴 수가 없었다.

"이게 다 무슨 짓인가?"

산지니가 얼떨떨하여 물으니 까마귀는 싱글거리면서 받았다.

"동무 잘 두어 자네 호강하네. 자네는 염라 태수 앞으루 가줘야겠어."

뒷전에 있던 그의 상번수들이 킬킬 웃었다.

"염라 태수라니……"

"송장이 되어야겠단 말이야."

하고 까마귀가 돌아보니 둘이 달려들어 그에게 무명을 씌우고 밧줄로 발끝에서부터 머리까지 친친 동여매는 것이었다.

"이…… 이게 무슨 짓인가?"

"오늘밤 장사를 지내러 가는 게야. 송장을 잡으려구 그러진 않을 테니까."

산지니는 알아듣긴 하였으나 불안하여 연신 꿈틀거렸다. 까마귀가 걷어차면서 일렀다.

"밖에 나가면 방귀 새지 않게 힘주고 있어야 하네."

송장치레를 끝마치고 나서 상번수들은 산지니를 허술한 송판으로 만든 관 안에다 뉘었다. 산지니가 덥고 답답하여 머리를 움찔거리며 우물우물 입안엣소리로 웅얼거렸다.

"이 송장 좀 보게. 자칫하면 포졸들이 도깨비 잡으라는 방을 놓겠네. 꼼짝 말라니까."

상번수들은 다시 관 위에다 송판 두 장을 얹고서 귀퉁이에만 못을 쳤다. 그러고는 둘이 어깨에 둘러메고 마당으로 나섰다. 화초방 삼촌이 따라나오며 관 뚜껑을 토닥였다.

"잘 가, 이 사람아. 가서 자리잡으면 송파루 기별두 해주어."

"허, 북망에 가는 놈 보구, 재작년 그러게 돼어진 둘쨋놈 돌잔치에 술 먹으러 오라는 격이로군."

송낙에 가사 장삼을 입은 까마귀가 앞장을 서면서 농을 쳤다.

"배는 준비해두었나?"

"수장을 지내는가, 배는 찾아서 뭘 해. 아예 들판에서 장작불로 화장을 시켜버릴 텐데, 나무아미타불."

여하튼 이렇게 묘한 장례 행렬은 곧 거여 객점거리로 나왔다. 앞에는 발등거리를 들고 까마귀의 첩이 소복에 머리를 풀고 걷는데, 뒤로는 관을 둘러멘 상번수들이요, 맨 뒤에 송낙을 내려쓴 까마귀가 목탁을 두드리면서 따랐다. 객점거리를 지나 장터를 내려오는데 행인이 끊겨서 한산해진 주막에 앉았던 기찰포교들이 앞을 가로막았다. 그들은 술청에 앉아 장터를 빠져나가는 자가 없나 살피던 중이었다. 하나는 술청에 그대로 앉아 있고 다른 하나가 검정 더그레를 입은 포졸을 데리고 길 복판으로 나섰던 것이다.

"뭐냐……?"

포졸 대신 평복 차림의 기찰포교가 턱을 올리며 물었다. 앞에서 관을 들고 가던 상번수가 어이가 없다는 듯이 혀를 찼다.

"허허, 밥상머리에 앉아 쌀이 무슨 곡식이냐구 물어보슈."

포교가 발칵 화를 냈다.

"곁말 쓰지 말구 그 관이나 내려놓아."

발등거리를 위로 비춰보면서 까마귀의 첩이 종알거렸다.

"오오, 이제 보니 사근내서 남태령 기찰하던 박포교시구랴. 세상에 인심이 이럴 수 있수. 청에 와서는 날마다 공술이요, 적경이 있으면 실정을 캐달라구 온갖 감언으로 구슬리더니…… 이제 노류장화 청산하고 들어앉아 아이 낳고 남편 섬겨 살렸더니 이렇게 한 삭도 못 채워 관격으로 숨졌으니, 이 괄세받는 설움을 어디 가서 달랠꼬."

과연 송파 거여 객점거리서 물장수로 이력이 났던 창기라 광주 목내의 수십명 포교들을 뜨르르 꿰던 모양이었다. 포교가 입맛을 다시면서 그래도 켕기는지 청에 앉은 자를 돌아보았다.

"이것 참 난처하군. 적경이 있을 적마다 이렇게 인심 잃다가는, 아예 자리 내놓구 나가서 동냥은커녕 발가벗고 맞아죽게 생겼구먼."

포졸은 땅에 내려놓은 관을 멀거니 내려다보면서 실상 어찌할까를 모르는 양이었다.

"저승길이 바쁘오. 차사가 노하시겠소이다. 나무관세음보살."

뒷전에서 잠시 목탁 두드리기를 멈추었던 까마귀가 염불을 나직하게 엮어내리며 은근히 재촉하였다. 술청에 앉았던 자가 어슬렁대며 나오더니 대뜸 한다는 소리가,

"관 뚜껑을 열어라!"

하는 것이었다.

"인두겁을 썼구먼!"

상번수가 투덜거렸고, 까마귀의 첩은 이내 곡성을 터뜨렸다.

"아이고나, 원통하여 어찌 사나. 천한 년은 남편이 죽어도 장사나마 마음대로 지내지 못하니 이런 법이 어느 세상에 있을까."

낯선 포교는 기가 죽기는커녕 매우 차갑고 침착하게 뇌까렸다.

"지금 목내에 살변이 일어나 그 대죄인을 잡으려고 경이 도처에 풀려 있거늘, 상시에 장사 지내지 못함도 또한 악운이라 어찌하오. 죽은 이도 나라에 죄지은 자를 잡으려는 데 도움을 주는 일이라 공이 없겠소. 어서 잠깐만 열어 보이고 가시우."

까마귀가 첩에게 넌지시 말하였다.

"그러게 내가 뭐라 하였소. 의원을 통하여 관가에 알리자구 하지 않았소. 어서 열어 보입시다."

상번수들이 대강 쳐두었던 못을 뽑고 송판을 떼어내는데 혹시나 산지니가 재채기라도 터뜨릴까 하여 모두들 조마조마하였다. 뚜껑이 젖혀지고 보니 흰 무명에다 밧줄까지 친친 동인 시체의 모습이 분명하였다. 이때 까마귀가 송낙 아래로 두 팔을 가져가 장삼자락으로 코와 입을 가리우며 물러서는 시늉을 해 보였다. 허리를 굽히고 들여다보던 포교들이 불안한 기색이 되어 물어왔다.

"아니, 왜 그러는가?"

"관가에 알리자던 일이 무어야."

까마귀가 뒷걸음질로 물러나서 코와 입을 가린 채로 중얼거렸다.

"역병이오. 관가에 알리자 하였더니 한달간 금줄을 치라고 하면 생계가 막연하다기에……"

포교들은 본능적으로 코와 입을 가리고 물러났다. 그리고 말은 하지 않고 손으로만 어서 가라고 앞을 가리켰다. 상번수들이 다시 꾸물대며 뚜껑을 덮자 포교들은 멀찍이 떨어져서 외쳤다.

"인가를 피하고 물을 피하도록 하게. 어서 가지 못하구 뭘 하나?"

그들은 가까스로 웃음을 참으면서 송파 장터를 지났다. 장터를 나서면 곧 나루터라, 별장이 몸소 나와서 요소마다 포졸들을 풀어두고 들고나는 선창의 거룻배 야거리 주낙배까지도 샅샅이 조사하고 있었다. 그들은 광나루와 송파나루 사이의 인적이 드문 곳에다 주낙배를 대어놓았던 것이다. 이제는 여기가 마지막 관문인 셈이었다. 나루터로 내려가면서 까마귀가 주의를 주었다.

"이번에는 아예 여기서부터 울고 가야겠어. 잘해, 눈치채지 않게. 관을 열어 보이라면 군말없이 보이잔 말이야. 설마 염병 걸려 뒈진 놈의 상판대기를 상면해보자는 놈은 없겠지."

그들은 아까와는 달리 곡성을 드높이 목탁소리도 요란하게 나룻가로 내려갔다. 나룻가에는 장대 위에 횃불이 달려서 주위가 벌겋게 밝혀져 있었다. 모든 사공들과 장사치와 포졸들의 시선이 쏟아져왔다. 그들은 전혀 개의하지 않고서 강변을 따라 오르는 소로에 접어드는데, 아니나다를까 별장이 소리를 질렀다.

"게 멈춰라."

그들은 다소곳이 서 있었다. 여자는 푸념도 않고 흐느끼기만 할 뿐이었다. 상번수들이 다가오는 포졸들에게 말하였다.

"과연 이 사람은 염라국 가는 길이 험하군. 벌써 장터에서 기찰을 받구 오는 길이외다."

"이번에 관을 또 열면 송장이 일어설지두 모르겠는걸."

포졸이 되물었다.

"벌써 기찰을 받았소?"

"예, 죽을 죄를 지었소이다. 그만 금줄이 두려워서 관가에 알리질 않았는데 염병이오."

상번수가 말하니 나루터의 포졸들 역시 모두 놀랐다.

"삼남에 염병이 창궐한다더니, 이제 경강에두 큰 변이 났군."

별장은 황급히 손짓하였다.

"어서 물러가라. 그리구 너희들은 따라가서 시신을 어찌하는가 확인하고 오너라."

나루터를 빠져나가는 것은 좋은데 포졸들이 화장을 지켜보기 위해 따라나선다니 더 곤경이 되는 셈이었다. 까마귀가 별장에게로 다가가니 별장은 짜증스런 목소리로 말하였다.

"가까이 오지 말라니까…… 어서 지나가도록 하라."

"원래 염병에 죽은 시체는 들판에 내려다가 바람을 쐬어 악한 기운이 다 날아간 뒤에 화장을 하는 것입니다."

"그런가……"

"방금 포교나으리가 그리하라구 이르고 명일 개청이 되는 대로 혈속들에게 죄를 내린다 하였습니다."

별장은 얼굴을 찌푸리고 고개를 끄덕였다.

"어서…… 어서 가보게."

화장에 입회하여 검시하겠다던 서슬이 도로 쑥 들어가버렸다. 그들은 광나루 쪽으로 한참이나 올라가서 인적이 완전히 끊긴 들판에 나와서야 관을 내려놓았다. 산지니도 거기가 어디쯤이라는 것을 대강 짐작하였는지, 관 안에서 우우 하는 소리를 내면서 무릎을 굽혀 관을 두드렸다.

"가만 좀 있어. 열어줄 테니까."

까마귀가 송낙을 벗고 주위를 두리번거렸다.

"이쯤이 맞을 텐데…… 그 발등거리 좀 주어."

까마귀는 여자에게서 등불을 받아 위로 쳐들고 좌우로 여러 번 흔들었다.

"우리 계원이 나오기루 하였으니 곧 나타나겠지."

아직도 관 속에서 산지니가 꿈틀대며 관에 몸을 부딪는 소리가 들렸다.

"열어줘라."

송판을 떼어내고 나서 상번수들은 묶었던 밧줄을 풀었다. 아래를 채 풀기도 전에 무명을 헤치고 산지니가 머리를 내밀었다. 그는 강바람을 맞으며 몇번이나 길게 숨을 내쉬었다.

"송장 노릇 하다가 정말 죽는 줄 알았다."

"잘 참았네."

"배가 오는 모양이우."

상번수가 까마귀에게 말하였다. 어둠속으로 자세히 살펴보니 주낙배 한척이 강심으로 저어나오는 중이었다. 배가 닿자마자 까마귀가 갯가로 나갔다.

"빠져나왔네."

"모두들 기다리구 있어."

"달근이 성님은 한양서 돌아왔나?"

"어제 왔지. 양주 사람들도 몇 보이던데."

까마귀가 산지니를 불렀다. 그러고는 첩과 상번수들에게 일렀다.

"여기서 관을 태워버리구 돌아가 있으라구. 너희들은 다래목에서 며칠간 나오지 말구 처박혀 있어."

산지니가 배에 오르자 그들은 강 건너편으로 배를 저어 나갔다. 산지니가 불안하게 물었다.

"어디루 가는 게야?"

"노적사로 가오."

낯선 사내가 말하였다.

광나루 어름에서 배를 띄워 옥산내를 지나서 평구역말에 이르는데 물길이 완만하고 강폭도 드넓게 휘돌았다. 산지니는 배를 타고 경강이나 양근 가평까지 다녀보기는 하였으나 바로 지척인데도 강 건너에 발길을 대어보기는 이번이 처음이었다. 그들은 마을의 불빛을 짐작하여 조금 아래쪽에 배를 대었다. 강변을 따라서 중랑포와 양근을 잇는 길이 뻗어나가 있었다.

"잘되었네. 오늘이 바로 광주 장날 전날 밤이지? 우리가 모이는 날이여."

"뭐…… 검계 말인가?"

까마귀의 말에 산지니가 물었다. 까마귀는 고개를 끄덕였다.

"다음번에는 흥인문 밖이나 왕십리에서 모임이 있고, 경강에는 내달이지. 경강 검계에는 따로이 살주계(殺主契)라는 별대가 있네."

그들은 자갈밭을 건너 묘적산 계곡으로 가는 삼십여리의 산길로 접어들었다. 들판에는 개똥벌레들이 반짝이며 날아다녔고 서늘한 바람이 불었다.

"내 얘기를 했던가?"

산지니가 불안하여 물으니 까마귀는 껄껄 웃었다.

"전부터 자네를 끌어들이라구 말이 있었네. 헌데 마음 고쳐먹구 밥보가 되어 초군질이나 다니는 자네를 믿을 수가 있어야지. 살변이 나게 되어 내가 산으로 아이를 보냈더니 곧 데리고 오라구 하더구먼."

"누가 우두머리여?"

까마귀는 잠깐 대답이 없었다.

"광주에서는 정원태가 제일이고, 경강에서는 모신이가 제일이고, 양주에서는 이도장이라는 사람이 제일이고, 교하에서는 홍서방이라데. 헌데 실상은 한양 성내의 벼슬아치와 선비들 몇이 우리하구 연락이 있다던데 우리는 거기까지는 잘 모르네."

산지니는 어쩐지 자기가 세상 물정을 모르는 어린아이같이 여겨졌고, 이미 세상의 판국이 이쯤 돌아가고 있다면 자기가 전 판관짜리 하나 죽였단들 두려울 게 없다는 생각이 들었다. 진작부터 일당이 되었더라면 이번 일도 그렇게 서투르게 저지르지는 않았을 것 같았다.

한밤중이나 되어서 그들은 묘적산의 광활한 계곡에 이르렀다. 퇴계원으로 내려가는 계곡의 개천이 있었으나 가뭄으로 한 팔 정도가 될까 말까 한 실개천이 되어 있었다. 물이 지나던 곳마다 잡초가 자라나 바람에 을씨년스럽게 흔들거리고 있었다. 주위는 짙은 송림의 어둠이 둘러싸고 있었다. 송림 사이로 가까이 불빛들이 번져 있는 것이 보였다. 앞서가던 자가 말하였다.

"벌써 회의가 시작된 모양이우."

"이번에 무슨 일이 있다던가?"

"홍인문 밖에서 거사할 일이 있다는 것 같던데."

그들은 송림을 베어넘긴 공터에 이르기 전에 좌우에서 파수 보는 자들에게 둘러싸였다. 까마귀 일행인 것을 알자 그들은 공터로 안내되었다. 낮은 초막들이 세워져 있었고 가운데에는 장작불이 타올라 주위를 밝히고 있었다. 모두들 열기와 불빛으로 번들거리는 상반신을 돌려서 그들이 오는 것을 돌아보았다.

"성님들, 안녕허우?"

까마귀가 인사하니 좌중에서 제각기 아는 체하는 말이 나왔다. 스무 명 남짓한 사내들이 웃통을 벗고 탁배기라도 마시는지, 자리 앞에 대접과 동이가 놓여 있었다. 까마귀가 산지니의 팔을 이끌고 중앙으로 데리고 나아갔다.

"이 사람이 바루 전 판관 한이서를 찍어죽이구 달아나온 널다리 사는 석총각이우."

까마귀가 스물 남짓 되는 사내들에게 인사조로 말하였고, 산지니는 어디라 할 것 없이 막연한 곳에다 대고 장바닥 인사로 머리를 껍죽 흔들었다.

"산지니라구 허우."

"대덕(大德)님께 인사를 드려야지."

좌중에서 누군가 말하자 여기저기서 암 그래야지, 어쩌고 하는 소리들이 들렸다. 까마귀는 산지니의 팔을 끌어 흰옷에 흰 건(巾)을 쓰고 있는 사내 앞으로 데려갔다. 검은 수염이 흰저고리 위로 자못 위엄 있게 드리워져 있었다. 어리둥절해 있는 산지니를 보고 까마귀가 팔을 건드리며 속삭였다.

"어서…… 큰절을 올리게."

그러나 산지니로서는 아무리 사세 부득이하여 남의 굴에 더부살이 들어온 처지라고는 하나, 코빼기도 모르는 자에게 국궁배례한 적은 없었다. 머뭇거리다가 역시 장터에서 무뢰배들 인사 트는 식으로 고개를 까딱하며 내뱉었다.

"객주거리서 산지니라면 대강들 압니다."

건을 쓴 자는 웃는지 찡그리는지 알 수가 없는데, 누군가 킥킥 웃더니 드디어 여럿이 껄껄대는 웃음으로 변하고, 대덕인지 장떡인지 하는 이도 고개를 뒤로 젖힌 것으로 보아 따라 웃는 모양이었다. 까마귀가 대신 허리를 굽히고 말하였다.

"장터에서 싸움질로 뼈가 굵어 버릇이 요 모양입니다."

"기개가 그래야지. 땅바닥에 엎드리라는 것부터 잘못이 아닌가?"

건을 쓴 자가 말하였다. 그는 제 앞의 사발을 들어 산지니에게 내밀었다.

"한잔 들구, 어서 끼여 앉게."

다른 자가 동이에서 술을 한 바가지 떠서 산지니의 잔을 채워주었다. 산지니는 선 채로 단숨에 들이켜고 대덕이란 사람에게 도로 내밀었다.

"잘 먹었수. 이렇게 오갈 데 없는 놈을 받아주어 고맙소."

서슴지 않고 한 바가지 떠서 술이 철철 넘치도록 따르고는, 돌아서서 어디에 끼여앉을까 망설이니 웬 사내가 그의 바짓가랑이를 당기며 말하였다.

"총각, 여기 앉게나."

산지니는 거기가 휑하니 비어 있는 것을 보고 털썩 주저앉았다. 그에게 자리를 내주던 사내가 말하였다.

"사람이 지렁이 갈빗대처럼 물렁해서는 못쓰지. 자네가 까마귀의 동무인가?"

산지니가 돌아보니 사십대의 중년 사내인데 얼굴이 가물치 빛에다 박박 얽은 곰보였다. 제 마음대로 말을 놓는 것도 배알이 꼴리거니와 무엇보다도 까마귀의 동무라는 말이 아니꼬웠다. 사실 까마귀가 송파 다래목의 깍정이패 꼭지이긴 하지만, 나루터에서의 두 번 싸움으로 완전히 짓눌러놓았던 것이다. 장터 난전꾼들과 다래목 깍정이 상번수들이 둥글게 둘러서서 지켜보는 가운데 그를 타누르고 모래에서 강물까지 끌고 가 물을 실컷 먹여준 바 있었다. 그래서 떠꺼머리 산지니는 상투잡이에 첩까지 있는 까마귀와 말을 트고 지내던 것이었다. 실상 대처 여염 동네가 아니라 녹림에서라면 까마귀는 산지니를 성님으로 받들어야 할 처지였다. 곰보는 산지니의 떨떠름한 침묵을 보더니, 제 동무인 듯 퉁방울눈에 텁석부리 사내를 연신 돌아보며 큰 입을 주욱 찢고 히죽거렸다.

"사내자식이 이만해야지. 호기(豪氣)가 오패부장(五牌部長)이로군."

그러나 곁에 있던 퉁방울눈은 마뜩찮다는 표정이었다.

"갯가 망둥이가 용궁 소식을 알까."

엇비슷이 대놓고 산지니를 깔아뭉개더니 이내 반말지거리였다.

"자네 광주 토박이여?"

"건 왜 물어?"

"나는 동작진 사람인데 아마 자네 애비뻘이 될 듯해서……"

산지니는 픽 웃었다. 그러고는 아예 상대를 않으려는 눈치였다.

"어어, 그러다 정말 애들하구 싸움나겠다. 내가 자네 얘기를 까마귀한테서 듣고 만나구 싶었네. 나 안성 달근이여. 내가 자네를 데려오라구 까마귀에게 일렀지."

산지니는 모닥불빛에 붉은 기가 일렁대는 중년 곰보 사내의 얼굴을 찬찬히 훑어보았다. 그러고 보니 그가 가끔 장물 먹이러 드나들던 것이며 화초방에도 끼이던 것이 생각났다. 산지니는 고개를 까딱하였다.

"생각해줘서 고맙수. 헌데 이건 뭐…… 만만찮기가 꼭 사돈댁 안방 같아서 무슨 속내가 있는질 알아야지."

고달근은 얼른 산지니의 어깨에다 손을 얹고 툭툭 두들기며 그와 퉁방울눈을 돌아보며 말하였다.

"염려 놓게. 우리두 거북하기는 매일반이니까. 자네는 애초부터 까마귀가 데려왔으니 우리 식구일세. 오늘 모임이 끝나면 내일루 당장 우리하구 같이 솔부리에 들어가세."

산지니는 기왕에 몸붙일 데 없는 신세라 한식구라는 말에 풀이 꺾였다. 고달근이 제 동무의 잔을 건어다가 내밀었는데 그는 다름아닌 동작진 출신의 황회였다. 황회가 원래 사람이 붙임성이 없어서 그렇지 산지니에게 무슨 뚜렷한 유감이 있는 바도 아니었다.

"자, 한잔 들게. 요즘 바깥세상에서야 어디 냄새나 맡을 것인가. 이게 이래뵈두 곡주일세."

산지니는 수걱수걱 잔을 받았다. 그가 무심결에 내려다보니 옆에는 짧은 환도가 놓였고, 황회의 궁둥이께로 비죽이 나와 있는 것은 분명히 화승총 대가리였다. 얼른 주위를 둘러보니 제 옆자리에 앉은 자는 외팔인지 저고리 소매를 접어서 돌띠에다 질끈 매어두고 있었는데, 그의 곁에도 길쭉한 화승총의 총열이 보였다. 예사 무리가 아닌 것이다. 달근이가 산지니의 왼편 사람을 불렀다.

"얘, 전생아, 서루 턱인사라두 맞춰라."

그가 산지니를 돌아보는데 팔 하나 없는 것은 고사하고 왼쪽 눈도 질끈 감겨 있었다. 그는 두건을 둘렀는데 머리타래가 두건 속으로 접혀올라간 것으로 보아 저 같은 총각이 분명하였다. 그자가 무뚝뚝하게 말하였다.

"파주 사는 전생이라구 허우."

산지니는 도무지 정신이 없었다. 이런 자들이 어디서 이렇게 모여 무엇을 하자는 것인지 짐작이 가지 않았다. 술이 대강 몇순배 돌아가고 나자 건을 쓴 대덕이라는 사람이 일어나 말하기 시작하였다.

"미륵의 마음은 곧 백성의 마음이오. 세상에서는 미륵의 마음이 원래 자기들의 마음이라는 것을 모르오. 이것은 세상의 권세와 물욕이 저들의 눈을 가리우고 있기 때문이오. 도솔천의 극락계란 하늘 아래 빈부귀천의 구별이 없고 누구나 미륵의 자비로운 마음이 되어 온갖 천지만물도 평등히 사랑하게 되는 세상이 올 적에 실현되는 것이지요. 지금 우리는 그릇된 세상을 건지고 도탄에 빠진 창생을 살려야만 합니다. 묵은 세상이 망할 때에는 권세를 믿는 자들의 압박이 태산처럼 무거워지고, 금력을 누리는 자들의 욕심이 강처럼 그침이 없을 적에 미륵의 마음이 상하여 백성을 성나게 하고, 백성에 의해 새세상이 오게 되는 것이오. 이제 온 나라는 기근에 빠지고 조정은 붕당의 폐가

극에 달하여 서로 몰아내고 죽이는 일이 헐벗고 굶주린 백성들을 보살피기보다 더욱 중한 일이 되었으며, 왜국에서는 다시 난리를 일으키려고 청국의 형편을 은밀히 살피고 있소이다. 이제 더 기다렸다가는 몇 안되는 양반들 때문에 나라는 망하고 다시 왜의 침탈로 모두 죽게 되었소. 우리가 미륵님을 어서 불러 모시지 않으면 도솔천을 이룰 날은 그만큼 멀고 늦어지게 되오. 이제 양주의 대사께서 말씀하시기를 무진(戊辰)에는 양반은 상사람이 되고 상사람은 양반이 된다 하셨으니, 바로 하늘이 때를 알린 것이오. 우리가 지금부터 준비하지 않았다가 그때에 이르러 수백번 후회한다 한들 무슨 소용이 있겠소. 이미 세상은 바뀌게 되어 있소이다. 근자에 한양에서 우리 계의 통문이 온 것을 보니, 왜국 국서로 시국에 대한 논의가 들끓어 권세가와 부자들이 날마다 흥인문을 빠져나가고 있다는 것이오. 아마도 조정에 실직이 없는 양반들이 시골의 장토를 찾아 피난하려는 모양인데, 저들은 일찍이 우리의 고혈을 빨아 권세와 금력을 누린 자들이고, 앞으로도 우리의 것을 더욱 빼앗아가고 우리의 거사를 가로막을 자들이오. 이들을 모두 잡아서 재물을 빼앗아 우리의 거사에 쓸 병장기와 마필을 준비해야 합니다. 그래서 통문에서는 우리에게 중랑포와 왕십리 광나루의 길을 막으라고 알려왔소. 경강의 용상과 마포에서는 동작나루와 노량나루를 맡을 것이고, 서강에선 청파의 살주계와 협력하여 서대문과 남대문 그리고 경강 수로를 맡는다고 알려왔소. 오늘 모임에서는 교하 파주를 위시하여 양주 분들도 오셨으니 북로에서는 우리와 같은 일을 하게 될 것이오."

고달근이 벌떡 일어났다.

"우리 솔부리에서는 직접 흥인문 앞에까지 나아갈 참이오. 중랑포는 군영이 동서로 오리지간에 둘러싸고 있어서 세가 불리하고 광나루 또한 별대가 지키는 곳이라 차라리 왕십리가 훨씬 유리합니다. 그러니 노적사의 식구들은 왕십리로 나가시우."

정작 실권 없는 솔부리의 두령으로 밀려난 복만이가 달근이의 말에 트집을 잡았다.

"그러면 홍인문 앞에서 먼저 한 패거리를 겪은 사람들이 왕십리로 나오게 될 테니 그들의 목숨이나 내놓으랄밖에 할일이 없겠구면."

"광주로와 과천로가 갈려 있으니 서로 상관이 없을 거요."

곁에서 황회가 달근이를 거들고 나섰다.

"하여튼 우리가 맡은 곳은 한양 동편이니 일단 홍인문서부터 왕십리까지로 정합시다."

건을 쓴 자가 말하자 모두들 별 반대가 없었다. 조금씩 마음도 놓이고 뭔가 알지 못할 뜨거운 느낌이 가슴에 닿았던 산지니가 고달근에게로 숙이며 가만히 물었다.

"저기 건을 쓰고 있는 이가 누구요?"

"글쎄…… 우리하구 상관이 전혀 없달 수야 있나. 미륵도를 한다는 도인이지. 정원태는 한양에두 연줄이 많다네. 천지가 개벽한다구 날마다 알 수 없는 소리를 하는구면."

"천지개벽이라뇨? 구름을 일으키고 바람을 몰아오는 도술이라도 부린답디까?"

산지니의 어수룩한 물음에 고달근은 웃음을 터뜨렸다.

"안개와 이슬만 처먹구 사는 신선이란 묘한 물건이 있다면 모를까, 마누라 데리구 이따금 그짓두 벌이구 곡물은 물론이요 간장 된장에 썩은 물까지 들이켜는 사람이 어찌 구름과 바람을 부릴 수 있겠나. 하늘 자리와 땅 자리가 엇갈려 바뀐다는 소리겠지. 아까 못 들었는가. 이를테면 나라의 주인이 바뀌고 양반이 상놈 된다는 말이여."

산지니는 눈을 크게 떴다.

"아니 그러면…… 역적질 아니우?"

황회와 전생이가 동시에 고개를 돌려 산지니를 노려보았다. 고달근은 다시 웃는 얼굴이 되었다.

"살인죄에 쓸 모가지 따로 있고 역적죄에 쓸 모가지 따루 있나. 여벌 모가지를 여러 개 보퉁이에 싸서 짊어지고 다니다가 패랭이 바꿔 쓰듯 하면 되겠구먼."

"그래두 임금을……"

"나라 훔친 놈에게서 대대로 태어난 놈들이 임금이지."

하고 나서 달근이는 산지니의 어깨를 툭툭 두들겨주었다.

"자네는 그저 나만 따라다니면 되는 게야. 천지가 바뀌든 뒤집히든 나는 알 바가 없다네. 한양 성내가 무슨 산간에 암자는 아니란 말여. 그렇게 쉽게 깨어질 리가 없지."

달근이는 썩은 입내를 산지니의 코에다 내뿜으면서 나직이 일렀다.

"이보라구, 내가 저따위 귀신 세워들구 나오는 작자들허구 같은 줄 아나. 하여튼 시골 상머슴이나 왈짜아이들은 정가의 말만 들으면 곧바로 자기가 삼정승 육판서나 되는 줄로 알구 신바람을 내거든. 우리는 부지런히 재물이나 모으는 게야. 보아허니 기가 있어서 웬만한 일로는 놀라지 않을 듯하군. 이봐, 언제나 산골짜기 은신처에 박혀서 검은 옷자락만 보아도 혹시 포교가 아닌가 간을 졸이구 살겠나. 기름진 전장에 제비 날개 같은 기와집을 마련하구 노비에 소작에 마름 두고서 살아봐야지."

산지니는 어쩐지 그의 친근하게 대하려고 애쓰는 태도가 못 미더웠고, 우선 구취가 고약하여 어깨에 돌린 달근의 팔을 잡아내리며 고쳐 앉았다.

"이녁이야말로 모가지 갯수가 여럿이구려. 나는 죄 없수. 우리 누님을 겁간하려던 반송장 늙은이를 죽였는데, 나라의 법이 반상에 구별없이 고르게 퍼져 있다면 그 늙은이는 양가녀 겁간죄로 타살되어야 마땅허우."

"허, 내 말을 못 알아듣는구먼. 여기 죄 있는 놈이 어디 있나. 다 세상 잘못 만나구 부모 잘못 만난 탓이지. 우리 검계에두 자네같이 수배된 사람두 있구 이미 경을 치구 나온 사람두 많어. 서강 모신이네 드나드는 홍가란 자도 일찍이 경을 치고 이마빡에 자자되었다가 내빼온 사람이라 상주처럼 방갓을 깊숙이 눌러쓰고 다닌다네. 내 말은 제 속두 차리구 계에서 하는 일에 발을 맞추잔 소리지."

이때 건을 쓴 정원태라는 이가 까마귀를 불러 뭐라고 이르더니 그가 산지니 앞으로 다가섰다.

"잠깐 나오게."

산지니는 그저 어리둥절하여 고달근이 쪽과 까마귀를 번갈아 바라보는데, 달근이가 빈정대듯이 중얼거렸다.

"또 그 신입례인지 무슨 푸닥거리인지를 벌이는 모양이로군."

산지니는 까마귀가 이끄는 대로 둥글게 모여앉은 사람들의 가운데로 나아갔다. 집사는 복만이가 맡을 모양인지 그도 나와서 산지니의 옆에 섰다.

"오늘 우리 계에서는 새로운 계원을 맞이하게 되었으니, 이는 마치 연당에 연꽃봉오리가 만개하여 새 꽃으로 피어나는 일과 같이 경사스런 일이올시다. 우리 검계는 백성을 괴롭히는 양반 부호들을 징치하고 그 재물을 빼앗으며 이제껏 겪어온 수모를 그들에게 되돌려주고, 드디어는 진인을 찾아 상감을 바꾸고 천민들의 나라를 세우자고 모였소. 미륵의 뜻에 따라 석산진을 동무로 받아들일 제 다른 생각이 있으면 말허시우."

좌중의 사람들이 제각기 중얼거렸다.

"이는 미륵의 뜻이외다."

집사인 복만이가 산지니를 향하여 말하였다.

"땅에 엎드리라."

산지니가 제사 지낼 때처럼 무릎을 꿇고 땅에 엎드리자 그의 이마 앞에 흰 간지를 덮은 소반이 놓아졌다. 정원태가 일어나 산지니의 앞으로 가서 역시 무릎을 꿇고 앉았다.

"미륵의 가르침에 따라 서원하옵니다. 이제부터 죽는 날까지 이는 검계의 혈당으로 기쁨과 고통과 두려움과 용기를 함께 나누어 가질 동무이오니 받아 안으소서."

정원태가 같은 억양으로 중얼거리고는 말하였다.

"머리를 들라."

산지니가 머리를 들었고, 정원태는 소반 위에 얹은 대접 안에 손가락을 담갔다. 소의 피가 맞겠지만 아마도 닭의 목을 따낸 모양이었다. 그는 먼저 자기의 입술에 피를 바르고 나서 산지니의 입술에도 발랐다. 비릿하고 역한 피냄새 때문에 산지니는 입을 꾹 다물고 있었다. 정원태가 중얼거렸다.

"그대는 미륵의 세상이 기필코 찾아온다는 것을 믿으며, 미륵이 내려주신 힘은 어떠한 것으로도 꺾을 수 없고, 미륵의 뜻은 크고도 넓다는 것을 믿는가?"

까마귀가 산지니를 툭 치면서 대신 예,라고 말해주었다.

"그대는 온갖 멸시와 천대로 죽어간 백성들이 도솔천을 준비해온 것을 믿는가?"

"그대는 미륵의 군사로서 양반과 부호를 미워하며 계원을 혈육같이 사랑하고 천민을 위하여 죽을 수 있다는 것을 믿는가?"

"그대는 이 일을 계원이 아닌 누구에게도 말하지 않으며, 계의 명령과 규율에 복종하니, 지키지 못하면 목숨을 바치겠음을 맹세하겠는가?"

산지니는 자기도 모르게 가슴이 뛰고 온몸의 혈관이 부풀어오르는 듯한 느낌을 받았다. 대답이 끝나자 까마귀가 그의 저고리를 벗겼다. 정원태가 말하였다.

"돌아앉아 미륵의 응답을 받으라."

산지니는 시키는 대로 등을 돌리고 돌아앉았다. 정원태가 손을 내밀자 복만이가 모닥불 속에서 기다란 작대기를 빼어서 건네주었다. 끝에는 걸쇠 모양의 동그란 쇠꼭지가 달려 있었는데 불속에서 이미 벌겋게 달구어져 있었다. 정원태는 그것을 산지니의 오른어깨에 대고 눌렀고 산지니는 뜻밖의 아픔에 놀라서 비명을 질렀다. 정원태가 다시 틈을 주지 않고 왼쪽 어깨를 지졌다.

"이제 그대는 검계의 혈당이다."

정원태가 말하였고, 좌중은 함께 중얼거렸다.

"미륵의 뜻이외다."

8

경조(京兆)를 중심으로 하여 이전부터 행정의 그늘 아래서 여기저기 사는 터전 나름으로 패거리를 가져오던 천류와 무뢰지배들은, 드디어 조정이 혼란해지고 왜국이 재침한다는 소문으로 양반들이 동요하자, 제각기 천민이 주인이 되는 나라를 세우기 위하여 모여들게 되었던 것이다.

검계에서도 한양에 가까운 곳에 있는 자들의 모임은 따로이 살략계 (殺掠契)를 이루었다. 난리 때에 왕궁에 불을 지르고 부잣집을 습격하던 난민들이 실상은 다 이러한 무리들이었으니, 고금에 대처 저자란 모두 이러한 불씨를 안고 있는 셈이었다. 겉으로는 눌려서 눈도 제대로 치뜨지 못하고 대청 아래에서 설설 기며 죽는 시늉을 하고는 있으나, 그들의 가슴속에는 태어나기 전부터 물려내려오던 불덩이가 이글이글 타오르고 있는 것이었다. 언제나 남의 세상에 얹혀서 제대로 숨한번 크게 못 쉬고 살았으니, 혼란한 때만 오면 자기를 제외시켰던 그 세상을 되찾으려는 그들이었다. 옛글에 이웃의 설움은 안락한 자의 가슴에 꽂히는 비수와 같다더니, 저들 한줌도 안되는 양반의 무리들은 시국이 날로 어수선한 분위기가 되면서 종이나 상한들의 눈치를 살피기에 급급하였다.

산지니는 고달근의 일당을 따라서 묘적산으로부터 산줄기를 따라 천마산 북녘으로 내려갔는데 으슥한 계곡에 솔부리골이 있었다. 복만이가 명색이 두령이었으나, 사실 모든 일은 달근이와 황회가 맡아서 처리해나가고 있었다. 복만이는 그들이 솔부리로 들어온 뒤부터는 어찌된 셈인지 졸개들이 대단치 않게 여기는 눈치여서 체모가 말이 아니었다.

언제나 그렇지만 사내들끼리 겨루고 뻗대고 하는 판에서는 가장 중요한 일이 있으니, 우두머리 되는 자가 계집을 밝히면 아랫사람이 믿지를 못하게 되는 것이다. 왈짜패들끼리 농지거리가 오가다가 불끈 화를 내는 경우란 상대가 오입쟁이라고 이죽거릴 적이었다. 여하튼 색을 드러내놓고 좋아하는 놈치고 아랫것의 배신을 당하지 않는 자가 드문 법이다. 그럴 때 우두머리는 그런 약점을 덜어버릴 만큼 다른 수완이 있어서 부하들의 배를 불려주거나, 아예 다른 마음을 먹지도 못하게 짓눌러버리거나 하면 몰라도 마음을 놓으면 곧 몰락하게 되는 것이다. 계집 밝히는 일이 몰락의 원인이기도 하고 몰락하면서 그것을 떨쳐버리려고 색을 찾아나서기도 하였다.

복만이도 일찍이 황회를 거사로 거느리고 있던 동작나루 사당패의 모가비였다. 황회와 고달근이 스스로 거느리고 있던 사당들에게는 비교적 담백하였으나, 복만이는 조금 해끔하고 나이 어린 사당만 들어와도 꼭 먼저 잡아먹곤 하였다. 복만이는 황회와 고달근이 당진서 한바탕 일을 치르고 쫓겨들어올 때 그들을 꺼려하여 받으려 하지 않았으나, 황회와 정원태와의 관계 때문에 반대할 수가 없는 터였다. 황회는 진관사에 있을 적부터 정원태의 아내를 보살님이라 부르며 가까이 지내는 사이였다.

복만이 혼자 솔부리를 통솔하고 있을 때에는 졸개들이 다소곳하더니, 고달근과 황회가 들어온 뒤로 과연 복만이는 빛을 잃었다. 우선 배포가 적어서 고작 벌이는 일이 난전치기요, 언제나 노적사 정원태의 턱짓에 놀아나는 것이었다. 복만이는 사당을 둘씩이나 노적사에 들어앉혀두고 드나들었고, 졸개들은 그가 흥인문 밖에도 은근짜를 박아두고 있음을 눈치챘다.

복만이가 솔부리를 비우는 날이 차츰 많아지고, 고달근은 그를 부하들과 떼어놓기 위하여 벌이에서 얼마를 나누어두었다가 복만이에게 내밀었다. 복만이는 자기가 솔부리의 두령이라는 것을 실감하였으며 노적사나 숭신방(崇信坊)에서 달포씩 처박혀 있다가 마지못해 솔부리로 기어드는 형편이 되었다. 산지니가 노적사에서 검계에 들고, 고달근을 따라 솔부리에 왔을 적에도 그는 노적사에 남았다. 자기네들이 흥인문 밖으로 피난 봇짐을 털러 가면 사람을 보내라는 정도였다. 그는 고달근이 사람을 보내지도 않을 것이며 나중에는 탈취한 재물의 얼마를 떼어 그의 몫으로 내주리라는 것도 알고 있었다. 고달근은 산지니를 여러 졸개들에게 인사시키고 나서 그를 따로이 자기 침소로 불렀다.

고달근과 황회는 집 한채에 마루 하나는 같이 쓰고 방을 각각 차지하여 지냈는데, 황회는 시동이와 함께 있고 달근이는 안성에서부터 따라다니던 박거사와 같이 지냈다. 박거사는 윗목에서 잠들었고 달근이와 산지니는 목침을 나란히 하여 다정하게 누워 있었다. 달근이가 비록 이익에 밝고 야박하기는 하여도 일단 자기 사람이라 하면 간이라도 떼어주듯 하는 자라, 산지니에 보이는 태도가 그리 곰살맞고 다정할 수가 없었다. 우선 달근이는 산지니에게 새옷을 갈아입혔고, 아랫것들 보이기가 민망하다 하여 그의 떠꺼머리를 틀어올려 상투잡이로 만들어주었다. 고달근은 그렇지 않아도 박거사가 충직하기는 하여도 영리한 구석이 없고 대가 약하여 늘 등뒤가 허전하던 판이었다. 황회와 시동이는 서로 그림자 같아서 누가 보아도 동기간처럼 든든하게 보였던 것이다.

"그러니 자네 말을 들어보면 평생 소원이란 게 간단하구먼. 누님을 모셔다 편히 살도록 해드린다는 얘기 아닌가. 그까짓, 재물만 모은다면야 저어 북관의 수자리 동네나 찾아가서 의젓하게 유건 하나 쓰고 책 읽는 시늉이나 하며 살면, 무변들이 찾아와 굽실거릴 터인데 무에 걱정인가. 이제 양반을 쳐없애는 일이야 자네의 평소 성미에도 맞는 일이것다, 저절로 재물이 들어오것다, 아주 검계에 맞춤할 시절에 입당하였구먼."

산지니는 갑작스런 변화에 자기를 어디다 맞춰야 할지 분간하지 못하고 있었다. 그것은 마치 양어깨에 찍힌 낙인같이 어딘가 불편하고 남의 것 같은 느낌이었다. 정원태의 언변은 바늘처럼 심장을 쿡쿡 찔러대었건만, 고달근의 어물쩍하는 말은 어딘가 가슴에 와닿지 않았다.

"재물은 있으나 없으나 마음이 편해야지요."

하고 나서 산지니가 더듬거리며 물었다.

"우리 수가 많고 용맹하다면 한양을 뒤집을지두 모르잖소."

"그야……"

고달근은 이마를 찌푸리며 그를 힐끗 돌아보았다.

"무슨 일이든 재물은 있어야지. 내일 슬슬 올라가볼까 하는데…… 자네는 무슨 재간이 있나?"

"재간이라니요?"

"그럼 웃는 얼굴하고 비쩍 마른 두 손바닥 가지구 흥인문 밖으로 가려나?"

산지니는 그제야 씩 웃었다.

"별다른 재간은 없고…… 그저 어릴 적부터 대가리 터지고 사지가 성한 데 없이 장바닥에서 싸우며 자라다 보니 싸움이라면 조금 하지요."

고달근도 그의 말이 마음에 드는 모양이었다.

"아무렴, 치고박는 게 무슨 법식이 따로 있나. 그러나 털벙거지를 상대하려면 간단한 칼쓰기는 알아두어야 하네. 나는 사당패에 있을 적부터 말채찍 한벌을 지니고 다니며 곧잘 휘두르는데 가지 위에 내려앉은 참새 정도는 떨어뜨리지. 요즈음은 계에서 창포검을 지니게 하여 칼두 지니고 다니지만, 내야 어디 쓸모가 있어야지. 자네 주겠네. 칼쓰기가 따루 있나. 결국은 단병접전이니 역시 해본 놈이 이기는 게야. 병장기 잡든 맨주먹이든 매일반으로 싸움질이니까. 아침 저녁으로 작대기 써먹듯이 휘둘러보란 말이야."

달근이가 벽에 걸어두었던 짜른 환도를 내려서 산지니에게 건네주었다.

산지니는 고달근이 그것을 내밀자 기쁨을 감추지 못하였으니, 가끔 대상부고의 차인패들이 허리에 차고 다니는 것을 보기는 하였으되 제 손에 쥐어보는 일이 처음인 때문이었다.

"풀뭇간에서 나온 뒤로 썩은 등걸 하나 베지 않은 새 칼날일세. 한번 뽑아보지 그래."

산지니는 조심스럽게 칼자루를 쥐고 천천히 뽑았다. 시르릉 하는 쳇소리가 가늘게 떨려나왔다. 칼날은 새하얗고 차가웠으며 칼끝은 예리하게 곤두서 있었다. 혈조가 칼자루에까지 패어 있는데 날부분은 가파르게 두드려져 있었다. 산지니는 칼을 얼굴 정면에 세워들고 위로부터 찬찬히 훑어내렸다.

"살 뻗치네. 얼른 집어넣어."

산지니는 칼을 집어넣었다.

"진기를 쓰게 되면 사람이 무서워진다더니 그럴 법하군."

산지니가 혼자 중얼거렸고, 달근은 미처 알아듣지 못하여 덧붙였다.

"칼 든 놈이야 총 든 놈밖에 무서운 놈이 있을라구."

이튿날 동이 트자마자 솔부리의 계원들은 제각기 행장을 수습하여 산을 내려갔다. 고달근, 산지니, 황회, 시동이와 십여명의 솔부리 사람들은 모두들 괴나리봇짐이며 부담 실은 마필과 지게로 인근 난전꾼이나 장돌림의 모양을 내었다. 그들은 중량포를 넘어 청량사 어름에 있는 돌곶이 주막에 들어 정세를 살필 작정이었다.

홍인문 밖에서 탈취한 물건은 동활인서 밖에 모여 사는 깍정이패들의 움에 숨겼다가 밤을 타고 송파 까마귀에게로 빼낼 것이었다. 그들은 언제나 그렇게 해오고 있었던 것이다. 시구문 밖의 황량한 들판을 뒤지러 다닐 포교는 아무도 없었다.

성내에서는 풍문이 돌기를 미구에 난리가 일어나 성중은 물론이요, 인근 백여리에 닭의 울음소리가 끊길 것이라 하여 드러내놓고 가장집 물과 가족을 빼돌리는 양반가의 짐과 가마가 동대문 밖으로 잇달았다. 그래도 체면은 있어서 그들은 주로 이른 새벽에 성문을 나서거나 황혼녘에 성문이 닫히기 직전에 빠져나갔다. 돌곶이 주막에 이르러 사정을 들으니 남쪽보다는 역시 동쪽으로 나가는 자들이 많다는 것이었다.

유언비어에 들뜬 자들은 거의가 재산 있고 귀한 자들이요, 일반 백성들은 불안해하면서도 시절이 흉황이라 그날 그날 호구하기에 발치를 바라볼 힘도 없었다. 달근이가 실정을 알고 나서 고개를 끄덕여 장담하였다.

"아침에 한번, 저녁에 한번, 하루 두 차례씩 여러 대를 모아다 털어먹으면 되겠구먼."

"새벽에 나오는 자들은 대개 전날에 짐을 꾸려두었다가 먼길을 가려고 나서는 자들이니, 흥인문 밖에서 세마를 빌리거나 교꾼을 사려고 할 게야. 크고작은 피난짐을 모조리 빼앗을 수는 없으니 살펴보다가 그중에서 짐이 가장 많은 일행을 노려야지. 저녁 무렵에 나오는 것들은 일단 성문을 나와서 왕십리를 지나거나 돌곶이 주막거리로 나오거나, 퇴계원으로 빠져서 한숨 돌리고 이튿날 모두 수습 정리하여 떠나겠지. 그럴 때는 밤에 주막을 들이치거나 아니면 길 떠난 직후에 호젓한 곳에 앞질러가서 해치우도록 하지."

황회가 말하니 시동이가 일깨워주었다.

"헌데 말이우, 흥인문 밖을 나와서 일단 동이나 북으로 오르는 것들은 우리 솔부리와 양주계의 차지가 되겠지만, 왕십리나 한강진 광

나루 등지로 빠져나가는 것은 노적사계에서 맡기루 하였수. 공연히
뒤에 가서 서로 차 치고 포 치고 할까 걱정이우."

고달근은 시동이의 말에 발끈하였다.

"문은 하난데 사방에서 지신(地神)에 붙이고 성주에 붙이면 남는
떡이 있냐. 여하튼 홍인문에서 우리가 보아둔 것들을 따라가다가 여
의치 않으면 강원도까지라두 가야 할 판이다."

"거 뭐, 예에 따라서 하지. 우리가 맡은 데를 벗어나면 그쪽 아이들
께 상주물림을 하면 되지."

상주물림이란 한 지역의 도적이 다른 지역의 도적에게 노략질할 상
대를 돈 받고 팔아넘기는 것을 뜻하였다. 이렇게 들어오지도 않은 재
물을 두고 이론이 분분한데, 산지니는 제 봇짐을 메고 드러누워 아무
말이 없었다. 고달근이 그를 발로 툭 건드리며 말을 걸었다.

"이봐, 자네는 어찌했으면 좋겠나?"

"걱정 마우. 나는 내일부터 문안으로 들어가 손님이나 끌어올 테니
성님들은 좋은 자리나 보아두시우."

말이 오가는 중에 자연히 서로 맡은 일이 정하여진 셈이었다. 이튿
날은 하늘이 맑게 개고 날씨도 제법 선선하여 지방으로 빠져나가는
이들이 더욱 많을 듯하였다. 그들은 인시(寅時) 무렵에 일어나 돌곳
이를 출발하였다. 두어 식경이 되어 숭신방에 당도하니 이미 성문은
열어젖혀져 있었고, 문루에 수직 군사들도 두 사람밖에 보이지 않았
다. 원래 수직은 장교 하나에 스무 명의 군졸이 문마다 배치되어 있었
다. 황회와 고달근은 동묘 앞에서 먼길 가다가 뒤처진 일행을 기다리
는 것 같은 행색으로 짐을 풀고 기다렸으며, 산지니와 시동이가 대여
섯을 데리고 홍인문으로 왔던 것이다. 일단 문안으로 들어갈 때는 시
동이와 산지니 둘뿐이었다. 그들은 종루 이교(二橋)까지 나아가 돌다

리 난간의 좌우에 걸터앉았다. 가끔씩 내행을 거느린 단출한 행차가 지나갔고, 그들은 그때마다 비켜서며 허리를 굽혔다. 드디어 먼데서 행렬이 오는데, 앞에는 짐을 짊어진 하인배들이고 뒤에 노인 한 사람만이 말을 탔으며 다른 가속들은 모두 걷고 있었다. 이인교가 두 채, 사인교가 한 채였다. 그 가마들마다 여종들이 역시 보퉁이를 들고 따르고 있었다. 시동이와 산지니는 약속이나 한 것처럼 서로 마주보며 빙긋 웃었다. 임자가 온다는 뜻이었다. 눈으로 대충 헤아려보기에도 짐보따리가 여섯은 되어 보였다. 그들은 일단 다리 한쪽에 허리를 굽히고 서 있기로 하였다. 그러면서 연신 눈을 들어 수노(首奴)가 누구인가를 살펴보았다.

내행이 셋이나 되니 일가가 통틀어 하향하는 모양이었다. 아마도 그 집안은 지금쯤 텅텅 비어 있고 청지기가 행랑것들 몇명을 데리고 남았을 것이다. 산지니가 일단 예를 보이고는 재빨리 짐을 짊어지고 걷는 자들의 틈에서 나이가 들고 기중 행색이 나은 중년 사내를 점찍고 물었다.

"여보, 문밖에 미리 맞춰둔 경주인이라두 있소?"

사내는 흰창이 많은 눈으로 곁눈질하면서 대답하였다.

"이제 십여년 만에 내려가시는 길인데 경주인이 어디 있겠소?"

산지니는 슬그머니 행렬에 끼여들며 말을 걸었다.

"아무래두 모두 가시는 게 아니라 대부분은 집으로 돌아가겠지요. 우리는 세마와 짐꾼을 데리구 있는데 나는 길라잡이요. 산길 들길이 어찌될지 누가 알겠수. 우리는 장사차 왔다가 때가 흉년이라 거래가 한산하여 재미도 못 보고 돌아갈 판인데, 요즈음 하향하는 댁이 많다고 하여 노자나 뽑을 겸 곁꾼으로 나섰소이다."

수노가 그럴듯이 여기는지 반색하는 표정이 완연하였다.

"횡성(橫城)까지 얼마면 따라나서겠소?"

산지니는 장바닥에서 자란 사람이라 홍정에는 이골이 나 있었다. 너무 눅게 부르면 의심할 터이고 너무 비싸게 불러도 어긋나게 마련이라, 대충의 식비를 어림하여 불렀다.

"우리가 말 두 필에 장정이 여섯이우. 세마는 십리에 열두 푼씩 주시고 양근서 하룻밤 묵을 터이니 저희들께는 이틀 품을 셈하여 한 사람에 열냥씩만 주십시오."

수노가 속으로 중얼중얼 따져보더니 마상의 늙은이는 놓아두고 젊은 주인에게로 뒤처졌다. 그들이 뭐라고 수군거리는 모양이더니 수노가 그를 손짓하여 불렀다.

"이리 좀 오우."

젊은 주인은 번듯한 통영갓에 명주 술띠를 매고 갓신을 신고 있어 돈푼이나 있는 집안이 틀림없었다.

"마침 문밖에서 곁꾼을 사려던 참인데 잘되었다. 허나 품이 좀 비싼걸. 우리가 시세는 잘 모르지만 말 한필에 십리마다 열두 푼이라면 과하지 않겠느냐."

산지니는 능숙하게 대꾸하는데 곁꾼질로 평생을 보낸 사람 같았다.

"아이구, 무슨 말씀입니까. 여기서 횡성까지가 이백오십리 길인데, 십리마다 열두 푼이라면 겨우 삼십냥이올시다. 두 필을 쓰시면 육십냥이지요. 그리고 저희 일행이 모두 여섯이라 이틀로 쳐서 하나에 열냥씩이면 역시 육십냥입지요. 겨우 백이십냥이올시다."

"백냥에 갈 테면 가고 싫으면 그만두어라."

"허허, 양근서 숙박하실 일은 생각 않으십니까. 마필을 마구간에 맡기고 꼴도 먹여야지요. 저희들이 봉노에 들어 서속밥이라도 사먹어야 되지 않겠어요."

"문밖에 나가면 경주인의 말과 곁꾼이 쌨는데 너희뿐이라더냐."

"글쎄 나가보십시오. 말 두 필에 곁꾼 여섯을 구하시려면 아무리 못 주어도 백오십냥은 드십니다. 그러면 백냥을 주시고 양근 가서서 저녁에 술이나 한잔 내십시오."

젊은 주인이 껄껄 웃었다.

"그까짓 탁주에 비기겠느냐. 우리 짐에 백로주가 여러 준 있으니 염려 마라."

산지니가 속으로, 백냥이든 이백냥이든 네 멋대로 하여라 생각하니 그자의 쩨쩨한 흥정이 새삼스럽게 얄미워 보였다. 젊은 주인은 늙은 이에게도 뭐라고 말을 하는데, 아마도 곁꾼과 세마 구한 일을 자랑하는 양이었다. 산지니가 다시 수노와 나란히 걸으며 물었다.

"이게 어느 댁 행차요?"

"어느 댁이라면 당신이 알겠소?"

수노가 거만하게 되물었다.

"이 정도의 가세라면 당상관은 되겠지요?"

"전 호조판서 대감이 이 댁의 작은집 되시고 사위가 좌포도대장이시여."

산지니는 입을 벌리고 멍청한 얼굴로 우선 주위를 둘러보았다. 사실 그도 놀랐던 것이다. 간 큰 도적이 호조의 담을 뚫고 포도청 문고리를 뺀다더니, 이건 제대로 짚은 셈이었다. 좌포도대장 이인하(李仁夏)라면 우대장 신여철(申汝哲)과 함께 한양 인근의 왈짜와 무뢰배들이 개가 호랑이 여기듯 하는 터였다. 산지니는 판서니 참판이니 하는 벼슬아치가 어떤 것인지 짐작할 수도 없었지만, 포도대장이라면 너무나 실감을 하고 있었다. 홍의에 남빛 동달이 전복 걸치고, 구슬상모에다 환도와 병부를 비껴 차고, 팔목에는 팔찌 한 손에 등채 들고, 마상에 올라앉아 포도부장들을 거느리고 지나는 행차를 성내에서 한번 본 적이 있었다. 그러나 마음 한편으로는 까짓 거, 기왕에 내친 신세인데 기왕이면 포도부장의 수염을 뽑더라도 두려울 게 없었다. 산지니는 뒷전에 처진 시동이를 기다렸다.

"자네는 어서 문밖으로 나가서 동무들께 준비시키고, 누굴 보내어 동묘에 알리도록 하게."

"앞뒤로 찬찬히 살펴보니 큰 짐이 다섯이요 작은 짐이 여덟인데, 또한 가마 안에는 패물함이 있을 것이니 누천냥의 재산일세."

"엇, 조용히…… 어서 가라구, 이 댁 사위가 좌대장 이인하라구 하데."

"뭐라구……"

시동이도 놀란 모양이었다. 그는 앞서서 뛰어갔고, 산지니는 행렬로 되돌아갔다. 홍인문을 나서니 먼저 나온 사람들이 제각기 경주인들과 홍정하느라고 법석이었다. 시동이가 일행들과 말을 데리고 길가에 기다리고 있었다. 젊은 주인이 말을 살펴본 뒤에 다른 사람을 불러 먼저 태웠다.

"견마 잡히겠습니까?"

"필요없다."

그는 하인들을 불러세워 자기들이 없는 동안 집안을 어떻게 보살펴야 하는가를 자세히 가르치고 나서, 산지니 이하 솔부리의 여섯 식구에게 짐을 지도록 하였다. 시동이가 분주하게 나다니며 지게를 걷어왔고, 부상들 모양으로 그들은 산더미 같은 짐을 지게 위에 얹고 걸머지었다. 다시 행렬이 출발하는데, 길라잡이로 나선 산지니는 기중 작은 짐을 질빵 걸어메고 앞장을 섰다. 동묘 앞에 이르렀으나 고달근과 황회는 어디로 갔는지 보이지 않았다. 저희들간에 다 꿍꿍이속이 있겠지 여기면서도, 산지니는 애가 달아서 연신 주위를 둘러보고 시동이에게 눈짓으로 묻기도 하였다. 동묘의 앞길은 돌곳이와 중량포 나가는 길과 왕십리로 나가는 세 갈래 길이 나 있어서, 도대체 이 자들이 어디로 앞질러갔는지 가늠할 수가 없었다.

"아래여…… 아랫길."

시동이가 턱짓하는 곳을 바라보니 길가에서 신들메를 고치는 시늉을 하고 있는 고달근이 보였다.

"쳇, 자칫하면 묘적사 식구들께 넘어가겠는걸."

시동이가 중얼거렸다. 활인서 앞을 지나면 곧 왕십리인데, 왕십리와 한강진은 묘적사에서 나오기로 의논이 되어 있었던 것이다.

"죽 쑤어 코 빠뜨리겠어."

그들이 아랫길로 접어들자 고달근은 뒤를 힐끗 돌아보고는 휘적휘적 앞장서서 걸어갔다. 오간수에서 흘러내린 물은 동으로 중량포에 닿는데 동묘에서 내려가다 보면 영도교(永渡橋)가 걸려 있었다. 영도교 아래에서 오간수교까지는 깍정이패들의 움이 많았다. 산지니는 길라잡이로 맨 앞에서 갔으므로 고달근이 멀리서 걸어가는 양을 자세히 살필 수가 있었는데, 영도교를 지나더니 다시 털썩 주저앉는 것이었다. 산지니는 그제야 비로소 이들을 덮칠 장소가 다리라는 것을 깨달았다.

이곳은 실로 백주대로라 하여도 지나치지 않았다. 바로 성문의 코앞이었다. 그런데 왕십리로 내려오는 길은 훤한 들판이라 마을에서 멀리 떨어져 있었고, 인적도 드문 편이었다. 재빨리 움직인다면 다른 상대나 행인이 오기 전에 해치울 수가 있었다. 설령 상대나 몇몇 행인이 오더라도 그들은 두려워서 피하거나, 당하는 쪽이 양반의 행차이니 못 본 듯이 지나칠 게 분명하였다. 산지니는 다리에 가까워질수록 가슴이 조마조마하였다. 다리를 건너고 이제 막 맨 뒤의 젊은이가 탄 말이 다리를 벗어나는데, 길 옆에 비켜섰던 고달근이 내놓고 소리지르며 늙은이가 탄 말께로 달려들었다.

"어어…… 저놈, 저놈이……"

젊은 주인이 놀라서 손짓을 하는데 고달근은 노인을 말에서 우악스럽게 끌어내렸다. 마상의 젊은 사내가 길 떠나며 차고 나온 환도를 빼어들고 서투르게 달려드는데 시동이가 뒷전에서 먼저 칼을 날렸다. 도포자락 뒤가 온통 붉게 물들었다. 다리 밑에서도 서너 명이 우르르 몰려나왔고 곁꾼으로 따라왔던 자들도 칼을 빼들었다. 그러고 보니 일행이랬자 가마를 짊어진 교꾼 여덟에 남은 젊은이 하나와 수노를 비롯한 하인 셋, 그리고 여종 둘이었다. 황회가 약을 잰 화승총을 겨누며 남은 젊은이에게 지시하였다.

"살고 싶으면 네 아비와 하인들을 데리구 다리 아래로 내려가거라."

교꾼들은 물론이려니와 하인들은 모두 맨손이었고 우선 첫판에 기가 콱 질려서 눈도 제대로 뜨지 못할 지경이었다. 젊은이가 사색이 다 되어버린 노인을 부축하여 앞장서고 하인들은 시동이와 산지니가 칼로 내몰았다. 그들을 다리 아래 으슥한 구석으로 데려가자 일당들은 손을 다투어 그들을 차례로 묶어나갔다. 다리 밑에서 그런 일이 벌어지는 동안 고달근은 다시 짐을 나누어 비어 있는 마필에 실었고 교꾼들에게 으름장을 놓았다.

"만약 가마 옆에서 한 발이라도 떼거나 어깨를 빼면 대번에 칼 들어간다. 꿈쩍 말고 섰거라."

가마 안에서는 겁에 질린 부녀자들이 숨소리도 내지 못하였다.

"어이, 빨리 해라. 눈에 띌라."

고달근은 짐을 둘러보며 흡족한 중에도 불안한지 들판 주위를 휘둘러보고는 하였다. 드디어 다리 아래서 황회 이하 식구들이 모두 올라왔다.

"에이, 시원하다. 모두 굴비두름으로 엮어놓았지."

담배 한죽을 태울 참도 채 못 되어서 약탈이 모두 끝난 것이다.

고달근은 넘어진 젊은 주인을 내려다보더니 중얼거렸다.

"죽진 않았군. 마주칠 때 매운 맛을 보아야 아예 기가 죽거든. 얘들아, 어서 밑에다 치워두어라."

일당들 둘이 아직 신음하고 있는 젊은 주인을 끌어다가 다리 아래로 옮겨두었다. 그러고는 황회에게 뭔가 이르고 산지니와 시동이와 다른 식구 셋을 더 불러내어 가마 주위를 둘러쌌다.

"우리가 가자는 데까지 가야 된다. 만약에 길가에서 소리를 지르거나 허튼 짓을 하면 남김없이 베어죽이겠다. 알겠느냐?"

교꾼들은 모두 꿀먹은 벙어리처럼 발끝만 내려다보았다. 그들은 가마 안에서 훌쩍이는 소리를 들었다.

"이년들, 조용히 하지 않으면 가마째로 개천에다 던져버린다."

고달근은 걸으면서 연신 난봉가를 흥얼거렸다. 그들은 가마를 이끌고 들판을 가로질러 안정사(安定寺) 계곡까지 올라갔다. 몇사람의 행인과 지나쳤으나 하인배를 거느린 어느 대가의 내행이 재를 올리러 절에 가려니 여길 것이었다. 이 길은 그런 모습에 늘 익어 있는 곳이기도 하였다. 계곡에 이르러 고달근은 교꾼들을 하나씩 나무둥치에다 묶었다. 그리고 가마는 차례로 져다가 가파른 바위 위에 올려두었다.

"나오려구 요동하면 지켜섰다가 발길로 내질러버릴 테여."

이제 뒷수습이 모두 끝난 것이다. 그들은 동활인서로 이르는 진창길을 이리저리 피하면서 올랐다. 아직 중화참도 이르지 않은 시각이었다. 개천가에 이르니 저쪽 둑 위로 황회와 깍정이 하나가 마중 나와 있었다. 장물 운반이 시작될 것이었다. 달근이는 시동이와 산지니만 을 데리고 오간수의 깍정이패 꼭지 두꺼비를 만났다. 두꺼비는 말 그 대로 눈두덩이 아래로 축 처지고 코는 뭉툭하며 입술은 잘못 썰어놓 은 홍어 토막 같았다.

"요즈음은 기찰이 심하여 여기다 물건을 둘 수도 없고 이 길로 성 안으로 가져가 칠패 중도아들께 넘기겠수."

"그러면 우리는 돌곶이로 나가 있을 테니 그리루 보내주어."

"곡식으로 하리까, 돈으로 하리까?"

"그야…… 돈이 좋지 않을까."

황회가 말하니 산지니가 반대하였다.

"흉년에 돈은 있으나마나요. 역시 곡식이 유리할 듯허우."

"그러면 곡식으로 하되 운반하기가 난처할 것이니, 마포 동막 앞으 로 송중이나 떼어주어. 배로 실어나를 테니까."

"패물이나 포목은 어찌하려우?"

"음, 그것은…… 여기서 해치울 필요가 없겠군. 우리가 알아서 할 것이니 내어주게."

따로이 두 짐이 남은 것을 먼저 돌곶이로 보내고 그들은 따로따로 홍인문 앞길을 피하여 돌곶이로 돌아갔다. 그들은 성내에 물건을 먹 이고 셈이 끝날 때까지 물주를 기다리는 시늉을 하였다. 거기서 사흘 동안을 무료히 보내고 나서 고달근과 산지니는 북어라든가 몇가지 건 어물을 챙겨 등에 지고 정탐을 나서기로 하였다.

"아예 성내에서 적당한 집이 눈에 뜨이면 집털이를 해버려야겠군."

산지니도 이제는 해본 장사라 슬슬 담대해지고 있었다.

"적당한 집이 따루 있소? 담 길구 대문 높직한 집은 모두 우리 거요."

고달근은 산지니의 그런 양이 자못 귀여운 모양이었다.

그들이 종루 시전거리를 거슬러올라가는데 곳곳마다 기찰포교와 포졸들이 풀려나와 문에서 들어오는 행인들을 살피고 있었다. 어딘가 성내의 분위기가 살벌해 보였다. 달근이와 산지니는 도중에서 보통이를 검사받기도 하였으나 누가 보기에도 건어물장수라 더이상 들볶이지는 않았다.

"우선 광통방(廣通坊)으로 가자. 거기는 술집이 많고 훈련원이나 포청의 잡색들이 드나드는 곳이니 필경 소문을 들을 수 있을 게다."

종루에서 서린방 쪽으로 돌아 광통교로 나가니 천변에 기와집들이 즐비하게 서 있었다. 소문난 술집들이 늘어서 태평방에까지 이어지고 있었다. 으스름한 저녁 무렵이라 한산한데, 달근이와 산지니는 청사초롱이 걸린 술집 대문을 밀고 들어섰다. 앞마당을 중심으로 넓은 대청이 보이고 돌아가며 미닫이들이 보이는데 그들이 첫 손님인 모양이었다.

"손님이 오셨다."

하며 마루 위에서 내다보던 주모가 외우다가 그들의 행색을 보고는 어이가 없는지 아래위로 재삼 훑어보았다. 맨상투에 두건을 질끈 동여맨 자와 패랭이 쓴 자이니 뉘 집 아랫것들이거나 시골 장사꾼이 분명하였던 때문이다. 사동이 길게 외치며 마당으로 나서다가 역시 그들의 행색을 보고는 기가 질린 모양이었다.

"방이 없수. 활터 손님들과 별감 어른들께서 모두 방을 맞춰놓았는데 방금 들이닥칠 거요."

주모는 아예 돌아서서 방으로 들어가버리고 사동이 주워넘겼다. 고달근은 안색이 굳어지면서 눈꼬리가 치켜올라갔다.

"아니…… 색주가에서 선래자 후래자가 있고 신입구출이 있다는 말은 들었어도 술자리를 미리 맞춘다는 말은 처음이로구나."

"이곳은 은근짜나 삼패 외입처가 아니라 일패 기방이오. 그런 데를 가시려거든 홍제원 색주가나 잿배로 가보시지요. 들어오시면서 등불도 못 보셨나요. 용수가 아니라 청사초롱이올시다."

사동이 누누이 설명하였으나 고달근은 오히려 껄껄 웃었다.

"그런 것을 모르는 무지렁이배들인 줄 아느냐. 우리는 여기서 모냥관과 만나기로 하였느니라. 장꾼 행색이라고 너무 괄시하지 마라."

고달근의 태연한 말에 사동이 허리를 굽혔다.

"아, 그러면 진작 그렇게 말씀하시지요. 들어와서 기다리십시오."

그들은 대문 곁에 딸린 길쭉한 방으로 안내되었는데 먼저 과일 나부랭이가 들어온다.

"술은 무얼 드시렵니까?"

"그래, 어떤 것이 있느냐?"

"시절이 곤핍하여 화주나 백로주는 없고 약주 일색이올시다."

"그것으로 가져오너라."

술상이 들어오는데 이번에도 사동이 다담상에 약주와 서너 가지 안주를 얹어서 들고 왔다. 몽당치마의 계집종은 상을 맞들고 와서는 드러내놓고 아니꼽다는 투로 흘기고 나가는 것이었다.

"이렇게 불편한 자리에서 굳이 마실 게 뭐 있수?"

산지니가 물으니, 고달근은 상머리로 고개 숙이면서 낮게 속삭였다.

"이곳은 대개 한양 세도가들의 세밀한 소문이 낭자한 곳이니, 우리가 정탐을 하러 들어와서 이런 술집을 빼놓을 수가 있겠느냐."

이윽고 손님들이 들이닥치는데 고달근이 문틈으로 내다보니 활과 전통을 둘러멘 한량패들이었다.

"헛허, 오늘은 이 집 술이 좀 진해졌는가?"

"술맛 보고 오나, 소향이 노래 때문에 오는 게지."

"아이구, 어서들 오십시오. 얘들아, 청룡정 서방님들 오셨다."

주모가 외치니 안방 쪽에서 화려한 치맛자락을 끌면서 얹은머리에 금박댕기를 물린 기생들이 제각기 몰려나와 그들을 반겼다. 고달근이 기방의 풍속을 모르는 바 아니지만 은근히 분통이 터지는 것이었다. 이윽고 술이 몇순배 돌아가지 않아서 가야금 뜯는 소리와 단가의 가락이 건너왔다. 저들은 무장의 혈족들로서 무과하기 전에 사정에 다니며 활쏘기를 익히는 자들이었다. 청룡정(靑龍亭)은 목멱산 아랫녘에 있었고 일가정(一可亭) 가회방 뒤에 있는데 모화관의 사정과 더불어 세 패거리의 한량패가 나뉘어 있었다.

"그런데 말이야, 정말로 난리가 나기는 날 모양이더군."

"쉿, 그런 소리 말게. 요즈음 그런 소문을 내거나 거기에 동요하여 우왕좌왕했다가는 반상의 구분 없이 장형을 받게 되어 있네."

"갑자년 국서의 내막이 뭐라던가?"

"그야…… 왜국에서 청국의 사정을 은근히 물어온 게지. 임자년에도 그랬다고 하지 않던가. 역가에서도 꼭 난리는 난다는 얘기야. 왜국에서 침공할 준비를 갖추고 있다는구먼."

고달근은 산지니에게 들어보라는 듯이 눈짓을 하면서 미닫이를 빠끔히 열었다. 갓 쓰고 도포 입은 젊은 사내들의 모습이 보였다.

"그럼 우리 무과는 어찌되는 거야?"

"어찌되긴, 무장이 출사하는 길이란 난리가 나면 더 유리하지."

"이 사람아, 그것도 일단 급제 뒤에 말단 권관이라도 따놓은 다음이라야 전공을 세워 이름을 내는 게지. 조보에 오르기도 전에 무슨 수로 누구와 거병하여 나라를 지킨단 말인가."

"허허, 그나저나 세상 인심이란 참으로 바람에 불리는 수면과도 같단 말일세. 난리가 일어난다는 소문을 내면 엄벌을 하겠다, 궁성은 철통같이 지켜줄 것이다, 어쩌구저쩌구 하는 놈들이 제 일가 친척들을 시골로 옮겨놓고 있단 말이야."

"기호지간에 도둑과 난민의 떼가 끓어 일어나 한양성 밖으로 나가면 온통 환도나 병장기 가진 폭민들로 들끓는다더군."

"실은 말일세, 세곡선도 줄어들고 있는 마포 동막에서도 성내에 댈 양곡이 벌써 달린다는 게야. 난리는 고사하고 이러다가는 한양 성내가 기근으로 뒤집혀질 걸세. 벌써 무명값이 폭등했네. 돈 주고 양곡을 살 수가 없단 말일세. 이런 술집도 겨울까지에는 모두 끝장이 날 걸세."

주모의 맞장구치는 소리가 들려왔다.

"그럼은요, 이제 두고 보세요. 시골에 전장이 있는 사람들만 서울 살림을 지탱할 수가 있을 거예요. 이런 흉황이 내년까지 계속된다면 굶어죽는 이가 성내에서도 즐비할 거예요. 우리집에서도 이게 작년에 담근 술인데 이미 나라에서 금령이 내렸으나 서방님들이 아시듯 새로 담근 술은 아닙니다. 선선한 바람이 불면 우리도 장사를 걷어치우고 양주나 고양으로 나갈 거예요. 한양은 점점 인심이 흉흉해지고 있거든요."

"포도청에는 요즈음 경이 빗발치듯 하여 포도부장들이 모두들 뜬눈으로 밤을 지새운다는데."

"좌대장 이인하의 처가 식구들이 홍인문 밖에서 적도에게 가산을 탈취당하였다는 소문을 알고 있는가?"

"지금 그 일로 기찰포교들이 숭신방과 왕십리 일대에 나가 있지만, 워낙에 백성들의 인심이 사납게 들떠 있어서 도무지 발고는커녕 맞아죽기가 십상이라고 하더구면."

그때 갓 쓴 사내 하나가 소리도 없이 들어와 마당에 우두커니 섰더니, 모두들 주고받던 얘기를 뚝 그쳤고 주모가 그를 바라보며 반색을 하는 것이었다.

"아이, 기척도 없이 들어오셔서 깜짝 놀랐어요. 어서 오십시오."

사내는 마루의 사내들에게 격식대로 인사를 던졌다.

"평안하오. 무사한가?"

나중의 말은 물론 주모에게 던지는 인사였다.

"나 좀 보세."

주모와 사내는 고달근과 산지니가 있는 방으로 다가왔다.

"여기도 손님이 있군."

"예, 옆방으로 들어가시지요."

그들이 미닫이를 열고 고달근과 산지니가 있는 옆방으로 들어가는 소리가 들렸다. 마루에서 수군거리는 소리도 들려왔다.

"누구야?"

"포도 종사관 최형기일세."

"아, 그 유명짜한……"

"저 사람이 환로에 오를 적의 일은 무장들 사이에 널리 알려져 있지."

고달근과 산지니는 아예 옆방의 벽에다 머리를 붙이고 열심히 들어보려는 시늉을 하였다. 산지니가 못내 불안하여 중얼거렸다.

"슬그머니 나갑시다."

"쉿……"

고달근은 방 벽에 귀를 찰싹 붙이고 입술에 손가락을 세워 흔들었다. 웅얼거리는 말소리가 정확하지는 않았으나 처음에는 한량 패거리들에 관하여 묻는 듯했다. 다시 목소리가 작아져서 잘 안 들리게 되자 고달근은 얽은 낯에 굵은 주름을 지으며 침울한 빛을 보였다.

"잘못 들어왔는걸. 이 집이 저런 놈에게 의세(依勢)하는 집인 줄 몰랐는데."

일패에서는 흔히 무장이나 포청의 장교들에게 연줄을 달아 왈짜나 무뢰배들이 넘보지 못하도록 하였고, 장교들은 그런 집을 중심으로 자기가 얻고 싶은 소문이나 수상한 자들의 동향을 살피는 것이었다. 어찌 포도 종사관 최형기가 줄을 댄 집이 한양 성내에 이 집 하나뿐이겠는가마는 광통교 변이란 언제나 성내의 한량패들이 가장 많이 모여들어 정확한 소문의 진원지나 다름없었다. 최형기는 종오품(從五品)으로 한양의 좌우포청에 소속한 여섯 명의 종사관들 중 하나에 지나지 않았다. 그들의 밑에는 마흔 명 남짓한 부장들이 있었다. 이들 부장들이 그들의 상관인 종사관을 어떻게 보느냐 하는 것은 바로 범법자들이 그들을 어찌 여기는가에 달려 있는 것이었다.

고달근은 최형기의 소문을 자세히 들어서 알고 있었다. 그는 어려운 시절을 보냈고 원래가 몰락한 중인 출신에서 자라났는데, 소싯적에는 성내의 악소패들 중의 하나였다. 따라서 최형기는 무뢰배의 습성이나 약점을 스스로의 경험을 통하여 너무나 잘 알고 있었던 것이다. 고달근은 잔에 남아 있는 술을 벌컥 들이켜지 않고 한모금씩 천천히 마시면서 불안하게 주위를 두리번거렸다.

"저놈이 나오기 전에 우리가 먼저 나가자."

고달근은 산지니에게 속삭이고는 허리춤에 질러두었던 말채를 한번 잡아보았다.

"여차직하여 내가 뛰면 너는 일단 나를 바싹 따라붙어라."

"달음박질이라면 염려 마우. 허지만 성내에서는 뛰는 게 숨는 일보다는 못할 거요."

달근이가 일어서면서 고개를 끄덕였다.

"그래, 네 말이 맞다."

말하고 나서 그는 먼저 숨을 크게 들이켰다가 천천히 내쉬었다.

침착한 몸짓으로 달근이가 보퉁이를 짊어지더니 미닫이를 열고 툇마루에 나섰다. 산지니도 뒤를 따르는데 아니나다를까 마루 위의 한량들이 일시에 뒤를 돌아다보았다. 고달근은 그들에게 등을 돌리고는 신을 꿰면서 헛기침을 하며 중얼거렸다.

"서방님이 안 오시니 가야겠군."

산지니도 그 뒤를 따라서 신을 신었고 사동이 달려나왔다.

"셈이 얼마냐?"

"두냥 반이우."

달근은 일부러 천천히 엽전을 빼어 헤아리며 한량패들에게 물었다.

"혹시 박선달님 오시지 않았습니까?"

선달이라면 무과에 일차 급제하였으나 실직도 없는 이를 말함이니, 한량패들은 은근히 기분이 상하였는지 대답하는 자가 없었다. 그들은 일패 집의 대문을 밀치고 나섰는데, 그때 옆방의 미닫이가 한뼘쯤이나 되게 열려 있던 사실은 알지 못하였다. 최형기는 주모와 얘기할 적부터 벽에 이상한 인기척을 느꼈고, 주모에게서 그들이 어떤 젊은 무인을 기다린다는 말을 듣고는 어딘가 수상하게 생각하였던 것이다.

그들이 상위 신분의 사람을 만나려면 적어도 노는 데보다는 활터나 마장으로 나가는 것이 훨씬 자연스러울 듯했기 때문이다. 간혹 패랭이짜리가 일패에 나타나는 일이 있긴 하지만, 그것은 그들을 두호하는 상전을 따라왔다가 저희끼리 따로 자리를 피하여 술을 먹을 때뿐이었다. 주모는 나름대로 상것들도 이제는 일패를 우습게 안다고 쫑알거렸다. 여하튼 그런 일로 불러세워 주의를 주거나 벌을 내릴 수는 없는 노릇이었다. 담이 크거나 무엇인가 믿는 구석이 없다면 단출하게 두 상것이 들어올 리가 만무하였다. 최형기는 그들이 문밖으로 나가자마자 주모에게 일러 제가 거느리고 온 기찰포교 아이들이 있으니 곧 불러오라고 일렀다. 주모가 대문 밖으로 나가 휘둘러보니 상노 차림의 젊은이 하나와 늙수그레한 자가 말뚝벙거지에 마부처럼 행전 치고 동달이 입고 서성대고 있었다. 주모는 그들에게 최종사관을 따라왔느냐고 물었고 그들은 아무 말 없이 기방으로 달려들어왔다.

"방금 두 사내가 나갔는데 심히 수상쩍다. 이미 성문이 닫힐 시각이라 그들은 천상 성내에서 자고 갈 것이니, 어느 집에 가서 어찌하는지 소상하게 기찰하여 오너라. 만약에 도중에서 몹시 급박하여 놓칠 듯싶으면 부근의 순라들과 힘을 합하여 아예 잡아놓도록 하여라."

두 포교가 허리를 굽히고 물러갔다. 그들은 대문을 나서자마자 좌우로 흩어져갔다. 상노 행색의 기찰포교는 작은 다리 쪽으로 올라갔고 마부로 차린 중년의 포교는 큰 다리 쪽으로 내려갔다. 그들은 네거리로 나아가 각기 사방을 살핀 연후에 태평방 삼거리에서 만나기로 하였던 것이다.

작은 다리로 나아간 포교가 주위를 둘러보니 바로 건너편 길로 나란히 걸어가는 두 사내가 보였고, 패랭이와 두건의 꼴이 방금 기루에서 나간 자들이 틀림없었다. 그는 아래쪽 큰 다리 위에서 둘러보는 동료에게 손짓하였다. 그들은 함께 작은 다리를 건너 태평방을 향하여 재빨리 걷고 있는 두 사내들을 따르기 시작하였다.

행인들이 제법 있는 편이어서 뒤꼭지만 가지고는 구별이 어려워 놓칠 염려가 있었으므로, 그들은 상대가 의심할 것도 잊고 바삐 따라잡았다. 젊은 기찰포교가 투덜거렸다.

"제미랄, 보아하니 별것들도 아니고 남의 하천이거나 잡상배가 분명한데 공연히 꼬리를 달라고 성화일세."

"최종사가 어떤 분이라고 우리를 헛걸음시키겠나. 그이는 한눈에 턱 보면 새벽녘인지 먼산인지 다 안단 말일세. 저놈들 보게, 연신 뒤를 돌아보지 않는가. 뭔가 꼬리가 있긴 있어."

"음, 태평방 삼거리를 그냥 지나치는 것을 보니 오늘 성내에서 잘판이군."

삼거리에서 오른편으로 곧장 나아가면 미동(美洞)과 남별궁(南別宮)이 나오고, 회현방과 금동(金洞)이 나오면서 숭례문, 속칭 남대문에 이르게 되는 것이었다. 그들이 길을 건너고 이어서 저동 쪽으로 꼬부라지는 게 보였다.

"그냥 돌아가지. 명례방, 저동, 초동 등의 동네는 모두 대가들이 자리를 잡았고 그 뒤로는 곧 남산골이니 글깨나 한다는 샌님들 동네일세. 아마 저희 상전 심부름을 갔다가 돌아오는 길이거나 시골서 방자로 올라왔는지도 모르네."

젊은 포교가 말하였으나 그 동료는 아주 열중하여 그들의 뒤통수에 시선을 박고 걸었다. 저동서 골목길이 갈리는데 그들은 계속 초동 쪽으로 올라갔다. 큰길이 나서는데 목멱산을 향하여 오르면 주동(注洞)과 필동(筆洞)이었다. 시전도가나 점포도 그곳에서는 끊겨 있었고, 여러 수십 칸의 기와집들과 높직한 담장이 연이었으며 소나무와 은행나무가 울창하여 한적하고 조용한 곳이었다. 주위는 벌써 어두컴컴하여 집마다 등불이 대청 위에 내걸릴 즈음이었다.

앞서 걷던 자들이 무슨 생각을 하였던지 두리번거리며 집을 찾는 시늉으로 걸음을 멈추었다. 기찰포교 두 사람은 그냥 서서 기다리고 있기도 뭣하여 어찌하는가 살필 겸 그들에게로 가까이 다가갔다.

처음에 고달근은 태평방 삼거리에서 숭례문 쪽으로 나갈 작정이었다. 아직 인정(人定) 전이므로 떳떳이 성문으로 통과하여 삼개나 동막으로 나가면 어디든 안전하게 자고 먹고 할 데가 많았다. 그러나 그는 아무래도 뒤에 따르는 자들이 꺼림칙하였던 것이다. 그는 일단 이들을 성내에서 떼어버리고 광희문을 빠져서 돌곶이로 돌아갈 작정이었다. 물론 광통방에서 종루로 나와 홍인문으로 나설 수도 있었으나 종루 중부의 좌포도청에서 포교와 포졸들이 풀려나와 홍인문까지 물샐틈이 없는 것을 보았던 것이다. 좌대장 이인하는 처가의 약탈당한 일이 있은 뒤부터 적당의 용모파기를 자세히 점고하여 포교들에게 알려왔던 터이다. 그러나 고달근은 아무것도 두려워하지 않았다. 날은 이미 어두워져 있었고 어두운 뒤의 성내의 골목과 길은 모두 그의 은신처로 생각되었던 것이다. 포교들이 가까이 가자 그들은 우두커니 섰더니 말을 걸어왔다.

"여보, 말 좀 물읍시다. 도대체 주동이 어디쯤 되우?"

포교들은 서로 눈을 마주치고 나서 대답하였다.

"그 오른편 길로 죽 나아가면 주동이우."

"주동의 어느 댁을 찾으시우?"

고달근이 빙긋 웃으면서 말하였다.

"왜 그 댁 대문 앞에까지 바래다줄려우?"

"허, 이 사람이……"

"최종사가 우리 꼬리를 밟으라구 그럽디까?"

고달근이 직접 말을 질러 들어가니 포교들은 어이없는 모양이었다.

"공연히 나중에 경치지 말구 돌아가시우. 우리 대감께 직고하면 최종사든 포장이든 모두 삭탈관직이여."

젊은 포교가 발끈하였다.

"아니 이놈아, 남의 하천이나 되는 놈이 함부로 주둥이를 놀리는

구나."

중년의 포교도 어찌되었든지 잡아놓고 보자 하여 허리춤에서 육모방망이를 뽑아드는데, 산지니가 잽싸게 달려들어 포교의 손목을 낚아챘다. 그러고는 뒤로 바싹 꺾어올리면서 팔굽으로 포교의 등판을 내려찍으니, 방망이 휘두를 사이 없이 땅바닥에 엎어져버린다. 달근이도 젊은 포교의 멱살을 움켜잡았는가 싶더니 무릎을 들어올려 가슴팍을 쥐어박았다. 숨이 걸려서 헉 하는 소리와 함께 젊은 포교는 기운을 못 쓰고 주저앉았다.

"어디 허리춤에서 방망이가 나오던데 또 무엇이 나올지 훑어볼까."

산지니가 중년 포교의 동달이 자락을 들치고 만져보니 나무에다 불로 지진 포청의 통부와 붉은 오랏줄이 나왔다. 고달근도 젊은 포교에게서 육모방망이 통부 오라 같은 것들을 뒤져냈다. 그때 기운을 차렸는지 뻗대며 힘을 써서 일어나려는 기색이 보였다.

"어라, 이놈이 내 성미를 모르는구나. 당장이라두 돌로 바가지를 깨어버릴 수가 있으니 달아날 생각 마라."

하고는 발을 들어 사정없이 젊은 포교의 아랫배를 걷어찼다. 곧 실신해버리는데 그 참에 다른 포교가 틈을 엿보더니 산지니의 다리 사이에 제 발을 엇갈려넣고 일어나며 홱 밀어젖히고는 어둠속으로 뛰어나갔다. 산지니가 따라서 쫓으려 하니 고달근이 말렸다.

"어서 없어져야겠다. 이젠 낭심에서 찬바람나게 생겼구나. 뛰자!"

그들은 재빨리 필동 쪽으로 꼬부라져서 골목길을 뛰었다. 이윽고 먼데서 서로 외치고 부르며 뛰는 소리가 들렸다. 포청뿐만 아니라 훈련도감 금위영 어영청에서 순행(巡行)하는데, 땅거미 무렵부터 날이 밝기까지 이들 별순라패(別巡邏牌)가 성내의 곳곳으로 돌아다니는 것이었다. 그리고 성내의 요로에 일곱의 복처(伏處)가 있어서 다섯 사람씩 배치되어 있었다. 첫 패가 회현방 동구에 있었으니 그 구역은 숭례문에서 타락동까지였다. 둘 패는 위패가 남산방에 있어서 구역은 타락동 동쪽에서 영회전 서쪽까지였고, 아래패가 필동 다리에 있는데 그 구역이 주동에서 생민동까지였다. 아래 둘 패의 복처에서 경을 받고 순라들이 뛰어오는 것이었고, 그들은 요란하게 목편(木片)을 두드려서 근처의 다른 복처에도 군호를 보내고 있었다. 세 패가 청량교 아래에 있었는데 구역이 생민동 동쪽에서 수구문(水口門)까지였다. 그쪽에서도 곧 목편 두드리는 군호가 응답해오고 있었다. 달근과 산지니는 좌우에서 들려오는 딱딱이 소리에 질겁을 하였다. 그도 부근의 구역마다 복처가 있음을 난전꾼들에게 들어 잘 알고 있었다.

"하는 수 없다. 산중으로 들어가 밤을 지새고 숭례문으로 나갈밖에."

달근이 앞장을 서서 목멱산 남별대(南別臺)로 오르는 비탈길을 뛰어올라갔다. 산지니도 부지런히 뛰는데 그들은 남별대의 왼쪽 길에서 떼를 지어 내려오는 장정들과 맞부딪치게 되었다. 그쪽에서도 멈칫하는 것 같더니, 좌우로 넓게 흩어지는 것이었다. 고달근이 먼저 송림 속으로 뛰고 산지니는 뒤로 내뺐다. 그러나 그들은 넓게 원을 벌려 두 사람을 둘러싸고 있었다. 달근이가 먼저 송림으로부터 두 사내에게 몰렸는데 그들은 모두 짜른 환도를 뽑아들고 있었다.

칼날이 가슴에 와서 닿자 고달근은 멈칫 서지 않을 수 없었다. 길 아래로 끌려내려가니, 산지니도 맨손에 칼날 앞에서는 별수가 없었는지 세 사내에게 둘러싸여 끌려와 있었다. 살펴보니 장정들은 열 명이 넘는 듯하였다. 놀랍게도 그들은 모두 칼을 빼어들고 있었다.

"보퉁이와 몸을 뒤져보게."

누구인가 말하자 우르르 달려들어 그들의 괴나리봇짐을 떼어내고 허리춤을 더듬었다.

"아니, 이건 포교의 통부가 아닌가."

암등(暗燈)을 가진 자가 불에 비춰 보였고, 어떤 사내가 말하였다.

"우리 뒤를 밟은 모양이로군. 없애버려."

두엇이 칼을 치켜들며 고달근에게로 다가설 때 그는 문득 어떤 생각이 떠올랐다. 맨저고리 차림의 장정들이 모두 칼을 차고 야밤에 목멱산에서 내려온다는 것은 그들이 포청이나 영문의 군사가 아닌 게 분명하였다.

"자, 잠깐만…… 우리는 포교가 아니라 광주의 검계 혈당이오."

그들 사이에 수군거리는 소리가 들렸다.

"그렇다면 어째서 포교의 통부를 지니고 있는가?"

산지니와 달근이 바삐 대답하였다.

"방금 두 놈이 우리를 따라잡기에 때려눕히고 통부를 빼앗았소."

"한 놈이 달아나 둘 패와 세 패의 복처에 있는 오를 몰아서 쫓아오는 중이오."

그들은 다시 속삭이며 저희끼리 얘기를 나누었다.

"당신들이 광주 검계의 계원이라는 것을 우리가 어찌 알겠는가."

"나는 솔부리의 고달근이란 사람이오. 혹시 이 중에 묘적사에 왔던 이가 없소. 나는 서강의 모신이두 잘 아오."

그러자 뒷전에서 계속 물어보던 자가 앞으로 나섰다.

"서강의 모서방을 잘 안다고?"

"그렇소. 보아하니 댁네들은 검계나 살주계 사람들이 아니우?"

다른 사람이 좋은 안을 내었다.

"들으니 광주 검계에서는 양어깨에 낙인을 찍는다는데 흉터가 있소?"

산지니가 서슴지 않고 웃통을 벗어젖혔고 그들은 암등을 비춰보았
다. 산지니의 어깨에 찍혀 있는 동그란 상처를 보자 그들은 반가워하
였다.

"하마터면 우리 식구를 죽일 뻔하였군. 우리는 남부 살주계의 계원
들이오."

그러자 누군가가 주의를 주어 바라보니 필동 아랫길에 어지러운 목
편 소리가 들리고 골목을 비집고 다니는 발등거리의 불빛들이 내려다
보였다.

"다시 올라가야겠군."

"언제 저놈들 복처를 급습하여 도륙을 내야겠구나. 그래야 야순돌
이가 겁이 나겠지."

"자, 파루 때까지 남별대에 올라가 있을까."

달근과 산지니는 그들의 뒤를 따라서 목멱산으로 올라갔다. 비탈을
한참이나 이리저리 돌아 올라가니 한 폐사(廢祠)가 있었는데 벽도 다
떨어지고 기왓장이 떨어져 천장 틈으로 별이 내다보였다. 그들은 안
으로 들어가 암등을 가운데에 두고 둘러앉았다. 목소리로 보아 뒷전
에서 지시하던 장정이 틀림없는데 그가 자신을 밝혔다.

"나는 지금 목대감 집의 하인으로 있는 북성(北成)이란 사람이오."

보아하니 나이는 서른 남짓 되어 보이고 새까만 수염이 귀밑에서부
터 자라나 온통 얼굴의 반을 가리고 있었다. 깊숙한 눈에 광채가 있고
목소리도 굵직하여 철릭에 상모라도 쓰고 나서면 누구든지 그를 훌륭
한 무장으로 볼 듯하였다. 목대감이라면 전 이조참판 목내선을 두고
하는 말이었다. 그러고는 일일이 그들 장정들이 어느 댁의 누구라고
소개가 되는데, 그들 모두가 한양 세도가나 벼슬아치들의 내림 종복
들이었다. 그중에는 이미 도망을 쳐서 성밖에 숨어 사는 자도 있었다.

"우리는 이제부터 목멱산 인근의 동네마다 재산 많고 권세 있는 집안을 들이칠 작정이오. 우리 패의 우두머리는 청파에 있는 중길(仲吉)이란 사람인데 전에 관노였지요. 때가 오면 도성은 우리 손에 떨어지게 될 게요."

북성이가 말을 꺼냈고, 고달근도 말하였다.

"살주계에서 동막과 서강의 검계와 내통이 있단 말은 들었으나 이렇듯 든든한 줄은 몰랐소이다. 우리 계에서도 구역을 맡아 양반들을 습격하기로 정하였는데, 일전에는 좌포장 이인하의 처가 식구들이 홍인문 밖으로 나서는 것을 유인하여 재물을 탈취하였소. 우선 성안의 내응이 있다면 밤에 군졸들이 무서워서 나다니지 못하도록 할 수 있겠지요."

"목멱산이 비록 작고 낮은 산이지만 골목이 수십갈래인 여염 동네와 인접하여 있고, 산에는 이렇게 송림이 빽빽하니 우리를 잡기란 쉬운 일이 아닐 것이오. 비록 우리가 남의집살이를 하고 있다 하나 밤만 되면 마음대로 빠져나와 돌아다니다가, 파루 종이 치면 즉시로 행랑에 돌아가 있으면 설마 대가의 하인을 누가 의심하겠소. 서로 손발을 맞추어 성내에서 일어나면 한양은 우리의 손아귀 안에 들어올 것이오."

고달근이 다시 북성이에게 말하였다.

"파루 치는 대로 우리는 숭례문을 나가서 서강 모신이에게로 갈 참인데, 누구 갈 일이 있으면 함께 가십시다."

"걱정 마우. 그렇지 않아도 우리 계원이 연락을 갈 일이 있으니 동행하시지요."

이야기를 나누는 중인데, 남별대 아래서 망을 보던 자가 올라와 말하였다.

"순라들이 산으로 오르고 있네. 발등거리가 여럿인 것을 보니 복처의 오가 두어 패거리는 되는 모양인걸."

그들은 무너진 사당의 빈터로 우르르 몰려나갔다. 고달근이 손가락질하였다.

"저기 불빛이 움직이는군."

"저쪽 왼편에도 움직이는데."

발등거리의 희미한 불빛은 나무 사이로 가려졌다가 나타났다가 하면서 움직여오고 있었다.

"안되겠군. 자네들이 저놈들을 이끌고 회현방 쪽으로 달아나지. 그 사이에 우리는 자리를 옮길 테니까."

북성이가 자기 계원들 중 두 사람을 지명하였다. 그러나 그들은 조금도 서두르거나 두려워하는 기색이 없었다. 살주계 계원 두 사람이 암등을 받아들고 내려갔다.

"우리는 산을 타고 쌍이문방에까지 갑시다. 오늘 계회는 매우 번거롭게 되었는걸."

고달근이 북성이에게 사과를 하였다.

"우리 때문에 공연한 소란이 벌어져 죄송허우."

"염려 마시오. 아무래도 새달에는 검계와 살주계가 합력하여 한양을 쑥밭으로 만들 작정이니까."

"은신처만 그럴듯하다면 우리도 성내로 들어오겠소."

아래로 내려간 계원들이 외치는 소리가 들렸고 순라들이 그쪽으로 몰리는 듯하더니, 그들은 산을 미처 올라오기도 전에 방향을 바꾸어 송림 사이로 사라졌다. 남은 살주계원들과 달근이, 산지니는 그들이 이끄는 대로 송림을 걸어 쌍이문방으로 내려갔다.

쌍이문방의 은신처는 작은 기와집이었는데 겉으로는 바침술집이었다. 이 집의 주인은 오십여세쯤 된 여자였는데 예전에 관비였고, 그의 남편은 호조의 관노를 다니다가 상전의 공금횡류에 억울하게 연루되어 비명에 죽었으며, 그뒤로 어린 딸과 함께 바침술집을 하며 살아오고 있었다. 면천한 지는 오래지만 지금도 관노비들과는 낯이 익어 조정이나 관아의 소식은 훤히 알고 있었다. 살주계의 총대인 청파 중길이와는 친모자 사이처럼 지내오는 터였다.

"어머니 계시우?"

북성이가 밖으로 난 들창을 두드리니 아직 잠들지 않았던지 여자의 머리가 내밀어지고 불이 켜지면서 곧 대문이 열렸다. 문을 여는 딸아이의 뒤에서 여주인도 서성대고 있었다. 그들이 모두 들어서자 비좁은 마당이 가득 차는 듯싶었다. 북성이가 머리를 꾸벅하였다.

"오늘 목멱산서 계회가 있었는데, 우연한 일로 순라의 추적이 있어서 이리로 급히 피해오는 길이올시다."

"잘 왔네. 어서들 들어와."

그들은 모두 건넌방으로 안내되었다. 북성이가 고달근과 산지니를 여주인에게 인사시켰다. 여인은 달근이에게는 건성으로 인사를 받고, 산지니에게는 무슨 느낌이 있는지 말을 많이 시켰다.

"젊은이는 한양 사시오?"

"광주 태생입니다."

"지금 몇살인데……"

"예, 갓스물이올시다."

여인이 고개를 끄덕이더니 잠깐 얼굴에 어두운 그늘이 떠올랐다.

"상은 아주 좋은데 미간이 흉하구면. 조심해야 되겠수. 특히 올해만 잘 넘기면 장수하겠지만."

그런 일을 신통치 않게 여기는 고달근이 벌죽이 웃으면서 농을 던졌다.

"이 사람이 진작에 살변을 냈으니 액땜이 되었겠지요. 어디 나는 부가옹이 되어 말년에 호강이나 하겠는지 보아주슈."

여인은 고달근에게는 역시 반응이 별로 없이 산지니를 보면서 말하였다.

"겨울철에 특별히 조심허우."

하고 나서 한숨을 내쉬고는 일어나며 그제야 고달근을 잠깐 내려다보았다.

"댁네는 식복은 끊이지 않겠구먼. 허나 정이 없으면 온 천지가 적막강산이라우."

그것은 고달근으로서도 잘 알아듣지 못할 말이었다. 여자가 국이라도 끓이려는지 부엌에서 달각대는 소리가 들렸다.

"내게는 가을철을 조심하라구 그러더니만 또 허랑한 말씀을 하시는군."

북성이가 웃음을 지으며 말하였다.

"상을 좀 보긴 보는가요?"

달근이가 물으니, 다른 계원이 말하였다.

"그럼요, 일찍이 관청에 나다닐 때 나인 궁귀인 들과 더불어 절에 많이 다녔답니다. 신심이 깊어 해마다 백일기도도 드리고 하는데, 어언간에 남의 상을 훤히 알아보게 되었답니다. 요즈음 조정 대신들의 상이 흉하다고 무슨 변고가 있을지 모른다구 그런답니다."

잠시 후에 시원한 우거짓국과 탁주가 들어와서 그들은 돌려 마시고 파루까지 눈을 붙이기로 하였다. 북성이와 산지니, 달근이는 비좁은 방안이 싫어서 대청에 나란히 누워 있었다.

"살주계 계원들이 댁네들말고 또 많이 있는가요?"

산지니가 물었고, 북성이가 대답하였다.

"원계원은 성내에는 서른 명 남짓밖에 안되지만 우리와 통하는 자들은 남녀를 합하여 백여명이 넘지요. 더구나 큰일이 벌어지면 지금 아무것도 모르는 한양의 노비들은 모두 우리 편을 들 겝니다."

　"어떻게 남의집살이를 하면서 그런 계를 짤 수가 있었나요?"

　"비록 하천으로 태어나 대물림으로 가축같이 살아왔으나, 우리들도 사람이오. 사람 사는 세상에 어찌 마음이 없을 수가 있겠으며, 마음이 있는데 어찌 또한 뜻이 없겠소. 우리는 한해 두해의 한이 아니라 수대에 걸쳐 양반들께 당한 포한이 맺혀서 서로 팔려가며 헤어져서도 처자식 혈육들께 자기의 설움을 전하곤 해왔지요. 나두 우리 부친이 죽던 일을 생생히 기억하구 있소이다. 내게는 같은 배로 태어난 아우들도 있지만 모두 아비가 누구인지 모르고 또한 철이 들기 전에 헤어져서 어디서 뭘 하며 사는지를 모르오. 나는 다행히 목씨 가문의 씨종이라 어머니와 함께 살 수가 있었지요. 어찌 이런 일이 나 하나뿐이겠소. 나는 다른 세도가의 하인들처럼 주인의 장사일에 나다니기 시작하고 난전을 따라다니며 재산 늘리는 일에 열중하였소. 알다시피 한양 근처의 동막, 삼개, 서강, 그리고 삼전나루, 송파 칠패, 이현 등지의 난전꾼들의 반수가 우리 같은 남의집살이하는 종복들이우. 자연히 눈이 뜨여지게 마련이지요. 살주계가 처음 이루어진 것은 작년 그믐께입니다. 그때에 모신네 주막에서 중길이와 저희들 십여명이 모여서 고기값이라도 하고 죽으리라 결심하게 된 것입니다. 지금은 검계의 계원들과도 서로 닿아서 보다 큰 일을 한판 벌이리라 작정하구 있지요. 저는 잘 모르지만 중길이는 한양에서 울분을 숨기고 사는 선비들과도 안다구 합디다."

　산지니는 이제 모든 것이 훤하게 밝아오는 것 같았다. 그는 자기가 어떤 뜻에 닿았는지 전혀 짐작조차 못하고 있었던 것이다. 그렇다, 짐숭처럼 살아오던 노비들이 이러한 마음가짐일 때에야, 산지니와 같은 중인의 의붓자식은 그래도 하천은 아니겠거니 여겨왔던 터인데, 얼마나 어리석은 삶이었던가.

"재물을 털어내는 일이 위주가 되어서는 안되고, 어떤 놈들을 징벌하는가 하는 게 우선 중요하겠수."

산지니가 말없이 누워 있는 고달근에게 그렇게 말하였으니, 그도 달근의 잘못 생각하는 바를 눈치채게 된 것이었다.

포도 종사관 최형기(崔衡基)는 경기도 파주 사람이었다. 일찍이 아전으로 다니던 그의 아비가 재취한 양가녀에게서 났다. 어릴 적에는 세업인 아전의 아들로서 통인으로 파주 관아를 드나들었던 것이다.

역시 제 아비와 같이 양주 파주의 장사치, 난전꾼 들과 어울려 장세 뜯어먹는 방법과 상납하는 일과 상노들과 더불어 이윤 취하는 일을 밝히더니, 어느 때 평안감사가 부임차 서북으로 오르다가 아비에게 죄주는 것을 본 뒤로 시골 아전이 얼마나 하찮은 직임인가를 깨닫게 되었다. 이로부터 그는 늘 말하기를,

"대장부가 태어나서 언제나 당하에 허리를 굽신거리며 사또가 떨어뜨리는 인정 부스러기나 주워먹으며 쥐새끼처럼 살 수 없다. 나는 어영대장이나 훈련대장이 되기 전에는 환고향하지 않으리라."

하면서 파주를 떠나 한양으로 오르게 되었다. 지벌도 문벌도 없는 아전의 집안에 태어나 초시는커녕 무과의 준비조차 되어 있지 않은 그로서는 무인이 된다는 것은 꿈도 꾸지 못할 노릇이었다. 한양으로 올 때 세전의 제위답 몇마지기를 팔아 왔으니, 그런 돈이야 다방골에 비좁은 방 한칸을 빌려 국밥이나 사먹으며 몇달을 보내면 모두 없어질 정도였다.

최형기는 어쨌든 무인이 되리라 작심한 뒤로 활을 쏘러 다녔는데, 한양 색주가나 저잣거리의 무뢰배들과도 사귀게 되었다. 그는 날마다 전통을 메고 남촌 청룡정이나 새문 밖 모화관 사정(射亭)으로 가서 여러 한량들 틈에 끼여 활이나 쏘고, 남의 점심참에도 끼여들어 허기를 달래곤 하였다. 그렇게 허송하기를 반십년이나 하며 가끔씩 용전이 궁해지면, 난전꾼이나 무뢰배들에게 찾아가 두냥 석냥씩 취하여 쓰더니 이제는 주위의 한량패들도 그가 형편없는 건달이라는 것을 알게 되었다. 모두들 그를 비웃고 상대하지 않으려는 것은 물론이요 나타나면 놀림감을 삼으려 하였다. 최형기가 어느날 젊은 한량들과 더불어 활을 쏘는데 한 사람이 짐짓 수작을 걸었다.

"사형께서는 식성이 그리도 좋으시니 혹 가리는 음식이라도 있소이까."

"허허, 가리는 음식이야 나도 있소. 개장에 흰밥은 절대로 먹지 않소."

이튿날에 한량들은 최형기가 모르게 청룡정 아래 술집에다가 개 한 마리를 잡아서 개장을 끓이도록 하였다. 형기는 이미 개장 끓이는 눈치를 알았으나, 일부러 시치미를 떼고 열심히 활을 쏘아보는 척하다가 채 점심때도 못 되어서 전통을 챙기면서 중얼거렸다.

"오늘은 뒷골이 쑤셔서 활이 잘 안 맞는군."

그러고는 슬그머니 빠져나와 술집으로 내려갔다.

"여보 주모, 개장 다 끓었소. 저 위의 사정에서 다 되었나 보고 오랍디다."

"예, 마침 되었습니다."

"그러면 맛을 좀 볼 터이니 이리 가져오시오."

"맛보실 거 없이 아예 점심으로 먼저 드시지요."

개장과 흰밥을 가져오는데 최형기는 숟가락을 들어 맛보는 척하다가 국이 싱거우니 간장을 가져오라, 간장을 친 뒤에는 너무 짜니 국물을 가져오라, 하고선 밥 한 함지와 끓여놓은 국을 다 먹어버렸다.

"한 분이 다 잡수셨으니 다른 분의 점심은 어찌합니까?"

주인이 깜짝 놀라서 발을 구르며 화를 내었다. 최형기는 시치미를 떼고 중얼거렸다.

"먹는 죄는 종지굽으로 하나라는 말이 있지 않우. 한량들이 와서 묻거든 다방골 최서방이 다 먹고 갔다고 허우."

그러고는 슬그머니 사정에서 내려가버렸다. 사정에 있던 젊은 한량들이 점심을 먹으려고 술집에 왔다가 이러한 전말을 듣고 속은 것이 분하여 최형기를 욕하는 것이었다. 최형기가 그렇게 음식이나 밝히는 천하고 미욱한 사람은 아니었으되, 워낙 집도 친척도 한양에는 없어 고기 먹고 술 사 마실 여유가 없던 탓이었다. 무변에게는 기운이 가장 긴요하니 제대로 먹지 않고서는 팔씨름할 힘도 나오지 않을 듯하였다. 최형기의 수련시절이 이렇게도 곤고하였던 것이다. 어느날은 사정에서 한량이 최형기에게 말하였다.

"시장하실 텐데 활만 쏘지 마시고 점심이라도 드셔야지요."

최형기는 듣던 중 반가운 말이었으나 언제나 점심은 얻어먹거나 아니면 굶는 게 예사스런 일이라서 덤덤하게 대꾸하였다.

"어디 날마다 점심을 먹을 수야 있나, 시장기가 들면 집으로 가야지."

"오늘은 초동 박병사(兵使). 어른의 생신이랍니다. 그분이 북에 병사 다녀왔다고 하여 올해는 생일잔치를 성대하게 차리고 저희들까지 청하여, 저녁때에는 그 댁 작은사랑으로 가려는 참이올시다."

"속이는 게 아니겠지요."

"천만에 말씀이오, 사형께서 가보시면 알 거 아니오."

최형기는 한량들을 따라 박병사의 집으로 가보니 과연 빈객은 가득
찼고 다담상마다 온갖 음식이 그득하였다. 형기는 활과 전통을 마루
끝에 놓고 사랑으로 들어가 주인에게는 인사를 건성으로 하는 척하고
는, 마루 끝에 놓인 상 앞으로 달려들어 수저를 들자마자 먹기 시작하
였다. 최형기의 먹는 꼴은 연신 두리번거리고 땀을 씻어내며 마치 종
아리 맞은 학동이 천자문 외우듯 열중하였다. 그는 제자리 앞의 상에
만 눈길을 주는 것이 아니라, 다른 사람의 상에서도 그럴듯한 음식이
있으면 두말 없이 들어다가 먹는 것이었다. 이윽고 최형기는 네댓의
다담상 위에 놓인 음식을 거의 휩쓸어버리고 말았다. 주인 병사가 대
단히 못마땅하여 불쾌한 기색으로 하인을 불렀다.

"안주가 있어야 술을 마시지 않느냐. 이 상은 다 치우고 육회나 하
고 육포나 해서 다시 차려 내오너라."

분부를 하니 그대로 간단한 주안상이 나왔다. 최형기는 또다시 그
상 위로 덤벼들어 먹기 시작하였다. 주인 이하 모든 손님들이 넋나간
듯이 그의 꼴을 바라보다가 드디어 병사가 비워진 육회 그릇 하나를
집어들었다.

"아무리 손님이라지만 먹는 것도 염치가 있지 않소."

화를 벌컥 내면서 그가 그릇을 방바닥에다 내팽개치니 손님들이 서
로 일어나고 물러나고 하는 바람에 상이 뒤집어지고 말았다. 그러나
최형기는 태연하게 말하였다.

"이 좋은 음식들을 모양으로 내놓은 것이 아니라 손님들께 먹어보
라구 내놓은 모양이니, 방바닥이면 또한 어떠우."

그러면서 형기는 방바닥에 즐비하게 흩어진 육회 안주를 집어먹었
다. 모두들 묵묵하게 최형기의 하는 양을 내려다보는데, 방바닥이 말

끔해지자 그는 일어섰다.

"소문난 잔치 먹을 게 없다더니 벌써 다 떨어졌군."

뒤에 동접 한량들의 말에 의하면 그때 최형기는 일부러 병판에게 자기 소문이 들어가기를 바라고 기인인 척했다는 얘기도 있었다. 사실 그의 파격적인 행동거지가 사람들 입에 오르내리지 않을 리 없었으니, 특히 훈련대장 유혁연 같은 이는 최형기가 무변으로서 호방하고 솔직한 기개가 있는 사내라고 칭찬하면서, 아무리 염치없는 짓을 했다손 치더라도 음식을 가지고 주인이 좌중에서 손을 면박하는 일은 야박스럽고 쩨쩨한 짓이라고 평하였다. 최형기가 무변들 사이에 알려지고 그의 사람됨과 딱한 처지가 이야기되더니, 어영대장 김익훈이 인재도 기를 겸 그 댁의 집사로 데려다놓았다. 최형기는 혼자서 검술과 궁술을 여러 해 익혀왔는지라 출중한 실력을 갖추고 있음을 사냥터에서 내보였고, 언제나 김익훈의 측근에서 그를 호위하는 평무사의 일을 맡았다.

병서를 공부하고 천문을 배우더니 그 댁에 기거한 지 일년여에 무과를 거쳤다. 그러고도 초사(初仕) 한장을 얻지 못하였으니 허울좋은 선달로 어영대장 댁에 기식할 뿐이었다. 어느날 김익훈이 입궐한 뒤에 최형기 혼자서 병서를 읽는데 그의 사위 되는 자가 들어와 자꾸 사정에 놀러 나가자는 것이었다.

"서방님은 공부를 잘하셨으니 놀기도 하시겠지만 저는 무식하여 공부를 더 해야 합니다. 다른 이를 데리고 나가 바람을 쐬시지요."

최형기가 그렇게 점잖게 얘기하니 익훈의 사위는 은근히 기분이 상하여 책을 들어 획 내던지는 것이었다.

"아무리 자네가 무과 급제한 선달이라 하나, 파주 아전의 집안이라는 걸 잊지 말게."

"좋소, 나는 아전의 아들이니 상놈이오. 그러나 옛글은 양반만 배우고 상놈은 글을 못 배운다고 씌어 있는 것은 못 보았소."

"그래, 그러면 다 그만두고 우리 장기나 한판 두어보세."

비록 무과이기는 하나 그가 선달을 따내었는데, 익훈의 사위는 아직도 문과 생원이 아득하였으므로 능멸하고 싶은 심사로 그리하는 줄을 최형기는 잘 알았다. 최형기는 이런 기분으로 장기를 두고 앉았기가 싫어서 이리저리 마다하다가 주인의 사위가 두자는데 더 피할 수가 없어서 장기판을 내놓았다.

"서방님, 장기는 내기가 아니면 재미없습니다. 우리 사이에 내기도 할 수 없으니 다른 이와 두시면 저는 곁에서 훈수나 하고 구경이나 하지요."

"다른 사람은 싫고, 꼭 자네와 두어야겠는걸."

평소부터 그를 고깝게 여기던 익훈의 사위는 장기판을 끌어당기며 무슨 내기든지 하자는 것이었다. 형기는 장기를 늘어놓았다.

"정 그러시다면 꼭 한 판만 그대로 둡시다."

"자네가 내기 아니면 심심하다니 목 베일 내기라도 하자꾸나."

사위가 몇번 독촉을 하여 형기는 응낙하였다.

"그러면 그 내기를 하십시다. 단판으로 할까요, 세 판 양승으로 할까요."

세 판 양승으로 결정이 되어 단번에 익훈의 사위가 지게 되니 분하여 또 두자고 재촉이었다.

"내가 두 판만 이긴다면 자네의 목을 뎅경 잘라버릴 것이다."

최형기가 관아 뒤뜰에서 장기판 내려다보며 자란 지가 한두 해가 아니니 수가 달릴 것은 없었다. 최형기가 꾹 참고 말하였다.

"서방님, 두 사람이 한번씩 이겼으니 그만둡시다."

그러나 익훈의 사위는 더욱 발끈하여 장기판을 밀어냈다.

"안되네. 내 이번에 자네의 잘난 선달 모가지를 자르고야 말겠어."

최형기는 그가 하도 여러 번 목을 벤다는 말이 마음에 걸리기도 하고, 오냐 네가 나를 상놈 출신이라고 업신여기는구나, 망신을 톡톡히 줘야겠다 하는 결심이 섰다.

"서방님이 만일 진다면 어찌하려고 그러우. 그러면 진 다음에 서방님의 목을 베어도 한하지 마시우."

다시 셋째 판을 두고 나니 그가 졌고, 최형기는 두리번거리다가 김익훈의 남여(籃輿)를 호위할 때 들고 다니던 환도를 집어들어 쇳소리도 날카롭게 쭉 빼어들었다.

"대장부 무허언(無虛言)이니 어서 목을 벱시다!"

익훈의 사위가 다급하여 살려달라고 빌었으나 이때에는 이미 최형기는 들은 척도 하지 않고 상투를 움켜쥐고 칼을 목에다 대었다.

"원래 목을 베기로 되어 있으나, 내가 이 댁의 식객으로 지내면서 새서방님의 목이야 벨 수 있겠수. 대신에 상투라도 잘라야겠소."

형기는 단칼에 그의 상투를 쌍둥 잘라서 마당에다 내던져버렸다. 아랫것들이며 집안 어른들이 고함을 지르며 내달아오고 익훈의 처와 딸도 산발이 되어버린 사위의 꼴을 보자 분이 머리끝까지 올랐다. 집안 사람들도 그가 위인이 과묵하고 가장이 제법 신임을 하는 듯하여 어쩌지는 못하고 욕설만 하는데, 최형기는 뜰에 내려가 무릎을 꿇고 김익훈이 퇴궐하여 돌아오기만을 기다렸다. 어영대장이 돌아오자 형기가 아뢰었다.

"소인이 새서방님의 상투를 잘라버렸으니 오늘 문하(門下)에서 나가고자 합니다."

김익훈은 눈을 둥그렇게 뜨고 그를 내려다보았다.

"무슨 까닭으로 그 사람의 상투를 잘랐느냐?"

"예…… 공부중인데 서방님께서 두기 싫다는 장기를 자꾸 두자고 하시더니, 목 베일 내기를 하자고 조르셨습니다. 그래서 두었는데 제게 지셨기로 차마 목은 베지 못하고 상투만 잘랐습니다."

김익훈은 얼굴을 잔뜩 찌푸리고 내려다보다가 침울하게,

"대장부가 내기를 하였으면 목을 자를 것이지 상투만 잘랐단 말인가?"

중얼거리고는 고개를 끄덕였다. 익훈이 물러가 있으라고 하명한 뒤에 곰곰 생각해보니 비록 그 기개를 찬탄해줄지언정 과히 기분좋은 자는 아니었다. 딸이 어영대장 김익훈에게로 나와 푸념을 하였다.

"아버지, 사위가 욕을 당한 것도 다 모른 척하시고 그놈을 그대로 두십니까? 저는 분하여 아버지 앞에서 자진이라도 해야겠어요."

김익훈도 기분이 상하였지만 어영대장의 체모로는 명분대로 얘기할밖에 없었다.

"네 용렬한 남편을 두둔하지 마라. 과거를 본다는 녀석이 글은 안 읽고 장기나 두며 허튼 놀이를 하려는 게 잘못이요, 또 장기를 두려면 동무끼리 둘 것이지 처가의 식객과 두는 것이 잘못이고, 또 주인의 사위 자세를 하여 목 베일 내기까지 하자는 것이 잘못이다. 남에게 집안 속내를 보여 망신을 샀는데 누굴 야단치란 말이냐."

김익훈의 생각으로는 그가 난세에 났더라면, 제법 반지빠르고 처세가 내밀하여 남에게 눈치채이지 않게 신실한 인상을 주니, 병부사에 오르는 일은 잠깐일 것이라고 여겼다. 그러나 위험한 자가 분명하다. 이런 사람은 주인을 밟고 자기의 목적을 위하여 냉정히 지나가버릴 위인이 아닌가. 참으로 우직하고 담대한 무변이라면 사위의 목을 쳐버렸을 것이요, 보통 사람은 아예 장기를 두지 않으려 뻗대었거나 너

그러이 용서하는 시늉을 내었을 것이다. 상투는 바로 어영대장 자기에게 내보이는 이 사내의 배포를 뜻하였다. 그 일로 물리칠 수는 없어서 김익훈은 그를 호위직에서 제외시켰고 사냥에도 동행하지 않았다. 최형기는 그래도 아직 결정은 못하고 있더니, 어느날 모처럼 김익훈을 호위하여 벼슬아치들의 잔치에 간 적이 있었다. 그는 건넌방에서 다른 무사들과 앉아 술을 마시고 있었는데, 주인과 손님들이 제각기 떠들었다.

"이 집에 아기가 이름이 났다며."

"어디 청국식 아기 안주를 먹어볼까."

"이왕이면 계집아이가 좋겠군."

최형기가 아직도 먹는 것 밝히는 버릇은 남아가지고 고개를 빼고 높은 주인들의 방을 건너다보았다. 요리가 들어오는데 바라보니 커다란 접시에 녹의홍상을 입은 미희의 인형이 상 가운데 놓여 있었다. 서로 수저가 오가는데 김익훈이 젓가락을 들더니 인형의 눈깔을 쑥 빼어 먹는 것이었다. 최형기는 속으로 생각하기를 아무리 요리로 만든 것일망정 사람으로서 어찌 사람의 형상을 먹는가, 사람의 짓이 아니다, 저들은 무소불위(無所不爲)하는 권세를 스스로 확인하기 위하여 저런 방자한 주안상을 즐기는 것이라, 내가 잡을 연줄을 쥐고 있기에는 튼튼치 못하다, 하고는 고개를 숙이고 아무 말 없이 술을 마셨다.

그리고 며칠 안 가서 그는 김익훈에게 정중히 물러갈 뜻을 밝혔고, 익훈도 그가 어쩐지 불편하던 중이라 무덤덤하게 허락하였다. 때는 이른바 경신 대출척(庚申大黜陟)으로 서인들이 남인을 내몰고 득세충천하던 즈음이어서 김익훈은 날로 그 자리가 굳건해지던 때였다. 서인의 거두요 이이(李珥)의 학통을 계승한 기호학파(畿湖學派)의 으뜸이기도 하였던 송시열이 배소에서 풀려나왔고, 김익훈은 송시열의 스승인 김장생(金長生)의 손자요 김집(金集)의 아들이던 것이다. 최형기는 비록 지벌이 없는 무명의 무인이었으나 이것이 출세할 수 있는 기회였는데도 스스로 그의 문하를 떠났다. 나중에 그는 스스로 자신의 처세가 정확하였음을 눈으로 보게 된다.

최형기는 실로 시정과 관아의 뜰에서 자라며 자신을 세워온만큼, 세상살이의 법도를 환히 꿰는 사나이였다. 이것은 나중에 그가 가장 유능한 포도관으로 출신하는 데 큰 보탬이 되기도 하였다. 최형기는 다시 사정을 어슬렁거리며 무료한 나날을 보냈다. 모두들 그를 최선달이라고 불렀으나, 이는 칭찬이기보다는 조롱에 가까웠다. 최형기는 혼자서 삼청동 뒷산에 올라 활을 과녁에 쏘지 않고 들에서 아무 데나 쏘아대는 벌터질을 하고 있었다. 한창 열중해서 쏘는데 사계로 마침 꿩 한마리가 앞으로 질러가는 것을 보고는 당긴 채로 쏘아맞혔다. 꿩은 화살에 꽂힌 채로 어느 대갓집 후원 담장으로 달아났다.

형기는 그까짓 꿩보다도 화살이 아까워서 그 집 앞 대문으로 찾아갔더니 바로 대사간(大司諫) 유상운(柳尙運)의 집이었다. 대감의 집에 발을 들여놓기가 어쩐지 내키지 않았으나, 최형기는 문득 이곳이 자기에게는 대단히 중대한 디딤돌이 될지도 모른다는 생각이 스쳐갔다. 그는 문간으로 들어가 하인에게 말하였다.

"여보시우, 대단히 어려운 청이긴 하나 내가 뒷산에서 벌터질을 하다가 꿩을 쏘았더니, 꿩이 살을 꽂은 채로 이 댁 뒷담으로 넘어왔소. 꿩은 그대가 가지고 화살이나 찾아주오."

하인이 그의 아래위를 훑어보고는 그래도 꿩을 가지라는 말에 비위가 당기어, 무뚝뚝하게 들어가더니 꿩이 없으니 돌아가라는 것이었다. 형기가 하인에게 다시 사정을 해보았으나, 본래 대신집의 아랫것들이란 말씨도 뻣뻣하고 누구든 아래로 보는 투가 있어놔서 대뜸 거친 목소리였다.

"여보슈, 없는 화살을 날더러 만들라지 말구 궁장(弓匠)에게나 가보우. 낮에 난 도깨비로군. 문간에서 쓸데없이 떠들다가 대감마님께서 아시면 큰탈나우, 어서 가보랄밖에."

형기가 짐작하던 일이라 대감인지 곶감인지가 들으라고 일부러 소리를 버럭 질렀다.

"네 이놈, 아무리 대신집 하인이기로 그만한 청도 안 들어주느냐?"

형기가 달려들어 하인의 멱살을 잡아 이끌었다가 대문에 힘껏 밀쳐버리니, 하인은 뒤로 나자빠져 별로 다치지 않았으면서도 일부러 죽어가는 소리로 엄살부리는 바람에 온 집안이 떠들썩하였다. 대사간 유상운이 녹사(錄事)를 불러서 알아보라고 일렀다. 녹사가 문간에 나오는 것을 보고 형기는 그만 물러갈까 하다가 이미 내친걸음이라 끝까지 버티어볼 마음이 생겼다. 그는 우뚝 서서 녹사가 사유를 묻기도 전에 당당하게 말하였다.

"댁 하인에게 화살을 찾아달라고 여러 번 간청을 하였으나, 찾아주지 않기에 그만 화를 냈소이다."

녹사가 이 말을 그대로 대감께 전하니 주인 대감은 혀를 찼다.

"내가 예전부터 대갓집 하인배의 뻣뻣한 행티를 가장 미워했더니, 내 집의 하인도 어느결에 그런 지경이 되었고나. 다시 들어가 찾아주도록 하여라."

유대감은 서용(敍用)된 지 얼마 안되고 또한 남인들에게 받았던 푸대접이 있었는지라, 매사에 신중하고 겸손하였다.

녹사의 지시에 따라 하인은 엄살도 못하고 할 수 없이 화살을 찾으러 후원으로 들어갔고, 최형기는 문밖에 섰는데 대감이 다시 녹사에게 일렀다.

"아무리 활장난을 하는 사람일망정 손님을 오랫동안 문간에 세워둘 수 없으니 불러들여라."

형기가 녹사를 따라 들어가서 마루에 오르지 않은 채로 허리를 굽혀 예를 올렸다. 원래가 당하의 인사란 하속이나 상인의 것이라 유대감은 몹시 의아하여 물었다.

"탕건을 썼으니 무슨 벼슬이 있나 본데, 어찌 하정배(下庭拜)를 올리는가. 자네는 누구인가?"

최형기는 역시 마루 아래서 대답하였다.

"소인은 출신(出身) 최형기올시다."

"그러면 무과를 하였구먼. 자네 집 세계(世系)는 어떠한가?"

형기는 그 물음에 귓전이 화끈 달아올랐다. 그러나 비루한 안색을 지어서는 안된다. 오히려 지벌이 낮고 처지가 곤궁함에도 무과에 들었다는 것은 대장부의 떳떳한 긍지라고 생각하였다.

"예, 파주 아전 최모의 자식이올시다."

최형기가 또렷하게 아뢰자, 과연 유대감의 얼굴에 놀라는 기색이 떠올랐다.

"허…… 아전의 자식이라고."

대감은 최형기의 전통과 낡아빠진 옷자락을 내려다보았다.

"그래서 자네가 마루에 오르지 않았구먼. 하지만 벌써 무과에 올랐으니 겸양하지 말고 어서 올라와 앉게."

유대감이 웃음을 띠며 이르니 최형기는 사양하다가 다시 장지 밖으로 올라가 앉았다.

"어디 아는 이도 없을 것이라, 아직 궁무(窮武)로서 고생이 많겠구나. 나도 오늘은 몸이 불편하여 쉬고 있자니 심심한데 나하구 한담이나 하고 가게. 자네는 성내의 사정에 소상할 터이지."

최형기는 더듬거리며 파주서 떠나오던 얘기며, 다방골 기숙시절의
여항 풍류담이며 사정 주변의 얘기, 그리고 박병사 생일잔치에서 창
피당하던 일들을 제법 주변있게 늘어놓았다. 유대감은 시종 그럴듯한
지 장죽을 물고 비스듬히 기대어 고개를 끄덕이기도 하고 웃기도 하
였다. 형기는 그러나 익훈의 집안 얘기는 비추지도 않았다. 그동안에
하인은 온 집안을 돌아다니며 꿩을 찾다가 찬광에 틀어박힌 산꿩을
잡아가지고 나와서 사랑 마루에 바쳤다. 형기가 살을 빼어 전통에 넣
고 주인 대감께 절을 하였다.

"소인 물러갑니다. 화살은 찾았으니 이 꿩은 대감마님의 한때 찬수
(饌需)나 하십시오."

"여보게, 자네가 호의로 주는 꿩을 나 혼자 먹을 수가 있나. 그것으
로 안주하여 술이나 한잔 마시면서 얘기나 더 하지."

형기는 못 이기는 체 다시 주인 방으로 들어갔다. 얼마 후에 꿩고기
로 만든 안주와 함께 만반진수의 다담상이 들어와 유대감과 최형기는
대작을 하게 되었다. 예전 예규에는 대신이 주는 것은 아무리 싫더라
도 사양을 하지 못하는 체통이어서 형기는 주인 대감이 자꾸 권하는
대로 술을 마신 것이 십여 배가 지나고 주인 역시 칠팔 배 정도에 이
르렀다. 주인이 별안간 형기에게 물었다.

"자네 이인하를 아는가?"

"무변이라는 놈이 어찌 전 통제사이셨고 포도대장이신 이사또의
함자를 모르겠습니까. 아직 뵈온 적은 없습니다."

유대감은 기분좋게 취하였고 앞에 앉은 젊은이가 제법 말주변도 좋
고 또한 충직해 보이는 것이 마음에 들었다.

"지금이 섣달이고 도목(都目)을 꾸며 올리는 중이니 이 기회에 자
네 환로에 나가보게나."

최형기는 가슴이 두근거리는 것을 억지로 참고 공손히 대답할 뿐이었다.

"황송한 분부올시다."

"내 지금 이대장에게 편지를 함세."

대감은 즉시 서제소(書題所)에 일러서 단찰(短札)로 써보내라고 이른 뒤에 형기에게 다정히 말하였다.

"오늘 자네를 보니 속히 보내고 싶지 않으이. 다음날이야 자네가 또 올 수 있나. 술 한잔 더 내다가 마시며 답장을 기다리세."

형기는 술 생각보다도 그 일에 마음이 쏠려 답장 오기만을 기다리고 있었다. 유대감은 점점 소탈해져서 아주 친근하게 형기를 대하더니 드디어 답장이 도착하였다. 주객이 상당히 취하였는데 주인은 편지를 보고는 적이 실망한 빛을 띠었다.

"여보게, 자네 관수(官數)가 없네. 병판(兵判)에게 올릴 도목에는 벌써 배정이 다 되었다네. 내년 유월까지 기다릴밖에 없지."

유대감은 스스로 취중임을 그제야 느꼈는지 무색하게 웃었다. 이 말을 듣던 최형기는 벌떡 일어나면서 불쾌하게 내뱉었다.

"소인은 물러갑니다. 그러나 아까 바친 꿩값을 줍쇼."

유대감은 하도 어이가 없어서 그를 물끄러미 바라보다가 체모도 잊고 언성을 버럭 높였다.

"여보게, 자네가 호의로 주어놓고 또다시 값을 내라는가?"

하고는 정말 화가 나서 살림 사는 청지기를 불러 일렀다.

"요새 시장에서 꿩 한마리에 얼마씩 하는지, 이 사람에게 그대로 주어서 내보내라."

청지기가 돈 서 돈을 가져다 형기를 주며 속히 나가라고 재촉이었다. 그는 돈은 받지도 않고 버티었다.

"장에서 파는 꿩은 죽은 꿩이지만 내 것은 산 꿩이니 석냥은 내야 되우."

대감의 화는 한층 치솟아 석냥이고 열냥이고 달라는 대로 주어서 어서 내쫓으라고 야단이 났다. 최형기는 돈 석냥을 꽁무니에 차고는 혼잣말로 중얼거리는 것이었다.

"흥, 벼슬은 다 틀렸고, 이것만 가지면 과세는 넉넉히 하겠군."

형기가 나간 뒤에 유대감은 진저리를 내었다.

"어허, 세상에 고이헌 놈 같으니, 그놈이 신수도 그럴듯하고 말씨도 공손하기에 소일을 해서 보냈더니 그런 인사불성의 놈이 있더란 말인고."

내쳐서 이인하에게 아예 벼슬 망(望)에 다시 올리지도 말라고 편지를 하였다. 그날 최형기는 광통교 색주가로 나와 한량패들에게 자기가 환로에 틀림없이 오를 것이라고 흰소리를 치는 것이었다. 며칠 후에 기별을 받았으니 포도청 부장이 된 것이다. 최형기는 즉시 철릭을 빌려입고 삼청동 유대감 댁 허술청으로 가서 대감에게 명자(名刺)를 드리고 기다렸다. 하인들이 보니 며칠 전에 꿩값을 달라고 생떼를 쓰던 미친놈이었다. 통자는커녕 또 무슨 행패가 나올까 두려워 문전에서 방한하는 판인데, 녹사가 나오거늘 형기는 대감께서 만나주지 않으면 문간에서 죽겠노라고 칼을 빼어들었다. 유대감이 이 말을 듣고는 못내 이기지 못하여 불러들여서 못마땅한 얼굴로 내려다보았다.

"꿩값은 다 주었는데 왜 또 왔나."

최형기가 부복하고는 청산유수로 아뢰었다.

"소인이 아무리 변풍상성(變風喪性)을 했다손 대감께 꿩값을 받으오리까. 요전에 대감마님께서 약즛김에 소인을 도목에 올리라고 편지하셨으나, 이대장께서 듣지 않으시니 이번 기회를 놓치면 다시 얻어볼 수도 없고, 대감 나으리도 약주가 깨시면 다시는 소인의 생각을 않으실 것입니다. 그래서 권도(權道)로 대감의 분을 돋우면 화가 나셔서 이대장께 도목에 올리지 말라는 분부를 내리실 것이요, 이대장께서는 대감마님의 분부를 거역하신 데 미타히 여기셔서 일부러 시키지 말라는 편지를 하신 줄로 믿으시고 반드시 올릴 줄로 미리 짐작하고는, 이렇게 대감의 화를 돋우어 포도부장이 되었습니다."
하고는 최형기가 꽁무니에서 돈 석냥을 내놓으니, 유대감은 한참 노려보다가 크게 웃음을 터뜨리고 말았다.

"숭어가 폭포를 거슬러오른다더니, 자네는 참으로 대장감이로다. 그러나 자네는 출신지벌이 전무한데 다만 시세를 살피는 눈과 임기응변이 능하니 자칫하여 출세가 빠르면 다른 무인들의 시샘에 시달리거나 남의 모함을 받기가 십상일 것이다. 마흔이 넘어 초사를 따내어 어영대장이 되는 이도 있으니, 모든 처세를 신실하게 돋보이지 않도록 하여라."

실로 유대감의 그러한 당부는 최형기의 통인 기질을 경계하여주는 진심의 말이었고, 최형기도 역시 김익훈의 집에 있으면서 자기가 앞으로 어떻게 처신하여 환로를 개척해 나아가야 할지를 잘 알고 있던 것이다.

포도부장 최형기는 그로부터 포교들을 데리고 한양의 곳곳을 기찰하여 다니며 범죄인 잡기에만 열중하였고, 세간에서 말하는 대갓집에는 절대로 드나들지 않았다. 따라서 그의 실력을 제대로 알고 있는 대관은 드물었고, 오직 이인하만이 그의 기찰하는 비범한 솜씨를 인정하고 있었다. 계해년에 그는 어느 중인의 딸을 아내로 맞았고, 포도종사관에 올랐다. 그는 아직 자기 나이가 그만한 직함을 가지기에는 너무 이르다고 몇번이나 사양하였다. 최형기는 한양의 도처에 자기의 손발이나 다름없는 정탐꾼들을 거느리고 있었는데, 대개 잃은 물건이나 도망한 노비를 찾는 청탁이 들어오면 닷새도 걸리지 않아서 틀림없이 찾아냈던 것이다.

그가 처음으로 포도 종사관으로 부임했을 적에 그는 부장급들을 모두 개편하였으니, 그의 수하에는 되도록 출신이 비천하고 여염의 소악패들의 생리에 밝은 무뢰배들을 장교로서 들이었다. 이세백의 평무사로 해서에 따라갔다가 구월산 마감동에게 죽은 김식도 역시 최형기의 그러한 수하 노릇을 하였다. 최형기가 장길산에 대한 소문을 들었던 것은 바로 그 무렵이었다. 그는 김식의 죽음을 이세백 수하 장교로부터 은밀히 전해듣고는 저들이 보통의 도적이 아니라는 확신을 갖게 되었다. 그는 저들 도적의 형세가 커지게 되어 조정에 논란이 일어나고 나라 안이 소연해질 것을 은근히 바랐다. 만약 토포군이 일어나게 되면 두 종사관 중에서 자기가 토포사가 될 것이며 토벌이 끝나면 자연스럽게 공훈을 인정받아 탄탄한 무반의 열에 들어갈 것이기 때문이었다.

그러나 그는 최근의 한양의 심상치 않은 소문으로 잠을 설치며 고생하던 중이었다. 최형기는 스스로 다짐하기를 절대로 섣부른 무고나 모역 사건을 다루어 이 백지와 같은 자기의 전력에 무슨 색깔이 생기도록 처신하지는 않으리라는 것이었다.

최형기에게는 그러한 경험이 있었다. 정탐꾼들에게서 발고가 있기를, 모대관의 집에 무사와 한량들이 드나드는 게 역모의 기미가 보인다는 것이었다. 물론 그로서는 먼저 기찰하고 나서 심증이 있으면 의금부에 보고하여야 할 것이었다. 얼마 동안 장교들과 더불어 그들을 기찰하니, 다만 그 댁의 새서방 되는 자가 품행이 좋지 않아 성내의 오입쟁이들과 교제가 난잡하였던 것이다. 그러나 바야흐로 때가 때인

만큼 조정에서는 어느 세력에 붙어 있든지 서로 적이 없는 벼슬아치가 드물었다. 모역이라면 어느 한 사람에 그칠 일이 아니요, 세력이 바뀌는 판이라 한두 사람의 추심에 그칠 일이 아니었다. 최형기의 야심이 만일 보다 날렵하고 비정하였다면, 의당 그는 그쪽의 반대파에게로 비밀히 찾아가 의논하였을 터이다. 그러나 그는 스스로를 억제하고 이 거센 파도와 같은 세도정치의 변화무쌍한 물결을 타지 않기로 작심하였다. 그는 기찰한 결과를 대장에게 알리고 금부에는 그러한 기미조차 새어나가지 않도록 하였다. 그러고는 장교 하나를 데리고 그 대관을 직접 찾아갔다. 대관은 그의 방문을 의아하게 여겼으나 최형기는 갑작스레 자기가 방물에 관하여 특이한 관심이라도 있는 듯이, 벼루며 연적에 대한 이야기를 물었다. 벼슬아치는 또한 여염의 돌아가는 시속에 흥미가 끌려서 그런 쪽으로 최형기의 화제를 돌리려고 애썼다. 이윽고 대관이 묻기를,

"자네처럼 충직한 무인이 어째서 병수사 한자리도 못하고 있는가."

그때 최형기는 표정을 굳히고 자세를 가다듬으며 말을 꺼냈다.

"저를 천거하시렵니까?"

막상 상대방이 정색을 하고 달려드니 대관은 어쩌지는 못하고 그냥 얼버무렸다.

"헌데 자네가 누구 문하이던가?"

"저는 오직 상께서 내려주시는 녹을 먹고 사는 포도관이올시다. 무슨 문하를 따지겠습니까. 공연히 대감과 통자가 잦았다가 대감께서 역모하실 적에 연좌되어 원혼이 될 수야 있겠습니까?"

벼슬아치는 깜짝 놀라서 얼른 주위를 돌아보고는 스스로 물러나 앉았다. 턱수염이 떨리고 벌써 안색은 새파랗게 질려 있었다.

"어허…… 그대가 이 무슨 방자한 말을 하는고."

"무변이 고관대작들과 공연히 오락가락하였다가는 남의 눈총을 받기가 예사인 시절입니다. 또한 조정 대신의 댁에 우락부락한 시정배들이 드나들면 곧 그가 모반할 게라는 뒷공론이 일어납니다."

하고 나서 최형기는 투서에 대한 이야기를 꺼내었다. 대관은 더욱 사색이 되어 이번에는 앞으로 다가앉았다.

"어디서 이런 투서가 들어왔는지는 따지거나 묻지 마십시오. 다만 이 댁의 새서방님께서 호방하셔서 한잡배들과의 교유가 낭자하게 소문이 났으니 경계하도록 하시지요. 한두 목숨이 아니라 이것은 용상에까지도 미칠 수 있는 큰 화가 될지도 모릅니다."

"참으로…… 자네는 명관일세."

그는 진심으로 감사하는 양을 보였고, 이러한 말은 절대 함구하는 한편, 스스로 최형기의 사람됨을 깊이 간직하게 된 것이다.

최형기가 한양 인근에 수상스러운 계가 묶어지고 있음을 들은 것은 난전꾼들 틈에서 흘러나온 소문에 의해서였다.

그러나 그는 계의 규모와 범위가 어느 정도인지는 자세히 몰랐다. 다만 무뢰배들에게서 전처럼 활발한 기찰거리가 새어나오지 않는 것이 심상치 않았다. 그는 아직은 살주계라는 조직이 한양의 노비들 사이에 생겨난 것은 모르고 있었다. 그런데 흥인문 밖에서 이대장의 처가 식구들이 도적들에게서 백주에 습격을 받았고, 노상에서 살인 재물을 탈취하는 일이 여러 길목에서 부쩍 늘어나고 있는 게 평상시보다는 다른 일이었다. 무엇인가 그들 사이에서 은밀하게 진행되고 있는 듯하였다. 그는 아예 등청하지도 않고 광통교 변의 색주가에서 기찰포교들을 기다리는 중이었다. 어젯밤 두 사내를 쫓아나갔던 포교 둘이 밤샘을 하여 눈이 벌겋게 충혈되어서 들어왔다.

"어찌되었느냐?"

그들은 고개를 숙이고 대답이 없었다.

"무슨 일이 있었느냐?"

최형기는 그들의 태도를 보고 알아차렸다.

"저희들이 중도에서 그만 놓치구 말았습니다."

"그냥 흔적을 잃은 것이 아니라 아예 뒤통수를 얻어맞은 게 아니냐."

젊은 포교가 추궁하는 종사관의 날카로운 시선을 피하지 못하고 시무룩하게 아뢰었다.

"방심을 하였다가 그만 얻어맞았지요. 그렇게 날랜 놈들을 만난 적이 없습니다."

"너희들은 권술이며 오라던지기를 배웠다가 어슬렁거리는 삽살개나 잡아오려는 모양이로구나. 내가 첫눈에 살피고서 그자들이 보통 장사치가 아님을 알았다."

늙은 포교가 계속하여 말하였다.

"남별대까지 복처의 순라들을 모아 추적하였는데 수상한 자들이 여럿이었습니다. 그 두 놈이 회현방 쪽으로 달아나길래 쫓아갔으나 종적이 간데없었습니다. 새벽까지 목멱산 계곡을 이리저리 다니며 뒤졌지만 아무래도 병력이 모자라서……"

최형기는 소리를 내어 웃었다.

"그래, 본진은 옮겨가고 꼬리만 남았다가 너희를 엉뚱한 곳으로 유인한 게 분명하구나. 시장할 테니 어서 요기나 하고, 눈붙이기 전에 칠패 아이들을 데려오너라. 그리구 너희들은 오늘밤부터 남별대에서 매일 밤 잠복해야 한다. 알겠느냐?"

최형기는 그들에게 아침을 먹인 뒤에 칠패의 정탐꾼들을 부르러 보냈고, 최형기의 소집을 받은 자들 세 명이 득달같이 달려왔다.

"종사나으리, 부르셨습니까?"

"너희들 요즈음 뭘 듣구 다니느냐. 자네는 지난번에도 장물을 강 너머로 넘겼다면서?"

"아니…… 그건 제 물건이 아니올시다. 애오개 딱부리란 놈이 구전을 낸다기에 거간만 섰습지요."

"장물 와주는 어찌된다는지 알겠지."

"나으리…… 뭘 물으시렵니까. 요즘은 도통 성내가 어찌 돌아가는지 우리두 짐작을 못하겠습니다."

"성내에 낯선 놈들이 들어온 것을 아느냐?"

세 정탐꾼은 서로 눈을 맞추고 나서 한 사내가 말하였다.

"실은 저희두 갈피를 잡을 수가 없습니다. 한양 인근의 토박이 왈짜나 소악패는 대강 아는데 방금 말씀하신 대로 보도 듣도 못하던 놈들의 왕래가 잦아진 것은 사실입니다."

"대개 어느 부근이 그렇다더냐?"

"딱히 어느 쪽이라고 할 수는 없지만, 장물이 부쩍 늘어서 저희가 손을 대보기두 전에 사라집니다."

"마포 동막이나 서강은 어떠한가?"

"그쪽은 저희 구역이 아니라서……"

최형기는 일부러 다른 데를 빙빙 돌다가 물었다.

"성내에 사는 자들이 무리를 이루어 목멱산을 오르내리는데, 너희는 잘 알겠지."

"예…… 저녁때가 되면 성내의 하천배들이 서로 부산하게 마실을 다니구 그럽니다."

최형기는 스스로 가볍게 혀를 찼다.

"그렇군, 그쪽을 생각하지 못하였구나."

그는 등청하자마자 이대장에게 품하고는 다른 종사관 및 부장들과 의논하여 안을 내놓았다. 포도청의 전 장교들은 변복하여 성내의 모든 복처와 연락하면서 초저녁의 기찰을 강화한다는 것이었다. 특히 양반 대가의 행랑을 살펴서 노비들의 움직임을 세밀하게 살피도록 영을 내렸다.

그러나 흥인문 밖이나 숭례문 밖에서는 아직도 지방으로 내려가는 사람들의 재물을 탈취하는 일이 끊이지 않았다.

그로부터 열흘쯤 지나서 이제는 제법 야기(夜氣)가 싸늘한 무렵인데, 쌍이문방의 바침술집에는 사내들이 하나둘씩 모여들고 있었다. 북성이는 심복 두엇과 먼저 와 있었고, 산지니는 흥인문 밖 돌곶이 주막에서 솔부리패들과 더불어 여섯이 와 있었는데 시동이도 함께 왔다. 뒤미처 남부 살주계의 계원들의 머릿수가 맞춰지고 있었다. 초동의 수노 노릇 하는 자가 들어오자 바침술집 안은 더이상 들어설 수가 없이 꽉찬 듯하였다. 북성이가 끝으로 들어오는 수노를 보고는 산지니에게 말했다.

"이제 우리 계원은 다 왔소이다."

"인정이 울리면 곧 떠나도록 하지요. 각각 맡은 일은 알고 있겠지요."

산지니가 시동이를 돌아보며 확인하였다.

"복처의 세 패를 처치하기로 하였지."

"세 패가 어디 있는가, 낮에 둘러보셨소?"

북성이가 물으니 시동이 대답하였다.

"청량교 아래편입니다. 그 구역이 생민동 동쪽에서 수구문까지 이른다는 것을 알고 있소이다."

북성이가 고개를 끄덕였다.

"댁네 고서방하고 황서방이 청파 살주계의 중길이와 어울려 벌써 숭례문 안으로 들어섰을 게요. 지금 금동(金洞) 주막에서 기다리고 있겠지요. 그쪽에서는 첫 패를 해치우고 회현방 동구를 지나 타락동으로 들어섰을 게요. 우리는 영희전 서쪽 위 둘 패를 처치하고 남부로 내려가는 네거리에서 지키고 있으면 태평소 소리가 들릴 거요. 그 소리를 군호삼아서 저동(苧洞)으로 내려가면서 이지사의 집을 들이칩니다. 그 다음은 다 아시겠지요."

"살주계는 일단 남별대로 물러가고 우리는 수구문을 빠져나간다는 안(案)입니다."

산지니가 말을 끝내자 북성이는 저희 식구를 돌아보았다.

"집에서 빠져나올 때 아무도 눈치챈 사람은 없겠지?"

살주계 계원들이 서로 둘러보는데 초동에서 온 수노가 더듬거리며 말하였다.

"그런데 좀 께름칙한 일이 있어서…… 저녁때가 되면 꼭 찾아오는 깍정이 한놈이 있는데, 이 녀석이 밥을 얻어가지고는 꼭 대문 앞에서 먹어치우고 잠을 잔단 말이야. 그런데 아침이 되면 어디로 갔는지 보이지 않고 꼭 땅거미 질 무렵이면 찾아오거든. 내가 오늘 모임을 염두에 두고 내일 나갈 심부름을 아예 해두려고 안국방에 다녀왔는데, 담밑에서 거적을 쓰고 있던 놈이 슬그머니 일어나 따라오는 거야. 처음에는 따라오는 줄 모르고 그냥 잠자리를 다른 데로 옮기는가 보다 하고 무심하게 넘겼더니, 종루까지 나오는 도중의 골목 세 갈래가 끝까지 방향이 같더란 말일세. 그제서야 따라오는 줄 알고, 종루 유기전 앞에서는 행인이 많길래 걸음을 빨리해서 피하는 시늉을 해 보였더니, 이놈이 어느결에 내 등뒤에 와 있지 않겠나."

"자네만이 아니군 그래."

북성이가 말하자 수노는 얘기를 그치고 그를 바라보았다.

"누구 또 그런 일을 당한 사람이 없는가?"

"패랭이 차림의 시골놈이 우리 건넛집에 들었는데, 담배장사라구 합디다. 그놈이 내가 대문을 드나들 적마다 노려보는 눈치가 심상치 않던데."

명례방 사는 상노 총각이 말하였다. 북성이는 미간을 찌푸리며 초동의 수노에게 재촉하였다.

"어서 얘기해보게."

"내 등뒤까지 다가와서 시치미를 떼길래 마침 그 앞이 동이술 파는 곳이라 쭈그리고 앉아 한잔 마셨지. 그러고는 말을 걸었네. 저녁도 주었고 잠자리도 있을 터인데 나를 왜 쫓아다니느냐구 그랬더니, 이 자식이 실실 웃으면서 좋은 데 가시는 줄 다 아는데 그러시냐구 오히려 딱잡아뗀단 말이야. 좋은 데가 어디냐니까…… 동무들끼리 모여서 무슨 잔치를 하시는 게 아니냐구 그러던데."

북성이가 한숨을 길게 내쉬었다.

"바로 코밑에까지 당도하였군. 최종사가 보통 나그네가 아니라던데."

"내 얘기를…… 들어보게. 그래서 심부름을 마치고 돌아오려니 이놈이 온데간데가 없어, 집으로 오는데 수각다리 앞에 이르러 그놈을 또 만났지. 여하튼 나는 모임에 나오기 전에 그놈이 어디 있는가 살피느라구 아예 대문에다 안면을 붙이구 있었어. 거적을 쓰고 꼼짝 않구 누웠더군. 그래 하는 수 없이 뒷담을 넘었네. 오면서도 그놈이 나타날까봐 일부러 동부(東部)까지 나아갔다가 이리로 건너오는 길일세. 내 생각으로는 그놈이 나그네가 틀림없는 듯한데."

"나그네지. 최형기가 우리를 노리기 시작한 게야."

산지니가 끼여들었다.

"최형기라면 나두 언뜻 본 적이 있소. 그놈이 그렇게 께름칙하다면 아예 야반에 들어가 죽여버리면 될 게 아뇨."

"그놈이 이것을 쓰는 솜씨가 상산 사람 같다구 합디다."

북성이가 허리에 차고 있는 창포검의 칼자루를 건드리면서 조자룡까지 들먹이니 시동이가 코웃음을 쳤다.

"집만 알려주오. 우리에게는 화승총이 있으니 제아무리 칼을 제법 휘두른다 하나 날아가는 콩알을 어찌 막을 것이오."

그러는데 인정 치는 소리가 들려왔다. 이제 복처에 순라패가 모이고 인적이 끊기며 성문은 닫히는 것이었다. 산지니가 보퉁이를 끌어당겨 검은 보자기 뭉치를 꺼내서 전원에게 일일이 나누어주었다.

"복처를 들이칠 때 꼭 얼굴을 가리시우. 그리구 사정 보면 안됩니다."

"아무튼 조심해야지……"

살주계 계원들은 최형기의 얘기가 거기서 그쳤길래 다행이었다. 북성이까지도 불안한 기색을 감출 수가 없었던 것이다. 그들은 바침술집을 나와 동서로 헤어졌다. 솔부리패들 여섯은 청량교의 세 패를 무찌르고 수구문을 장악하기로 되었던 것이다. 그들은 명철방을 돌아 청량교를 향하여 내려갔다. 낮에 두 번이나 왕래하며 익혀두었는지라 여러 골목과 길바닥이 손금과도 같았다. 복처에 모이는 목편 소리가 가까운 곳에서 들려왔고 그들은 모두 준비하였던 검은 보자기로 얼굴을 가렸다. 서슬 푸른 칼이 손마다 쥐어져 있었다.

"자, 꼬리를 흔들어볼까."

산지니가 말하자 시동이가 보퉁이를 짊어졌다. 흰 무명보에 옷가지를 꾸려넣은 것이지만, 제법 큰 짐처럼 보였다. 시동이는 천천히 청량교 쪽으로 나아갔다. 복처에서 움직이는 발등거리의 불빛들이 보였다. 아니나다를까 복처에서 수하하는 소리가 들려왔다.

"누구냐?"

"게 섰거라!"

영락없이 남의 집을 털고 나오는 도적의 시늉으로 시동이는 돌아서 더니 나왔던 골목으로 뛰어갔다. 복처의 순라들이 육모방망이를 흔들 며 쫓아왔다. 이미 산지니들은 골목 깊숙한 곳의 좌우에 숨어 있었다. 시동이의 뒤를 따라서 골목으로 들어온 순라패들이 바라보니 뛰어가 다가 헛디뎌 발목이라도 접질렸는지, 도적은 저쪽에서 죽는 시늉을 하며 주저앉아 있었다. 요놈 이제는 잡았다, 하고는 우르르 몰려들어 오는데 좌우에서 기다리던 솔부리 일당이 칼날을 날렸다. 복처의 군 사 다섯을 베었으나 그중 하나가 경상이라 신음중이었다. 산지니가 군사들의 그날 언적(言的)을 알아내기 위하여 살려두었던 것이다. 산 지니는 칼을 군사의 가슴에 대고 꾹 누르면서 물었다.

"이놈, 죽이기 전에 오늘밤 군호를 말하여라."

"예, 저…… 전언(前言)은 천둥(震)이오."

"후언(後言)은 무엇이냐?"

"땅(坤)입니다."

군호는 병조에 입직한 당상관이 친히 써서 봉함하고 매일 신시(申 時)에 낭관이 받아서 각 군영으로 나가는 것이었다. 산지니가 군사의 말이 떨어지자마자 차갑게 내뱉었다.

"군기 누설은 사죄에 처한다는 것이 군문의 율령이다."

그는 칼을 들어 다친 군사의 목숨을 끊고는, 여럿이 달려들어 시체 의 머리와 다리를 들어 기중 담장이 기다란 집을 택하여 담 너머로 하 나씩 넘겨버렸다. 복처를 휩쓴 산지니 일당은 내쳐서 하도감(下都監) 가는 길 중간에 있는 샛길로 하여 광희문으로 나아갔다. 광희문에는 원래 어영청 수직 구역이라 동소영(東小營)에서 이십명의 군사가 나와 지켜야 하는데, 잘 시행되지 않아 호군이랍시고 다섯이 문을 지키고 있었다. 민병이 나와서 성벽 아래를 지켜야 하지만 돈을 내거나 신포를 바치고 빠져서 언제나 허술하기 짝이 없었다. 그들은 광희문, 즉 수구문 앞에까지 별일 없이 당도하였다. 이곳은 한적하여 민가의 불빛도 멀리 있었고, 주위가 캄캄한 어둠인데, 바람소리만이 스산하였다. 그들은 문 아래까지 상반신을 숨기고 다가갔다. 이제는 보자기를 벗고 무기를 등뒤에 감춘 다음, 산지니가 헛기침을 하면서 앞으로 나섰다. 성벽에서 창을 메고 지켜 서 있던 파수병이 수하를 보냈다.

"누구냐, 군호!"

"천둥."

"땅."

성문에 있던 자들 중에 호장 되는 자가 나섰다.

"웬일들이오?"

"저희는 남촌서 불려나온 민병이올시다. 적경이 있다고 군문에서 소집한다기에 저희 영소로 찾아오는 중입니다."

남촌 민병의 직이 광희문의 수직이라 그럴 법도 하겠다고 여겼는지 호장이 물었다.

"몇사람이 왔는가?"

"다섯이 왔습니다."

"그러면 어째서 올라오지 않느냐?"

"예, 점호를 받아얍지요."

산지니는 슬그머니 호장에게 다가들어 속삭였다.

"어찌 여기서 찬 이슬 맞구 밤을 새우겠습니까. 저 아래 민가에다 술과 안주를 장만하였으니 거기들 들러 태기라두 하다가 돌아가렵니다. 공연히 역을 지워서 달달 볶는 게지 적경은 무슨 적경입니까. 봉수대의 불도 그대로인데 성문을 어쩌겠습니까."

산지니의 말은 역시 태평성대의 군사들 귀에 도르르 말려들어갈 만큼 달착지근하였다. 호장이 우물쭈물 중얼거렸다.

"남촌 사람들이 물정이 훤하다더니…… 과연 사귈 줄 아는군. 잠깐 다녀올 테니 무슨 일이 있으면 요령을 흔들게."

수직 군사들에게 이르고는 호장은 산지니의 뒤를 따라나섰다. 언덕 아래로 가니 과연 몇사람이 앉고 서고 하여 웅숭그리고 있는 게 보였다. 가까이 다가가자 그의 등뒤에 날카로운 칼끝이 와닿았다.

"소리치거나 달아나면 죽는다. 우리는 민병이 아니여."

산지니의 음산한 목소리에 호장은 발도 제대로 떼지 못하였다.

"천천히 걸어라."

이렇게 하여 우선 호장을 잡아놓고 나머지 호군들을 꾀어낼 생각이었다.

"여기 술이 있으니 한잔씩 하고 올라가라구 외쳐라."

캄캄한 어둠속에 다섯 명의 장정들이 모두 칼을 빼어들었으니 호장은 연신 침을 삼킬 뿐이었다. 산지니가 칼날을 그의 뺨에 갖다대었다.

"벌써 피맛 본 칼이다. 어서 네 동무들을 부르라니까."

"여…… 여보게, 여기 술이 왔는데…… 한잔씩 하구 가지."

말이 끝나기도 전에 솔부리 일당들은 낄낄대고 웃으며 떠들며 하였다. 커, 술이 독하군, 어이 한잔 더 들어, 어쩌고 하는 소리가 들리니 성벽에 섰던 자가 먼저 내려오며 부추겼다.

"젠장 한잔만 얼른 넘기구 돌아오세."

"그러다가 순관(巡官)이 오면 군문에 들어가 곤장 맞을려구."

"아따, 참새 가슴일세. 내려가서 얼핏 한잔 하구 오는데 그동안에 누가 오겠나. 뭐라구 그러면…… 밑에서 이상한 기척이 들려서 살피구 온다면 되지."

"그래, 호장두 내려갔으니 한잔만 걸치자구."

호군 넷이 방심하고 슬슬 내려오는 것을 기다렸다가 솔부리 일당들은 제각기 달려들어 베어버렸다. 그들이 무기와 요령을 지니고 있으니 자칫하여 소란해지면 낭패를 보겠기 때문이었다. 산지니는 의논대로 세 패의 복처를 말끔히 치우고 광희문을 점거하였으니, 이제 저동을 습격하고 나오는 검계와 살주계 일당들의 퇴로는 훤히 뚫린 셈이었다.

산지니는 성벽으로 올라가기 전에 군사들의 검은 더그레와 털벙거지를 모두 벗겨내어 나누어 입었다. 성벽 위에는 월도(月刀) 두 자루가 꽂혀 있고 개문좌부(開門左符)를 받으러 다니는 데 쓰이는 표신이 있을 뿐 열쇠는 없었다. 원래 개문좌부를 받아 대내에 가서 병조에서 내어주는 열쇠를 받아 열도록 되어 있는 것이다. 파루전에 나가야 할 작정이므로 줄을 타고 성을 넘을 것이니 별 문제가 될 것은 없었다.

북성이가 인솔한 살주계 계원들은 쌍이문방에서 묵동과 생민동을 지나 주동 다리를 건넜다. 영희전은 태조의 영정을 모신 곳인데 수직하는 자가 하나 있을 뿐이었고, 더구나 밤에는 텅 빈 사당이나 마찬가지였다. 담장이 주동 어귀에서부터 남부 네거리까지 길게 이어졌다. 그들은 얼굴에 검은 보자기를 둘러쓰고 남산동으로 오르는 패와 필동 다리로 내려가는 패로 갈렸다. 위 둘 패와 아래 둘 패를 한꺼번에 처치하려는 것이었다. 위는 북성이가 이끌고 갔으며 아래는 초동의 수노가 맡기로 되어 있었다.

북성이들이 남산동 초입의 버드나무 아래에 이르렀을 때 이미 순라들은 인정 뒤라 자리를 떠나고 있었다.

"우리가 한발 늦었다."

"까짓 거 딱딱이 소리 나는 곳으로 뒤쫓아갑시다."

북성이도 계원의 말이 그럴듯하여 잠깐 앉아 쉬면서 귀를 기울이는데 영희전 쪽에서 목편 두드리는 소리가 들려왔다.

"가까운 곳이다."

그들은 골목을 따라서 양편에 찰싹 붙다시피 하여 뛰었다. 영희전의 긴 담장을 돌아서자 멀리서 발등거리의 불빛이 흔들거리는 것이 보였다. 그들은 주저할 것 없이 똑바로 달려들었다. 순라는 둘이었다. 그들은 처음에는 앞에서 사람이 뛰어나오자 육모방망이를 쳐들며 소리를 질렀다.

"웬놈들이냐!"

그러다가 그들의 수가 여럿이고, 얼굴을 살피자 복면이었으므로 발등거리를 내던지고 돌아서서 뛰려 하였다. 그러나 이미 멀리 달아나기에는 때가 늦어 사정없이 덮치는 살주계 계원들의 칼에 물고가 나고 말았다.

"남부 네거리까지 가는 동안에 딱딱이 소리를 쫓아 해치운다."

북성이가 일당들을 이끌고 영희전을 돌아 남부로 가는 동안에 초동 수노의 일행은 필동 다리에서 복처의 순라들과 부딪쳤다. 거기서 그들은 셋을 베고 나머지는 놓쳐버리고 말았다. 어쨌든 목멱산 아랫동네의 순라들이 모조리 끔찍한 일을 당했으니 거의 무인지경이 되어버린 것이다.

"군호를 보내지."

북성이가 지시하자 계원 중의 누군가 허리에 차고 있던 날라리를 들어 한가락을 불어넘겼다. 그러자 서쪽의 어둠속에서도 날라리 소리가 경쾌하게 들려왔다.

"자, 이제 저동으로 내려가자."

그들은 저동의 역관, 이지사네 집을 바라고 뛰었다. 그는 연경을 왕래하여 수의역관을 다니면서, 성내에서 역관 변부자를 빼고는 그의 재산을 따를 사람이 없을 만큼 이름난 부가옹이었다. 살주계원들이 이지사의 솟을대문 앞에 이르니 벌써 회현방으로부터 달려온 청파 살주계와 고달근, 황회 등이 거느린 솔부리 일당들이 당도하였다.

"복처에는 지금 쥐새끼 한마리 얼씬거리지 않소이다."

"우리가 필동 다리에서 순라를 놓쳤으니 지금쯤 포도청이 벌집이 되었을 게요."

"올 테면 오라지. 이만한 수이면 아예 포도청으로 짓쳐들어가 대장 종사 이하 모든 부장 장교 들을 도륙할 수 있네."

"문을 열어라."

황회가 말을 꺼내자마자 솔부리의 일당 둘이 나서더니 하나가 제 동무에게 어깨를 들이댔다. 그자는 냉큼 뛰어 어깨에 올라섰고, 이어서 담장의 기와에 두 팔을 얹은 다음 사뿐히 뛰어넘어갔다. 문 빗장 열리는 소리가 들리고 대문이 활짝 열려 젖혀지자 그들은 제 집 드나들듯 안으로 몰려들어갔다. 누가 시키지도 않았건만 태평소 불던 자와 두엇이 어울려 집밖으로 나가 동서의 길을 망보며 지켜섰다. 그들은 집안에 들어서자마자 마당이 찌렁찌렁 울리는 목소리로 외쳤다.

"모두 방 밖으로 나와 마루에 꿇어앉으라. 듣지 않으면 쫓아들어가 일가 몰살을 하리라."

고달근이 가장 먼저 사랑으로 들어가 어린 계집종에게 다리를 주물리고 누웠던 이지사를 끌어내왔다. 집뒤짐이 시작되는데, 주로 이런 일에 경험이 많은 솔부리의 검계 일당들이 하였고 사람들의 수습은 살주계원들이 하였다. 돈과 피륙과 방물 외에는 거들떠보지도 않았으며 재물이 있을 만한 곳은 틀림없이 뒤져냈다. 청파의 중길이는 얼굴에 검은 수건을 두른 채로 그 집의 안팎 노비들을 행랑 툇마루에 일렬로 앉혀놓고 말하였다.

"우리는 양반놈들에게서 평생을 마소같이 부림받던 하천들이다. 이제 세상이 바뀌어 우리가 나라의 주인이 되려는 기운이 무르익어가고 있다. 너희 중에 우리를 따라가 죽을 때 죽더라도 사람다웁게 살다가 노비의 원한을 갚고 우리들의 천하를 일으켜세우는 데 힘을 합할 자는 나서라. 우리와 함께 가면 누구든지 눌리지 않고 저 살고 싶은 대로 살 수가 있다."

그러나 겁에 질린 노비들은 모두 입을 다물고 마룻바닥을 향하여 고개를 처박고 있을 뿐이었다.

"썩어빠진 것들…… 상전이 먹다 버린 대궁밥이나 처먹으면서, 이리 팔리고 저리 굴러다니며, 툭하면 매맞고 욕먹는 이런 생활을 버리는 것이 그다지도 두렵단 말이냐? 자, 어서 나서라."

마루에 앉았던 자들 중에 셋이 슬그머니 일어나 아래로 내려섰다. 둘은 사내요, 하나는 머리를 올린 계집이었다.

"저희를 데려가주십시오."

사내가 먼저 말하였다. 중길이는 그들에게 뒷전에 서 있으라는 표시로 턱짓만 해 보이고는,

"이 집의 수노 되는 자 나서라."

외치니 우물쭈물하면서 한 중년의 종이 일어섰다.

"너는 이 집에 몇년이나 있었는가?"

그는 한참이나 우물쭈물하더니 간신히 대답하였다.

"예…… 이 댁에서 태어났소이다."

"그러면 너의 어미는 어디 있는가?"

수노가 대답하지 못하자 중길이가 나직이 말하였다.

"내가 대신 말해주마. 네 어미는 일찍이 이 집 주인들이 범하였겠지. 거기서 몇명의 혈육이 생겨났겠지. 너는 씨종으로 그렇게 태어났겠지. 네 어미는 네가 아직 어렸을 적에 안방의 분부에 따라 팔려갔거나, 시골의 전장이 있는 곳으로 쫓겨갔을 터이다."

수노의 일생을 훤히 눈앞에 보듯 얘기하는 중길의 목소리는 차츰 떨렸다. 수노가 어깨를 떨고 있는 것으로 보아 울고 있는 듯하였으나, 이윽고 기어들어가는 목소리로 중얼거렸다.

"때가 너무 늦었소. 저 사람들이나 데리고 가시오."

뒷전에 서 있던 북성이가 역관네 수노에게 말하였다.

"당신의 뜻을 잘 알겠소. 그러나 조금만 기다리시우. 우리가 양반들을 없애고 다시 태어날 때가 멀지 않았소. 성내가 뒤집어지는 날에 당신들은 모두 주인을 살해하고 밖으로 뛰쳐나오시오. 그게 우리들의 살 길이라는 것을 잊지 마우."

고달근과 황회는 솔부리의 일당들이 모아온 재물을 일일이 점검하고 나서 대강 약탈이 끝난 것을 알았다.

"자, 우물거릴 필요가 없다. 어서 수구문으로 나가세."

살주계 계원들은 따라나서는 세 사람의 노비를 이끌고 대문을 나오는데, 황회가 얼른 그들을 발견하고 중길이에게 물었다.

"저것들은 뭐요?"

"이 집을 떠나고자 하는 하천들이우."

고달근이 수건을 벗고 가쁜 숨을 토해내면서 참견하였다.

"뭐라구…… 누구 마음대루 데리구 가려는 게야."

"이건 우리 살주계에서 알아 하는 일이니 참견 마우. 앞으로도 양반 부호의 집을 습격하면 원하는 노비들은 누구에게나 자유를 줄 참이오."

"허허, 이 사람이 영 돌아가는 형편에 캄캄하구면. 아무나 데리구 가서 도대체 어디에다 살리려구 이러는 게요. 그러다 추노에나 걸리면 공연히 댁네 계의 밑뿌리가 드러나게 될 것 아니오."

중길이도 검은 수건을 목 아래로 벗어내렸다.

"그런 염려는 마시우. 우리도 중흥동 깊은 골짜기에 은신처를 마련해두었소이다. 돈과 양식도 넉넉하니 이제는 우리 계원들이 하는 수 없이 종살이하는 집으로 돌아가지 않아도 되지요."

황회가 고달근에게 말하였다.

"내 이럴 줄 알구 처분 난처한 방물 등속은 따로 꾸려두었다. 아예 여기서 헤어지기로 하자꾸나."

고달근도 그것이 가장 안전하리라 여겨져서 고개를 끄덕였다.

"여기서 헤어집시다. 우리는 성밖으로 나가야 할 텐데…… 남별대로 오르시려우?"

"예, 그럴 작정입니다. 나중에 우리 계원을 돌곶이로 보내지요."

솔부리 일당들은 저동에서 살주계 일당과 헤어져 동쪽으로 나아갔다. 광희문에 당도하니 산지니가 문을 점령하여 그들이 오기만을 기다리고 있었다.

"문은 열 수가 없고, 밧줄을 타고 성벽 너머로 내려가면 됩니다."

"수고하였네. 오늘 돌곶이서 푹 쉬고 내일은 하나둘씩 흩어져서 천마산으로 일단 돌아가기루 하지."

그들은 차례로 성문을 타넘었다. 한밤중에 돌곶이에 도착한 솔부리 일당은 밤참을 나누어먹고는 죽은 듯이 잠들었다. 이튿날 일행들이 흩어져서 상고의 차림으로 떠날 때 고달근과 황회는 양주에 들를 일이 있다며 북으로 올랐고, 산지니는 시동이와 더불어 장물의 처분을

위하여 돌곶이에 남았다. 살주계에서는 이번 이지사네 집의 습격으로
하여 모두들 자신이 붙어서 성내의 봉기를 금년 안으로 해치워야 한
다는 의논이 일어나고 있었다. 그러나 의외의 일이 벌어지게 되었으
니, 그것은 북성이가 가족들 때문에 상전의 집으로 되돌아간 탓이었다.

순라들의 복처가 쑥밭이 되고 저동의 이지사네 집이 칼 들고 복면
한 도적들에게 털렸다는 소문이 장안에 파다하게 알려졌다. 포도청뿐
만 아니라 조정 대신들간에도 요즈음 난민들의 행동이 심상치 않은
데 대하여 신중한 의논들이 돌았다. 각 군영에서도 한양 성내의 군기
가 허술하기 이를 데 없음을 알고 스스로 단속하기 시작하였다. 별순
라패들도 육모방망이나 딱딱이 대신에 창과 칼을 지니도록 하였고,
성문에는 수직 군사의 수를 늘리고 민병의 지원을 받도록 하였다. 위
에서는 포청의 부장과 장교들에게 엄한 명을 내리고 난민들의 수괴를
어서 잡아들이라는 닦달이 심해졌다.
종사관 최형기는 복처가 도륙이 나버린 이튿날부터 아예 포청에는
나가지도 않고 부장들과 함께 변복을 하고서 성내를 돌아다녔다. 그
는 헝클어진 머리에 때묻은 저고리 바람으로 시전의 가게 앞에 쭈그
리고 앉아 곰방대나 부시 쌈지 등속을 벌여놓고 행상 시늉을 하고 있
었다. 어떤 상한이 다가오더니 곰방대를 고르는 척하면서 나직하게
속삭였다.
"노비가 가출하여 여태 돌아오지 않는다고 알려온 댁이 몇집 있었
습니다. 하온데 초동 교리 댁의 수노라는 자도 그날 밤에 인정을 치기
전에 집을 나갔었지요."
최형기는 얼굴을 찌푸렸다. 교리 댁을 지키던 포교가 깍정이 행색
으로 며칠 동안 고생을 하였으나 막상 일이 나던 날 밤에는 행적을 놓

치고 말았던 것이다.

"그놈이 돌아왔단 말인가?"

"아닙니다. 알아보니 그자가 장사를 나다닌 지 두 해나 된답니다."

한양 세가에서는 장토에서 올라오는 물건이나 곡물들을 필수품과 교역시키기 위하여 노비들을 저자로 내보냈고, 어떤 집에서는 아예 노비들을 시켜서 큰 밑천을 대어 장사를 벌이기도 하였다. 종루 시전에서도 그들이 난전꾼들에 섞여 있어, 폐해가 막심하다고 말들이 많았다. 큰 밑천과 세도가 있고, 부리는 사람이 많으니 누구보다도 난전에 유리하였던 까닭이다.

"난전을 나다니는 노비들이 제법 돈푼을 만지고 삼패 외입에도 능하다는 걸 아시지요?"

최형기는 고개를 끄덕였다.

"어디서 연줄을 캐낸 모양이구나."

"네, 바로 그렇습니다. 그놈이 홍제원에서 삼패 은근짜를 빼내어 청파에다 살림을 내었답니다. 방금 그 집을 알아내고 아이들을 먼저 보냈습니다."

최형기는 벌여놓았던 행상 봇짐을 주섬주섬 꾸렸다. 부장이 그 짐을 받아서 짊어졌다. 그들이 시전을 벗어나자 곳곳에 흩어져 있던 포교들이 각양각색으로 모여들었다. 깍정이 차림도 있었고 도포에 갓쓴 선비 차림, 마부나 곁꾼 차림도 있었다. 최형기가 그들을 인솔한 다른 부장에게 지시하였다.

"여기서 대를 나누어 집을 떠난 노비들의 뒷조사를 하도록 하고, 나머지는 계속 남아서 장물이 풀려나오는 것을 감시하라. 그리고 너희들은 우리를 따라오너라."

최형기가 마부 차림과 곁꾼 차림의 포교를 집어냈다. 그들은 부장의 뒤를 따라서 숭례문으로 나아갔다. 청파 삼거리에서 만리창 쪽으로 가는데 역시 시절이 그러하여 한산하였지만, 난전의 흔적이 역력하여 해물이나 과일 등속이 거래되고 초라한 가게들이 장을 벌여두고 있었다. 최형기 일행은 청파 난장을 벗어나서 초가집이 다닥다닥 붙은 당마을로 들어섰다. 토담이 이리저리 구부러져 있는데 어디선가 두 사내가 나타나 그들에게로 다가갔다.

"아직도 오지 않았습니다."

부장이 그들에게 물었다.

"집에는 누가 있던가?"

"계집과 갓난아이만 있는 듯합니다."

부장이 최형기를 바라보았다. 최형기는 그들 중에 가장 나이가 어리고 인상이 유순하게 생긴 마부 차림의 포졸에게 말하였다.

"네가 나서서 안으로 들어가 계집이 외치지 못하도록 해라. 남의 눈이 있으니까 재빨리 해야 한다."

"그냥 두고 지키다가 놈이 오면 덮치는 게 어떨까요?"

부장이 말하였으나 최형기는 생각이 달랐다.

"놈은 당분간은 나타나지 않을 게다. 한시바삐 저들의 계가 어찌 엮어져 있는지 캐내어야 한다. 계집에게서 무슨 말이 나오든간에 알고 있는 사실은 한방울이라두 놓치지 않고 짜내야지."

젊은 포졸이 골목으로 들어가 삽짝을 흔들며 외쳤다.

"주인장 계시우."

안에서 누구냐고 되묻는 소리가 들리고,

"어서 문 좀 엽시다. 전할 말이 있어 왔는데……"

하는 소리가 들리더니 잠시 후에 삽짝이 빠끔히 열리면서 포졸이 고개를 내밀고 손짓하였다. 최형기는 골목의 좌우를 살피고 나서 빠른

걸음으로 토담 안에 들어섰다.

"어찌했느냐?"

문 옆에 입술이 터진 젊은 아낙이 반듯이 넘어져 있었다. 포졸이 부장에게 대답하였다.

"들어서자마자 한주먹 앵겼지요. 좀 있으면 툭툭 털구 일어날 겝니다."

최형기는 마루로 올라가 두 칸의 방을 차례로 살펴보았다. 안방에 아이가 잠들어 있었고 윗목에는 고리짝과 농이 놓여 있었다. 건넌방은 썰렁하게 비었는데 천장에 약재 봉지가 너덧 개 매달려 있었다. 최형기는 부장에게 일렀다.

"계집이 바른 말을 할 듯하면 이리로 데려오너라."

"여기서 말을 시킬까요?"

최형기는 대답 않고 찌푸린 눈을 들어 부장을 바라보았다. 굽든지 찌든지 알아서 하라는 눈짓이었다.

"소란스럽지 않게⋯⋯"

부장이 멋쩍게 웃음을 지었다. 최형기는 미닫이를 닫고 앉아 눈을 지그시 감았다. 조금 있더니 여자의 흐느낌 비슷한 소리가 들리고 마루에서 여럿의 발걸음 소리가 들리더니, 이윽고 아기가 자지러지게 울었다. 수군거리는 소리가 들리다가 부장이 미닫이를 열었다.

"종사, 계집이 입을 열었습니다."

최형기는 눈을 뜨고 부장을 날카롭게 올려다보았다.

"이리로 데려오라."

미닫이가 열린 채로 여자가 끌려들어오는데, 두 포졸이 여자의 팔을 잡았고 여자는 머리가 산발이며 코피가 터져서 저고리 앞섶이 붉게 젖어 있었다.

"종사관 어른이시다. 바른대로 아뢰어라."

여자를 꿇리고 목덜미를 눌러놓으면서 포졸이 말하였다. 여자는 소리 죽여 흐느끼느라고 채 말을 꺼내지 못하고 있었다. 최형기는 나직하게 물었다.

"교리 댁 천예와는 언제부터 살게 되었느냐?"

여자가 미처 대답하지 못하자 부장이 주먹을 쳐들었고, 최형기가 손을 쳐들어 내버려두라는 시늉을 하였다. 최형기는 나직하지만 단호한 어조로 말하였다.

"자칫하다가는 너도 동범으로 되어 살아남지 못할 것이다. 그러나 바른대로만 얘기하면 오히려 후한 상을 내릴 것이니 주저 말고 직고하여라. 그자가 어디서 무엇을 하고 다니는지, 동류들은 누구누구인지, 어디에 자주 나다니는지, 네가 같이 살면서 듣거나 본 대로 말해보아라."

부장이 다그쳤다.

"누가 자주 찾아다닌다구 했지?"

"주…… 중길이란 사람이오."

최형기가 눈을 똑바로 뜨고 부장에게 말없이 묻는 시늉이었다.

"청파에 산다니 곧 찾아낼 수 있습니다. 전에 관노로 박혔다가 속량되었답니다."

"난전으로 나가서 찾아두어라."

최형기가 이르자 먼저 와서 기다리던 포교와 포졸이 지체없이 뛰어나갔다.

"그래, 그가 와서 무슨 말을 하더냐?"

"자세히 듣지는 못했사오나…… 양반의 욕은 많이 하였습니다."

"또다른 자가 온 적은 없었느냐?"

부장이 다시 끼여들었다.

"참판 댁 수노와 친하답니다."

"참판…… 어느 대감 댁인지 아느냐?"

최형기는 자기도 모르게 여자의 머리 쪽으로 상반신을 굽히면서 물었다.

"모르옵니다. 그저…… 잠깐 들른 일이 있는데, 애 아비가 지나는 말로 저이는 참판 댁의 수노로 있다고만 그랬지요."

"한달에 몇번이나 오는가?"

"작년에는 사흘이 멀다 하고 자주 왔으나 금년 들어서는 어쩐지 뜨음하여 한달이면 고작 한두 번이었습니다."

"그래, 근래에는 언제 왔었느냐?"

"열흘 전에 왔다가 하루 자고 갔습니다."

"무슨 말이 없던가?"

"곧 우리를 시골로 데려간다고만 하였지요."

"양식이나 돈을 주더냐?"

"양식은 꼬박꼬박 보내옵니다."

최형기는 한숨을 쉬고 나서 일어섰다. 그제야 여인이 피투성이의 입언저리를 소매로 씻으면서 고개를 들었다.

"나으리…… 우리 주인이 무슨 죄를 지었습니까?"

최형기는 여자를 물끄러미 내려다보다가 부장에게 일렀다.

"부장은 아이 하나를 데리고 이 집에서 며칠 지내야겠다. 놈이 언제 찾아올지두 모르니까 잘 감시하도록 하여라."

"이년은 어찌할까요?"

최형기는 여자에게서 눈길을 거두었다.

"그자를 잡을 때까지는 함께 있어야 하지 않나. 밥을 집에서 날라다 먹으려는가. 자, 너는 남아 있거라."

최형기가 젊은 포졸을 지적하였고 결꾼 차림의 포졸이 따라나섰다. 최형기는 당마을을 나서자마자 포졸에게 지시하였다.

"너는 이 길로 포청으로 가서 부장에게 말하여 참판 댁 수노 중에 어떤 자가 그날 밤에 출타하였는지, 그리고 어떤 자가 지금 집을 비우고 있는지 알아가지고 우리집으로 오너라."

최형기는 달려가는 포졸을 바라보면서 이만하면 적당들은 이미 손안에 들어온 것이나 한가지라고 생각하였다. 그는 사흘 안에 장계를 올릴 수가 있을 것 같았다.

청파역(靑坡驛) 앞은 주막과 가게가 모여 있는 곳인데 동작나루와 노량나루, 마포의 동막과 용산 삼개와 잇달아서, 난전 치는 사내들의 출입이 빈번하였다. 역의 주막거리에서 최형기는 포졸들을 한참이나 기다렸다. 중길의 집을 찾아나섰던 두 명의 포졸 가운데 하나가 저자를 따라 내려왔다. 최형기가 길 가운데로 나가 그를 맞았다.

"어찌되었느냐?"

"중길이란 자는 집이 따로 없답니다. 보통 저자 난전꾼들이 모이는 화초방에서 자거나 주막 봉놋방에서 지낸답니다."

"절친한 자도 없더냐?"

"숭례문 밖 죽물전에 물건을 대는 자로, 집이 여기서 활 두어 바탕 거리에 있답니다. 요새 물건이 없어 집에서 장죽을 만들며 소일한답니다."

최형기는 땅바닥에 시선을 주고 잠깐 동안 생각에 잠기고 나서,

"그 녀석을 건드릴 필요는 없겠다. 공연히 소문만 낭자해지면 덫이나 함정은 아무 쓸모가 없게 될 테니까. 너희는 우포청의 아이들과 협력하여 저자의 화초방과 봉놋방 그리고 죽물 장사치네 집을 물샐틈없

이 감시하여라. 언제든지 한번은 나타나게 되겠지."

자세히 일러준 뒤에 저자를 떠났다. 최형기의 집은 시전이 즐비한 종루의 배오개 부근에 있었다. 좌포청이 종묘 옆의 정선방(貞善坊)에 있었으므로 등청하기도 가까운 거리였고, 배오개가 또한 성내에서는 시정배들이 가장 많이 모이는 곳이라 포도관이 살기에 적합한 곳이기도 하였다. 그의 집은 안방과 건넌방과 사랑방의 격식을 갖춘 조그마한 기와집이었다. 부근에는 장사치나 중인들의 어슷비슷한 집들이 많았다. 포도 종사관이 그리 대단한 직업은 아닐지라도 어쨌든 초라한 집이었다. 동향의 집 앞으로 누렁다리 상류에서 흘러내리는 개천이 내다보였다. 그는 집에 돌아오자마자 머리를 감고 옷을 갈아입었다. 광에는 그가 암행 기찰을 할 때마다 갈아입는 각종 신분의 의관들이 걸려 있었다. 하녀와 그의 아내는 최형기가 저자에서 미복(微服) 기찰하며 뒹굴어다니다가 돌아오면 언제나 코를 싸쥐고 피하였다. 발냄새와 땀내가 며칠 동안 진동하기 때문이었다. 최형기는 늦은 점심을 들었고 그의 아내가 밥상머리에 앉아서 말을 걸었다.

"또 나가셔야 하나요?"

"나가봐야지."

"이번에는 고생이 심하시겠지요."

최형기는 냉수에 만 밥을 건지다 말고 아내를 물끄러미 바라보았다. 그의 아내는 남편의 안색으로 그가 포청으로 나갈 것인지 시정으로 나갈 것인지를 분간할 줄 알았다. 아내가 이어서 중얼거렸다.

"사람이 많이 죽었다면서요?"

"어디서 들었소?"

아내는 진저리를 치며 말하였다.

"저애가 빨래를 나갔었는데 소문이 파다하더래요. 남부의 다섯 순라패들이 모두 결딴이 났다면서요. 그리구 역관 다니던 부가옹네 집이 화적을 만났다던데……"

최형기는 혹시나 하는 생각이 들어서 짐짓 물어보았다.

"누구 짓이라구 그래?"

"글쎄요…… 뭐라더라, 강화 쪽에서 왜구가 숨어들었을 게라구 하는 말두 있구…… 그거야 어디 황당한 말이라 믿을 수 있나요. 헌데 뭐라더라, 무슨 계(契)가 있다는데, 그놈들이 작당하여 일을 저질렀답니다."

최형기는 문득 수저를 놓았다.

"그런 얘기는…… 어디서 누가 하던가?"

최형기가 아예 수저를 놓고 긴장한 빛을 띠자 오히려 그의 아내가 놀란 모양이었다.

"왜 그러셔요. 저애가 빨래터에서 들었다는데……"

형기는 마루로 나가 하녀를 불렀다. 하녀도 겁을 집어먹고 있었다.

"네가 들은 대로 다시 한번 말해보아라."

"예…… 저 살주계라나 하는 당이 있는데, 그자들이 남부에서 큰일을 저질렀다구 하였어요."

누렁다리 밑의 빨래터라면 동부의 여러 집에서 나온 계집종들이 모여드는 곳이었다. 하천들의 기미가 심상치 않다는 것은 지난 여름부터 눈치를 채고 있던 최형기였다. 무슨 작당이 있을 듯이 여겨졌는데 살주계(殺主契)라면, 문자 그대로 주인을 죽이는 모임이 아닌가. 이런 소문이 벌써 하천들 사이에 파다하여 계집종들끼리 주고받을 정도였다니, 포도 종사관인 최형기는 실상 구름을 잡고 다닌 것이나 마찬가지였다. 탈취당한 이지사네 집의 노비들을 심문하였을 적에 어찌된 일인지, 그들은 한결같이 촌에서 올라온 화적당으로 여겨진다거나,

없어진 노비들에 대해서는 짐을 짊어지워 강제로 잡아갔다고만 얘기하여 종내 미심쩍었다. 최형기가 받은 느낌은 그들이 무엇인가 알고 있는 것을 숨기는 듯했다는 것이다.

"그렇군……"

최형기는 비로소 납득할 수가 있었다. 바로 살주계였다니. 그렇다면 보통의 명화적에 관한 것이 아니라, 바로 역모에 해당하는 것이었다. 예전 임진년에도 노비들은 무리를 지어 궁궐과 장예원과 형조를 불태우고, 미처 피난하지 못한 양반 사족들을 해코지하였던 것이다. 하녀는 건성으로 지껄일 뿐 그 말의 뜻이 무엇인지 모르는 게 분명하였다. 아마도 알고 있었다면 감히 입밖에 내지 못하겠기 때문이다. 더욱 근거가 확실하였다. 누군가 계에 들어간 하천의 하나가 자랑삼아 발설하여 계집종들 사이에 퍼져나갔을 것이다.

오후 늦게 청파에서 헤어졌던 포졸이 다른 부장과 함께 최형기를 찾아왔다.

"청파에는 좌우포청의 기찰포교들이 깔려 있고, 당마을에는 아예 수직을 세워두었다는 것을 이(李)대장께서도 알고 계십니다. 참판 댁 말씀인데……"

"그래 알아보았느냐?"

"육조의 어느 참판 댁인지 알 수가 있겠습니까만…… 다행하게도 그날 밤에 전 참판 댁을 감시하던 포졸이 새벽녘에 그 집 수노가 돌아왔음을 알아냈습니다."

"전 참판이라니……"

"전부터 수상한 말이 들리기에 기찰하고 있었습니다. 지금은 지중추부사로 있는……"

최형기는 그제야 알아들었다.

"음, 목내선 대감 말이로군."

목대감은 남인(南人) 계열이었으므로 경신년 대출척 때 파직당하여 실직 없이 중추부사로 지내고 있었다. 더구나 재작년 임술년의 고변(告變)으로 남인의 잔존 세력이 뿌리뽑혀 그 파동이 올해 들어서야 겨우 가라앉았던 것이다. 아무리 그렇다 하나, 그는 당상관을 지내던 이였고 또 언제 재차 조정에 불려나갈지 알 수 없는 노릇이었다. 확실한 증거가 있다손 치더라도 수노를 함부로 다룰 수가 없을 터인데, 하물며 그날 밤에 우연히 집을 비웠다고 해서 무턱대고 잡아올 수도 없었다. 또한 그 댁의 수노가 막무가내로 버틴다면 오히려 최형기 쪽이 파직이라도 감수해야 될 판이었다.

"수노가 지금 집에 있다던가?"

"예, 며칠 전에 나가 있다가 이틀 만에 다시 돌아왔답니다."

최형기는 목내선의 집으로 찾아갈 작정을 하였다. 계의 내막이 패흉스럽고 보니 주인 되는 목대감에게도 깊이 상관이 있는 일이고, 수노를 잠깐 데려다가 이미 잡혀 있는 혈당과 대질을 시켜보겠다면 무슨 반응이 나타날 것이었다. 더구나 그는 지금 낙백의 시절이고, 고변 이후의 흉흉한 분위기가 아직 남았는데, 포도청을 가벼이 대하지는 못할 듯하였다.

"너희들은 나를 따라오너라."

"어디 가십니까?"

부장이 물었고 최형기가 말하였다.

"목대감 댁 하인을 잡으러 간다."

"저희들은 변복 차림이고…… 아무래두 시기가 이르지 않습니까?"

"아니다. 배꼽에 노송 자랄 때까지 기다리겠느냐. 첫 입에 들어올려야지, 두 입질 세 입질 기다리다가는 미끼만 떼인다. 대감과는 나두 안면이 있다."

이미 몰락해버렸지만 전 어영대장 김익훈의 문하에 최형기가 있었고, 남인의 목대감과는 서로 대척관계에 있어서 주인의 정적을 소상히 알고 있던 터였다. 형기가 익훈을 떠난 것은 실로 선견지명이 있었던 것이다. 남인을 때려잡는 고변을 일으켰다가 그 일로 파직이 되었으니 김익훈은 정적들에게서 끝내 사람의 대접을 받지 못할 것이었다. 최형기는 또 언제 뒤집어져서 남인들이 조정에 나서게 될지 모르는 일이었으므로 자기 같은 무장은 불편부당하는 처신이 유리할 것임을 진작부터 깨닫고 있었다.

"요즈음 목대감 댁이 어디인가?"

"낙선방(樂善坊) 쪽입니다."

"별순라패들이 당한 구역이로군."

"따지고 보니 그렇군요."

그들은 배오개[梨峴]에서 종루를 가로질러 곧장 개천을 건너 낙선방으로 올라갔다. 부근에는 박팽년의 집터와 이안눌의 집과 박승종의 집이 있는데, 목내선은 비파정(琵琶亭) 아래 십 부(十負)의 대지에 삼십여 칸짜리 집에서 살고 있었다. 청계천으로 흘러내려가는 두 갈래의 개천이 마주 보이는 가운데 소나무가 울창한 곳이었다. 최형기는 숫을대문 앞에서 외쳤다.

"이리 오너라."

어려 보이는 사동이 마침 문을 열었다.

"너희 대감마님 계시느냐?"

"어디서 오신 뉘시옵니까?"

사동은 갓에 도포 차림인 최형기를 살피고 그의 등뒤에 서 있는 자들을 재빨리 훑어보았다.

"포도청 종사관으로 있는 최형기란 사람이라구 여쭈어라."

사동은 그들을 허술청으로 안내하였다. 청지기가 붓과 간지를 내주며 말하였다.

"명자(名刺)를 드릴 터이니 여기 적어주십시오."

최형기가 두말 없이 적는데 뒷전에 앉았던 장교가 혼잣말로 중얼거렸다.

"직임도 없는데 재상집처럼 까다롭구먼."

청지기가 못 들은 체하고 있으나 안색에 불쾌한 기색이 보이므로 최형기는 오히려 장교를 꾸짖었다.

"이 댁 어른께서 일찍이 좌이(佐貳)의 수관(首官)을 지내셨는데, 어찌 들고나는 인사를 소홀히 하겠느냐."

청지기가 내준 명자를 사동이 받아가지고 들어갔다가 나와서 전하였다.

"사랑으로 드시랍니다."

최형기는 중문을 지나 사랑채로 들어갔고, 안에는 다른 방문객들이 있는지 웃음소리가 들려왔다. 사동이 방문을 열어주었고 웃음소리들은 뚝 그쳤다. 목내선은 들고 있던 옥잔을 소반 위에 내려놓았다.

"들어오게."

최형기는 정중하게 절을 올렸다.

"기간 평안하셨습니까?"

목내선은 떨떠름한 표정으로 대번에 물어왔다.

"그래 포청의 종사가 무슨 일로 내 집에 왔는가?"

최형기는 방안의 사람들 모두가 자기를 불쾌한 시선으로 바라보고 있음을 알았다. 그중의 하나가 말하였다.

"자네는 김익훈의 문하에 있던 자가 아닌가?"

최형기는 눈길도 주지 않고 목내선에게 말하였다.

"영감께서 아시듯 저는 조정의 형편에는 어두울 뿐만 아니라, 낮고 천한 일개 무장으로서 여러가지 구설은 알고자 하지도 않습니다. 다만 영감 신변에 위급한 일이 생겼기로 의논드릴까 하여 감히 찾아뵈옵는 것입니다."

"위급한 일이라니……"

"주위를 물리쳐주십시오."

목내선이 방문객들에게 눈짓하였다. 그들은 아무 말 못하고 자리를 떴다. 방안에는 이제 목내선과 최형기 두 사람뿐이었다. 최형기가 서두를 떼었다.

"요즈음 한양의 치안이 혼란하다는 소문을 들으셨는지요."

"나는 거의 출타하지 않고 지내니 무슨 소문을 듣겠는가마는, 며칠 전에 역관 다니던 이모라는 사람의 집이 화적을 만난 것은 들었지."

"그뿐 아니라 숭례문 밖에서는 백주에 적당들이 날뛰고 있어 저희 좌대장의 처가에서도 화적에게 변을 당하였습니다. 그리고 저동 이지사 댁이 탈취당할 적에 순라패의 복처 다섯 곳이 쑥밭이 되었습니다."

목내선은 혀를 차며 얼굴을 돌렸다.

"상의 총애를 받는 정승 판서들은 다 무엇 하는 이들인가. 국가의 녹을 받아 그러한 난민마저 진정시키지 못하고 심지어는 도성 안에서 살변이 일어나도록 문란하다니, 모두 파직하고 극변에 원찬(遠竄)될 죄이니라."

최형기는 목내선의 치우친 불만이 계속되려는 것을 가로막았다.

"사태가 급박합니다. 한양의 천예들이 작당을 하구 있습니다."

"지난번에 청국의 형세를 물어온 왜국의 국서 때문에 인심이 소연하다는데, 조정 벼슬아치들은 그것을 수습할 일은 도모하지 않고 오히려 가족들을 시골로 피난시키고 있으니 더욱 한심스런 노릇이지. 주상의 총명을 가리우고 백성을 편하게 다스리지 못하며 그 위에 하늘의 진노를 사서 흉년까지 당하였으니 천추에 씻지 못할 불충이다."

목내선은 스스로 흥분하여 노기를 띠었다가 최형기의 귀띔이 그제야 생각났는지 자제하면서 물었다.

"헌데, 그런 일들이 초야에 있는 나와 무슨 상관이 있단 말인가?"

"아뢰옵기가 송구스러우나…… 워낙 긴급한 일이라서, 한양의 천예들이 살주계라는 당을 모았는데, 이 댁에 그 혈당의 하나가 있는 것 같습니다."

"뭐라구, 살주계라? 그게 틀림없는 사실인가?"

"이 댁의 수노 되는 자가 그들과 자주 왕래하였사온데, 대질을 시킬까 하옵니다."

"그러니까…… 계에 들었는지는 확실히 모르지만, 잡힌 적당과 잘 안다는 말이렷다?"

목내선이 침착하게 되물었고, 최형기도 조심스러이 말하였다.

"모교리 댁의 수노가 청파 당촌에서 바깥살림을 하는데 계원이 틀림없습니다. 거기서 이 댁의 수노가 자주 왕래하였음이 밝혀졌지요. 계에 들었는지는 모릅니다만…… 모여서 양반의 욕을 했다는 것은 분명합니다."

목내선은 별로 시답잖다는 눈치였다. 그는 팔짱을 끼고 묵묵히 생각에 잠겨 있더니 최형기를 노려보았다.

"그래, 대질을 시켜서 어쩌겠다는 것인가?"

최형기는 오히려 얼떨떨하여 목내선을 바라보았다.

"무슨 말씀이온지……"

"내가 비록 칩거하고 있다고는 하나, 감히 내 손으로 기른 아이를 데려다가 함부로 국문하겠다는 건가?"

"대감, 이런 일은 체모와는 아무 상관이 없는 일입니다. 국본이 흔들리는 일인데 어찌 사사로운 감정일 수가 있겠습니까?"

목내선은 차츰 언성을 높였다.

"혐의가 분명하여 적당인 것이 밝혀지면 이것은 주상께 불충이 되거니와 내 스스로가 실덕한 자가 되고 말 것이네. 집안의 천예 하나 제대로 다스리지 못하였으니 어찌 세상의 조롱이 없겠는가. 또한 혐의 없음이 밝혀진다 할지라도, 세간에서는 내가 행신(幸臣)이 못 되어 포청의 침학을 면치 못한다고 구설이 따를 게야."

"참으로 황공합니다. 하오나 노비가 그 주를 역하고 아들이 아비를 역하며 신하가 임금에 역하는 것은 천벌이 따르는 중죄이옵니다. 소문에 듣자하니 살주계의 계원들 대부분이 대솔하인(帶率下人)들로서 난전에 나가다니던 자들이랍니다. 대가의 수노들은 궁궐의 사정에 밝고 저자의 무뢰지배들과 가까운데, 혹시 저들이 모역하여 도성 내에서 난을 일으키면 실로 양호유환(養虎遺患)이 될 것입니다."

목내선은 빈 잔을 들더니 최형기에게 내밀었다.

"한잔 들게나."

"소인이 어찌 감히……"

최형기가 잔을 잡으려 하지 않았으나 목내선은 침통하게 그를 들여다보며 들고 있는 술잔을 내려놓지 않았고, 형기는 할 수 없이 잔을 건네받았다. 목내선은 떨리는 손으로 술을 치다가 넘쳐서 형기의 손등을 적시었다.

"내가 자네의 관무에 충직함을 의심하는 바는 아닐세. 허나 그놈은 우리집의 내림 씨종이야. 집안의 개가 사람을 물어도 남의 손에 박살 되느니 스스로 처치해야 덜 불쾌한 법이야. 강상죄(綱常罪)에서 나아가 반역죄에 이르는 일을 어찌 내 집 울타리 밖으로 내보낼 수가 있겠는가."

최형기는 잔을 그대로 내려놓았다.

"다만 입을 열게 하여 한시바삐 혈당들을 잡아내려는 것입니다."

"계원이 분명한가?"

"아직은 모릅니다. 내왕이 잦았다고 하니 관계가 없달 수야 있겠습니까?"

"노비들이라고 인정을 가진 사람인데 바깥에 동무가 없겠는가."

"전부터 대솔하인의 기미가 수상하여 기찰해오더니 저동에서 변이 나던 날에 이 댁의 수노가 집을 비웠다가 새벽녘에 돌아온 사실이 있다니까요. 대감, 저희 고충도 굽어살피시오."

최형기의 간곡한 말이 끝나자마자 목내선은 나직하게 웃기 시작하였다. 형기는 차츰 더 난처해졌다.

"이 사람아, 그날 일이라면 내가 자세히 기억하구 있네. 동막에서 전갈이 오기를, 우리 향리의 장토에서 산물을 가지고 마름이 올라왔다기에 내가 그 녀석을 보냈네. 그깟 일로 흉모에 동참하였다고 의심을 하다니…… 좌우간 이렇게 은밀히 의논해주어 고마우이."

최형기는 답답하였으나 감히 그게 참말이냐고 다짐을 받을 수는 없었다. 아까 청파에서는 사흘 안으로 끝내버릴 일 같더니만, 막상 부딪쳐보니 살주계의 내막을 캔다는 것이 천도(天桃)를 따내는 일만큼이나 어렵게 느껴졌다. 형기는 홧김에 술잔을 들어 털어넣고 일어섰다.

"이 일이 의금부로 넘어가기 전에 포청에서 결안(結案)이 되기를 바랍니다만, 수노를 만나지 않고 그냥 돌아가겠습니다."

문을 열고 나가려는 그의 등뒤에서 목내선이 나직이 말하였다.

"여보게, 종사······"

최형기가 돌아서니 목내선이 한숨을 길게 내쉬었다.

"내일 오전에 다시 와주겠나?"

"오전에요?"

"내가 세사에는 소졸(疏拙)하여 자네와 의논할 일이 많네."

최형기는 눈치가 빠른 사람이었다. 그는 문가에서 다시 읍하며 정중하게 말하였다.

"어느 분부시라고 거역하겠습니까?"

"그래, 올 때 후탁(後垞) 구군복을 입고 포교 두엇을 데리구 오게."

최형기는 목내선이 마루에까지 나오자 가장 황송한 듯이 허리를 굽히고 뒷걸음쳤다. 목내선이 댓돌 아래 섰던 사동에게 말하였다.

"대문까지 모셔드리구 오너라."

최형기는 자기가 다른 하인들과 접촉하거나 행랑을 기웃거리지 못하게 하려는 것임을 너무나 잘 알고 있었다. 대문간의 허술청에서 기다리던 부하들이 그가 맨손으로 나오는 것을 보자, 놓친 줄 알고서 소매를 걷으며 뛰어나왔다.

"놈이 달아났습니까?"

최형기는 쓴웃음을 지었다.

"샌전〔死人廛〕에 가서 지방이나 얻어와야겠다. 우리가 염이나 하게 될 모양이다."

목내선은 의외의 내방객이 물러가자 스스로의 흥분을 달래기 위하여 방안을 우왕좌왕하였다. 이 무슨 불길한 조짐인가. 염통 밑에 쉬가 스는 줄도 모르고 있었던 것이다. 목내선은 사동의 신 끄는 소리를 듣고는 먼저 미닫이를 열었다.

"차가에게 일러라. 북성이를 장광에다 가두고 추국할 준비를 갖추어놓도록 하여라."

목내선은 다시 보료에 기대앉았다. 북성이는 어릴 적부터 그의 둘째아들과 더불어 자라난 종이었고, 입이 무겁고 하는 일에 빈틈이 없어서 벌써 집밖으로 나돌게 한 지가 이십년 가까이 되어오는 터였다. 목내선이 아무리 되짚어 생각하여도 그를 학대하거나 미워한 적이 없었다. 그의 할아비는 목내선이 어려서 절에 들어가 공부할 때 따라왔었고, 그가 두 달이나 앓아 다 죽게 되었을 때에는 시구문 밖에 내다버리자는 것을 목내선이 끝내 말려서 평화스럽게 운명하도록 했던 것이다. 노복은 숨결이 끊기기 전에 마당에서 목내선의 아들과 뛰어노는 북성이의 웃음소리를 듣더니 눈물을 주르르 흘리던 것이었다.

북성의 아비는 목내선이 조정에 나아가 발신하던 무렵에 죽었고, 그의 어미는 아직도 행랑채에서 살고 있었다. 일찍 장가를 들이려 하였건만 웬일인지 북성이는 끝내 마다하고 바깥일에만 열중하여 마흔 가까운 나이가 되도록 헛상투만 틀고 있는 총각이었다. 목내선은 끓어오르는 분노를 억제하는 동안에 주전자에 남은 술을 모조리 비워버렸다. 밖에서 기침소리가 들리더니 청지기를 보는 차서방이 아뢰었다.

"대감마님, 분부대로 시행하였습니다."

목내선은 아무 말 없이 밖으로 나섰다. 청지기는 겁에 질려서 감히 그를 바라보지도 못하였다.

"안채에서나 아녀자들은 사랑채에 얼씬도 못하도록 하여라."

청지기가 광문을 열었고, 목내선은 안으로 들어갔다. 어둠침침한 가운데 너덧 명의 하인이 작대기를 들고 섰으며, 북성이는 땅바닥에 꿇어앉아 있었다.

"광문을 닫아라."

하인들도 모두 주눅이 들었고, 무슨 속인지 알아채지 못하였다. 추국을 벌이는데 사랑 마당에서가 아니라 훤한 대낮에 어두운 광에서 하려는 것부터가 어딘가 음산하게 여겨졌던 것이다. 목내선은 북성이는 거들떠보지도 않고 먼저 천장의 대들보부터 살폈다.

"이놈을 여기다 매달아라."

그때 북성이가 머리를 들었다.

"대감마님, 무슨 일로 이러하십니까?"

북성이의 깊숙한 눈은 타는 듯이 빛나고 있었고, 당장이라도 좌우를 뿌리치고 일어날 듯한 기색이었다. 목내선은 함정에 빠진 범 구경이라도 하는 듯이 뒤로 한걸음 물러나며 하인들을 꾸짖었다.

"어서 시행치 못하면 너희들 모두 살아남지 못할 줄 알아라."

북성이가 무릎을 펴려는데 누군가가 작대기로 내리쳤고 그것이 시작이 되어 매가 어지러이 떨어졌다. 북성이의 머리가 터지고 등짝에 매 튀는 소리가 요란하였다. 북성이의 두 손이 묶이고 다시 밧줄에 연결되어, 줄을 대들보 위로 넘기니 위로 대롱거리며 달려올라갔다. 그의 발이 허공에 떴다. 목내선은 청지기가 가져온 호상(胡床)에 걸터앉았다.

"네 이놈! 이실직고한다면 목숨은 살려주려니와, 속이려 하였다간 네 식솔들까지 모두 죽음을 면치 못하리라. 지난 그믐에 어딜 갔다가 새벽에 들어왔느냐?"

북성이는 두 손목이 허공으로 쳐들린 채로 아직도 이글이글 타는 듯한 눈으로 목내선을 내려다보았다. 흐트러진 머리와 길고 검은 수염이 얼굴을 거의 가려 눈과 억센 콧날만이 있는 것 같았다.

"대답하지 못할까?"

목내선이 손가락질하자, 하인들은 다시 어지러이 난타하였다. 북성이가 눈을 감더니 중얼거렸다.

"소인이 밖에 나다닌 지가 하루이틀입니까. 시정아치들이 투전을 논다 하여 개평 뜯기나 하려고 나갔었습니다."

"허어, 저놈이 그래도 속이는구나. 네가 모교리네 천예와 더불어 저동의 화적질에 가담한 것을 모르는 줄 아느냐. 벌써 그자가 잡혀서 모두 불었다."

"소인은 모르는 일입니다."

목내선은 청지기를 가까이 오게 하여 귀에다 뭔가 속삭였고, 그가 바삐 광 밖으로 나갔다. 목내선의 뺨에는 땀이 흐르고 있었다.

"네가 나를 죽이기 전에 네 할애비를 먼저 생각했어야 할 것이다. 내 일찍이 네게 혈육같이 대하였건만, 이놈 살주계란 다 무엇이냐? 바른대로 대지 못할까. 포청에서 너희를 모두 탐문하여 이리로 너를 잡으러 왔었다. 네가 입을 열지 않는다면 혀를 뽑아놓고 말겠다."

목내선은 두리번거리더니,

"인두 어디 있느냐, 어서 가져와."

하면서 발을 동동 굴렀다. 그의 흰 수염은 턱끝에서 부들부들 떨리고 있었다.

"대감마님, 고정하십시오. 저희들이 하겠습니다."

하인 하나가 뛰어나가자, 엇갈려서 청지기가 보퉁이를 가지고 돌아 왔다.

"행랑채 벽장 속에서 이런 것들이 나왔습니다."

목내선은 보퉁이를 풀었다. 창포검과 끝이 둥글게 닳아빠진 종이 쪽지와 태평소(太平簫)였다. 목내선은 가장 먼저 종잇조각을 펼쳐들 었다. 언문으로 살주계 약조문이라 되어 있는데, 검붉은색으로 퇴색 한 것이 피를 내어서 쓴 모양이었다. 목내선은 그것을 펼쳐들고 차마다 읽지 못하고 떨기만 하였다.

"그래, 양반을 모두 살육하고 재물을 빼앗으면 세상이 바뀔 줄 아느냐?"

내뱉고는 창포검을 뽑았다. 그는 칼을 치켜들어 북성이를 베려다가 다시 칼집에 천천히 집어넣었다.

"너를 단칼에 죽이지는 않으리라. 포청에 넘기느니 차라리 내 손에 죽는 것이 나을 게다."

하인이 인두를 꽂은 화로를 받들고 들어왔다. 오동 화로 안에는 벌건 숯불이 가득 들어 있었고 인두 세 대가 꽂혀 있었다. 목내선은 다시 호상에 가서 걸터앉으며 물었다.

"지난 그믐에 어디에 갔었느냐?"

하인 중의 하나가 인두를 뽑아들며 북성이게로 다가섰다.

"네가 수노로서 대감마님의 은총을 받은 위에 피와 살을 주신 부모와 같을진대, 이런 천인공노할 배은이 어디 있느냐? 너 같은 놈 때문에 우리들까지 부끄러워서 도성에 나다니지 못하게 하려느냐."

하인이 인두를 쳐들자, 북성이가 고개를 돌리더니 굵직한 음성으로 중얼거렸다.

"가없은 놈…… 오늘은 나를 잡지만, 다음번엔 너희를 도살할 거다."

목내선이 일어나 다른 인두를 뽑아서 북성이의 배에다 지그시 눌렀다. 북성이는 꿈틀거리면서 신음을 스스로 억제하였다. 하인들은 아무리 지엄한 주인의 명령이라고는 하지만, 어제까지도 북성이와 동료 지간이었던지라, 그와 눈을 마주치기도 괴로운 노릇이었다. 그들은 아직은 주인을 죽이고 세상을 바꾼다는 일이 하늘을 거역할 만큼 끔찍하고 엄청난 짓으로 생각될지언정, 무엇을 의미하는지를 알지 못하였다. 그러나 북성이가 무력하게 두 손이 묶이어 대들보에 매달려 있어도, 어디인가 자기네와는 달리 두렵고 당당해 보였던 것이다. 목내선은 북성이의 몸 이곳 저곳을 인두로 지져대고서 쇠가 검게 변하자 땅에 내던졌다. 그는 땀을 계속 흘리고 있었다. 노구이긴 하여도 제법 강단이 있는 몸인데 역시 노인네 근력이란 믿을 수가 없어서, 잠시 후에 스스로 기진맥진하여 호상에 털썩 주저앉았다. 북성이는 입술을 깨물고 비명이 나오려는 것을 참았으나, 눈은 벌써 총기를 잃었고 이리저리 몸을 꿈틀거리느라고 두 손목은 밧줄에 쓸려서 피가 맺혀 있었다. 목내선은 흐릿해진 북성이의 눈을 바라보며 달래듯이 물었다.

"내가 너희 세 모자를 은의(恩義)로 대하였거늘 흉당에 들어간 것은 무엇 때문이냐?"

북성이가 지치고 피곤한 목소리로 천천히 말하였다.

"예부터 우리들 노비란…… 당신네 양반들에게는 개 돼지나 우마(牛馬)와 다를 바 없지 않소. 상전 편에서는 은의라 하나 우리 쪽에서는 다만 한때의 속임수에 지나지 않는 것이니, 진정한 은의라면 왜 진작에 면천시켜주지 않았습니까. 허리가 부러지도록 평생을 댁네를 위해 일하다가 몸져누운 할아버지를 시구문 밖에 내다버리라고 했던 것도 당신들이지요. 대감께서 장례를 치르도록 하였다지만, 집안의 강아지에게 한줄기 인정을 쓰는 것과 무엇이 다르오. 댁네는 우리 누이를 삼남 향족에게 팔아버렸지요. 왜 그랬나요. 그때에 내가 어렸으나 누이와 어미가 붙들고 울어서 다 듣고 알았소. 이 집 큰서방님짜리가 음행하여 말썽이 생겼기 때문이지요. 그때에 누이가 아이를 가져서 값이 후하였다고 댁네들이 지껄이는 소리도 들었소. 나와 내 아우가 자라나며 겪은 온갖 매와 고달픔은 다 잊었으나, 어미가 겪은 수모는 말로 꺼낼 수가 없소. 댁네 양반들은 모두들 음예(淫穢)로 날을 보내며, 부인들은 갖은 포학으로 앙갚음을 하였으니, 내가 어찌 한두 번 댁네를 죽이고자 작심하였겠소. 어미가 손가락을 작두에 잘리고 골방에 돌아와 울 적에, 나는 눈물 한방울 흘리지 않고 어둠속에다 대고 맹세하였지요. 언젠가는 댁네 양반들을 이 세상에서 하나도 남김없이 쓸어버리겠다고……"

목내선은 북성이의 얘기를 묵묵히 듣고 있었다. 그렇다고 그가 무슨 감정의 변화를 일으킨 것은 아니었다. 그의 배신에 대한 분풀이는 일단 끝이 났기 때문이다. 목내선은 싸늘하게 식어 있는 것처럼 보였다. 아까까지는 목내선 개인이었으나 이제 그는 이 나라에서 가장 혜택을 받은 신하이며 대대손손 물려서 빼앗기지 않아야 할 양반이었고, 그와 같은 이들을 대신하여 여기 앉아 있는 것이다. 도대체 이따위 한줌도 안되는 천예의 무리들이 몇백년을 유지하여온 국본을 어찌 흔들 수가 있으랴마는, 저들은 분명히 가장 질이 나쁘고 위험한 적이었다. 몇몇 노비가 저희 주인을 실지로 죽여버리는 일보다도 살주계라는 이름이 더욱 위험하였다. 보에 뚫린 구멍이고, 축담에 갈라진 틈이며, 마을에 생겨난 역질과도 같았다. 이 못된 계의 소문이 바람을 타고 팔도 사방으로 번져나가면 역난이나 왜침보다도 더욱 무서운 재앙이 될 것이다. 수백년이나 묵혀온 싸움인 까닭이었다. 이 반항적인 천예 북성이는 목대감의 재산의 일부분이 아니라, 천지간에 귀(貴)와 천(賤)의 엄청난 분수를 혼란시키려는 재앙 덩어리인 셈이었다.

"이 약조문은 누구와 함께 썼느냐?"

북성이도 목내선의 변한 태도를 잘 알고 있었다. 북성이는 상처투성이의 얼굴을 찡그리고 피식, 웃음을 머금었다. 사람으로 바로 선다는 것은 얼마나 끔찍한 희생을 요구하는 일인가. 이제야 그는 그의 상전과 대등해진 것이다. 주인은 기르는 개가 돌연 이빨을 드러내고 짖

어대면 그때에는 의외의 분노로 마구 두들겨대지만, 다음부터는 지나친 주인 행세를 곧 포기하고 개의 개다움을 일종의 두려움과 함께 인정하는 법이다. 하물며 같은 사람에 있어서랴. 북성이가 사람은 누구나 같다는 것을 알고 계원이 된 이상, 죽어가는 자리에서 다시 옛날의 천예로 돌아갈 리가 없었다. 목내선이 스스로 자기네 양반들의 세상을 지키려는 것과 마찬가지로 북성이도 그의 동료들을 지켜야만 했다.

"어서 죽이시오. 이 댁의 영화도 얼마 남지 않았소."

목내선은 혀를 찼다. 그는 호상에서 일어나더니 담담하게 말했다.

"네놈이 입을 열기 전에는 이 집 대문 밖으로 못 나간다."

그는 하인들 중의 하나를 지목하였다.

"오늘부터 네가 수노를 해야겠다. 이놈이 포청에 끌려가 국문 끝에 사실이 밝혀져서는 안되느니라. 내 집 것이니 내가 밝혀내어 알려주어야겠다. 지금부터 너는 이놈의 목숨이 붙어 있을 때까지 캐내어라. 동당이 누구누구인지, 어디서 자주 모이는지, 그리고 우두머리가 누구인지 샅샅이 알아내어야 한다. 자백을 시작하면 내게 알려라."

갑자기 수노를 지명받은 하인이 겁을 먹은 얼굴로 물었다.

"대감마님…… 물고를 내란 분부시옵니까?"

"자백하기 전에는 절대로 죽이지 마라. 저놈은 내가 처치할 테니."

목내선은 광을 나와 어두워가는 하늘을 올려다보았다. 웬일인지 가슴이 답답하고 온몸에 피로가 몰려왔다. 그는 북성이의 빛을 내는 눈초리와 어처구니없게 당당한 기세를 더이상 감당하기가 어려웠다. 대체 무엇이 저런 소 같던 씨종을 미치게 만들었을까.

광에서는 이따금 신음소리에 섞여 비명이 높아지고는 하였다. 계집종들은 아예 사랑채 근처에는 얼씬도 않았고, 아녀자들도 가장의 하는 일이라 쉬쉬하면서 모른 척하고 있었다. 행랑채의 북성의 어미는 어둠속에서 소리를 죽여 울음을 삼키고 있었다. 밖에서 역시 흐느끼는 소리가 들리며 툇마루에 걸터앉는 듯하였다.

"이리 들어오너라."

북성의 어미가 가까스로 말하니, 마루에 앉은 채로 아우는 중얼거렸다.

"언니는 거의 반죽음이 되었수."

"환도가 나왔으니 살려두겠느냐. 이제는 죽은 몸이다."

"모두들 인심이 매정하우. 어제까지두 다정하던 사람들이 야차나 된 듯이 악형을 주고 있어요."

북성의 어미는 두 눈을 씻고 흐트러진 머리를 다듬었다.

"애, 좀 들어오라니까. 에미가 네게 긴히 할 얘기가 있다."

북성의 아우는 소매로 얼굴을 가리고 쏟아지듯이 방으로 들어와 어미의 무릎에 엎어졌다.

"오냐…… 오냐."

어미가 아우의 등을 토닥이면서 흐드득 하고 숨을 삼켰다. 아우의 울음이 차츰 커지니까 어미는 그의 팔을 잡아흔들었다.

"지금이 어느 때라구 소리를 내려느냐. 어미는 살아오면서 이 방에서 입술을 악물고 참은 적이 한두 번이 아니었다."

"어머니, 언니가 죽으면 우리두 이 집에서 나가요."

어미가 그의 머리를 감싸안으면서 쓸쓸히 물었다.

"속량시켜준다던?"

"달아나지요."

"네가 그렇게 해라. 달아나서 너희 언니 동무들께 알려주어라. 끝까지 입을 다물고 죽었다고……"

"어머니, 지금 나가겠수."

"너는 네 언니가 어디로 나다니는지 잘 아느냐?"

"예, 압니다. 쌍이문방의 바침술집에 잘 간다구 합디다."

북성의 아우가 일어나려는 것을 그 어미가 잡아 앉혔다.

"오늘은 안된다. 너희 언니는 기왕에 죽을 몸이야. 내일 시신이 나온 뒤에 빠져나가거라. 내가 짐을 다 챙겨놓겠다. 그런데…… 너 내가 시키는 일을 할 수 있겠지."

어미는 작은아들의 두 손목을 꼭 움켜쥐었다.

"저것을 그냥 두면 밤새도록 갖은 악형을 당할 게다. 사랑채의 담이 아무리 높고 광문이 철옹성같이 단단하여도 저것의 단련받는 소리가 너무도 똑똑히 들리는구나. 가슴에다 대못을 쾅쾅 박는 듯하여 나는 아무래두 이 밤을 넘기지 못하겠어. 너희 형이 죽고 네가 달아나면 내가 더이상 목씨 가문에 살아남아 무얼 하겠니. 네 언니의 모진 명줄을 끊어줄 수 있겠느냐?"

"언니의 명을 끊다니요?"

"이것아, 전옥서에서도 속참행하(速斬行下)가 있고 포청에서는 물고행하(物故行下)가 있는데 이왕에 가는 몸이 고생 끝에 죽어 무얼 하느냐. 우리가 자랄 적에는 요새보다두 노비를 장살(杖殺)하는 상전이 많았다. 멍석말이를 해서 때려죽이라면 상전이 모르게 머리를 때려서 혼절한 가운데 인사불성으로 빨리 죽도록 하였다."

"내가 광에 들어가면 저놈들이 그냥 놔둘까요."

어미는 고개를 내저었다.

"네가 우리 같은 것들의 속을 몰라서 하는 소리다. 남에게 매인 몸이니 시키는 대루 할 뿐이지 저 사람들두 어서 네 언니가 죽기를 바란단다. 다 팔자가 다르려니 하는 게야. 마음을 수천번 고쳐먹으며 팔자려니 하는 게다."

"알겠수."

"머리를 힘껏 때려주어라."

북성의 아우가 벌떡 일어났고 그의 어미는 등을 밀어주면서 방바닥에 머리를 박고 오열을 스스로 틀어막았다. 북성의 아우는 한참이나 행랑채 앞을 서성거리다가 마음을 진정시키고는 사랑채 쪽으로 향하였다. 중문은 닫혀 있었으나 빗장은 걸리지 않았고 소리없이 열렸다. 사랑채 마당 앞에는 아무도 얼씬거리지 않았다. 그는 광문 앞에 가서 문틈으로 안을 들여다보았다. 북성이는 걸레 조각처럼 매달려 있었으며, 하인들은 웃통을 벗거나 바짓가랑이를 걷어올리고 주위에 흩어져 쉬고 있었다. 북성이의 갈가리 찢어진 옷자락이 젖은 것으로 보아 물을 뒤집어쓰고 아직 정신이 돌아오지 않은 듯하였다. 북성의 아우는 광문을 밀었다. 틈이 조금 더 벌어지다가 멈추었다.

"누구야……"

안에서 당황하여 일어서더니 빗장이 벗겨지고 문이 열렸다. 그들은 안으로 한걸음 내딛는 북성의 아우를 보자 멈칫하였다. 그는 어느결에 제 언니의 발치로 가까이 다가섰고, 수노가 된 자는 뒤늦게 소스라친 모양이었다.

"여기가 어디라구 함부로 들어오는 게야."

하면서 그의 뒷덜미를 잡아당겼지만, 다른 자들은 모두들 고개를 돌리고 딴청을 하였다.

"이거 놔요. 죽기 전에 얼굴이나 봐두려구 하는 게요."

하면서 그는 수노의 손을 뿌리쳤다. 북성의 아우는 머뭇거리지 않고 땅바닥에서 굵직한 몽둥이를 집어들었다. 그러고는 좌우에서 말릴 틈도 주지 않고 위로 치켜들고 북성이에게로 달려들었다.

"언니…… 잘 가우."

버럭 소리를 지르는데, 북성이가 게게 풀린 눈을 열어 제 아우를 내려다보고는 희미하게 웃음을 머금었다. 그의 아우는 북성이의 시선과 부딪치자 주춤하였다.

"아니, 이 자식이 뭘 하는 게야……"

하면서 뒤에 섰던 수노가 달려들자, 아우는 치켜든 몽둥이를 휘둘렀다. 퍽 하는 소리가 들리면서 몽둥이가 북성이의 광대뼈에 부딪쳤고 매달린 몸이 허공에서 거칠게 흔들렸다. 아우는 다시 한번 몽둥이를 휘둘렀는데 이번에는 뒤통수에 가서 들어맞았다. 북성이의 몸이 축 늘어져 있었다. 하인들은 제각기 멍청한 얼굴로 흔들거리고 있는 북성이의 몸을 올려다보았다. 북성의 아우가 땅바닥에 몽둥이를 맥없이 떨구었다. 북성이는 피범벅이 되어버린 얼굴을 가슴팍 위에 처박고 두 발은 빨래처럼 늘어진 채 흔들거렸다.

"언니……"

그의 아우가 부르짖으며 북성의 시신에 달려들어 허리를 감싸안았다. 수노가 외쳤다.

"뭣들 하는 게야. 어서 뜯어말리잖구."

소스라친 하인들이 북성이의 몸을 껴안고 있는 아우를 뒤로 끌어내었다.

"허허, 이거 큰탈이로군. 대감마님께서 자백할 때까지 죽이지 말라구 분부하셨는데."

그들은 북성의 몸을 대들보에서 끌어내렸다. 하인 하나가 코밑에 손가락을 대보고 손목을 잡아 맥을 짚더니 고개를 흔들었다.

"이를 어찌한단 말인가……"

수노가 험상궂은 얼굴로 북성의 아우를 흘겨보았다.

"아무리 대죄를 지었다지만, 한솥에 밥을 먹구 친동기간이나 다름없이 살아온 사람들이 이럴 수가 있수. 우리 언니야 기왕에 죽는 사람인데, 악형을 더욱 주어서 무슨 속시원할 일이 있겠수. 자, 이젠 그 더러운 손으로 나를 죽이시우."

북성의 아우가 눈물이 가득한 얼굴을 내저으며 부르짖으니, 수노 된 자가 귀쌈을 올려붙였다.

"이 자식아, 너희 형제 때문에 우리가 이 곤욕을 치르는데, 누군 이런 짓이 좋아서 하는 줄 아니. 안되겠다, 대감마님께 가서 아뢸 터이니 사지 결박하여 대죄시켜라."

수노가 얼굴이 시퍼레져서 광을 나가려 하자, 하인 하나가 그의 어깨를 잡았다.

"여보게, 이런 악형을 배길 사람이 어디 있겠나. 기왕 죽은 사람이야 제 죄값을 하구 가는 거지만 시방 대감마님께서 노여움이 극에 달하였는데 가서 사실대로 아뢰었다간 또 생사람 하나 골루 가네."

다른 하인들도 거들어 말하였다.

"그래…… 우리야 분부대로 매우 치고 단근질도 하였으나 어느결에 물고를 내고 말았다면 꾸중이나 하시구 말 걸세."

"정말 사람으로는 못할 짓이로군. 기왕지사 이 아이가 제 형의 목숨을 끊어주었으니 우리두 홀가분하지 않은가."

수노가 한참이나 망설이더니 북성의 아우에게 말하였다.

"우리가 알아서 할 터이니 다시는 이 근처에 얼씬거릴 생각 마라."

"우리 언니는 아무도 원망하지 않을 거요."

북성의 아우는 광에서 밀려나오기 전에 제 형의 마지막 모습을 몇 번이나 돌아보았다. 그가 행랑채로 돌아가니 어미는 아직도 불을 켜지 않은 어둠속에 엎드려 있었다. 그는 방문을 열고 속삭였다.

"어머니, 나 달아나우. 인정(人定) 전에 쌍이문방까지 가야 해요."

어미의 손이 문틈으로 뻗어와 그의 팔을 움켜쥐었다.

"그래…… 네 언니는 잘 보내주었니?"

"어머니 원하신 대로 내가 목숨을 끊어드렸지요."

"대번에 말이냐?"

"혼절하면서 대번에 명이 끊겼을 거예요. 내일 날이 밝으면 오히려 기찰이 심해져서 언니 동무들은 모두 잡히구 말 거예요. 나 시방 빠져 나갈라우."

어미의 손이 스르르 풀어졌다.

"가거라…… 어서."

그는 문고리를 잡고 툇마루 앞을 떠나지 못하였다. 그가 떠나고 나면 어미의 평생 소망은 이제 티끌처럼 사라져버리는 셈이었다. 언젠가 속량하는 때가 오면 북성이는 장가들고 세 모자가 함께 강원도 깊은 골로 들어가 숯도 굽고 약초도 캐며 화전갈이에 사냥도 해서, 세상의 어느 누구 간섭도 받지 않고 살겠다던 옛말 같은 소망이었다. 그러나 그들은 스스로 간신히 버티고 일어섰을 뿐, 끝내 벗어나지 못하였다.

"어머니, 함께 갑시다."

대답 대신에 문이 당겨졌고, 안에서 문고리를 걸어잠그는 듯하였다. 사랑채 쪽이 웅성거렸고, 그는 재빨리 후원 쪽으로 피하였다.

목내선은 북성이가 국문 도중에 죽었다는 것을 알고는 수노와 하인들을 호되게 나무랐다. 그러나 그는 내심으로 포도청에 산 채로 내어줄 수는 없다고 작정하고 있었던 것이다. 북성이가 포도청의 국문을 받았을지라도 입을 다물고 죽었을 위인인 바에야 자기 집안에서 죽어나가는 것이 마땅하였다. 목내선은 지필묵을 들어 하늘을 거역하고 주인을 죽이려던 노비임을 밝히는 방문을 썼다. 시체를 마당으로 끌어내니 참혹한 꼴이라 목내선도 얼결에 고개를 돌렸다.

"지나는 행인들에게 본을 보여야겠다. 이 방문을 몸에 붙여두고 길가 버드나무에 매달아놓아라. 포청에서 수습하여 갈 게다."

목내선은 시체가 들려나가는 것을 묵묵히 바라보았다. 그는 아무리 생각해보아도 북성이의 행동이 이해가 가질 않았다. 당상관 댁의 대솔하인이라면 성내의 그 누구도 능멸할 자가 없을 테고, 의식도 요족하며 경우에 따라서는 외거할 수도 있었을 것이다. 그의 가슴에 맺혔던 포한이 그토록 야무지고 깊었던 것일까. 목내선은 그 밤을 꼬박 뜬 눈으로 새워야 하였다.

하인들은 하인들대로 바깥 한길가에 매달려 바람에 흔들거리고 있을 북성이의 시신이 떠올라서 이리저리 뒤척였다. 사람의 씨가 따로 있지 않은 바에야 팔자소관이 사나워 남의 종살이를 할망정 주인에게 항거하려는 것이 어째서 하늘을 거역하는 일이 되는지 모를 일이었다. 하인들은 서로 말도 걸지 않았고, 제각기 등을 돌리고 벽을 향하여 누워 있었다. 바람에 불리는 스산한 나뭇잎 소리로 잠들지 못한 하인들은 새벽녘까지 서럽고 고통스럽던 지난 여러 해를 생각하였다. 목내선의 집은 바람 속에 매달린 북성이의 주검보다 더욱 을씨년스러웠다.

북성의 아우가 쌍이문방의 바침술집에 당도한 것은 이경(二更)이 가까워서였다. 그는 주위를 살피고는 조심스럽게 대문을 두드렸다.

"누구셔요, 술 안 팔아요."

대문 안에서 계집아이의 목소리가 들리고 밖으로 난 들창문이 쓱 열리면서 주인 여자의 머리가 내밀어졌다.

"누굴 찾으슈?"

"저…… 북성이란 사람의 아우입니다."

"아니……"

여자가 급히 창문을 닫았고 대문간으로 나오는 소리가 들렸다. 여자는 아직 대문을 열지 않은 채로 문틈으로 속삭였다.

"무슨 일이오?"

"우리 언니가 오늘 살주계 계원임이 밝혀져 주인에게 죽었습니다. 포청에서도 언니 동무들을 모두 알고 있다고 하니 어서 피하게 하시우."

대문은 여전히 열리지 않았다.

"알았소."

"헌데, 나는 지금 이 소식을 전하려고 집을 빠져나왔으니 다시 돌아가면 추달을 받을 게요. 오늘만 묵어 가도록 해주십시오. 나두 계원이 되려구 합니다."

망설이던 여인이 비로소 결심이 된 듯 문을 열었다. 북성의 아우가 들어서자마자 여인은 문을 닫고 문틈으로 바깥을 살피는 것이었다.

"저것 봐요. 포교가 틀림없어."

북성의 아우도 문틈으로 내다보니 과연 골목 어귀에 맨상투에 두건을 쓴 사내 하나가 서성대고 있었다.

"댁네를 따라온 게야. 여하튼 들어가서 의논을 해봅시다."

주모는 깔아두었던 이불을 밀치고 북성의 아우를 앉혔다. 그는 북성이의 최후에 대하여 빼놓지 않고 말하였고, 주모와 딸은 연신 옷고름으로 눈가를 씻었다.

"종사관이라면 느이 오래비가 얘기하던 최뭐라나 하는 놈일 거야. 기찰이 매섭다고 하지 않든."

"북성이 아저씨가 그리되었다면 중길이 오빠에게두 이 일을 알려야 할 텐데요."

"글쎄나 말이다. 파루를 치자마자 집에서 나가야 헌다. 중흥동에 가면 만나게 되겠지."

"짐을 꾸릴까요?"

"그래라, 밥도 좀 짓고……"

하면서 주모는 다시 들창문의 창호를 뚫고 내다보았다.

"아직도 저기 서 있어요. 이 집은 이젠 버려야지. 젊은이두 우릴 따라서 중흥동으로 가십시다."

"거기 숨을 만한 데가 있나요?"

"가보면 다 알게 돼요. 북성이 동무들이 여럿 있지. 그런데 혹시…… 포교들이 벌써 청파에 있는 이들을 다 알아버린 게 아닐까?"

주모는 아무래도 마음이 놓이지 않는 모양이었다. 중길이는 그의 친자식이나 다름없었다. 살주계의 총대 청파 중길이가 잡히면 한양 성내의 모든 계원은 살아남지 못할 것이었다. 그들은 지난번 큰일을 해치우고 일단 중흥동 은신처로 몰려갔지만, 중길이는 아무것도 모른 채 서강 식구들과 거래하는 청파 난전으로 돌아갔을지도 몰랐다.

"안되겠어. 댁은 새벽에 목멱산을 넘어서 서강으로 나가요. 서강에 가서 모신이네 주막을 찾아가지구 모두 얘기해줘요. 중길이 만나거든 청파에 가지 말라구."

포교의 눈에 띄었으니 쌍이문방 바침술집은 이제는 빈집이 될 판이었다.

—8권에 계속

장길산 7

초판 1쇄 발행/1995년 7월 20일
초판 19쇄 발행/2004년 2월 25일
개정판 1쇄 발행/2004년 4월 28일
개정판 8쇄 발행/2019년 7월 2일

지은이/황석영
펴낸이/강일우
편 집/김정혜 문경미 안병률 김명재
미술·조판/이선희 정효진 신혜원
펴낸곳/(주)창비
등록/1986년 8월 5일 제85호
주소/10881 경기도 파주시 회동길 184
전화/031-955-3333
팩시밀리/영업 031-955-3399 · 편집 031-955-3400
홈페이지/www.changbi.com
전자우편/lit@changbi.com